実践知性としての英文学研究

宇佐見 太 市

関西大学出版部

【本書は関西大学研究成果出版補助金規程による刊行】

［まえがき］

　拙著『ディケンズと「クリスマス・ブックス」』（関西大学出版部、2000年3月）の［あとがき］に、「人間の血の通った文学研究…エッセイクリティシズムこそ私のとるべきアプローチだ」と書き、筆者は本心を明かした。通常、英米文学の分野に限らず、大学を初めとした研究諸機関や学会を中心としたアカデミズムの場においては、研究対象が何であれ、科学という名のもとに、客観主義や普遍主義が重んじられ、そこに少しでも主観的な臭いが感じられた時点でその研究はアカデミズムの世界から弾き出されることになる。当時の筆者はまだ50歳代前半の英文学研究者として働き盛りであったので、一抹の不安を残しながらも、しかし、自分のありのままの姿を曝け出す覚悟で上記単行本を刊行したものである。

　団塊の世代の最後の生まれ（1950年2月）である筆者が英文学研究に着手した頃、日本の英文学研究界には地殻変動が起こり始めていた。学問研究のパラダイムシフトと言ってもいいだろう。

　たとえばニュークリティシズムという用語と概念については、既に学部時代から聞き慣れていたが、ポスト構造主義、ポストモダン、ニューヒストリシズム、そしてポストコロニアルといった文学用語が矢継ぎ早に登場するのには、正直なところ閉口した。当時、西洋のこうした文学理論に精通していた大江健三郎（『小説の方法』、岩波現代選書、1978）や筒井康隆（『文学部唯野教授』、岩波書店、1990）などの著書に感化された英文学研究者もいたのではないだろうか。

　作品から作者の意図を探るという、昔ながらのオーソドックスな手法が否定されたかのように当時の筆者には思われた。現に筆者自身、本能的にそうした時代の新しい風・空気を敏感に察知して、1976年（昭和51年）1月に

大阪教育大学大学院に提出した修士論文は、文学作品をレトリック理論で分析するという、筆者には珍しい、インパーソナルなものに仕上げた。読書感想文的なものは学術論文ではないという、強迫観念に囚われていた。理論的装いの研究アプローチこそ、やがて博士課程後期課程に進学するための処世の要諦だと、筆者は直感的に感じ取っていたのであろう。今から思えば、処世術に長けた若者だった。これが功を奏したのか、無事、関西大学大学院の文学研究科博士課程後期課程英文学専攻に現役で入学することができた（当時の入試競争率は十数倍で厳しかった）。

　しかしドクターコース進学後は、この研究手法に馴染めず、悩み続けた。心の奥底からほとばしる喜びが欲しかった。文学の醍醐味を味わいたかった。各種文学理論を使えば、なるほどそれなりにいかにも学術論文らしきものが生み出されることは、かつて修論作成で学習したものの、それがどうしても己の肌に合わなかった。他人を騙すことはできても自分を騙すことはできなかった。二十歳代半ばから後半にさしかかっていたときである。研究のための研究というものに対して、筆者は違和感を覚え始めたのである。そんな折り、英文学者・小池滋の『ディケンズ―19世紀信号手』（冬樹社、1979）に出会い、筆者は救われた。「標準的なアプローチをもって、ディケンズの人と作品に迫ることははじめから断念することにして、私の、よく言えば個性的、悪く言えば手前勝手なやり方で、筆を進めさせていただきたいと思う」という文章で始まる小池滋の『ディケンズ―19世紀信号手』は、パーソナルなアプローチによる文学研究の確固たる存在意義をはっきりとこの世に示してくれたと、筆者には思われた。筆者にとっては、目から鱗であった。小池滋のこの本は筆者に命の水を注いでくれ、おかげで活力を取り戻すことができた。小池滋は、筆者の命の恩人である。

　文学理論に振り回されるのではなく、文学作品と素直に向き合い味読することで、当時の筆者は精神的に成長したかったのだと思う。己の精神的未熟

さに嫌悪感を抱いていたからである。当時の筆者は、どちらかと言うと、時代の風潮もあったと思うが、ESS（英会話）活動などを通じて現実の外部世界の方に目を向けがちの外向的青年だったので、それを何とかして外ではなく、むしろ己の内面的・精神的世界に沈潜できるタイプに修正したいともがいていたのである。軽佻浮薄から脱して、精神的成熟なるものに憧れたのである。そのためにも文学と真摯に向き合おうとしたのだろう。

こうして立ち直った筆者は、自己の信ずる論文を若さにまかせてどんどん執筆したが、この研究手法は学術研究の場ではやはり容認されないということが、ある時、明らかになった。今から25年以上も前のことではあるが、教授昇格の審査終了後、学科主任から、「注」が少なすぎて学術的ではないというのが審査会の結論である、と告げられた。現にあの頃の筆者は、或る文芸雑誌の編集に携わっており、そこに集う人たちの中にはマスコミ出身者がいて、彼らからの影響を知らず知らずのうちに受けていたと思う。引用に頼るのではなく、考え抜いた末、己の言葉で堂々と文章を綴る人たちに囲まれていた。その後筆者は、学術論文の世界では己の真情を吐露するだけではなくて、「注」をふんだんに用いて客観的理論武装にも努めねばならないと思い至った。

でもまだあの頃は、英文学研究界にとって、良き時代であったと思う。大学を舞台にして、英文学研究家ということで、高等遊民的生活を享受することができたのだ。世間も我々英文学研究者に寛大であった。P. G. ハマトンが著書『知的生活』（1873）の中で説く、まさに知的生活をしんから満喫することが許容された。

ところがいつ頃からであろうか、特に筆者に関する限り、関西大学内での学内移籍ならびに新機構・新研究科・新学部等の立ち上げが続き、その流れの中で、筆者は「英文学研究者」としての力量ではなく、「英語教育学者」としての力量が問われるようになった。もう二十年も前の話になるが、新学

部創設ならびに学内移籍に際して、日本で初めて本格的に CNN の教材開発に取り組んだのが英語教育学との最初の出会いである。そしてなぜか、運命のいたずらで、筆者が、関西大学の「英語科教育法」をも担当することになった。

　筆者は学内移籍を繰り返す過程で、本学文学部の英文学科にも都合5年間勤務したので、文学部英文学専攻の事情もよく知っているつもりであるが、文学部英文学科から完全に離れた後は、英語教育界への接近が顕著になり出した。しかし、だからといって英文学の授業から完全に離れることはなく、現行の大学院外国語教育学研究科の博士課程（前期課程・後期課程）ならびに外国語学部の演習や講義の中で相変わらず、英文学を取り上げてはいる。ただしその際の筆者の基本的姿勢は、「英語教育」の応用篇として「英文学」を位置づけるということである。筆者の所属は今、文学部・文学研究科ではなく、外国語学部・外国語教育学研究科であるので、自ずとそういう構えになったようである。

　ところで、「英語教育」の応用篇として「英文学」を位置づけるとは一体どういうことなのか。その一例として、CNN 教材作成で筆者が担当した章（第12章）を取り上げてみたいと思う。その章にはイギリスの文豪チャールズ・ディケンズが登場する。以下に筆者が書いたコラムを紹介しよう。

「2012年1月に、スイスの雪に覆われた山あいの保養地ダボスで、毎年恒例のダボス会議が開催された。ここには世界各国から経済界のリーダーたちが集い、地球規模のさまざまな問題を議論する。ただし、集まるのは各国を代表するエリート層が中心ということで、経済的弱者への視点が乏しいのではないかという批判があることも厳然たる事実である。イギリスのヴィクトリア朝時代に大いに活躍した、まさに英国を代表する国民的作家チャールズ・ディケンズ（1812-1870）は、独特のユーモアとペーソスを交えつつ、

当時のイギリス社会を鋭い風刺の眼で活写した小説家である。ディケンズ生誕200周年ということで本国イギリスは今、ディケンズブームに沸き立っている。今回、そんなディケンズになりきった記者が、ディケンズ風の語り口でダボス会議のもようを報告するという体裁になっている。それゆえに、実際のディケンズの作品からの引用やディケンズの作品名にまつわる言葉遊びも盛り込まれており、他の章とは一味違う特異なものとなっている。」(『CNN: ビデオで見る世界のニュース (14)』、関西大学英語教育研究会、朝日出版社、2013年1月)

　上記の例は、筆者が目指すところの「英文学と英語教育の融合・結合」の実践例である。「英語教育」に軸足を置き、その中に「英文学」を取り込んでいくという手法は、筆者がいつのまにか編み出した方法であり、これを筆者は、英文学の側面から見て、「実践知性としての英文学研究」と名付けている。日本の英文学研究界が先細りしている現在、英語教育界との積極的な連携・提携が必須だと、筆者は確信している。関西大学で、次から次へと新組織(平成6年の総合情報学部、平成12年の外国語教育研究機構ならびに大学院文学研究科修士課程外国語教育専攻、平成14年の大学院外国語教育学研究科博士前期・後期課程、平成21年の外国語学部)の立ち上げに関わるなかで、筆者はそのような、「英文学と英語教育の融合・結合」という思いを強く抱くに至ったのである。

　もちろん、英文学それ自体の活性化をも筆者は望んでいる。私たちの先人は、明治の昔から英文学の輸入と咀嚼に心血を注いできた。聡明で優秀な数多くの当時の先達の努力のおかげで、今や日本の英文学界は、百数十年の長い歴史を有する、本場英米の英文学とは一味違う、日本固有の文化遺産になった、と筆者は確信している。元々は英米から由来したものではあるが、今では日本が誇りうる、日本独自の英文学として確立したのではないだろう

か、と筆者はしんからそう思っている。だからこそ、この有意義な「知」の遺産、文化遺産を、日本の英語教育の領域に有効活用をしたいと切望するのである。

　本書は、日本の英文学研究界の活性化にとって必要な処方箋を模索し、それを踏まえて、さらなる発展を目指すためには具体的にどうしたらよいかを探ったものである。温故知新の精神に則り、日本の過去の「知」の巨人たちの思索を追い、それを吟味・検証することによって、日本の英文学界が抱える諸問題を剔抉し、明日の英文学研究界のありようを見ようとした。これらをⅠ部「日本の英文学研究界」としてまとめた。

　また、Ⅱ部「研究と考察」においては、筆者自身の過去から現在に至るまでの主要な思索の軌跡を振り返り、英文学研究界不振のこの時代にあってもなおかつ英文学研究界に進出したいと望む人に向けて、この本が一種の心の癒し、栄養剤になってくれれば、と願いつつ筆を執った。留学体験もなく、また、本場英米の土俵で勝負するわけでもない、ひとりの地味な大学英語教師が、あくまで軸足を日本の英語教育界に置いて、英文学と格闘しているさまをありのままに見て欲しい、と思っている。その際、英語と日本語という言葉への拘りをいかに大切にしようとしているかを感じていただければ、これ以上の喜びはない。

目　次

まえがき……………………………………………………………………… i

第Ⅰ部　日本の英文学研究界

第 1 章：日本の英文学研究と戦争……………………………………… 3
第 2 章：「日本の英文学研究」考……………………………………… 15

第Ⅱ部　研究と考察

第 1 章：ドーラ頌 ——『デイヴィッド・コパーフィールド』論………… 49
第 2 章：増幅する自我 ——『デイヴィッド・コパーフィールド』論……… 61
第 3 章：『大いなる遺産』の謎………………………………………… 71
第 4 章：『大いなる遺産』の結末考…………………………………… 83
第 5 章：『大いなる遺産』の人物たち………………………………… 101
第 6 章：『大いなる遺産』のピップ像………………………………… 117
第 7 章：『大いなる遺産』——ヒロインの変容：虚像と実像の狭間で…… 131
第 8 章：『オリヴァー・トゥイスト』におけるナンシー像……………… 145
第 9 章：『オリヴァー・トゥイスト』の謎…………………………… 159
第 10 章：『オリヴァー・トゥイスト』——翻訳本に見るディケンズ像…… 173
第 11 章：*Hard Times* に関する一考察……………………………… 185
第 12 章：*Hard Times* の謎…………………………………………… 199

第 13 章：*Hard Times* における作家の人間洞察眼……………………………… 213

第 14 章：*Hard Times* 再考……………………………………………………… 227

第 15 章：ディケンズの小説作法………………………………………………… 241

第 16 章：E. M. フォースター『インドへの道』考…………………………… 253

第 17 章：*The American* に関する一考察……………………………………… 279

第 18 章：英語教育における英文学研究の意義………………………………… 301

第 19 章：英文学研究と言語意識………………………………………………… 313

第 20 章：ブロンテ姉妹はわれらが救世主たりうるか………………………… 319

第 21 章：小説と読者……………………………………………………………… 329

第 22 章：外国語教育における活字メディアの意義…………………………… 335

第 23 章：活字メディアと映像メディア………………………………………… 361

第 24 章：英語科教育法の現状と課題 ── 担当者からの問題提起………… 371

初出一覧……………………………………………………………………………… 385

参考文献……………………………………………………………………………… 389

あとがき……………………………………………………………………………… 409

人名索引……………………………………………………………………………… 413

事項索引……………………………………………………………………………… 418

第 I 部

日本の英文学研究界

第1章：日本の英文学研究と戦争

1. はじめに

　第二次世界大戦中、日本の英文学者の中には、己の専門領域を当時の日本の国家のために積極的に活かすべく、真正面から現実社会と向き合い、実社会との深い関わりを求めた者もいた。こうした思いを強く抱いた英文学者は実際のところ、己の学問研究を、己の専門を、己の持てる力を、そして己の最大の武器とも言える英米事情に関する厖大な博学多識を、時の日本社会に対して役立たせようと努めた。その際、彼ら英語英米文学研究者は、非常に人間的な面をあらわにし、エモーショナルな面を前面に堂々と押し出した。敵国であるイギリスやアメリカの文学や文化を専門にしてきた彼らにしてみれば、己が持てる力を国家のために存分に発揮する時機が到来した、と大いに興奮し、奮起したであろうことは想像するに難くない。実社会と直結した、まさに生きた英米文学研究の存在意義をしんから自覚し、これこそが実践知性の最たるものだと認識したにちがいない。

　敵国の情報がのどから手が出るほど欲しい当時の大日本帝国首脳部から切実に支援を求められた場合もあったであろうし、あるいは逆に、研究者自らが自発的に、己の専門を活かした提言や情報提供を当時の社会に向かっておこなったこともありうるだろう。英文学者のこのような具体的な個々の事例については、宮崎芳三による『太平洋戦争と英文学者』（研究社、1999年）に詳しく記されているが、これを参考にしつつ本章において、山本忠雄、中野好夫、そして伊藤整の三人の英文学者の言説に焦点を当てて考察してみたいと思う。

己が持てる力を十二分に実社会に役立てようという堅固な志をもって戦時中、果敢に執筆活動に勤しんだ英文学者にとって、敗戦は実に不幸なことであった。なぜなら、戦後思想がこれまでとはすっかり変わってしまったからである。戦後は、「戦争は悪である」という思想一色に染まってしまった。第二次世界大戦中は国家の意思に積極的に賛意を表明し、実社会とのコミットメントを強く希求した英文学者にとって、戦後のこうした時代風潮は、非常に居心地が悪かったであろうと推察される。戦後の時代を一体どういう態度で生きてゆけばいいのかを、彼らは自問自答しないわけにはいかなかっただろう。

　終戦後、「学問研究」という名の美辞麗句に守られ、学問研究は客観的・実証的態度に徹するべきで、個人の感情を出してはいけないのだという、まことしやかな教義を金科玉条とし、己の個人的感情等は封印し、日本国の実情からも目を逸らし、ただひたすらアカデミズムの世界にのみ閉じこもっていった英米文学研究者たちがいかに増大したことか（もちろん中には江藤淳や中野好夫のように、常に現実の社会との接点を視野に入れて仕事をした英文学者もいたが）。前述の『太平洋戦争と英文学者』において著者の宮崎芳三は、こうした英文学者の、ひとつ間違えば現実からの逃避になりかねない脆弱な研究姿勢に警鐘を鳴らしたと言えるだろう。いかなる学問分野にももちろん本質的に或る種の超現実的な、そして非実利的な側面が内包されてはいるが、しかしそれが極端になった場合を宮崎芳三同様、筆者は憂えざるをえない。

　閉塞感漂う非常に過酷なこの二十一世紀の時代状況にあって、今を生きる英語英米文学研究者は今後、いかなる仕事をなすべきかが真剣に問われることになるだろう。英語英米文学研究者が、自己の専門性に誇りを持ち、これを自信の源とし、より一層、現実の社会に向かって積極的に発言し、国際社会の真のオピニオンリーダーになるためにも、今一度、山本忠雄、中野好夫、

そして伊藤整という、戦後の日本を代表する偉大な三人の英文学者の行動軌跡を眺望してみるのも意義ある営為だと言えよう。

2. 英文学者の行動軌跡

　英文学者・山本忠雄は、著書『英國民と清教主義』（京極書店、1943年）の「序」において、「英國打倒の道を講じなければならない」と述べ、そのためには敵国・英国の弱点を見抜くべきだとし、そのひとつが英国の清教主義の理念だと説く。清教主義の世界発展が侵略的な相を帯びているが、その理念そのものが今では箍が弛んでいるゆえ、「本國及び各植民地は分散した政権と化し、東亜の侵略はおろか自立自衛すら困難となるであろう」（山本忠雄　178）、と断を下し、「英帝國衰亡史」の書ける日を期待する（山本忠雄　179）、と結ぶ。

　この著書のなかで著者は、英文学研究の専門家としての立場からシェイクスピア、ミルトン、ワーズワス、そしてディケンズ等のイギリスの代表的作家の文学的資質にも言及しつつ、英国と英国民の本質について読者に詳しくかつ鮮明に解きほぐす。イギリス作家たちに通底する強靭な英国的個性を充分認識した上で、著者は、「清教主義が妥協退化し、その海外に於ける尖兵が本國の國民道徳と矛盾を来す」（山本忠雄　179）と主張する。

　英国研究のエキスパートである山本忠雄が己の信念に基づいて正直に真情を吐露する姿、また、これまでに蓄積した英米に関する知識を祖国日本のために役立たせたいという専門家としての切なる想いが読者の胸に切々と訴えてくる。今日の我々の目から見て、まさにこれこそが紛れもなく当時の実践知性としての英文学研究の一例と言えるだろう。ただ申すまでもなく、戦争責任という今日的観点に立てば、この種の研究態度に関しては自ずと評価が分かれるのは致し方ないだろう。

　続いて中野好夫について言えば彼は、戦時中は上述の山本忠雄と同じよう

に己の持てる専門性を社会に還元すべく尽力したが、敗戦後はそれを深く反省し、戦後の民主主義の代表的な担い手として積極的に市民運動等に係わり、贖罪の態度を貫き通した。著書『酸っぱい葡萄』(みすず書房、1979 年)の「いささか長すぎるまえがき」のなかで中野好夫は、「とりわけ敗戦直後、一、二年間のものを読んでくださる読者は、すぐとお気づきのはずと思うが、この時期のわたしは、はっきり天皇制支持(さすがに護持とは言っていないが)と書いている。嘘でない、その通りなのだ。いまでも憶えているが、敗戦時もっとも口惜しかったのは、戦争終結をわたしたち自身の手でついに達成しえなかったという痛恨事。言葉をかえていえば、当時聖断と呼ばれたきわめて奇妙な形によってしか実現できなかったという一事だった。また戦争協力ということからいっても、わたしは明らかに協力者の一人だった(少なくとも例の十二月八日以後は)。大学教師および文筆人として、いわゆる追放条件にこそ該当しなかったかもしれぬが、自身の反省としてはどう考えてみても協力者だった。反戦的実践など何一つやっていないのだ。ところが敗戦直後、もっとも不愉快だったのは、いっせいに国民相互による戦犯告発騒ぎが起ったことである。国民自身による相互告発も、一概に非とはいわぬ。だが、実際にそれらの急先鋒になったのは、なんとも滑稽きわまる猿の尻笑いだった。もっともひどいのは歴然たる転向者で、自身むしろわたしなど以上に協力者だったはずの連中が、にわかに矛を逆にして戦犯摘発にいきりたったのである。現にある新聞などからは、戦犯指摘の葉書アンケートまできた。わたしは一言、中野好夫と答えておいた」と、戦時中の己の言動を偽らずに告白している。

　実娘・中野利子著『父　中野好夫のこと』(岩波書店、1992 年)を紐解けば以上のことは一目瞭然である。同著第 3 章「償いの人生」のなかで中野利子は、「父は疑いもなく、開戦を民族の理想の高揚として手放しで喜んでいる。戦後になり、その当時の自分をふりかえって父は書く」(中野利子

71）と記し、中野好夫の著書から以下のような引用文を載せている。

> ……ぼくは実に複雑な矛盾を感じながらも、結局はけして日本の敗戦を祈ってはいなかったのである。……ぼくという人間の中に無意識的習性をなすまで叩きこまれていたものは、子供の頃からほとんど条件反射のように教え込まれていた、国家を離れて国民なしだの、個人の最高義務は国家の成員たることである、だのといった風の十九世紀的国家教育であった。太平洋戦争の十二月八日とともに、従来のぼくの懐疑的バランスを、とにかく戦争協力に決定せしめた自発的動機は、はっきりいうが、やはりそうした無意識的習性であったように思う。（「自由主義者の哄笑」1951 年 12 月）（中野利子　71 – 72）

「太平洋戦争下、一国民として時局に忠実であったというだけでなく、言論人として自分の書いた文字が人々に影響を与えたという点に、父の深刻な反省があったと思う」（中野利子　75）と語る著者は、「戦後の父の人生は、ある意味では贖罪の人生だったと断言してもいいと思うようになった」（中野利子　82）と述べ、父・中野好夫の戦後の一連の平和主義・戦争反対・反ファッシズムの態度に理解を示している。

戦後を代表する知識人のひとり、加藤周一は、著書『言葉と戦車を見すえて─加藤周一が考えつづけてきたこと』（筑摩書房、2009 年）において、英文学者・中野好夫が置かれた戦時中の複雑な彼の立場を、共感を覚えつつ以下のように記述している。

> 中野好夫（1903 – 85）は日本文学報国会に参加し、たとえば昭和十八年（1943 年）二月、その外国文学部会のとるべき方向を論じている。そこで強調されているのは、明治以来の無批判な外国文学移植を再検

討すると共に、「この時局多難な時にあたっても」外国文学の研究・移植の道を閉ざしたくない、ということである。中野がその報告のなかで直接いくさに触れていった言葉は、ただ「この時局多難なとき」の一句に尽きる。それはたとえば国文学部会についての久松潜一（1894-1976）の報告に、「皇国の大事」や「尽忠報国」や「国体の本義」というような言葉が連発されているのと、あきらかにいちじるしい対照をなしている。久松はどこまで本気だったのか。中野はむろん本気であった。本気で、今よんでもおかしくないことをいったのである。つまり文学報国会のなかで可能なかぎりの道理にかなったことをやろうというのが、中野の意図であったように思われる。（加藤周一 169-170）

　加藤周一は、中野好夫の戦時中の「協力」の背景には中野の「社会的関心」の激しさがあり、その「社会的関心」の背景には「正義感」の強さがあったのだろうと推測し、これこそが戦後に発揮した中野の民主主義的諸活動の原動力であったと断ずる。「聖戦」ということばのばからしさにもかかわらず、あえて傍観をいさぎよしとしなかった中野の「社会的関心」の強さが戦後の彼の民主主義運動の原点だ、と加藤周一は言う。
　次に、英文学者・翻訳家であると同時に小説家でもある伊藤整についてであるが、ドナルド・キーン著／角地幸男訳『日本人の戦争―作家の日記を読む』（文藝春秋、2009年）が詳説しているように、伊藤整は、己の日記にひたすら大和民族の勝利とファシズムの永続性を信じる文章を綴った。

　　……伊藤整（1905-1969）は、日記とエッセイの両方で開戦を喜び、予想されるアングロサクソンの壊滅に期待をかけている。しかし、真珠湾攻撃を知った時点での伊藤の反応は意外なほど冷静だった。伊藤

は日記の中で、街やバスの中で見かける誰一人として、戦争のことを話題にしているようには見えないと記している。通行人の顔は、誰もが「むっとして」いるように見えた。しかし伊藤自身は、真珠湾の奇襲でアメリカの戦艦が撃沈されたニュースに「日本のやり方日露戦と同様にてすばらしい」と快哉を叫んでいる。……伊藤は自分の高揚する気分を弁明する必要を認めなかったが、教師ならびに翻訳者として英語と身近な関係にあった人物が、幾分かの躊躇を感じることはなかったのだろうか。（ドナルド・キーン　23-24）

　実はドナルド・キーンは同書にて、英文学者・吉田健一さえもが昭和16年12月の日記に「興奮して居るのではなく、揺ぎのない感動がある儘に凡てが我々には新鮮に見えるのである。空襲も恐れるには当らない。我々の思想の空からは英米が取り払はれたのである」（ドナルド・キーン　28）と記している事実に驚き、「吉田のような英国文学者が、日本の空から外国の思想の重苦しい雲が払われたことを喜んだのは意外である」（ドナルド・キーン　29）、と心境を語る。

　伊藤整に話を戻せば、ドナルド・キーンは、作家・平野啓一郎との対談「戦争と日本の作家」（『文学界』所収、文藝春秋、2009年9月号）において、イギリス文学の専門家であった伊藤整が第二次世界大戦勃発と同時に英米人に敵対心を抱き日本の戦争思想に染まっていったことに驚いた、と言う。そして伊藤整の人物像に関してドナルド・キーンは以下のように述べる。

　　伊藤整は、『ユリシーズ』の翻訳に参加したし、ジェイムズ・ジョイスを自分の師と言いましたけども、はたして英文学が好きだったかどうかわかりません。変な話ですけれども、私の知った日本人の英文学者で、ほんとに英文学を愛している人はそうたくさんいないです。

フランス文学、あるいはドイツ文学、ロシア文学の研究者にはそういう人はいるでしょう。多くは最後には日本文学のことを書きます。しかし、私の友人の篠田一士さんはたいへん素晴らしい英文学評論家ですが、彼は中国文学が最高だと言っていました。(ドナルド・キーン192-193)

ドナルド・キーンは前述の著書『日本人の戦争―作家の日記を読む』(文藝春秋、2009年)の「序章」においても、「伊藤整の日記に、わたしはかなりのショックを受けた。特に戦争勃発直後の日記に出てくる人物は、わたしが知っていた柔和でユーモアに富む親切な人物とは似ても似つかなかった。昭和十六年の戦争勃発は、たしかに数多くの平凡で好戦的でない日本人の中にも熱い愛国心を呼び起こした。しかしアングロサクソンの列強を破ることが、日本人が世界で最も素晴らしい人種であることを示す好機である、と伊藤のように戦争に狂喜した日本人はごくわずかしかいない。……難解なジョイスを翻訳するという緊張の連続が、アングロサクソンに対する伊藤の憎しみを煽ったであろうことは容易に想像できる。そして伊藤は、自分たち日本人が英文学の中でも一番難解な作品を翻訳したにもかかわらず、アングロサクソンは現代日本の文学に何も関心を示さないという事実に憤慨したかもしれない。しかし伊藤が日記の中で示した憎悪は、翻訳者として感じる欲求不満の域を超えている。その柔和な物腰にもかかわらず、伊藤の内にある激情的な何かが日記に捌け口を見つけたのだった」(ドナルド・キーン 12)と、胸の内を語っている。伊藤整とは友人としての親しいつきあいがあっただけに、ドナルド・キーンの落胆ぶりは想像するに余りある。戦後の伊藤整は、深交のあったドナルド・キーンに対してさえ過去を語らなかったようである。

3. 実践知性としての英米文学研究

　竹友藻風は自著『文學遍路』(梓書房、1933年)のなかの「日本人の立場より」と題するエッセイにおいて、「日本人の立場より英文學を理解することは不可能であらうか」(竹友藻風　3)と自問し、文学の場合、「窮極は一切文化の起源とも言ふべき一つの普遍的な世界を背景とすることになる」(竹友藻風　12)という点さえ押さえておけばそれは可能だと思う、と言う。英文学であれ日本文学であれ、その基底にある共通の普遍的真理に注視しつつ文学研究を進めていけばいい、と述べている。今から80年前の昭和8年の段階で、英文学者・竹友藻風が日本の英文学研究のありようについて模索している様子に、私たちは感慨を覚えずにはいられない。時代を超えて外国文学研究者の呻吟するさまが窺い知れる。

　昭和14年(1939年)、英文学者・深瀬基寛は、著書『現代英文學の課題』(弘文堂書房、1939年)の最終章「英文學研究の一課題」で、日本の英文学界の現状と将来に関して私的な見解を開陳する。深瀬は、「生と學との遊離」(深瀬基寛　259)を問題にし、これによって「自分の立場との釣合が失はれる」(深瀬基寛　260)と指摘する。現に日本の英文学者は、ドイツ文学者やフランス文学者とは違って、日本の文壇とも接触がなく、一般知識階級から隔絶していると嘆き、結局のところ深瀬基寛は、これからの日本の英文学研究の目指すべき道のひとつとして「批評の研究」を挙げている。著者は実人生と学問研究の融合を、文芸批評という研究領域のなかに見出したにちがいない。

　昭和15年(1940年)発行の荒川龍彦の筆になる『現代英國の文學思想』(理想社出版部、1940年)には、先述の書物の著者たちに見られた、一英文学徒としての懐疑や呟きは全く出てこない。著者はイギリス文学思想の核心に迫るべく、英国の伝統と文化、主知主義、ヒューマニズム等について博引旁証して健筆を揮う。時代状況をももちろん踏まえており、たとえば、英国

の現代作家たちは「現代の英國及び歐州諸國の政治、外交といふものに反旗を翻して、英國そのものの官僚的國是であるデモクラシイに對しては特に痛烈な非難を與へてゐる。そして勿論、外に對してはヒトラーのナチズム、全體主義にも反對する」（荒川龍彦　316）と、今日の私たちの眼から見ても沈着冷静な観察をなしえている。前述の昭和 18 年発行の山本忠雄の著書『英國民と清教主義』（京極書店、1943 年）とは趣きを異にしている。

　ところで戦後、著名な英文学者として、また評論家としても活躍した江藤淳は、敗戦時、12 歳の少年であった。昭和 28 年（1953 年）慶応義塾大学文学部に入り、英文学を専攻する。一連の夏目漱石論でつとにその名を世に知られるようになったが、彼の『閉された言語空間―占領軍の検閲と戦後日本』（文藝春秋、1989 年）という著作の存在を私たちは決して忘れてはいけないと思う。占領期間中の GHQ によってアメリカに都合のいい歴史や文化に取って替えられた日本の今日の言語空間を江藤淳は「閉された」と呼び、その後々までの影響は侮りがたく、今なお日本人の思考にとって大きな足枷となっているのが問題だ、と説く。1933 年（昭和 8 年）生まれで、明らかに戦後活躍した人ではあるが、第二次世界大戦後の日本国と日本人に鋭利な眼差しを常に向け続けた英文学者である。英文学研究を生きた実践知性として現実社会に還元した知の巨人と言えるだろう。彼の代表的著書『作家は行動する―文体について―』（講談社、1959 年）の題名通り、江藤淳は、まさしく「行動する」作家であった。

　これまでの日本の英文学研究界は、明治・大正・昭和を通じて人文学系の諸分野の牽引役を果たし、圧倒的な力と輝かしい実績を誇ってきた。言語学者・大津由紀雄は自著『危機に立つ日本の英語教育』（慶応義塾大学出版会、2009 年）において、かつては英語学や英米文学を対象とした本流の英文科が今やコミュニケーションの隆盛によってすっかり衰退してしまい、日本の英文科で英文学を専攻する学生・院生の数は激減してしまった、と慨嘆する。

第1章：日本の英文学研究と戦争

こうした状況下、日本の英文学研究界に命の水を注ぎ、その基盤を整備し、英文学専攻者の学術研究活動の活性化を目指すためにも本章は、温故知新の精神に則り、日本の代表的な、優れて知の人であった三人の英文学者（山本忠雄、中野好夫、伊藤整）が人間の極限状況ともいえる戦争との関わりにおいて見せた素顔を追った。学者として、また知識人としてまことに稀有な存在であった彼ら三人の英文学者たちの当時の生き方・考え方から私たちは今、一体何を学べばよいのか。これに関してはもちろん、人それぞれ想いが異なるであろうが、ただ言えることは、これを機に、日本の英文学研究が明治以来本質的に内包しているさまざまな問題点を私たちは剔抉し、冷静に吟味・検証しなければならないということである。混迷の時代を生きる日本の英文学徒にとって、このような思索は必須である。もはやこれ以上の判断保留は許されず、私たちは厳しい現実を直視せねばならないだろう。

最高学府の知の体系と権威が危機に瀕した時代に学生であった筆者は、たまたまチャールズ・ディケンズ文学を専攻したがため、田辺昌美教授が学派を率いておられた関係で、当時学会は広島で頻繁に開かれた。学舎に残る原爆の爪痕と、その学び舎で精力的に英米文学研究に励む研究者たちの姿が、今なお筆者の脳裏に焼きついている。海外留学をしなかった筆者にとって、広島こそ英文学事始めの原風景である。広島学派の凄まじいまでもの精力的な英文学研究態度に筆者は圧倒されたものである。今、かつてのまばゆいばかりの英文学研究界の復活を心情的に望むのは、決して懐古趣味からではなく、世界のさまざまな紛争解決のためにも、英語を駆使し英米事情に通暁した真の英米文学の専門家が求められていると、筆者は固く信じるからである。日英・日米外交の重要度は日増しに高まり、さらにまた、近隣諸国との関係も侮れない昨今、英米ならびに世界の事情に通じた英文学のプロフェッショナルの責務は大きい。

停滞気味の日本の英文学研究界において今、英米文学研究を生業とする者

は、大学の英文科や学会内部だけではなく、外の世界に向けて英米文学研究の価値や意義をこれまで以上に強く訴えかけていく必要があると思われる。英米文学研究によって産み出される実質的な社会的効果についてももっと強調してもいいのではないだろうか。

　かつて日本の人文学的知性の育成に大いに貢献してきた日本の英米文学研究界の今後の一層の活性化を願い、さらに実践知性としての英米文学研究の構築を希求する立場から、学識と知性を持ち合わせた知の巨人の言説について考究しつつ、日本の英米文学研究界が包含する問題に些少ながらも肉迫したつもりである。

第 2 章：「日本の英文学研究」考

1. 日本の英文学研究界概説

　日本の英文学研究は、明治・大正・昭和を通じて人文学系の諸領域の牽引役を果たし、圧倒的な力と輝かしい実績を誇ってきた。夏目漱石（1867-1916）や坪内逍遥（1859-1935）は、紛れもなくこの学問分野の先達・先覚者であり、開祖であった。彼らは日本の英文学研究史に燦然と輝く巨星である。

　日本近代文学を代表する文豪・夏目漱石の文学的源流は、英文学研究である。漱石は、1888 年（明治 21 年）9 月、第一高等中学校本科第一部（文科）に進学し、英文学を専攻する。漱石、21 歳の時である。1890 年（明治 23 年）7 月、第一高等中学校本科を卒業し、9 月に帝国大学文科大学英文科に入学する。1893 年（明治 26 年）7 月、帝国大学を卒業し、大学院に進学。その後、愛媛県尋常中学校嘱託講師等を経て、1896 年（明治 29 年）4 月、第五高等学校英語講師（7 月に教授）となる。1900 年（明治 33 年）6 月、文部省給費留学生として二年間の英国留学を命ぜられる。1903 年（明治 36 年）1 月、帰国し、3 月に第五高等学校を辞職した後、4 月に東京帝国大学文科大学講師となり、「英文学概説」等を講ずる。漱石は帝国大学で英文学を教えた最初の日本人である。1907 年（明治 40 年）3 月、東京帝国大学及び第一高等学校を辞職し、4 月に朝日新聞社に入社して作家の道に専念する。

　夏目漱石の英文学研究の裾野は広く、作家・作品論のみならず、西洋美術への思い入れにも尋常ならざるものがあった。彼の英文学研究は、まさに文学、文化、美術の融合であり、21 世紀現在の英文学研究と比べても全く遜

色のないものである。まさしく今日の日本の英文学研究の原点となっている。英文学者として文学の真髄を極めようとした漱石の、高邁な学問的精神に支えられた破邪顕正の気概と情熱は、今でも私たち英米文学研究者の心に漣を立たせる。

　近代日本文学の先駆者である作家・坪内逍遥は、漱石同様、英文学者でもあり、特に、その半生をシェイクスピア全集40巻の翻訳に費やした功績は、日本の演劇芸術史上、特筆に値する。また逍遥は、日本の英文学界を先導した早稲田大学文学部の設立者でもあり、その行政手腕にも脱帽せざるをえない。逍遥の英文学研究手法も漱石のそれと同じく、今日の日本の英文学研究の原点である。

　こうした知の巨人たちによって拓かれた日本の英文学研究は、明治・大正・昭和と、長きに亘って日本の人文学領域のフロントランナーとしてひたすら走り続けてきた。しかるに現在はと言えば、制度疲労により恐るべき危機に瀕していると言わざるをえない。日本の大学英文科で英文学を専攻する学生・院生の数は激減してしまったのだ。この現象は、英語を教える大学教員の専門にも如実に表れており、英米文学専攻を堂々と名乗る大学英語教員は数少なくなってしまった。今や英語を担当する大学教員の専攻は、英語教育実践学が主流となった。英語教育学が英文学を凌駕したのである。

　日本英文学会会長・國重純二（当時）は、日本英文学会ニューズレター（No. 90, 2000年11月8日）において、「英文学会の活性化について」と題する文章を物し、「憂慮すべき事象」という表現を用いて、低迷気味の日本の英文学界の様相を憂え、活性化を唱えた。言語学者・大津由紀雄は、編著書『危機に立つ日本の英語教育』（2009）の中で、かつては英語学や英米文学を対象とした本流の英文科が今やコミュニケーションの隆盛によってすっかり衰退してしまった、と慨嘆する。批評家ジョージ・スタイナー（George Steiner）の *Language and Silence*（1967）に拠れば、英文学の本場イギリ

スにおいてさえ、英文科は停滞気味で、閉塞感が漂っているとのことである。これを打開し、活性化させるためには今やひたすら本を読むことが必須だ（A book must be an ice-axe to break the sea frozen inside us. George Steiner 90）、とジョージ・スタイナーは言う。

日本の英文学研究界は2013年現在、果たして國重純二の願い通りに、活性化されたであろうか。筆者は、むしろ事態は一層深刻になったのではないかと思料する。前述の如く、明治・大正・昭和を通じて日本の英文学研究界は人文学系の諸分野を牽引し、圧倒的な存在感を示してきた。ところが今はと言えば、前掲の大津由紀雄も述べているように、英文科という学科自体が変質しつつある。かつて英文科では主流であった英文講読という科目もめっきり減ってしまった。今は一部の大学を除いて、明治以来の英文科体質から脱皮し、英語実践運用能力を主眼とした英語教育実践学が主流となっている。

筆者は、かつてのまばゆいばかりの英文学研究界の復活を心情的に懐古趣味から望んでいるわけでは決してない。むしろ筆者自身、英文学専攻とはいえ、元々は教員養成系の英語科出身ということもあり、或る意味では醒めた眼で常に己の専門のありように呻吟しており、とりわけ若年層の就職状況が過酷なまでに厳しい日本の現実社会を直視した時、これまでの日本の英文学研究が衰退しても致し方ないものだとさえ思っている。現代社会のニーズを侮ることはできないし、時代の趨勢には逆らえないからである。まずもって若者たちの就職確保が第一である。

現に今、日本の大学教育は総じて変革・変貌の時を迎えている。かつて右肩上がりの経済的成長を謳歌した日本企業には余裕があり、たとえ学生が大学で浮世離れした英文学を専攻しようが、企業はそんな学生をも黙って受け入れてくれ、採用後にその学生を一人前の社会人になるよう育ててくれた。ところが今や企業側にそんな余裕は無く、大学卒業生に即戦力を求めるようになった。これは厳然たる事実である。外国語科目関連で言えば、実践的言

語コミュニケーション力がこれまで以上にひたすら求められるようになった。教養などという無形のものではなく、実際に形にあらわれたものが要求されるようになったので、学生たちは、たとえば TOEFL や TOEIC という語学検定試験に向けて必死に奮闘せざるをえない。こうした状況下、かつての英米文学主流の英文科が姿を消していくのも仕方がないことかもしれない。

　実際のところ、これまでの日本の大学英文科は、概して教養主義・主知主義に立脚するがあまり、基本となるはずの英語そのものの運用面での訓練を重視してこなかったことは否めない。夏目漱石がロンドン留学中の日記（1901年1月18日）に、「日本人の英語は大体において頗るまずし。調子がのらぬなり。変則流なり。折角の学問見識もこれがために滅茶々々に見らるるなり。残念の事なり。字の下手なものが下品に見ゆるが如し」[1]と記しているが、これは、漱石以後今日に至るまで、教養主義を謳う日本の英文学界が長きに亘って形成してきた体質ではなかったであろうか。西洋からの文物移入とその紹介という啓蒙的役割に汲々とせざるをえなかった明治以降の日本にしてみれば、或る意味で致し方なかったかもしれない。「日本は三十年前に覚めたりという。しかれども半鐘の声で急に飛び起きたるなり。その覚めたるは本当の覚めたるにあらず。狼狽しつつあるなり。ただ西洋から吸収するに急にして消化するに暇なきなり。文学も政治も商業も皆然らん。日本は真に目が醒ねばだめだ」[2]と漱石が日記（1901年3月16日）に記した通り、文明開化以後の西洋文明・文化の吸収・消化に時間を費やすはめになり、その一翼を日本の英文学界は担ってきたのである。だから、現在の英語教育学が主眼とする発音指導やスピーチクリニックなどの語学教育的側面に関わる余裕など日本の英文学界にはなかったであろうと思われる。そして今や社会的ニーズの高い語学教育的役割を英語教育学が果たすようになった。英文学は時代に取り残されたと言えよう。

　しかし、本当に日本社会は若年層に、たとえば英語運用能力という即戦力

だけを求めているのだろうか。むしろ、即戦力もさることながら、同時に実社会は問題解決能力や創造力の鍛錬をも彼らに求めているのではないだろうか。諸学説を鵜呑みにせず、他者の意見に盲従せず、常に己の頭で思惟し、己の言葉で発信することができるという、そんなホリスティックな能力を若者は必要とされているのではないだろうか。世界のさまざまな紛争解決のためにも、たとえば英語が自在に駆使できると同時に、英米事情にも通暁した人材が広く求められているのではないだろうか。日英・日米外交の重要度は日増しに高まり、さらにまた、近隣諸国との関係も侮れない昨今、英米ならびに世界の事情に深く通じた人材を養成するには、今や忘れ去られた感のある英文学の果たす役割もまだ幾分残っているのではないか、と筆者には思われてならない。

　その際、停滞気味の日本の英文学研究界において自らの意思で英米文学研究を専攻する大学教師は、これまでのように大学の英文科や学会内部だけに閉じこもるのではなく、外の世界に向けて英米文学研究の価値や意義をこれまで以上に積極的に強く発信していく必要があると思われる。英米文学研究によって産み出される実質的な社会的効果についても、もっと声高に主張してもいいのではないだろうか。なぜなら、ロシア語会議通訳者ならびに作家として多方面で活躍した米原万里も説いているように、「文学こそがその民族の精神の軌跡、精神の歩みを記したもので、その精神のエキスである」[3]からである。

　かつて日本の人文学的知性の育成に大いに貢献してきた日本の英米文学研究界の今後の一層の活性化を願い、さらに実践知性としての英米文学研究の構築を希求するためには、学識と知性を有し、日本の英米文学研究界を常にリードしてきた過去の知の巨人の言説について考究し、そのことによって顕在化する日本の英米文学研究界が包含する本質的問題に肉迫することから始めなくてはいけないだろう。その意味では宮崎芳三の仕事の持つ意義は大き

い。著書『太平洋戦争と英文学者』(1999)の中で宮崎芳三は、学問としての英文学研究の始祖・斎藤勇の仕事の中身を徹底的に吟味・検証した結果、日本の英文学研究は本来的に脆弱なものであり、そこに見られるのは「勤勉」だけで、自分自身を見失った国籍喪失の傾向が顕著だと裁断している。対象学問が本来的に有する脆弱さを感取してしまったとき、宮崎芳三ならずとも私たち日本の英文学徒は、茫然自失するの他はない。ただでさえ閉塞感漂う非常に過酷なこの二十一世紀の時代状況にあって、今を生きる英語英米文学研究者はこれから先、いかなる仕事をなすべきかが真剣に問われることになるだろう。英語英米文学研究者が、自己の専門性に誇りを持ち、これを自信の源とし、より一層、現実の社会に向かって積極的に発言し、国際社会の真のオピニオンリーダーになるためにも、温故知新の精神に則り、戦後の日本を代表する偉大な英文学者の行動軌跡を眺望して見るのも意義ある営為だと筆者は固く信じ、前章において主として山本忠雄、中野好夫、そして伊藤整という三人の英文学者の第二次世界大戦中の言説を注視し、つぶさに検証した[4]。

　こうした一連の検証作業を通じて、太平洋戦争中の日本の英文学者の中には、己の専門領域を当時の日本国家のために積極的に活かすべく、真正面から現実社会と向き合い、実社会との深い関わりを求めた者がいたことが判明した。実社会との直接の接触を希求した英文学者は、己の学問研究を、己の専門を、己の持てるすべての力を、そして己の最大の武器とも言える英米事情に関する厖大な博学多識を、時の日本社会に対して役立たせようと努めたのである。敵国となった英米の文学や文化を専門にしてきた彼ら英文学者にしてみれば、己が持てる力を国家のために存分に発揮する時機が到来した、と大いに興奮し、奮起したであろうことは想像するに難くない。現実社会と直結した、まさに生きた英語英米文学研究の存在意義をしんから自覚し、これこそが実践知性の最たるものだと彼らは認識したにちがいない。慶應義塾

大学名誉教授・白井厚が著書『大学における戦没者追悼を考える』(2012)の中で、「英語を勉強することによって、高いところに立って普通の人には見えないところが見えるようになる。敵国の文章をいち早く直接読むことができ、それだけ視野が広がる。敵の状況が分かって戦争に勝てる。だから英語学とは展望台の学問であり、戦争に役立つというふうに、論を展開します。そうすると、なんとなくそんな感じもして、英語を一生懸命に勉強できるようになります。海軍は英語を使っていましたしね」[5]と、述べている通りである。

本章では、既に検証済みの上記三名（山本忠雄・中野好夫・伊藤整）以外の、第二次世界大戦後の日本において英語英米文学、とりわけ英語学領域を主導した英語学者・桝井迪夫の戦中の仕事を先ず概観することによって、実践知性としての英文学研究のありようを改めて思念し、さらには、日本の英文学研究が孕む問題点と今後の展望にも思いを馳せたいと思う。

2. 英文学者の言説の検証

　先行研究の一つとしては、ドイツ文学研究者・高田里恵子の『文学部をめぐる病い ― 教養主義・ナチス・旧制高校』(2001) がある。高田里恵子の研究対象は日本におけるドイツ文学であるが、学問的手法に関しては筆者の場合と通じるものがある。著者・高田は「あとがき」で、本書は著書というよりもむしろ引用集と呼んだほうがよく、日本のドイツ文学研究者たちの言説を蘇らせて、コラージュし、それ自体に語らせた、と言う。実際、高田は博引旁証して自説の正当性を主張していく。ドイツ文学者・松本道介に拠れば、文芸評論家・齊藤美奈子は朝日新聞書評欄（2001 年 8 月 26 日）で高田のこの本を絶賛したとのことだが、しかし松本道介は高田の仕事に対して批判的であることを、私たちは肝に銘じて忘れてはならない。松本は、「高田氏が史料に丹念にあたられる点には敬服するが、文学者であるなら、あるい

は歴史学者であっても、史料の文章の質といったものにも多少の吟味はおこなってしかるべきだと私は思う」[6]と、辛辣である。松本は、高田里恵子の史料の弁別力不足を嘆いたのである。筆者は、こうした事例に鑑みて、松本の言う「文章の質」に留意しつつ、桝井迪夫の第二次世界大戦中の言説を眺めてみる。

　廣島高等師範學校助教授であった桝井迪夫は、第二次世界大戦真っ只中の1943年（昭和18年）、『アメリカ文化の特性』という書物を著わした。「序」で著者・桝井迪夫は、「アメリカは敵國である。英國も居らなければならぬ敵國であるのだ」と言う。何を意図して著者がこの本を上梓したかが、この一節を見ただけでも一目瞭然となろう。さらに著者は、著書出版の意図を次のように明示する。

　　アメリカに就いての知識は昨今續々と出版せられる書物から集積することができる。之は十年前を思つて見て、喜ばしいことである。然し唯知つたと思つて安心のゆけるやうな時代ではない、またどんなにか知識をかき集めて見ても相手は厖大なアメリカであつてみれば、そこに自ら限度がある筈だ。そこで要點はそれらの知識を綜合してその中に流れるアメリカの精神は奈邊にあるかをつきとめることである。建國以来三千年日本精神に培はれてきた我々は、この異質的なアメリカ文明の底に如何なる精神が流れてゐるかを今こそしつかり把握し、之を撃攘するために、自らの精神を一層鍛え上げなければならない。文化の面に於いて眺めるならば、現今はまた精神と精神との戦ひであると言へよう。我々はアメリカの精神を知るだけでなく、之に打ち勝たなければならない。（桝井迪夫　3）

　一読してわかるように、これぞまさしく異文化理解研究の最たるものと言

えよう。何のための学びなのかがこれ以上に明快なものはない。時代と社会の要請に基づいて日本人はアメリカ文化の特性を今こそ真剣に学ばねばならないという桝井迪夫の意思は、堅固である。著者の広遠な学識に裏打ちされた学問的研究成果の実社会への還元の意図がはっきりと見て取れる書物である。戦時中においてはおそらく日本人一般は敵国のアメリカ文化を敵視したであろうが、さすがにこの学術書はそうした皮相的なものではなく、冷静にアメリカ文化を分析した上で、英語英米文学の専門家として桝井は日本の読者に学の深奥を教授する。

　桝井迪夫はこの書物において、まず現代アメリカ人気質の特色を精密に解き明かし、アメリカの歴史事情、特に独立戦争までの建国史を詳説した。そして次に、アメリカ建国の精神のなかに見られる清教主義の精神と辺境開拓の精神とに着目し、これら二つの精神は独立戦争後の時代においても形を変えながら生き残ったと桝井は言う。ただし、これらの二大潮流は、経済・産業の発展とともに物質万能の現代アメリカに移行するに従って甚だ変化し、もはやかつてのような純粋なものは窺われず、むしろ大衆は宗教を棄て、黄金に眼を奪われたと論述し、「今の彼等は精神よりも物質主義に覆はれてゐる」(桝井迪夫　253)ということを強調する。日本人の精神とは全く反対のものである、と桝井は述べる。それゆえ日本とアメリカ両国間には、相互に交わる回路がない、と以下の如く陳述する。

　　我々は古事記の神話や萬葉の素朴な心は我々の血液の中に現在尚脈々と生きつづけてゐることを切に感ずるが、彼等がたとへ理解しようとしてわからないのは、またその神代の大らかな精神であるだらうと思はれる。彼と我とは思想と思想との相通ふ通路がないのである。此の彼の思想と我が精神とに通ふ通路のないことを、我々としては銘記しておかなければならない。(桝井迪夫　256–257)

第 I 部　日本の英文学研究界

　英語英米文学の専門家として研鑽を積んだ著者・桝井迪夫は、アメリカ人ならびにアメリカ文化についての概説をこの一冊の書物のなかで極めて精密に詳述した。ここに見られるアメリカ英語に関する言及も正鵠を射たものである。桝井迪夫のこのアメリカ文化論に関する著書は、内容的には総じて二十一世紀現在にも通用するだろう。二十世紀最大の社会学者マックス・ウェーバー（Max Weber）は著書『職業としての学問』(1919、三浦展訳 2009) において、「学者が、彼自身の価値判断を持ち込んでいるときは、実際いつも事実の完全な理解が薄らいでいくものです」[7] と警鐘を鳴らしているが、マックス・ウェーバーが言うところのそんなプロパガンダ的側面さえ除けば、私たちは桝井迪夫のこの書物のなかに時代を超えた普遍的なものを読み取ることができる。現に、桝井迪夫のこの著書から四十三年後に、司馬遼太郎は『アメリカ素描』(1986) を上梓しているが、アメリカ文化に関する考察において両者の間には総じて近しいものがある。司馬は、アメリカ人が自国のことを「ザ・ステイツ（the States）」と呼ぶことを取り上げて、そこには「法で作られたる国」、言い換えれば「文明という人工でできあがった国」[8] という響きが感じ取れる、と言う。こうした司馬遼太郎のアメリカ観は、アメリカを覆っている物質主義を感じ取った桝井迪夫の嗅覚に通じるものがある。

　『アメリカ文化の特性』という書物の出版を通して桝井迪夫は、当時の日本社会に向けて己の学問的業績を開陳し、実社会と交りたかったにちがいない、と筆者は考える。机上の学問に終わらせるのではなく、むしろ己の学知を充分に社会に活かすことによって、実社会との接点を見い出し、実社会に役立たせようと望んだのではないだろうか。現に桝井は、「今述べ来つたアメリカ文化の諸相は単に知識の集積を意図するものでは無かつた。彼を知ることが即ち我の優越せる精神を更に固める所以を意図したのに外ならなかつたのである」（桝井迪夫　260）と、語っている。異文化間コミュニケーショ

ン分野の学術的成果を実社会に応用し、社会連携を図ろうとしている著者の行動派としての姿勢が明白である。桝井のこの書物こそ紛れもなく実践知性としての英文学研究の一例と言えるのではないだろうか。

　物質主義ではなく精神主義を説く桝井迪夫は、アメリカ文化に精通した英語英米文学の専門家として、当時の日本社会に向かって堂々と確信をもって日本文化の優越性を主張した。「我々の比類なき傳統に比せらるべき傳統は彼の國にはないのである。眞の意味に於て精神の名に値する精神はないのであると我々は信念を以てここに断言するを得る」（桝井迪夫　261）、と持論を述べた後、桝井は、戦争の勝利を謳う。

　　　それ故に我々はたとへこの大戦争が長期に亘ることがあろうとも、
　　　決して精神力に於て負けることはない。断じてないのである。而して
　　　精神力に於て勝つことが同時に戦争に勝つ所の根底であるのである。
　　　その信念は我等のものであり、同時に我が後輩のものでなくてはなら
　　　ぬ。（桝井迪夫　261）

　峻厳なまでに己の信念を貫き通そうとする桝井迪夫の学究としての一途な態度に、今日の私たち英文学徒はある種の嫉妬を覚えてしまう。現実社会との接触をひたすら希求し、専門家として知力の限りを尽くして社会貢献を試みようとした桝井迪夫に、私たちは羨望の念を抱かざるをえない。明治・大正以来の日本の大学英文科が主として啓蒙主義の立場から得意としてきた英米文化や英米思想の輸入・紹介が飽和状態に達してしまった二十一世紀現在、英米文学を専門とする者たちは、なす術がなく、打開策を求めて難儀しているのが実情だ。そんな私たち現代の英文学徒の眼には、桝井迪夫の戦時中の仕事はまぶしく映る。私たちは、実践知性としての英文学研究のありようを憧憬の念で、そこに見る。

このような実践知性としての英文学研究の他の例として、第二次世界大戦真っ最中の 1942 年（昭和 17 年）発行の『戦争と文學』（日本放送協會編）を挙げることができる。元々は「戦争文学」の話としてラジオで放送されたものが後に一冊の書物としてまとめられたのである。「はしがき」で、「日本人の世界史的使命を思ひながら、イギリス、ドイツ及びフランスといふ三國の戦争文學に就いて考へることは更に新しい意義を持つものと信じる」と、出版の意図を明確に述べている。「イギリスの戦争文学」の章は森六郎の執筆だが、森は、戦争文学とは何かと言えば、それは戦争が主題となっている文学のことだと明快に語り、フランスやドイツといったヨーロッパにおいて発達したものだと述べる。森は、まるで大学で英文学史を講義するかの如く、イギリスの詩・小説・戯曲という幅広いジャンルに見られる戦争をテーマとした数多くの作品について淡々と論じる。特に、第二次世界大戦から生まれた戦争文学の主要作品の考察は圧巻である。森の沈着冷静な作品分析が続く。時代の趨勢を見極め、主題を敢えて戦争と文学に絞って進めていく森六郎のこの研究姿勢に、筆者は実践知性としての英文学のありようを見る思いである。

しかし、己が持てる専門的知識を十二分に実社会に役立てたいという強靭な意志をもって戦時中、果敢に執筆活動に勤しんだ桝井迪夫にとっては、敗戦は実に不幸なことであったと筆者には思われる。なぜなら、戦後思想がこれまでとはすっかり変わってしまったからである。戦後は「戦争は悪である」という思想一色に染まってしまったのだ。第二次世界大戦中は国家の意思に積極的に賛意を表明し、実社会とのコミットメントを強く希求した桝井迪夫のような英語英米文学研究者にとって、戦後のこうした時代風潮は、非常に居心地が悪かったであろうと推察される。太平洋戦争後の時代を一体どういう態度で生きてゆけばいいのかを、桝井迪夫はきっと悶絶しないわけにはいかなかっただろう。そうした苦悶を抱えつつ、桝井迪夫は戦後、名門広

島大学の英語学教授として広島学派を率い、あまたの優れた弟子を日本中の大学に送り込んだ。筆者は、英語学の泰斗・桝井迪夫の若き日の人間味溢れる情動的な研究姿勢に、今や時流となった自然科学的色彩を濃厚に帯びた「evidence-based」的な研究法とは一味違う迫真力を感じてしまう。人文学の真髄とも言える人間の痕跡が桝井の文章には存在するのだ。筆者は今、「情動的な研究姿勢」と表現したが、これはまさに、歴史学者・白永瑞が論考「社会人文学の地平を開く」(2013)[9] の中で言う「感興」という記述に相当するであろう。

> ……計量的な指標としての評価の対象にはなりえない人文学そのものの秘密の一つは、人文学から得られる「感興」であることを認める。人文学を学習することで人間らしく生きる方向性に気づくときの感興は大切である。ここで、東アジアの伝統における儒教的な学問観を思い出してみよう。学習や研究のプロセスがもつ情緒的側面を強調し、人は学びを通じて何かを感じ、どこか変わらなければならないという主張は吟味に値する。もちろんそのような人文主義的伝統が余暇を享受できる人々、つまりある意味で特権を享有した階級（士大夫）の教養であったことは間違いないが、実はこれは西洋でも同様であった。しかし、このような特権をより広い範囲の社会階層にまで拡大しようとする努力のなかで、人文学の理念と制度が今日まで発展してきたことを認めるならば、人文学が進むべき未来の方向はすでに提示されているといえる。
>
> その方向とは人文学の各専門分野の知識を習得することに留まるのではなく、学問を通じて人間らしく生きる道に気づくことの喜びを大学という制度の内外で共有できるように努力することである。私たちの社会人文学が追求する道がこれである。（白永瑞　135 – 136）

第Ⅰ部　日本の英文学研究界

　韓国延世大学校教授・白永瑞の上記引用文の中の「人文学」を仮に「英文学」に置き換えて読んでみると、まさに時代と社会を超えて、桝井迪夫のあの戦時中の仕事に通じるのである。現に白永瑞はこの論考において、以下のように、「実践人文学」という表現を用いている。今に生きる歴史学者・白永瑞が志向する「実践人文学」、即ち「社会人文学」の学術精神を、既に七十年前に桝井迪夫は先取りしていたと言えるのではないだろうか。

　　制度の外で知識と生、または職場と生活空間を結びつけようとする「実践人文学」モデルは、現在「危機の人文学」の出口としてこれまでにない注目を集めている。(白永瑞　132)

　ところが、大学制度の中にいる今日の日本の英文学研究者はと言えば、そのほとんどの者は、「生」ではなく、ひたすら「知」の追究に邁進していると思われてならない。「生」と「知」の分離を前提とした英文学研究に勤しんでいる。換言すれば、日本の英文学徒は、己の個人的感情等は封印し、日本や世界の現実からも目を逸らし、ただひたすら学知の世界に閉じ籠っている。学問研究とは、主観をいっさい排し、客観性・実証性・論理性に依拠して「知」の追求に邁進するものだと、誰もが信じて疑わない。こうした学問風土のもと、現在の英語英米文学研究者が排除してしまったものが、桝井迪夫の七十年前の仕事の中に厳然と存在するのではないだろうか、と筆者には思われるのである。
　以上の如く、本章では英語学の権威として戦後の日本の英語学界を主導した桝井迪夫の第二次世界大戦中の仕事を概観することによって、実践知性としての英文学研究のありようを考究したが、ここで脇道へ逸れる覚悟で、英文学・戦争・広島という連想から英文学者・松元寛の仕事にも少し触れておきたいと思う。松元寛は、桝井迪夫と同じく広島大学教授として多くの教え

子を育成し、日本の英文学界に貢献した学者であるが、彼は英文学の業績のみならず、戦争と平和に関する言説も残している。松元寛は、史上はじめて核兵器を投下された広島の地にあって、戦争と平和の問題に真正面から真摯に向き合った英文学者のひとりであった、と筆者は認識している。筆者は、上述の桝井迪夫の戦時中の仕事と同様、松元寛の戦争と平和に関する戦後の仕事をも、実践知性としての英文学研究の一例として捉えたいと思う。

松元寛のこの分野における代表的論考は、「原点としてのヒロシマ」(1979)[10] である。彼の論考の「注」(6) のイギリスへの言及からも窺われるように、これは、英文学者としての博識を踏まえた幅と奥行きのある重厚な論説である。松元は、広島の原爆被災を戦争被害としてのみ捉える視点を超えて別の方向に開かれた視野を持とう、と提言する。広島の体験を特異な戦争被害だとする閉じられた認識だけではいけない、と言う。論考の「まとめ」に書かれたその言説の一部を挙げてみよう。

> 要するに、広島の原爆被災という事件を、戦争の問題としては加害と被害との両面を含めた複眼的視野で眺めると同時に、戦争と平和にわたる文明災害として見る視点から見直してみる必要があるということであって、それができた時にはじめて、広島の事件は、平和の探求の原点として、その追求の果てに「ヒロシマ」の思想を生み出すことができるのではないかということである。(松元寛　407)

原爆被災に関しては当然のことながら、松元寛以外の多種多様な意見・主張があるに違いない。彼とは全く逆の考え方もあるだろう。筆者は、これらの意見に対してそれが是であるか非であるかを判断する確かな根拠は持ってはいない。松元寛は、「人間らしい生き方」(松元寛　407) を求めて、従来の諸説に拘束されることなく自説を提示したのである。原爆被災という事件

が当時の広島市民にとって被害であったことは間違いないが、しかし同時に広島は、東日本を総括する第一総軍司令部があった東京と並んで、西日本を総括する第二総軍の司令部が置かれた日本の最重要軍事拠点の一つであったことを忘れてはならないと、また、広島で被爆死した市民の中には軍人として中国大陸や南方の戦線で現地住民に対する残虐な加害の当事者であった可能性もあるなどと、松元寛は、本人が言うところの「ややまがりくねった形で」(松元寛　407)熟考を重ねながら、持論を展開した。1940年から1945年にかけて最も大規模かつ徹底的に無差別殺傷を実行したのは英国とアメリカだったという意見[11]が一方においてある中で、松元寛の「私たちは広島の被災を無実の被害だと言ってすませるわけには決していかない」(松元寛　399)という発言は、己の信ずるところを率直に語ったものであり、ことの是非は別として、重層的な響きを持つ。こうした多層的・複眼的考察を可能ならしめたのは、日本の大学で英文学専門家として研鑽を積む過程で体得したであろう「イギリスの知恵」のなせる業ではなかったであろうか、と筆者は推察する。政治学者・中西輝政の著書『国まさに滅びんとす』(1998)に拠れば、人間的資質の熟成とも言うべき「イギリスの知恵」は、実は日本の英文学者たちにとってはこれまで関心の対象となるものではなかった、とのことである。しかるに英文学者・松元寛はと言えば、彼はこれを体得していたに違いないと、筆者は考える。

> 西欧の明示された学問や「社会科学」というものを明治以来、熱心に取り入れ、また、英文学への強い関心を抱きつづけてきた近代日本の知識人が、この「イギリスの知恵」には一貫して冷淡あるいは無関心でありつづけてきたのは驚くべきこと、といえるかもしれない。
> (中西輝政　253)

一方で英文学研究者としての堅実な功績を残した松元寛は、他方で戦争と平和に関して積極的な発言をした。彼のこうした一連の仕事こそ、実践知性としての英文学研究の範例として筆者は捉えたいのである。

　桝井迪夫から松元寛へと話が移ってしまったが、本章では英米文学研究者の言説を検証し、研究姿勢に窺われる実社会との接触のさまを考察した。次に、日本の英文学研究が孕む問題点に思いを馳せつつ、人文的知性のひとつである日本の英文学研究が果たしうる役割について考えたい。

3. 実践知性としての英文学研究

　直木賞作家でもあり、英米文学の翻訳家でもある常盤新平の『遠いアメリカ』（1986）は、昭和三十年代前半の高田馬場界隈を舞台にした、作者の若き日の自画像とも言える小説である。主人公・重吉は、大学の英文科を卒業して、大学院に進学したものの、アカデミックな研究には馴染めず、大学院の授業に出るのをやめている。彼は、GIたちが前線で読み捨てたペイパーバックや雑誌を洋書の古書店で購入し、それらを読むことによって、実際のアメリカへの憧憬の念を募らせる。そして重吉は将来、大学の英米文学研究者ではなく、英米の文芸作品の翻訳家を目指す。

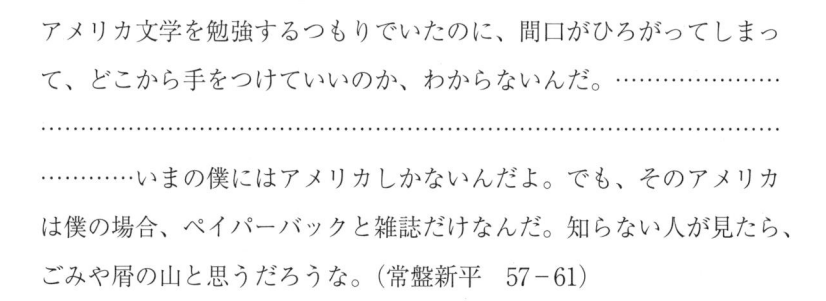

　　アメリカ文学を勉強するつもりでいたのに、間口がひろがってしまって、どこから手をつけていいのか、わからないんだ。……………
　　……………いまの僕にはアメリカしかないんだよ。でも、そのアメリカは僕の場合、ペイパーバックと雑誌だけなんだ。知らない人が見たら、ごみや屑の山と思うだろうな。（常盤新平　57-61）

　小説の題名通り、アメリカは、主人公・重吉にとってひたすら仰ぎ見る憧

れの「遠いアメリカ」である。作者の分身である重吉の通う大学院のモデルは、坪内逍遥以来の長い歴史と伝統のある早稲田大学の英文科であろう。普通ならば将来の英文学者の卵とも言えるはずの大学院生・重吉の、アカデミズムの世界に順応できないという悩める姿から、私たちは少なくとも次の二つのことを感じ取ることができるだろう。その一つは、主人公の強烈なアメリカへのあこがれの気持ちが彼のアメリカ文学・文化への耽溺の源泉となっている点で、この凄まじいまでもの勉学のモチベーションは、残念ながら、二十一世紀の我々からは失われてしまったということである。今では海外旅行や短期留学等が日常的となり、私たちにとってアメリカはもはや遠い存在ではなくなったのである。もう一つはと言えば、それは主人公・重吉が毛嫌いしたアカデミックな日本の英文学研究のありようである。テーマを絞り、辞書や学術研究書と首っ引きで文学作品を解釈し、科学的・分析的・論理的に論文を作成していく手法が重吉の肌には合わなかったという点である。この小説において見せる彼の言動は、英文学研究におけるアカデミズムとは一体何ぞやという本質的問題を現代の私たちに投げかけてくる。昭和二十年八月の敗戦を契機に日本の英文学研究界はますます隆盛を迎えるであろうと誰もが固く信じ、現にそうなっていった昭和三十年代初めにおいてすら既に、重吉の場合に見られるように、学術的な英文学研究法に対する懐疑が存在していたのである。これは今から六十年も前の話である。今日の日本の英文学研究界が本質的に内包している研究手法の是非に関して私たちに再考を迫る、貴重なエピソードと言えるだろう。

　昭和三十年代前半の英文学界の様子の一端を知るのに適しているであろうという理由で筆者は、上記の『遠いアメリカ』に言及したが、実は昭和二十二年の段階で既に英文学者・本多顕彰は、日本の英文学研究の実相を冷静に見据えている。日本の大学の英文科は、本来的に総じて英文学研究の場というよりもむしろ、英語教員養成機関ではなかったか、と本多は著書『孤獨の

文學者』(1947) の中で言う。換言すれば、日本の大学の英文科は、英文学研究を標榜しつつも、その実態は英語取得の場であり、それゆえに英文学の学術的基盤は盤石ではないという説である。これは透徹した見解と言えるかもしれない。

> わが國の大學の英文科は、従来文学研究の場といふより、就職の要件としての英語取得の場であつたといつた方がよいくらゐであつた。いはば、英語教員養成所であつて、文學志望の者は、むしろ異端視されるといふやうな傾向を持つた大學さへあつたのではないかと思はれる。このことはイギリスと戦争を始め、英語教育が廃止されさうになると英文科志望者が激減し、イギリスの旗色がよくなると、忽ち志望者が殺到するといふやうな現象が説明してゐると思はれる。イギリスに対する敵愾心から、英文學専攻を破棄したといふやうな例は殆んどないと思はれる。(本多顕彰 32)

また、著名な文芸評論家ならびに論壇人として第二次世界大戦後に活躍した知の巨人のひとり江藤淳[12]の大学人としての履歴からも、私たちは今日の日本の英文学研究界が本質的に抱えている問題を如実に窺い知ることができる。江藤淳こと江頭淳夫は、まず英文学徒として出発している。慶應義塾大学文学部英文科で西脇順三郎、厨川文夫両教授の指導を受けた江藤淳は、1957年大学卒業後、大学院へ進むが、しかし、夏目漱石が英文学研究を断念して作家の道を歩んだように、そして前掲の重吉がアカデミックな英文学の道からはずれて翻訳家を志望したように、江藤淳は大学院を中退して文芸評論家の道を選ぶ。ただし江藤の場合、後になって恩師・厨川文夫教授に再び指導を仰ぎ、1975年に中世英文学を基礎とした研究で文学博士号を取得している(博士論文タイトルは『漱石とアーサー王傳説』)。アメリカ文学研

究者の慶應義塾大学文学部教授・巽孝之が江藤淳の原点は「英文学者」だと喝破している通り（1999年7月29日付け産経新聞）、江藤は英文学研究の心を生涯忘れぬまま、文芸評論家として、さらには保守派論壇人として一家を成した人物である。慶應義塾大学の学生時代に徹底した本文校訂の意義と手法を修得した江藤淳の代表的著作の一つとしてたとえば『閉された言語空間─占領軍の検閲と戦後日本』(1989) を挙げることができるが、これは、GHQ によって日本の歴史や文化がいかにアメリカに都合のいいものに取って替えられたかを検閲文書の解読によって解明されたものである。この著書は江藤淳が 9 ヶ月間ウィルソン研究所で行った検閲研究の集大成である。江藤がこの著書の中で力説しているのは、GHQ による検閲の影響は決して過去のものではなく、今なお日本人の精神構造にとって足枷となっているという指摘である。江藤淳のこの著作は、慶應義塾大学英文科の学統ともいうべき緻密なテクスト読解の手法が DNA として江藤の身中に受け継がれていることを彷彿させるものである。巽孝之が、江藤淳の原点は英文学者だと言い放ったのは、言い得て妙である。

　江藤淳は評論家として華々しく活躍する一方、東京工業大学の助教授、教授を務め、その後、晴れて念願の母校慶應義塾大学の教授職に就く。ただし所属学部は出身の文学部英文科ではなかった。湘南藤沢キャンパスの環境情報学部である。英語の優れた使い手であり、イギリス流の学問研究の極意をも体得している正統学派の江藤淳にしてみても、語学と IT 技術を特色とするこの学部は彼の性には合わなかったようである。江藤は定年前に辞職する。彼に関するこのエピソードから、本来の居場所が見つからず悶絶する英文学研究者の悲哀と、英語教育学が英文学を凌駕する実態とを、私たちは切実に感じずにはいられない。この辺りを、文芸評論家として文学者の苦悩や秘めた思いを追求する松浦和夫は、著書『文学者　知られざる真実』(2012) の中で以下のように記している。

いったんは法学部の客員教授になり、そこから転じた慶応のSFC教授職に江藤は適応することができなかった。その学部はコンピュータと語学を重視して世界に通用する学生を育てるのだそうだ。江藤はIT技術を嫌った。SFCの教員への事務連絡はすべてE・メールでなされていたが江藤教授には事務職員が書類を持参していた。効率だけでは学問はやれぬと学部の雰囲気にも違和感を擁いていた。『SFCは慶応か』とつぶやき三田にあるというアカデミズムに最後まで共感していた。江藤は三田にある法学部で、研究室からイタリア大使館の裏庭が見えると喜んでいた。彼の妹が嫁いだ国の大使館である。学生時代に自分の通った三田キャンパスとその周辺に蓄積された伝統の街に江藤は郷愁を感じていた。ほかでもない福沢諭吉が開いた三田キャンパスに教授として通うことを夢見ていたのだ。かつて閉ざされた夢を。
（松浦和夫　46）

　現に江藤は著書『作家は行動する』（1959）において、自然科学的研究態度よりも、人間を相手にする文学的態度を好んでいる様子が見て取れる。江藤にとっての湘南藤沢キャンパス環境情報学部は、文学的本領を発揮できる場所ではなかったようである。

　　自然科学の言語は完全に機能化された記号であるところの数式であるが、この態度―行為は現実を客体化する行為であるといつてよい。客体化するということは、対象から人間の痕跡をはぎとつてしまうということであつて、自然科学者が相手どる現実は、したがつて、そこからあらゆる人間の痕跡をはぎとられた「現実」―「自然」だということになる。この「自然」が非歴史的な存在だということはいうまでもないであろう。なぜなら、歴史は人間が創るものであるが、「自然」

の上に人間はのつかつていないから。しかし、科学者の言語がいかに普遍的で機能的なものであつても、記号であることにかわりはない。つまり、科学者たちは定量化し、記号表示することなしには、絶対に「自然」そのものに触れることがない。彼らの場合、いつも理論は実験によつて証明される。この検証行為が科学の進歩をささえてきたものであるが、しかし、その実験の結果もまた記号の表示によつてしかたしかめられない。(江藤淳　22)

　ところが時代が変わって今、江藤淳にとっては肌が合わなかったこの湘南藤沢キャンパス環境情報学部には、まるで水を得た魚のように、学生に「生きる本質」を説き続けている異言語・異文化コミュニケーション専門の長谷部葉子准教授がいる。英語教師でもある長谷部は、座学ではなく、フィールドワーク的なものを駆使して、優れた人材を社会に送り出している。彼女の場合、実人生と専門研究とがみごとなまでに一致している。換言すれば、長谷部葉子の大学教師としての専門は、彼女の人生体験の中から自ずと生まれてきたもののようである。著書『今、ここを真剣に生きていますか？―やりたいことを見つけたいあなたへ』(2012) の中で、彼女はこのことを披歴している。閉塞感漂う現代日本社会にあって、若者に生きる勇気を与え続けている英語教師・長谷部葉子の大学人としての実像から、英語教育実践学が英文学を凌駕したなと、私たちはしんから実感せざるをえない。実際のところ、「生きる」ことに力点を置いた教育実践に優るものはないだろう。現に今、若者たちは救世主のような指導者・教育者を切実に求めている。長谷部葉子は、学生たちの心奥に誠実に応えているのであろう。

　　この家庭環境から、自然に異言語・異文化コミュニケーションに対しての意識が芽生え、年を経るごとに家庭における自分の役割を心得

るようになりました。つまり、私にとっての「異言語・異文化コミュニケーション」は、父と母という、ごく身近の「家族」という関係性のなかで生まれた問題意識なのです。

　この父と母の狭間にあって、楽しいながらも矛盾にぶつかる瞬間に恵まれて育ち、その矛盾に鍛えられて、社会に対する洞察力、批判的精神も自然に養われた気がします。でもそれは五〇歳を越えたいまだから言えることで、子どものころはその矛盾に結構悩みました。(長谷部葉子　200)

英文学でこそないが、異言語・異文化コミュニケーションを基礎とした英語教育実践学の真髄を長谷部葉子の仕事の中に見る思いがする。彼女のこうした実践的教育・研究活動を見ていると、生きるということ、即ち、「生」を前面に押し出した教育と研究がこれからの日本の大学教育の中核を占めるであろうことを私たちは意識せずにはいられない。江藤淳が、『夏目漱石』(1956)、『漱石とその時代　第1・2部』(1970)、そして『漱石とアーサー王傳説』(博士論文1975)といった具合に、漱石に関して執拗に健筆を振るったように、長谷部葉子は、実社会と直結した実践的英語教育を通して「生きる」ということの本質を学生に教え続けている。慶應義塾大学英文科において連綿と受け継がれてきた人文学的学知の体現者・江藤淳の大学人としての煩悶ぶりと、逆に、日々生き生きと教育・研究活動に勤しむ長谷部葉子の溌剌とした姿を比べたとき、私たちは現在の日本の大学における学問自体の揺らぎ・変質をしんから感じざるをえない。

　ことほどさように、果たして日本の英文学にはもはや救いの道はないのであろうか。これに対する答えとして筆者は、英文学研究者一人ひとりが己の研究の社会的意義について真剣に自問する以外に方法はないと思う。現に、英文学者の大阪大学教授・伊勢芳夫は、共著『「反抗者」の肖像―イギリ

ス・インド・日本の近代化言説形成＝編成―』（2013）の「あとがき」において、「今や、非西欧圏の研究機関に所属する文化・文学の研究者にとって、西欧の研究の紹介、模倣、そして書き換えの時代は終わり、研究者自身の視点から主体的に研究する時代に入ったと考えられる。そのような研究へと方向転換しなければ、非西欧の文化・文学研究者は生き残れないだろう」と、己の胸の内を正直に吐露している。このように、根底から学問研究の在り方が変容し揺らいでいる昨今、ブルガリア生まれのフランスの文芸批評家・ツヴェタン・トドロフ（Tzvetan Todorov）が著書『文学が脅かされている』（2007、小野潮訳2009））[13] の中で、人間理解のためにも幅広い分野で文学作品が果たす役割は大きい、と述べている点に注視するのも意義あることだろう。

> 文学の対象が人間の条件それ自体である以上、文学を読み、それを理解する者は、文学分析の専門家になるのではなく、人間存在を知る者となるだろう。人間を認識するという作業に何千年来取り組んできた大作家たちの作品に沈潜する以上に優れた、人間の振舞い、情念の理解のための導入教育があるだろうか。そうであってみれば、人間関係に立脚するあらゆる職業のための準備として、文学教育以上に優れたものがあるだろうか。もしこのように文学を理解し、このように文学教育を方向づけるなら、未来において法学を学ぶ学生、政治科学を学ぶ学生、未来のソーシャルワーカー、心理療法士、歴史家、社会学者にとってこれ以上に貴重な助力があるだろうか。……………………………………こうして文学の研究は、人文諸科学の内部において、事件の歴史、思想史といった学科の傍らにその場所を見つけられるだろう。これらの諸学科は諸作品によっても諸教説によっても、さまざまの政治的行為によっても、社会的変化によっても、諸民族の生

活によっても諸個人の生活によっても、自らを発展させ、その結果思考を進歩させるのである。(ツヴェタン・トドロフ　73–74)

　トドロフは文学全般について語っているが、彼の主張は、日本の英文学研究界にも充分、適用可能であると思われる。実際、まさにトドロフが言うように、これからの日本の英文学研究には、人間理解のための「貴重な助力」的任務が期待されているのではないだろうか。これこそ実践知性としての英文学研究の一例ではないだろうか。
　前掲の伊勢芳夫が述べる主体的な研究を志向しつつ、具体的にはどのような構えで今後の英文学研究を進めていけば将来に対する展望が開けて来るかを述べて、本章のまとめとしたい。

4. 展望／まとめ

　英国の英文学研究者であるロバート・イーグルストン (Robert Eaglestone) の著書 *Doing English: A Guide for Literature Students,* second edition (London: Routledge, 2002) は、本の題名 (*Doing English*[14]) からも窺われるように、英文学研究において私たちは何をなすべきかを詳細に、かつ具体的に論じた実践的書物である。特に、迷走し、生彩を失いかけている今日の日本の英文学研究界にとっては、第4部第12章 'Interdisciplinary English' が有益であると思われる。著者は、英文学という科目は最も「ファジー」な科目、即ち、本質的に学際的な側面を持つ豊饒な科目であることを強調し、それゆえに英文学は何物にも囚われない自由な研究を許容すると述べ、さらに科学と英文学に関しては、両者は対立関係にあるのではなく、共通の地盤に立っていて互恵関係にあると言い、最後に、英文学はいまだに進化しつつあり、とりわけ広範な文化研究への活路が開かれていると論じる。イーグルストンのこの意見は、袋小路に入ってしまい立ち往生している私た

ち日本の英文学専攻者にとっての一条の曙光である。そしてこれは、前掲のツヴェタン・トドロフの論にも一脈相通ずるところがある。イーグルストン自身による要約をそのままここに引用してみよう。

- The subjects we construct are interwoven with other subjects and never clear-cut. English is perhaps the 'fuzziest' — it is closest to the shifting changes in politics, because there is no 'right answer' and no unique, central skill in English. English also draws upon, but also feeds into, a very wide range of disciplines.
- All this means that English is the subject most open to discussion, argument and change. It also gives those studying English enormous freedom to explore new and changing ideas.
- English and the sciences have long seemed opposed, but they could benefit from one another. Science can help us to appreciate 'the poetry of the cosmos', while English can help us to be more culturally sensitive.
- English is still evolving. One route might be for English to become 'cultural studies'. Another is for there to be more 'original' or 'creative' writing. English continues to focus on enabling you to respond to the world around you.（Robert Eaglestone　133）

　私たち日本の英文学専攻者にとって有意義だと思われる箇所を、本章の論旨である実践知性としての英文学研究の視点からまず引用したが、実は著者ロバート・イーグルストンは第1部第1章 'Where did English come from?' の中で、英文学という学科目がどのような歴史的背景のもとでイギリスに設置されるに至ったかを詳述している。英文学の本家であるイギリスの事情を

第 2 章：「日本の英文学研究」考

知っておくことも大切であろうから、以下に、簡潔にまとめてみる：「元々英文学研究なるものはイギリスの大学では受け入れられず、特に古典学の教授たちにとっては無用の長物であった。ところがこの英文学は 1835 年、一つの正式な学科目としてインドにおいて誕生した。当時インドを統治していたイギリスは、英文学研究を通して現地のインド人をイギリス化させようと目論んだのである。そしてやがてこれがイギリスに逆輸入されることになる。そうした逆輸入者の代表的人物が、詩人・思想家のマシュー・アーノルド（Matthew Arnold）であり、彼は当時のイギリス人に文学的教養を身につけさせようと思ったのである。具体的には、有益で文明的な道徳的価値観の修得が目標とされた。これに対して、英文学を研究してもほとんど意味がないと考える一派も存在し、彼らは、教養ではなく、むしろ言語研究としての英文学を志向した。こうしたせめぎあいの中、1893 年オクスフォード大学に英文学の学位コースが導入されたが、英文学専攻は主としてフィロロジー研究を意味した。この流れが変わるのは 1917 年以降である。ケンブリッジ大学の講師たちが中心となって、主としてフィロロジーから成り立っている英語専攻コースの抜本的改革を進め、やがて言語研究だけではない、今日の私たちが知っている豊潤な英文学の基礎が作られたのである」。

このように、第 1 部第 1 章 'Where did English come from?' の章から私たちは、イギリスの英文学研究が本来的に内包する教養主義的側面と言語教育的側面の二つをまざまざと見せつけられる思いがする。現に著者ロバート・イーグルストンは、後者の側面、即ちテクストを緻密に読むことを念頭に置きながら議論を進めていることを私たちは忘れてはならない。彼の文学論の基礎には常に、テクストの読みと解釈を重視する姿勢が存在するのである。

筆者自身は、大学人としての実体験から、かねがね英文学という学問形態自体に潜む特性に目を向けてきた[15]。英文学という学問領域はあくまで「英」と「文学」とが合わさったものであり、「英」、即ち「英語」だけにい

くら関心があってもそれだけでは不十分であり、もう一方の「文学」の方にも興味や造詣がなければならない。後者の「文学」は、外の紛れもない物質的現実とは違う、内なる心の中の現実への志向が必然的に求められるということになる。このように、「英語」と「文学」の、互いに質の違う二つが同時に求められるとき、学生にとっての負担は並大抵のものではないだろう。「英語」と「文学」の二つをバランスよくさばくことは、至難の業である。特に、前者の「英語」ばかりが社会的ニーズとして広く求められる現在、学生は英語学習で目一杯となる。よって「文学」は衰退の一途をたどることになる。

こうした現状下、管見の限りでは、日本の英文学研究者たちは今、前掲の伊勢芳夫の言説にあったように、主体的な英文学研究の追求に日々、呻吟しているのではないだろうか。何かを渇き求め、独力単身で渾身の力を振り絞って英文学研究に勤しむそんな彼らの態度から、意義ある研究成果が少しずつ生み出されているのではないかと、筆者は確信する。これらは今後の日本の英文学研究にとっての指標となるだろう。そのいくつかを以下に挙げたい。

二十一世紀現在の世界に直結した、広く政治や経済や宗教などと関わりのある問題に目を向ける英文学研究者は、たとえばインド英語文学を追う。世界の縮図ともいえる激動のインドの現代文学と向き合うことで、言語・民族・国家・宗教・差別・貧困・環境といった現代人が抱える切実で深刻な普遍的テーマの探究が可能となるという信念に基づいてなされる研究法である。アジア系アメリカ人作家によって書かれた文学の研究にも同じことが言えるであろう。

他方、上述の論究とは異なり、どちらかと言えばこれまでの日本の伝統的な英文学研究法に則り、たとえばシェイクスピア（William Shakespeare）やディケンズ（Charles Dickens）といったイギリスを代表する英文学の正

典を研究対象とするアプローチも存在する。テクストの言葉に真摯に耳を傾け、丹念に読み解こうとする、その地道な研究姿勢は、時代を超えて意義がある。ただしこの場合、英文学研究者は、単に業績稼ぎのためにのみ論文を執筆するのではなく、何のために筆を執るのかを常に自問しつつ、究極的にはたとえ間接的であれ、社会への貢献を目指した仕事をすべきだろう。

さらに次に挙げるのは、言語教育的側面に重きを置いた英文学研究法である。英文の一語一句に拘り、たとえば英語学で言う「語用論」等を駆使して徹底した訳読作業を行う手法である。その際、教材としては文学作品が取り上げられる。これは、英文学を英語教育学に取り入れるという研究姿勢である。換言すれば、英語教育学の応用篇としての英文学の活用である[16]。ややもすれば特に昨今の日本の英語教育の現場では、英語教育低迷の元凶として訳読が悪者扱いされがちだが、この訳読作業は、使い方次第では一層豊かな言語活動を推し進めることもでき、高度な読解力を養成することもできるのだという考え方に立脚している。このような「訳」の効用とか「文学と教育」の融合とかを説く示唆に富む書物として、ガイ・クック（Guy Cook）の *Translation in Language Teaching: An Argument for Reassessment*（2010）や H. G. ウィドゥソン（H. G. Widdowson）の *Practical Stylistics: An Approach to Poetry*（1992）が私たちには馴染み深い。前者のガイ・クックはイギリスを代表する応用言語学者であり、後者の H. G. ウィドゥソンはイギリスの著名な文体論研究家であり、同時に応用言語学者でもある。日本においても斎藤兆史[17]、菅原克也[18]、山本史郎[19]といった英文学者たちによるこの分野の顕著な仕事がある。前掲のロバート・イーグルストンの論ともツヴェタン・トドロフの論とも通じるが、ケンブリッジ大学英文科創立メンバーの教え子の一人としてケンブリッジ大学英文科に職を得て、英文学で学位を取った F. R. リーヴィス（F. R. Leavis）は、著書 *Education and the University: A Sketch for an 'English School'*（1943）において、英文科の果

たす役割は単に英文学の専門知識を教えることだけではなく、むしろ知性の訓練だと言い、文学作品読解力育成は理解力や判断力や分析能力の鍛錬を意味する（By training of reading capacity I mean the training of perception, judgment and analytic skill commonly referred to as 'practical criticism' — or, rather, the training that 'practical criticism' ought to be.)[20]、と論述する。これは、上述の斎藤兆史、菅原克也、そして山本史郎の学問的信念と同一である。

東京大学大学院教授・石田英敬は、「人間の精神や文化の研究は、認知科学や脳科学や情報科学に認識論的主導権を奪われて、人間科学の「自然主義化」に屈してしまった感さえある」[21]と慨嘆するが、筆者は、自然科学としてではなく人文学の一環として今後の日本の英文学研究にも再生の道は残されている、と思う。

本章は、かつて日本の英文学界を主導した偉大な英文学者の言説の吟味・検証を通じて見えてくる、情動的で主体的な「実践知性としての英文学研究」の一端を論証したものである。英文学者の真率な発言は、私たちに現在の日本の英文学研究者の本来あるべき基本的態度を教示した。換言すれば、英文学の社会性の大切さを認識させてくれた。今後、日本の英文学研究に携わる者は、学知の世界に閉じ籠ってしまうのではなく、常に何らかの形で社会と関わり、社会に貢献する気持ちを忘れてはいけないということを私たちに教えてくれたのである。

異文化間コミュニケーション学者・八島智子関西大学教授の言説「日本の若者のエンパワーメントに英語教育の果たす役割は大きい」[22]に倣って、筆者も「日本の若者のエンパワーメントに英文学の果たす役割は大きい」と述べて、本章を終えたい。

注

1) 平岡敏夫（編）『漱石日記』（岩波書店、1990）、p. 30.

2) 平岡敏夫（編）前掲書、pp. 46-47.

3) 米原万里『米原万里の「愛の法則」』（集英社、2007）、pp. 179-180.

4) Cf. 拙論「日本の英文学研究と戦争」（入子文子編『英米文学と戦争の断層』関西大学出版部、2011 所収）

5) 白井厚『大学における戦没者追悼を考える』（慶應義塾大学出版会、2012）、pp. 242-243.

6) 松本道介『反学問のすすめ』（邑書林、2002）、p. 183.

7) マックス・ウェーバー『職業としての学問』（1919；三浦展訳、プレジデント社、2009）、p. 67.

8) 司馬遼太郎『アメリカ素描』（読売新聞社、1986）、p. 39.

9) 白永瑞「社会人文学の地平を開く」（文景楠訳、西山雄二編『人文学と制度』未来社、2013 所収）

10) 松元寛「原点としてのヒロシマ」（山田浩・森利一編『戦争と平和に関する総合的考察』広島大学総合科学部、1979 所収）

11) Cf. 竹尾治一郎「旧制高校と教養」（『世界思想』世界思想社、2009 春 36 号）、pp. 50-51.

12) Cf. 拙論「日本の英文学研究と戦争」（入子文子編『英米文学と戦争の断層』関西大学出版部、2011 所収）

13) ツヴェタン・トドロフ『文学が脅かされている』（2007；小野潮訳、法政大学出版局、2009）

14) 著者ロバート・イーグルストンが著書で言う 'English' は、学科目あるいは制度としての英文学の意味である。

15) Cf. 拙論「ブロンテ姉妹はわれらが救世主たりうるか」（宇佐見太市他編『外国語研究―言語・文化・教育の諸相』ユニウス、2002 所収）

16) Cf. 拙論「英語教育における英文学研究の意義」(『関西大学教職課程研究センター年報』第 15 号、2001 所収)
17) Cf. 斎藤兆史編『言語と文学』(朝倉書店、2009)
18) Cf. 菅原克也『英語と日本語のあいだ』(講談社、2011)
19) Cf. 山本史郎『名作英文学を読み直す』(講談社、2011) Cf. 拙論「書評：山本史郎著『名作英文学を読み直す』」(『年報』ディケンズ・フェロウシップ日本支部第 34 号、2011 所収)
20) F. R. Leavis, *Education and the University: A Sketch for an 'English School'* (Books for Libraries Press, 1943; reprinted 1972), p. 69.
21) 石田英敬「瀕死の「人文知」の再生のために」(『中央公論』2009 年 2 月号所収)、p. 53.
22) 八島智子「海外研修による英語情意要因の変化：国際ボランティア活動の場合」(*JACET Journal* No. 49, 社団法人大学英語教育学会、2009 所収)、p. 67.

第Ⅱ部

研究と考察

第1章：ドーラ頌 ──
『デイヴィッド・コパーフィールド』論

1.

　作品『デイヴィッド・コパーフィールド』（*David Copperfield,* 1850）において、ディケンズ（Charles Dickens）は、恋愛、結婚、家庭生活というものを、明らかに教訓的な光に照らしながら描き出している。すなわち、判断力を欠いた愛情、分別や良識を伴わぬ一時の情熱というものは、人間関係を破局と悲劇にしか導かぬ、という教訓である。アンガス・ウィルソン（Angus Wilson）の言葉を借りて言うならば、「ロマンティックな恋愛……、あばたもえくぼに見えてしまうような恋愛は、結局不幸と後悔のもとになる」[1]というところであろうか。

　作品中には、作者のこの教訓を裏書きするような人間関係の例が次から次へと登場してくる。中でも読者の目を強くひきつけるのが、やはり主人公デイヴィッド（David）と彼にからむ二人の女性、ドーラ（Dora）とアグネス（Agnes）との関係である。デイヴィッドの愛を二分するこの女性二人については、これまでもさまざまに論議が戦わされてきた。しかし読者の素朴な関心は専ら、どちらがデイヴィッドにとっての理想の女性であったか、という点に集中していたようである。

　作者の意図については、しかし曖昧なものは何もなかった。ドーラとの結婚は、あくまでも若かりしデイヴィッドの青春の過ちにすぎない。二人の結婚生活の中で、デイヴィッドが「何か大事な物を失った、何か大事な物が足りないという不幸な感じ」[2] (Ch. XLIV) を幾度となく抱く時、我々は作者

の意図が奈辺にあるかをたやすく覚ることができる。すなわちドーラがデイヴィッドにもたらしたこの喪失感を埋めてくれる女性こそが理想の伴侶なのであり、そしてそれがアグネスなのである。

　まずドーラ、そして最後にアグネスという物語の運びはあまりにも歴然としている。それゆえ我々はディケンズがこの二人の女性達の間ではっきりした価値判断を下していると考えざるを得ない。ドーラとの結婚が失敗の典型的例であるとすれば、アグネスとのそれは理想の実現である。ドーラがデイヴィッドの未熟さを象徴するような存在であったなら、アグネスこそはデイヴィッドの成長と円熟を象徴する存在に他ならぬ。デイヴィッドの愛の遍歴において作品の指し示す構図はきわめてはっきりしており、それは以下の川本静子の言葉に的確に要約されている。

　　…エムリー〔Emily〕への幼い愛もドーラへのおとぎの世界のような愛も、アグネスへの真実の愛に至る布石であった。前述した如く、ドーラを愛するデイヴィッドとアグネスを愛する彼は同一人物ではない。後者は前者を経て導き出されたものである。愛は主人公のビルドゥングを完遂させる大きな試練の一つなのである[3]。

　ディケンズの意図したところは、正しく川本静子の要約した通りであろう。とすればこの作品におけるドーラの存在は、いわばデイヴィッドがアグネスという理想の伴侶に行き着くための踏み台としての意義しか持たないのだろうか。また、デイヴィッドとドーラの結婚生活は、思慮を欠いた衝動的な愛に基づく男女の結びつきに対してディケンズが鳴らす警鐘以外の何ものでもないのだろうか。

　先ほども述べたように、ディケンズ自身の意図は作品に明らかである。ディケンズは自身の述べたい事柄について韜晦に逃げるようなことのおよそ

第1章:ドーラ頌 ——『デイヴィッド・コパーフィールド』論

ない作家だった。しかし文学作品は必ずしも作者の意のままになるものではない。そこには作者自身も自覚しなかった魂の奥底の声がはからずもこぼれ出してくるものである。あるいはまた、作品がそれ自体独自の生命を持って作者の意図した構図を裏切ることもあり得る。『デイヴィッド・コパーフィールド』についても、多くの読者はディケンズの意を素直に汲んでそのまま作品世界にひき込まれていったに違いないが、作者の意図するところに疑問を覚え、不満や不服を抱かざるを得なかった読者もまたいたはずである。とりわけドーラとアグネスの扱い方において、読者の反応はさまざまに分かれていったのではあるまいか。

2.

例えばディケンズの友人であり、良き理解者でもあったジョン・フォースター（John Forster）は次のように言っている。

> …〔デイヴィッドの〕愛情を、等しく分ちあう二人の女主人公のうちで、愛情に満ちた、可愛い幼な妻ドーラの、甘やかされた愚かさと優しさの方が、天使妻アグネスの、堅実でありすぎる叡知と、余りにも自己を犠牲にする優しさよりも、読者の心を引くものがある[4]。

また、マイケル・スレイター（Michael Slater）はドーラというキャラクターを「ディケンズの中期の作品の中でも最も心に残る成功例の一つ」[5]であると述べ、逆にアグネスについては、「彼女を成功したキャラクターなどと主張する批評家がいたとしたら、全くもって大胆不敵」[6]、と鼻であしらう。

さらに過激なのはG. K. チェスタートン（G. K. Chesterton）である。チェスタートンは、アグネスをデイヴィッドの理想の伴侶と定めたディケンズに対し、真っ向から異議を唱える。

ドーラとの結婚こそが真の結婚であり、アグネスとの結婚などは何ということはない、中年男の妥協であり、次善を取ったにすぎず、御都合結婚を高尚に昇華しただけのことだ、と読者は依然感じざるを得ない[7]。

アンガス・ウィルソンにしても、デイヴィッドとアグネスのめでたしの結末には批判的だった。

> 彼〔ディケンズ〕はロマンティックな恋愛や、情熱の魔力をあざけり、それに代わる主張を掲げた。しかしアグネスとの家庭団らんの満足感では、空疎すぎてその埋め合わせにはなるまい[8]。

おそらくは、優等生的存在が逆に人々の反感を買うという、現実にしばしばありがちな運命の皮肉が、アグネス自身を見舞ったのであろうし、またディケンズの心算をも裏切ったのであろう。しかし対比させられるところのドーラがやはり魅力に乏しいキャラクターであったとしたら、ここまでアグネスが酷評されることもなかったように思われる。ドーラに何らかの意味で心ひかれたからこそ、アグネスが合格品でドーラが失格品とでもいったようなディケンズのいささか機能的すぎる処理の仕方に不満を覚える読者が出てきたのではあるまいか。正しくこの点を衝いているのが、次の宮崎孝一の指摘である。

> デイヴィッドとドーラとの生活は、たしかに、愚かで非能率的なものではあったが、しかし、それなればこそ深い真実性を含んでおり、これを「性格、目的の違い」などという言葉で批判するデイヴィッドは（したがってディケンズは）せっかく自分で創造した美しいものに、

第 1 章：ドーラ頌 ——『デイヴィッド・コパーフィールド』論

不必要なけちをつけているものとしか言いようがない。……ここで作者は、デイヴィッドの精神の成長を強調しようとするあまり、彼の心情のうるおいを無理に枯渇させてしまったように思われる[9]。

　宮崎孝一の指摘する通り、デイヴィッドとドーラの結びつきの奥底には、確かに何か「深い真実性」が潜み横たわっているように思われる。たといかに二人の結婚生活が、痛ましくも滑稽な失敗のエピソードの連続として描かれていようとも、である。デイヴィッドとドーラは、ただ若さゆえの軽はずみな衝動と情熱に駆られてのみ結ばれたわけではなかった。デイヴィッドはアグネスに行き着く前にどうしてもドーラを通過する必要があったのだ。確かにディケンズの意図する通り、デイヴィッド自身の成長のために。しかしそれは、ドーラの未熟さと無能ぶりを、醒めた観察者の眼で一段上に立った立場から批判することによってなされる成長ではない。あくまでも二人の結びつき、魂の交流そのものが、デイヴィッドにとっては深い意味を持っていたのだと筆者には思われる。それではその意味とは一体何なのか。デイヴィッドとドーラの愛は作品の中でどれだけの意義を持っているのだろうか。以上のことを、作品に即しながら探っていきたいと思う。

3.

　まず最初に、ドーラとは一体どのような女性であるかを、改めて見ていきたい。ドーラにおいて最も著しい特徴は、その幼児性である。彼女の肉体的な美しさは幾度となく描写され、またデイヴィッドがそれに魅惑される場面も繰り返し出てくるけれども、そこには何ら官能的な味わいはなく、したがって二人の愛には少しも肉の匂いは含まれない。ドーラは、言うなれば一人前の成人した女ではないのである。そしてそのことは、ドーラの周辺の大方の人物たちが、そして他ならぬドーラ自身が誰よりもよく承知している。

第Ⅱ部　研究と考察

　婚約期間中、デイヴィッドは、ドーラを周囲の人間たちがまるで「きれいな玩具か、遊び道具」（a pretty toy or plaything）（Ch. XLI）のように扱い、ペットの犬のようにかわいがることに困惑し、そんな扱いをやめてもらうようにドーラに忠告する。

　　「ねえ、だって、もう子供じゃないんだものねえ」私は、いささか不服そうに言った。
　　「ほら！　またむずかしいことおっしゃるのねえ！」
　　「むずかしいこと？」
　　「そうよ。みんな、ほんとに優しくして下さるんだもの。あたし、とても幸福なのよ」
　　「そりゃ、まあ、そうだろうけどねえ。幸福なのはいいけど、でも、もっと大人（おとな）らしく扱ってもらってもいいんじゃないかな」
　　と、ドーラは、急にこわい顔になったかと思うと（それがまた可愛いのだが）、しくしく泣き出して、そんなにいやなら、なぜあんなに婚約、婚約っておっしゃったの？　いやでたまらなきゃ、いますぐ往（い）っておしまいになればいいのに、と言うのである。（Ch. XLI）

　ドーラがこれほど過敏にデイヴィッドの言葉に反応したのは、彼が彼女自身の拠って立つべきアイデンティティである幼児性を非難したからである。そこを非難されてしまえば、彼女にとっては全存在を否定されたも同じで立つ瀬がなくなる。「玩具か、遊び道具」、あるいはペットの犬のように扱われることは彼女にとってごく自然な楽しいことであり、デイヴィッドの望むように一人前の大人として責任を持たされることこそ迷惑以外の何物でもなかったのである。それでもドーラは、デイヴィッドへの愛情ゆえに一応は努力して主婦のたしなみを身につけようとしてみる。

第1章：ドーラ頌 ──『デイヴィッド・コパーフィールド』論

　だが、料理の本には、頭痛がしてくるし、数字には、完全に泣かされたらしかった。寄せ算などできやしないと言って、数字はみんな消してしまい、帳面いっぱい、小さな花束の絵や、私とジップ〔Jip〕の似顔などを描き散らしてしまった。(Ch. XLI)

　このエピソードが何よりもよくドーラを象徴している。料理や計算、すなわち現実の雑事は彼女の世界にとってはまったく異質な理解不能の事柄でしかなく、花やペットの犬や愛する人の存在こそ彼女にとっての真実のものだったのである。そして確かにデイヴィッドは、そのようなドーラであればこそ強くひかれていたのではなったか。ドーラの前に容赦ない現実を突き付けて彼女を泣かせたり脅えさせたりした後、デイヴィッドは必ず自己嫌悪に陥って悩む。そして自分自身を「まるで妖精の家に飛び込んだ、何か怪物」(Ch. XXXVII) のように感じる。しかしやはりデイヴィッドは現実に目を向けずにはいられないし、ドーラにもそれを強制せずにはおられない。そしてドーラについての真実をよりよく知る人々は、そんなデイヴィッドをやんわりたしなめる。

　「今のあなたの話、あのドーラって人には駄目よ。ええ、駄目。あの女ってのはね、ほんとに自然そのままの子供（a favourite child of nature）なの。ただ朗らかで、明るくて、喜びだけに生きてる人間なの」(Ch. XXXVII)、とドーラの友人のミス・ミルズ（Miss Mills）は言う。そしてデイヴィッドも心の底ではそのことをよく承知していたはずだった。

　すべての過ちは、デイヴィッドがドーラという現実世界とはまったく相容れない存在を、結婚という過酷な現実の中に巻き込んでしまったことにある。結果としてデイヴィッドは、かつてあれほど愛したドーラの浮世離れした幼さに手を焼くようになり、それを朧気ながら覚ったドーラは途方にくれるし

かなくなった。二人の間には確かに深い絆が結ばれていたが、それは結婚という形で実現されるべきものではなかったのである。死を目前にしてドーラはデイヴィッドに次のように言う：「もしあたしたち、童(わらべ)の恋だけで終っちまって、そのままお互い忘れてしまっていた方が、ずっとよかったのかもしれないわねえ。奥さんになる資格なんかなかったんだって、そんな気がしてきたのよ」(Ch. LIII)。ドーラ自身も、二人の関係の奥底にある真の意味を覚っていたのである。

　それではその真の意味とは何だろうか。現実世界では到底ふさわしい伴侶となり得なかった幼子のようなドーラが、なぜデイヴィッドのこれほど切実に求める対象となったのか。それは彼女という存在が、デイヴィッドからは不当にも奪われてしまったあの何の苦労も煩いもない至福の幼年時代の体現に他ならぬからである。親の愛に包まれ、一切の雑事から隔てられ、世の荒波にもまれることもなく、愛すべきわがままと無責任とを恣にできたあの時代、ドーラはその時代を永遠に生き続ける幼子であり、またその時代そのものでもある。彼女があれほど現実に接することを拒んだのも、ドーラを幼年時代の象徴的存在と考えれば納得がいく。現実というものから煩わされぬことこそが、幼年時代の特権である。幼年時代という聖域を侵す現実、それはすなわち、病気や事故、親の離婚や死、といった世にも恐ろしい過酷な「怪物」のような形をとって襲ってくるものではあるまいか。そしてデイヴィッド自身の幸せな幼年時代を奪ったのも、マードストン(Murdstone)姉弟という正に「怪物」そのものの現実だったのである。

　至福の幼少年時代を奪われた者は、その心の空虚を一生涯抱え続けていくものである。あまつさえ、デイヴィッドがなめた幼少年時代の苦悩は並大抵のものではなかった。デイヴィッドの中には、ついに充たされずに過ぎ去った己が幼少年時代への絶えざる飢えがあったに違いない。彼があれほどドーラのあどけなさ、苦労知らずのお嬢さんぶりにひきつけられたのも、もし運

第1章：ドーラ頌 ──『デイヴィッド・コパーフィールド』論

命の皮肉が彼からもぎとっていかなかったら彼自身が享受していたはずの正にその至福の幼少年期の幻が、ドーラの人となりのすみずみに充ちあふれていたからである。

　ドーラは、もしも叶えられたならかくあらまほしかったであろうデイヴィッドの、今一人の自己である。彼女を愛し、そのわがままを聞いてやり、辛い世間の風の当たらぬように守ってやることが、デイヴィッドにとってはとりもなおさず、再び幼年時代に立ち戻った自分自身を慰撫し、抱擁することに他ならなかったのである。またデイヴィッドの中には、至福の幼少年期のままで留まっていたいという欲望が昔から人一倍強くあった。エミリー（エムリー）との幼い恋が語られる時に、デイヴィッドのその心の一端がちらりと顔をのぞかせる。

　　このまま年もとらず、なまじの知恵もつかず、いつまでも子供のままで、手に手を取って、明るい日光の中や、花咲く牧場を、さまよい歩くことが、もしできたら！……現実の世界は、全く入り込んでこない、ただ私たちの純真な光に照らされて、いわばあの遠い星屑のように漠然とした、そうした夢だけが、途々ずっと私の心をいっぱいにしていた。(Ch. X)

　デイヴィッドのこの幼い夢は、マードストンによってすぐさまもぎとられてしまう。しかし世の荒波にほうり出された後も、この夢はデイヴィッドの魂の中にずっと息づき続けていたに違いない。そして彼のその純真な魂が、ドーラの無垢な魂とひびき合うのである。ドーラもまた、ただ受動的に愛されることだけを望んでいたわけではなかった。

　新婚当初、夜遅くまで書きものの仕事をしているデイヴィッドを、傍らに静かに座って、ただひたすらドーラは見つめている。先に寝なさいと言われ

ると、彼女は泣きながら、こうしているだけで幸福なのだから、どうしても傍に居させてくれと頼む。そのうち彼女は、夫が仕事をしている間、夫が使っているのと同じペンを持たせてくれとせがむ。

　　いいと私が言ってやったとき、そのいじらしい喜び方といったら、いま思い出してみても、涙が出る。その次、いや、それからもずっとそうだったが、私が書きものを始めると、彼女はいつもの場所に坐って、じっと予備のペンをそばへ置いているのだ。こうして私の仕事に加わることを、どんなに彼女が得意げにしたことか！　そして、私が新しいペンを要求するたびに——私もまた、わざとたびたび取換えるのだった——どんなに彼女が喜んだか！　それを見ると、私もまた、このベビー奥さんを喜ばせる新しい途が、おのずからにして浮かんでくるのだった。(Ch. XLIV)

　ドーラが望んでいるのは明らかにデイヴィッドと同化することである。夫を知的に理解するのではなく、身体ごと夫の魂の中に溶け込んでいこうとする意気込みが、彼女のこの姿には感じられる。彼女は、デイヴィッド自身の魂の分身に他ならないのだ。そしてそのドーラを受け入れることによって、デイヴィッドが自らの奥深いところに受けた幼年時代の傷が癒されていったのだ。

　ドーラとの結婚生活は、現実的な見地から考えれば確かに人生の停滞期であったかもしれない。現実生活の中で、心身両面からデイヴィッドを支え、育み、導いていくのは、疑いなくアグネスのような伴侶であろう。しかしドーラと過ごした停滞期の中に、デイヴィッドの魂が癒される至福の瞬間があったのであり、それゆえにこそドーラとの愛はデイヴィッドにとって何にも換え難く貴重だったのである。

注

1) Angus Wilson, *The World of Charles Dickens* (London: Martin Secker & Warburg, 1970)、松村昌家訳『ディケンズの世界』(英宝社、1979)、p. 192.
2) 以下『デイヴィッド・コパーフィールド』の引用文の訳は、すべて中野好夫訳(新潮文庫)に拠る。Text は The Oxford Illustrated Dickens (London: Oxford U.P., 1974) 版に拠る。引用の後の括弧内に章数を記した。
3) 川本静子『イギリス教養小説の系譜』(研究社、1973)、p. 66.
4) John Forster, *The Life of Charles Dickens* (1872-4; London: J. M. Dent & Sons, 1969), Vol. II, 宮崎孝一監訳、間二郎・中西敏一共訳『定本チャールズ・ディケンズの生涯・下巻』(研究社、1987)、p. 105.
5) Michael Slater, *Dickens and Women* (London: J. M. Dent & Sons, 1983), p. 250.
6) *Loc. cit.*
7) G. K. Chesterton, *Appreciations and Criticisms of the Works of Charles Dickens* (New York: Haskell House, 1970; first published 1911), p. 133.
8) Angus Wilson, 松村昌家 (訳)、*op. cit.,* p. 194.
9) 宮崎孝一『イギリス小説論考』(開拓社、1971)、pp. 121-122.

第2章：増幅する自我 ——
『デイヴィッド・コパーフィールド』論

1.

『デイヴィッド・コパーフィールド』(*David Copperfield*, 1850) は、いわゆる教養小説（ビルドゥングスロマン）として読むべきか否か。

自伝小説の色彩を濃厚に帯びたこの作品には、教養小説に必要な道具立てがすべて揃っている。主人公の幼少年時代の逆境、そこからの苦闘、女性遍歴、主人公を或いは苦しめ、或いは助ける多彩な登場人物たち、そして遂に勝ち得る成功と幸福。物語をこのように辿っていけば、この作品は、主人公デイヴィッド（David）の成長と発展の記録と言ってもさしつかえあるまい。

この作品を教養小説ではないとする人々は、その立論の根拠として以下のような点を挙げてくる。まず一つは、物語の焦点が主人公以外の登場人物に分散しすぎているという点だ。例えば青木雄造はこの作品について、「むしろ、内面的な魂の発展よりも外部的な事件の継起に、主人公自身よりも彼をめぐる人々の身の上に、より多くの関心とスペースとが向けられている。その意味ではドイツ流の教養小説（Bildungsroman）というよりも、悪漢小説的」[1]、と指摘する。

さらには、作品のもっと本質的な、言い換えれば致命的な部分を衝く反論もある。即ち、デイヴィッド自身が果たして成長発展していく主人公かどうか、という疑問である。これについてはジョージ・オーウェル（George Orwell）が、デイヴィッドのみならずディケンズ（Charles Dickens）の全登場人物についてきっぱりと否定的な意見を唱えているので、引用してみよ

う。

　　　トルストイ〔Tolstoi〕のほうがわれわれ自身についてはるかに多く
　　のことを語ってくれるような気がするのはなぜか？　それは彼のほう
　　がディケンズより才能があるからでも、いや結局ゆたかな知性に恵ま
　　れているからでもない。トルストイの登場人物たちは成長するからな
　　のである。彼らは自己の魂の形成に悪戦苦闘する。ところがディケン
　　ズの人物たちは初めから出来あがった完成品なのだ。……要は、ディ
　　ケンズの登場人物には精神生活がないということだ[2]。

　オーウェルの決めつけに対し、いささか割り切りすぎだと反発しつつも私
たちが必ずしも否定しきれないのは、確かにデイヴィッドが教養小説の主人
公としていかにも食い足りない人物のように思われてならないからだ。事実、
サマセット・モーム（W. Somerset Maugham）はデイヴィッドを、「この作
品の中で最後まで一番興味の持てない人物」[3]、と軽く一蹴している。モー
ムをはじめ、多くのディケンズ読者の目は、デイヴィッド自身より魅力溢れ
る個性的な脇役たちの方へ、より強く惹きつけられるらしい。
　私たちがデイヴィッドに感じるこのようなもどかしさや不満の原因を、海
老池俊治は次のように分析している。

　　　……〔デイヴィッドは〕冷静な反省によって幻滅を追究しようとは
　　しない。彼が危機に見舞われると、例えばペゴティー〔Peggotty〕
　　一家の破滅に際して、身を挺してその援助に乗り出すか、或いは、冷
　　酷に見逃すか、また、"child-wife"を一人前の大人にするか、それと
　　も自分も彼女と一緒に破滅するか、という決定を迫られると、デイ
　　ヴィッド（作者）は、突然、身をひるがえして、物語の語手になって

第 2 章：増幅する自我 ── 『デイヴィッド・コパーフィールド』論

しまう。全知で、非人情な「語手」という機能が介入して、デイヴィッドは人間性を喪失してしまうのである[4]。

　海老池俊治の言う通り、読者がデイヴィッドに最も苛立ちを覚えるのは、人生の重大な局面に臨んだ時の彼の無能さ、そしてそのことについての自覚の欠如である。危機は常に運命の幸せな偶然によって回避される。このご都合主義的展開を指して、この作品が教養小説というより悪漢小説（ピカレスク・ノヴェル）の典型であり、主人公の精神的成長など無きに等しい、と断ずる読者がいても不思議はなかろう。
　では、デイヴィッドとは、それほど語るに足らぬ人物なのだろうか。読者はただ、彼の目を通して語られる華麗な副人物たちの言動にのみ打ち興じていればよいのだろうか。上述のさまざまな批判を念頭に置きながら、今一度デイヴィッドという人物像をみつめ直していきたいと思う。

2.

　デイヴィッドは、一言で言うならば、人生の優等生である。純真で疑いを知らず、容姿頭脳共に恵まれ、着実勤勉に努力して人生の表街道を歩いていく。その優等生ぶりは、本文第 42 章の冒頭で彼自身の口から余す所なく語られる。正に時代を超えてすべての若者がお手本とすべき完璧な人生の指針である。しかし、デイヴィッド本人が一点のためらいも疑念も抱かずこの指針通り人生に立ち向かっていく姿を見ていると、おそらく読者は幾分興醒めするのではあるまいか。あれほど微に入り細をうがって描かれたデイヴィッドの幼少年時代の苦悩は、彼の存在のどこにその陰を落としているのであろう。過去の苦しみは彼の中に何一つ歪みも卑屈さも生じさせなかったのだろうか。
　私たちがデイヴィッドに対して抱く不満は、すべてこの点に起因している。

彼という人物の人となりには、あまりにも陰の部分が無さすぎるのである。彼は人間の醜悪な属性を何一つ帯びていない。無知と未熟さが時として彼を過ちに導くことはあっても、そこには彼自身の中に潜在するかもしれぬ悪しき性質が何一つ反映していないのである。

作品中にただ二つ、それをつきつめていけば遂にはデイヴィッド自身の醜悪さに触れずにはすまなくなる局面がある。一つはデイヴィッドとスティアフォース（Steerforth）の関係、もう一つはドーラ（Dora）との結婚生活の顚末である。

前者に関して言えば、デイヴィッドのスティアフォースに対する無条件の崇拝が、結果としてエミリー（Emily）を破滅に導き、ペゴティ一家を悲惨な運命に追いやることになるのだが、デイヴィッドはこのことにおける己れの責任を追求する気もなく、またスティアフォースに対する自分の不信と幻滅をあからさまに語ることで過去の友情を醜悪なものにすることから無意識の内に逃げている。そしてディケンズは、最終的に、嵐の海におけるスティアフォースの死という唐突な形で二人の関係をうやむやのうちに終わらせてしまう。

また、ドーラとの結婚生活に関しても同じようなことが言える。二人の結婚生活が、その心情面はともかく現実的なレベルで事実上破綻を来しかけていた時、デイヴィッドの心の中にはただならぬ葛藤が生じていたはずである。しかしここでもディケンズは、ドーラの死という形で、収拾がつかなくなってきた事態にあっさりとけりをつけてしまう。

以上のように見ていくと、やはりディケンズはデイヴィッドという主人公に何一つ歪みも陰りも醜さも付与したくはなかったのだ、という結論に達せざるを得なくなる。ディケンズにとってデイヴィッドは、あくまでもかわいい優等生であり、綺麗事の世界の住人のままでよかったのである。事実、デイヴィッドがその綺麗事の殻を打ち破って、醜く愚かしいあからさまの人間

第２章：増幅する自我 ──『デイヴィッド・コパーフィールド』論

の本性を我々の前に曝してくれることはついぞない。

　小説を読むという行為が何を意味するかはさておき、二十一世紀に生きている私たちが100年以上前のこの作品を読んでいるということを考えてみよう。何の先入見もなくただこの一篇だけを読むとして、やはり私たちは何と言っても主人公デイヴィッドの生き方、その人生行路を、固唾をのんで見守らずにはおれない。そして私たちと同じように、彼が善と悪、清と濁、陽と陰という両極の狭間で揺れ動く複雑な自我を有していることを期待するだろう。この期待から照らしてみれば、確かにデイヴィッドは私たちにとって、いかにももどかしく物足りない主人公であるというほかはない。また私たちが多少の予備知識を持っており、この作品がいわゆる教養小説の骨格を備えていることに誘導されて読み進んでいった場合、その不満は一層決定的なものとなる。

　では、遂に私たちはこの作品を通してデイヴィッドの複雑な自我に、或いはその魂の内奥に全く触れることができなかったのだろうか。たとえデイヴィッドが直接語らずとも、何らかの方法でそれは私たちの心に伝わってはこなかったのか。デイヴィッドただ一人をみつめ、その言動を追うだけでは、確かに私たちはより深いデイヴィッドを知り得る術はない。しかし、彼を取り囲む他の登場人物たちに目をとめ、彼らとの関係においてデイヴィッドを改めて見直してみる時、私たちはそこにデイヴィッドの新たな姿を見出すことができるのではあるまいか。

3.

　例えばユライア・ヒープ（Uriah Heep）を見てみよう。彼は社会の中でもまれてすっかり心の歪みきった男である。その卑屈と偽善は読者の嫌悪の情をかき立てずにはおかないけれども、それよりもっと印象的なのは、デイヴィッドのヒープに対するあまりにも激烈な反発の感情である。デイヴィッ

ドはあたかもヒープの存在それ自体が耐えられないかのように彼を忌み嫌う。しかし考えてみると、ヒープはデイヴィッドと多くの点で共通項を持った人物である。共に貧の中から身を起こし、独力で社会的地位を獲得してゆき、そして身分が上の令嬢に恋をする。だが、その過程においてあらゆる俗世の垢や穢れに染まっていったヒープに比べ、デイヴィッド自身はいつまでも清浄無垢なままだ。そこで私たちは、ヒープは歪んだ鏡に映ったデイヴィッド自身のグロテスクな虚像かもしれぬ、ということに思い至るのである。ディケンズ自身にその意図があったかどうかはともかく、デイヴィッドの悪の可能性というものを私たちはヒープの中に見出すことができるのではあるまいか。

　またスティアフォースに対するデイヴィッドの無条件の崇拝の中にも、私たちはデイヴィッド自身の魂の隠された歪みやひずみを見出すことはできないだろうか。すなわち、「マードストン＝グリンビー商会」（Murdstone and Grindby's）で働いていた自分を恥じ、ユライア・ヒープの卑しさを軽蔑し、スティアフォースがエミリーを破滅させたことをついぞ責めなかったデイヴィッドの姿に、私たちはスノビズムの濃厚な気配を嗅ぎとることができるのである。

　ヒープとスティアフォースがデイヴィッドの描かれざる陰の部分を映し出す存在であったとすれば、ドーラとの関わりもまたデイヴィッドの別の一面を映し出していると考えられて来る。アンガス・ウィルソン（Angus Wilson）も言う通り[5]、デイヴィッドとドーラの結婚生活の破綻は、軽はずみで衝動的な男女の結びつきに対してディケンズが打ち鳴らす警鐘である、ととるのが一般的な考え方であろう。しかし二人の関係の中には、作者の教訓的な意図を超えた何かが潜んでいる。女としての魅力より幼児性の方ばかりが繰り返し強調されるドーラは、いわば、あの何の憂いも煩いもない至福の子供時代というものを永遠に象徴する存在なのではないだろうか。そして

第 2 章：増幅する自我 ── 『デイヴィッド・コパーフィールド』論

運命の手によって幼少年時代の幸福を不当にももぎとられたデイヴィッドは、まるでその過去の埋め合わせをしようとするかのように、やみくもに彼女に焦がれるのである。ドーラへのデイヴィッドの溺愛の中には、彼自身の過去に受けた魂の傷が投影されているのだと言っても決して見当はずれではないように思う[6]。

　ドーラをあまりにもあっけなく死なせてこの1篇から退場させてしまうディケンズの小説作法に対する不満と相まって、ドーラの後を継いで理想的な妻としての任務を全うするアグネス（Agnes）の性格創造についても、大方の読者の評価は大変厳しい[7]。彼女のあまりに完璧な性格設定は、彼女とデイヴィッドが結ばれる物語の結末を、いかにもご都合主義的な、リアリティを欠いたものに見せてしまうようである。愛するデイヴィッドを横あいからドーラに奪われながら、デイヴィッドに対してはもちろん、私たち読者に対しても何一つ不満らしい気配をみせず、ひたすら二人の結婚生活を祝福し見守る彼女の姿は、近代小説の読者にとってはむしろ胡散臭いものに映るのだ。

　しかしながらこのアグネス像も、デイヴィッドとの関係において見直してみるとまた違った様相を帯びてくる。彼女はデイヴィッドにとっての「守護天使」（my good Angel）（366、367、515頁）[8]の化身というよりも、彼との関わりにおいていや応なしに「守護天使」にならざるを得なかった一人の女であったのだと考えるわけにはいかないか。並みはずれて純真なデイヴィッドやドーラ、或いは善良すぎて頼りにならない父親のウィックフィールド氏（Mr. Wickfield）などに対して、純粋であると共に成熟した心を持つアグネスは、自己の本心を深く包み隠して保護者的立場をとらざるを得なかったのである。そしてそのような自分の有り様を決して損な役まわりと思わず、けなげにふるまい、生き抜いていく彼女のような人物は、現実世界においても必ずしも稀有な存在ではないと言えよう。

一方にドーラ、他方にアグネスという女性を配することによって、デイヴィッドの人間的な成長の図式ははじめて私たち読者にも感得される。焦点をデイヴィッド一人に限定した場合には到底窺い知ることのできなかった彼の魂の諸相が、さまざまな副人物たちとの相関関係の中において浮かび上がってくるのである。その意味でこの作品は、いささか変則的な形ではあるけれども、やはり教養小説的な内面世界の広がりをのぞかせていると言えよう。

ところでこの作品の中には、主人公デイヴィッドと共に作品の教養小説的骨格を形成している人物群とは別に、その全く枠外できわめて特異な光を放っている登場人物がいる。ミコーバー（Micawber）がそれである。彼の魅力と存在感の大きさは、デイヴィッドを中心とする教養小説的枠組みを、時には揺るがしかねぬほどのものである。しかしこういう型破りの名脇役がいてこそ、この作品はさらにその幅と奥行きを拡げえているのであり、ディケンズの文学世界の醍醐味を味わわせてくれるのである。厳密な意味での教養小説の枠を超えて、より広く、より深い意味での型破りの教養小説と呼んでもさしつかえはないだろう。

注

1) 小池滋・高松雄一・野島秀勝・前川祐一（編）『青木雄造著作集』（南雲堂、1986)、p. 86.

2) ジョージ・オーウェル、小野寺健（編訳）『オーウェル評論集』（岩波書店、1982)、pp. 136-7.

3) ウィリアム・サマセット・モーム、西川正身（訳）『世界の十大小説（上）』（岩波書店、1958)、p. 307.

4) 海老池俊治『ディケンズ』（研究社、1955)、pp. 99-100.

5) Angus Wilson, *The World of Charles Dickens* (London: Martin

Secker & Warburg, 1970)、松村昌家訳『ディケンズの世界』(英宝社、1979)、p. 192.

6) Cf. 拙論「ドーラ頌——『デイヴィッド・コパーフィールド』論」(内多毅監修・杉本龍太郎・内田能嗣編『イギリス文学評論Ⅳ』創元社、1992)、pp. 118-127.

7) Cf. ジョージ・オーウェル、小野寺健(編訳)、*op. cit.*, p. 141. あるいは G. K. Chesterton, *Appreciations and Criticisms of the Works of Charles Dickens* (New York: Haskell House, 1970; first published 1911), p. 133.

8) Text は The Oxford Illustrated Dickens (London: Oxford U. P., 1974) 版に拠る。

第3章:『大いなる遺産』の謎

序.

 ディケンズ後期の秀作 *Great Expectations* (1861)[1] をこのたび読み返してみて、今まで全く気づかなかった一つの問題点に遭遇し、これに何とか解答を与えてみたいと思い筆を執ったが、結果的には謎のまま疑問点の提示にのみ終わるかもしれない。

1.

 それは、主人公ピップ (Pip) がハーバート (Herbert) から「ヘンデル」(Handel) と呼ばれる点である。二人はとても仲よしで、調子よくやっていけるし、それにピップは鍛冶屋だったからという理由で、"調子のよい鍛冶屋"の作曲者であるヘンデルの名前をピップにつけるのである。

> 'Would you mind Handel for a familiar name ? There's a charming piece of music, by Handel, called the Harmonious Blacksmith,' (Ch. 22)

 言うまでもなく、"調子のよい鍛冶屋"の実在の作曲者であるヘンデル (1685-1759) は、バッハ (1685-1750) と全くの同時代者であった。ヘンデルとバッハは 1685 年に、4 週間前後して、100 マイルと離れていないところで生まれた。この二人の巨匠が、音楽史上バロックと呼ばれる輝かしい時期の最後を飾ったことは、周知の事実である。

ヘンデルの"調子のよい鍛冶屋"については、現在でも、ピアノを習おうとする人なら一度は必ず初歩において練習するほどの、それこそ誰でも知っている非常にポピュラーな曲である。ディケンズの時代においても、おそらく同じようにポピュラーであったと思われるが、この曲が実際にどう弾かれていたのかということになると、当時のレコードがあるわけでもないから、確定的なことは何一つわからない。ただこの曲は、ハープシコードという、音質や機械においてピアノとは似て非なる鍵盤楽器のための音楽として作曲されたものであった。それゆえ、今日の私たちがたいていピアノやオルガンで耳にする"調子のよい鍛冶屋"と、ハープシコード演奏によるものとは、かなり感じが違ったものであるはずである。もう既にピアノが楽器の王者としての地位を確立しているディケンズの時代において、ディケンズがこの曲を何の演奏で聞いていたかは定かでないが、少なくとも今よりはハープシコードがまだ愛用されていたことを考えると、彼も多分ハープシコードによる演奏を聞いていたであろうと思われる。

　とにかく、この曲は、ヘンデルのハープシコード曲の中で最も広く親しまれており、1720年にロンドンでヘンデル自身が作曲した8曲の組曲のうち、第5番ホ長調の終曲をなす"アリアと変奏"である。このたび筆者は、おそらくディケンズも耳にしたであろう"調子のよい鍛冶屋"をもののみごとに再現したハープシコードによる演奏を運よくレコード[2]で聞くチャンスに恵まれた。ヘンデルの時代(1685-1759)からディケンズの時代(1812-1870)、さらには現代に至るまでの間、ハープシコードはそのまま保存されているのである。その曲はまるではじくような軽快な感じであった。この曲を聞いていて思ったことは、ディケンズ自身、一体どういうつもりでピップに「ヘンデル」というニックネームを与えたのかという疑問である。もちろん、曲の題名の鍛冶屋がピップであるという直接の連想からではあるが、ピップが紳士修業中においてジョー (Joe) 以外に初めて見い出した親友

第 3 章：『大いなる遺産』の謎

ハーバートとの関係において、この点は考察に値すると思った次第である。

2.

　無二の親友同士である二人の間においてのみ通用する"ヘンデル"というニックネームは、ハーバートによって「ヘンデル」と発せられるたびに、読者には確かに耳に心地好いものとして響くのであり、この語感のかもしだす"調子のよい鍛冶屋"という連想が、ひいては、ピップはやはり本質的には"鍛冶屋"の人間であるか否かという解釈にも大きく係わってくるように思われるのである。"調子のよい鍛冶屋"の作曲者名がそのままニックネームとなったピップは、それが単なるニックネームにとどまらずに、"鍛冶屋"のイメージそのものの体現者になりうるか否かということである。果たして作者は何かの意図をもって、ハーバートに、ピップに対するニックネームを「ヘンデル」と言わしめたのであろうか、あるいは単なる思いつきであったのか、この点が疑問である。何故「ヘンデル」を思いついたのか不思議でならない。だが、いずれにせよ、ディケンズは自分よりも 100 年も前の時代の、ドイツ生まれでありながらイギリスに骨を埋めたヘンデルのこの曲を、実際にいつ、どこで、どんなふうにして聞いていたのであろうかと想像すると、ふと楽しくなる。想像ばかりもしておれないゆえ、ディケンズとヘンデルとを結びつける上で、次に一つの事実を指摘しておこう。ディケンズは、1837 年 3 月から 1839 年暮にかけて Doughty Street 48 番地、つまり現在の Dickens House がある所に住んでいた時、かつてヘンデルがオルガンを寄贈したところの礼拝堂へ定期的に通ったと言われている。このことに関しては、1839 年暮以降に Devonshire Terrace 1 番地に移ったディケンズの 1840 年 2 月 26 日付の手紙[3]がその礼拝堂について言及している。案外、ディケンズは、ヘンデル的世界の身近にいたことになるのである[4]。

　さて、ディケンズの登場人物の名前の場合であるが、普通はかなり巧みに

73

工夫されるようである。G. L. Brook の *The Language of Dickens* (1970)[5] の第7章 "Proper Names" は、詳しい実例と解説とを載せているが、この"ヘンデル"に関しては一切記述がない。もちろん、"ヘンデル"に関する問題は、『バーナビー・ラッジ』の、実在の人物チェスターフィールド伯爵を思い出させるところのチェスターの場合とも違うし、パロディーでもない。あくまでも単なるニックネームであり、ピップとハーバートの二人の間でのみ通用するこのニックネームは、使用されるたびに、強い印象を読者に与えることは確かである。

> Nicknames play a large part in the novels of Dickens, and they become firmly fixed in the reader's memory as a result of the author's willingness to go on repeating them; the nickname is often better remembered than the real name, which may never be mentioned at all.[6]

ニックネームは本名を隠すためには本当に便利であり、特に prison においてはその効果が大きいのは言うまでもない。

> Nicknames are sometimes used because of a desire to avoid using the real name of a character.[7]

> Nicknames flourish in prisons, where the prisoners often prefer not to be reminded of their identity, and where slang, which has a good deal in common with the use of nicknames, also flourishes.[8]

実際、ピップは、一時的に帰郷する為に乗合馬車を待っている時、二人の囚

人と出くわし、そのうちの一人が以前村の居酒屋で一緒になったことのある、あの不気味な男にちがいないと思うが、折よくハーバートが「さよならヘンデル」と言ってくれたので、自分がピップであることがばれずにすんだと、ほっと一安心するシーンがある。

> 'Good-bye, Handel!' Herbert called out as we started.
> I thought what a blessed fortune it was, that he had found another name for me than Pip. (Ch. 28)

　ピップを「ヘンデル」と呼ぶに際して、何もこれだけの効果にすぎないとは決して思われない。むしろ、ピップを「ヘンデル」と呼ばしめる、ハーバートのピップに対する親愛の情を忘れてはならない。事実、ハーバートは、オーリック（Orlick）に殺されそうになったピップを救うし、又、マグウィッチ（Magwitch）救出作業の手助けもする。一方、ピップも、親愛の情の深さにおいて、決してハーバートに負けてはいない。ピップは、ハーバートのために秘かに船会社の協同経営権を買ってやる。希望から幻滅へと行きつく小説の大きな流れの中で、この二人の間の何ものにも代えがたい爽やかな友情関係が、一段と際立っていることは確かである。ただし、ここで注意しなくてはならぬことは、ピップのハーバートに対する援助については、マグウィッチのピップに対する紳士作りの仕方や、ミス・ハヴィシャム（Miss Havisham）のエステラ（Estella）に対する養育の仕方などとパラレルに考えなくてはいけない問題を含んでいる点である。マグウィッチは、ピップを一人前の紳士にし、ピップが紳士らしくふるまうのを見て、喜び満足するのである。ミス・ハヴィシャムの場合も、養女エステラを通して世の男性に復讐しようと決心し、そのようにふるまうエステラを見て満足している。つまり、二人ともそれぞれのみじめであった過去を少しでも穴埋めする

第Ⅱ部　研究と考察

ための生き方として、自分の代りに他者に代行的行為をとらせることによって、自己のアイデンティティーを確立しようとするのである。実は、ピップのハーバートに対する援助の仕方にも、もちろんピップ自身は気づいてはいないが、この種の代行的行為の匂いが強い。すべての事の真相が暴露される前の段階のことであるが、やがて転がり込むであろう莫大な遺産相続を目の前にして意気揚々としたピップではあるものの、やはりたえず彼にしのびよる忘恩という良心の呵責には常に苛まれている。ジョーの下、鍛冶場の火が自分にとってはやはり一番いいんではないだろうかと思い悩むピップである[9]。その罪の意識が、たとえ無意識であれ、ハーバートに対する援助という形になって表われたのである。すべてがどんでん返しで、やがて幻滅の極に陥るピップにとって、ハーバートに対するこの行ないは唯一の立派なものであり、ハーバートのうれしそうな姿を見ることによって、ピップの悲しみも和らげられるのである。ハーバートにとらせた代行的行為を見て満足するピップである。

> It was the only good thing I had done, and the only completed thing I had done, since I was first apprised of my great expectations. (Ch. 52)

ここで問題なのは、このようなピップの行動が罪ほろぼしの為であるなどとは決して単純には言えないことである。彼に高慢な驕りがあることを忘れてはならない。つまり、ピップであれ、マグウィッチであれ、ハヴィシャムであれ、何かを自分の手で、自分の意志で作ろうとするのである。自らのアイデンティティーの確立のためであり、結果的にそれが罪ほろぼしになったり、復讐の具となったりするにすぎないのである。この姿勢が、三者間における類似構造である。しかし、ピップの場合、幻滅のパターンをくぐり抜けた後、

第3章：『大いなる遺産』の謎

11年間にわたって東洋でハーバートと一緒に事業に従事することは事実である。やはり彼らの友情の絆は強かったのである。

ところで、問題を元に戻すが、"ヘンデル"という名前の持つ意味は、"調子のよい鍛冶屋"との係わりにおいて、ピップが本来的にジョーやビディー (Biddy) に代表される 'forge' の世界の人間であるということの暗示を意味するものでは決してないと思う。又、ピップは元々が 'forge' にじっと住めるタイプの人間ではないだけに、望むらくは、かつては彼も 'forge' の人間であったことを肝に銘じて忘れてはいけないという意味での、ピップに対する希望的な正の理念型としての"鍛冶屋"という連想をそれとなく読者にたえず与えるために作者が考案したのではないだろうか、という解釈も適切ではないと思う。なるほどピップにとって、ジョーやビディーの住む 'forge' の世界への回帰は最終的にはなされうるわけではあるが、それ以前の彼の本性に拠るところの、'forge' の世界からの離脱の内的必然性の強烈さのことを考えると、'forge' の世界がピップにとって文字通り完全な正の理念型であったとは、単純に言い切れないからである。'forge' の世界の典型的人物ジョーは、Christianity の権化とも言うべき 'noble Joe' ではあるものの、人間としての鋭い感受性を有したピップの心の問題にまでは決して立ち入っては来ない存在なのである。'forge' の世界のさまざまな美徳よりも、むしろピップの恐れおののく孤独な内面に一層の関心をひきつけられる読者にとって、'forge' の世界の理念型をそのまま素直には受け入れられないからである。やはり、ジョーとビディーは、ピップにとって魂の教師 (a guiding spirit) (Ch. 58) であったのである。つまりピップにとっては立派すぎる存在である。

結局この問題は、ピップとハーバートとの友情関係を核として、ハーバートの characterization の問題になると思う。ハーバートは根っからの色白の若紳士 (a pale young gentleman) (Ch. 11) である。そして非生産的で無目的なダンディーとは全く違うところの、あくまで勤勉な若者 (the studious youth of England）(Ch. 12) である。いわば彼は、父親のマシュー・ポケット (Matthew Pocket) と同じく、労働に携わる紳士なのである。これは、ピップの紳士修業が無為徒食のダンディー修業に近かったことと対比してみると非常によく違いがわかる。

ピップとのミス・ハヴィシャム邸での一番最初の出会いにおいてもこのことは窺い知れる。ハーバートはいきなりピップに喧嘩を挑む。その態度は非常に勇敢で無邪気であった (He seemed so brave and innocent....) (Ch. 11)。ここに彼の人物像のすべてが言い尽くされていると思う。彼こそ、「勇敢に」仕事に立ち向かい、「無邪気に」人ともつきあえる人物なのである。もちろん教養の面も忘れてはいない。実際、ピップに挑みかかる前、彼は読書の最中であったのである (He had been at his books....) (Ch. 11)。

この小説において、真面目で勤勉なジョーこそが、実は紳士のあるべき姿だという解釈も成立するが、前にも述べたように、そのような解釈をされると、彼は象徴的存在になりすぎてしまう。それに対して、ハーバートに見る紳士像は、現実に生きている人間としてのリアリティーがある。つまり、中産階級の生活理想が現実の生活に根ざした形で体現された人物になり得ている。彼は家柄が良く、上流出身であるにもかかわらず、決してしゃれた服を着用するようなダンディータイプの人間ではない。古い服をうまく着こなしている。人目を引かないさりげない服装であろう。

　　... I am conscious that he carried off his rather old clothes, much better than[10] I carried off my new suit. (Ch. 22)

父親マシュー・ポケットがハロー校とケンブリッジ大学の出身であることからもわかるように、ハーバートは、階層的にはいわば18世紀以来のジェントルマン階層に属した人物であり、その彼が階級的には産業資本家のコース

を志向するのである。これに対して、階級的には労働者階級に属するピップは一挙に階層的にジェントルマンを志向するのである。だからハーバートには、ピップのような鋭いジェントルマン化意識がなくとも、ジェントルマンとしての伝統的階層秩序が自然のうちに備わっているのである[11]。これに加えて、ハーバートには明けっ放しの (communicative) (Ch. 22) 性格がある。たえず陽気で希望にあふれた口調で (in his gay hopeful way) (Ch. 30) 彼は喋る。このような好人物ゆえに、ピップは、ジョーやビディーにではなくハーバートに、「エステラを愛している！」という恋の告白すらするのである。又、ハーバートの場合、彼はお姫さまのような女性を求めるのではなく、むしろ、寝たっきりの父親をかかえた女性に求婚する。これも、ピップが雲の上の女性を求めたのと全く対照的である。このように考えてみると、ハーバートはこの作品で地味な存在ではあるが、ピップを取り巻く人物たちの中で、唯一の現実感にあふれた人物なのである。他の連中はすべて象徴的役割を担っている。それゆえ現実感に乏しい。そのような中で、この好人物ハーバートの発する「ヘンデル」は、読者の耳にさわやかに響く。

　ジョーは鍛冶場で Old Clem の唄をよく口ずさむが、そのことによって直接かもし出される 'forge' の世界のイメージよりも、ハーバートが気軽に「ヘンデル」と呼びかけることによって間接的に連想される"鍛冶屋"のイメージの方が、却って一層強いリアリティーを持つとさえ感じるくらいである。それ程に"ヘンデル"という呼び名は調子がいい。そしてこの爽快な調子を産み出す効果は、ハーバートの人物造型の成功に拠っていると思われる。結局、この"ヘンデル"という呼び名は、それを使用するハーバートのさわやかな人物像を照らし出す効果をもつものと考えたい。もちろんこれが、対ピップとの係わりにおいてハーバートの果たす役割の意義につながることは言うまでもない。

　以上、ハーバートの発する"ヘンデル"というニックネームの問題を、

"調子のよい鍛冶屋"という曲から来る鍛冶屋にまつわる連想と、そのニックネームを生み出したハーバートの人物像や彼の役割とに絡めて論を進めてきたが、「ヘンデル」そのものに関しては、依然として謎のままである。1725年にはイギリス市民権を受けて帰化したイギリスの誇るべき国民音楽家ヘンデルを、これまたイギリス最大の国民作家としてのディケンズがどう受けとめていたか疑問のままである。ヘンデルもディケンズも、共にウェストミンスター大寺院に葬られ、どちらも負けず劣らず多数の、その死を悼む会葬者の列が延々と続いたという、両者の興味深い類似に驚かざるをえない。やはり、分野こそ違えども、共に偉大な国民的大芸術家としての一致である。イギリスを代表する作家ディケンズが、同じくイギリスを代表する最大の音楽家として亡くなったヘンデルの芸術的人生を少しなりとも意識していたのか否か、即ち、国民的英雄志向の強かったディケンズが、不振のイギリス音楽界にあって唯一とも言える光り輝ける星ヘンデルを憧れていたか否かは、所詮想像の域を出ないが、何かしら両巨匠の芸術的生涯に興味深い符号を感じさせるのが、あのニックネーム"ヘンデル"である[12]。

注

1) All quotations from the novel are taken from *Great Expectations,* The Oxford Illustrated Dickens, 1973.

2) ルージイッチコヴァ・アンコール・アルバム、日本コロムビア。レコードのジャケットに題名について次のように記されている。(ある時ロンドン近郊のエッジウェアを訪れたヘンデルは途中で夕立ちにあい、道端のとある鍛冶屋の店先に雨を避けた。この時ヘンデルは鍛冶屋が鉄砧を叩きながら歌っている鼻唄に興味をそそられ、それをヒントにこの曲を書いたというが、このエピソードは全く根拠のない言い伝えにすぎない。そんな人物は実際存在していなかった。しかし、そのような人物

があっちにもこっちにも当時普通にいたであろうことは、大いに察しがつく。そんな鍛冶屋の光景は多く見られたに違いない。"調子のよい鍛冶屋"という標題は、ヘンデルの死後十九世紀にイギリスのある出版社が勝手につけたものである。)

3) Madeline House and Graham Storey (eds.), *The Pilgrim Edition of the Letters of Charles Dickens* (Oxford at the Clarendon Press, 1969), Ⅱ, 33-34.

4) ヘンデルには、劇作品「アシスとガラテア」(Acis and Galatea) と呼ばれるセレナータあるいはパストラール・オペラがあり、これについては、上述のディケンズの書簡集第3巻 (Kathleen Tillotson も編集に参加している) の中で一部言及されている (41, 159, 173, 483 の各頁参照のこと)。悲劇役者 W. C. Macready の Drury Lane Theatre でのこのオペラ上演についてのディケンズの言及である。オペラ劇場を介しての両者の結びつきの一端である。

5) G. L. Brook, *The Language of Dickens* (London: Andre Deutsch, 1970)

6) *Ibid.*, p. 217.

7) *Ibid.*, p. 219.

8) *Ibid.*, pp. 219-220.

9) "Many a time of an evening, when I sat alone looking at the fire, I thought, after all, there was no fire like the forge fire and the kitchen fire at home." (Ch. 34)

10) Oxford 版では 'that' であるが、明らかに 'than' の誤植であると思われるので、Penguin 版に準拠し、'than' にした。

11) 村岡健次 "19世紀イギリス・ジェントルマン"(『思想』1975年第6号、岩波書店) が好論文。18世紀はジェントルマンとノン・ジェントルマンの階層社会、19世紀は地主、産業資本家、労働者の三階級によっ

第Ⅱ部　研究と考察

て規定される階級社会と理解するのが通説となっているが、19世紀にも18世紀以来のジェントルマンとノン・ジェントルマンの階層秩序は残存しているという主旨の論文。

12) ヘンデルに関しては、次の四冊の著書を参考にした。『ヘンデル』（スタンレー・サディー著、村原京子訳、全音楽譜出版社）、『ヘンデル』（渡部恵一郎、音楽之友社）、『ヘンデル』（属啓成、音楽写真文庫XI、音楽之友社）、『バロック音楽』（皆川達夫、講談社現代新書）

第4章：『大いなる遺産』の結末考

1.

　小説、特にそれが短篇ではなく長篇である時、小説の冒頭から時間をかけて順次読み続けてきた我々読者の記憶には、やはり一番最後に読む最終章の結末部分が最も鮮明に脳裡に残るに違いない。読み進むにつれて諸々の思惑を抱き始める読者が、その思惑通りに最後がきちんと結着がついていて安堵の念を覚えたり、その逆に、思いもかけない結末に大いに憤慨したりすることはあるにせよ、いずれにしても、記憶に新しいラストシーンの印象を大きな拠として、読者はその作品全体の評価に向うのである。となると、小説の結末は、読み手のみならず書き手にとっても、書き出しのところ以上に大事である。それゆえ、作者は一つの完結した作品世界を構築せんが為に、作品の最後を書くにあたって慎重に立ち止まり、作品全体の論理の帰結に思いを馳せるのである。ディケンズ（Charles Dickens, 1812-1870）の後期の代表作『大いなる遺産』（*Great Expectation*, 1861）も、作者自身、結末をめぐって非常に思い悩んだらしく、自作改訂の事実のある作品である。このように本文改訂上問題のあるこの作品を、その作品独自が持つ物語の内的必然性、即ち、内的因果律に即して、特にその結末部分が妥当性を有しているか否かを検討してみたいと思う。ただし、このことは、何も作者の恣意を無視してそれに逆らうものではない。作者の改訂意図を深く考察することの重要性は言うに及ばぬことである。このことをしかと踏まえた上で、我々がさらに目指すことは、作者の手を既に離れたところに存在するこの作品世界の奥深くに潜んでいるさまざまな意匠を探りあて、作者の言おうとしたメッセージ、

さらに又、彼さえ気づいていなかったメッセージを掘りあてることである。

　日本におけるディケンズ研究者の川本静子は、著書『イギリス教養小説の系譜』（研究社、1973）の中で、「ディケンズが、ブルワー・リットンのすすめにしたがって、結末を書き直したことは、かえすがえすも残念である。本来の末尾こそ、ディケンズの直観的洞察を表現したものである。」（p. 99）と断言している。つまり、ピップ（Pip）とエステラ（Estella）は決して結ばれない関係にあるという解釈に川本は立っている。他方、これとは逆に、宮崎孝一は『ディケンズ小説論』（研究社、1959）にて、「若い時の望みにおいて打砕かれたもの同志——ピップは富の所有において、エステラは男性を悩殺することにおいて——が結ばれるということは、はなやかなハッピー・エンディングとは異なって、この小説の静かな悲しみの雰囲気に矛盾するものではない」（p. 136）と述べていることからもわかるように、ピップとエステラは最後に結ばれる関係にあるという解釈を採っている。この見解に立つ宮崎が、これに続けて、「ディケンズは、この結末のおかしくないことを感じたからこそ、リットンの忠告をたやすく受け入れたのではあるまいか」と推論する件は、先程の川本静子とは解釈が全く逆であるということをはっきりと示している。ただし、ここで誤解があってはいけないので一言記しておくが、川本・宮崎の二人とも作品全体を覆っている基調の捉え方は共通であり、ただ違う点は、ピップとエステラが最後に結ばれるか否かという事に関してのみである。この解釈の別れは、結局は読み手の資質に帰する。

　ディケンズ研究に携わる日本の英文学者の、『大いなる遺産』の結末をめぐっての相反する見解の好例として、川本と宮崎の異なる解釈を先ず最初に挙げたが、筆者は、基本的には川本静子の解釈、即ち、ピップとエステラとは、物語の結末の必然性から考えて、決して結ばれることはないという解釈に与していることをここで先に結論として述べておきたいと思う。しかし、これはあくまでもこの小説上のピップとエステラの恋愛関係に関する筆者の

解釈、つまり、ピップとエステラのそれぞれの人物像から照らし出される筆者なりの両者の関係把握であって、言うなれば、この作品解釈から引き出される意見であり、どの版のテキストを最上のものと考えるかと言った問題ではない。川本の言うように、ディケンズの直観的洞察を表現した原案の妥当性を筆者も認めはするが、テキストに関しては、結局は作者自らが修正版を出したことは紛もない事実なのであり、やはり我々としては、活字にはならなかった原案よりも、その後の修正版（1861年版、1868年版）の方を認めざるをえない。たとえ友人の意見を聞き入れたことが発端となって削除し改訂したとは言え、それは作家の魂がそのように筆を執らせたわけなのだから、その結果生み出された作品を我々読者は、評価は別として、一応作品として認めなければいけない。ましてやその修正版の中でも、最後に完全な完結版とした1868年版を無視することはできず、現に我々はこれを定本としたテキストでこの小説を読んでいる[1]。このことを確認した上で、以下にピップとエステラの恋愛関係の結末を論じることが本章の目的であるが、本題に入る前に、本文改訂の経過を簡潔に整理しておきたい。

2.

　作品『大いなる遺産』は、1860年12月1日号から1861年8月3日号まで全59章36回に亘って週刊誌 *All the Year Round*（『一年中』）に連載された小説であるが、実は、その結末部分は、ディケンズの元々の原案とはかなり違う内容に修正されたものである。つまり、ディケンズは小説の結末がやはり自分でも気になるのか、最終号の原稿の校正刷りを友人のエドワード・ブルワー・リットン（Edward Bulwer Lytton, 1803-1873）に見せて助言を求めたところ、リットンは、ピップとエステラとを結婚させる形に書き直すよう勧告し、ディケンズはこれを受けて全面的に書き変えたのである。そしてその新たに書き変えたものが、最終号1861年8月3日号に活字と

なって載った。だから、ディケンズの元来の原案、即ち、ピップとエステラとは決して結ばれないという筋の元の原稿は日の目を見ることなしに埋もれてしまった。このような経緯で完結した週刊誌連載であるが、その直後、週刊誌版に基づいた三巻本が出版される。いわゆる初版単行本、1861年版である。さらに後の1868年には、改めて作者自身によって、小説の最後の一文が何かの意図のもとで修正された。これが、現行のテキストの定本とも言うべき1868年版である。

　以上がこの作品の本文改訂の大まかな推移であるが、これらを整理してみると、(1) ディケンズの原案—(2) 週刊誌版—(3) 1861年版—(4) 1868年版という四段階となるが、週刊誌版と1861年版とは同じと考えてよいので、結局は三段階である。この三つの改訂の過程を今度は改めて詳細に辿ってみよう。

　まず第一に、結局のところは日の目を見ずに終ったディケンズの元の原稿に関してであるが、これはJohn Forsterによって保存され、後に公にされたのである。その元の原稿は、いわゆる現行の「第59章」が無かった。つまり、現在の「第59章」の最初の部分が、前の章の「第58章」に含まれている形である。ビディー (Biddy) がピップに、'you are sure you don't fret for her?' と尋ねた後、ピップが、現行テキストでは 'O no−I think not, Biddy.' と答えるところを、原案では 'I am sure and certain, Biddy.' と答えるのだが、この台詞の後に、一気に最後を締め括る節が来て小説は終ってしまう。エステラの不遇な結婚生活を述べ、そしてピップとエステラの再会のシーンで幕を閉じるが、二人がその後に結ばれるだなんて微塵も感じさせない、むしろ、人生の真実に目覚めた、生まれ変わった者同士の、過去を悔いた哀しみに満ちた荘重な再会場面である。二人は、それぞれの流儀でこれまで精神成長を成し遂げたように、今後の生き方も、それぞれの経てきた人間形成の仕方に応じて独自に展開されていくであろうという予測をむしろ読者

に強く感じさせるラストシーンだ。既に述べたように、川本静子は、この終り方こそが、この小説本来の結末であると断を下すのである。

さて、リットンの助言に従ってこの原稿を破棄して新たに書き変えられたのが、週刊誌版、即ち、1861年版である。これはほぼ現行のテキストに等しいわけだが、最後の一文が、実は1868年版では改訂される。それゆえ、1861年版と1868年版との比較検討は、結局はラストセンテンスの一部修正という問題に集約されることになる。即ち、1861年版 '… I saw the shadow of no parting from her.' から 1868年版 '… I saw no shadow of another parting from her.' への書き直しである。

ところで先の週刊誌版あるいは1861年版だが、これは、ゲラ段階で没になった元の原稿と比べてみると、ピップとエステラとを結びつけるようにと言うリットンの忠告がなるほど文面に反映されていることは確かではあるが、だからと言って、明々白々な一目瞭然とも言うべきハッピー・エンディングになっているとは到底考えられない。むしろ、抑制の利いた、それこそ破棄された元の原稿の基調に負けず劣らずの、静かな落ち着いた調べを全体に奏でている[2]。このように、1861年版にしても、手放しで喜んでピップとエステラとを結びつけているといったものでは決してないのである。小説の最後の文 '… I saw the shadow of no parting from her.' が、かろうじて今後の二人の結びつきの可能性を暗示しているぐらいのもので、むしろそれすら、全体の基調から浮き上がっていると思われるほどに唐突なものだと感じられる。ピップとエステラとを結びつけようという意図のもとに、最後にこの文を持ってきたのであろうが、それにしてはこの文は決して適確ではない。二人のハッピー・エンドぶりが、この文においてのみ明からさまになりすぎる。それまでの、ハッピー・エンディングとは決して相容れないような重々しい荘厳な物語の流れが、ここに来て一気に崩れてしまうことになる。そして、英語表現そのものも、何かしらぎこちない。このことは作者であるディケン

第Ⅱ部　研究と考察

ズも当然気になっていたと見えて、それゆえにであろう、1868年版にてこの部分を書き直すのである。

　ピップは既に一度エステラとは別離を経験しているわけで、再びそのような別れがありうるとすれば今度は二度目になるゆえ、'another parting' の如く、'another' 挿入が当然必要となる。'another' の無い 1861 年版の英語 '... I saw the shadow of no parting from her.' では、この点が論理的に明確ではない。このことをはっきりとさせる理由から 1868 年版の末尾が '... I saw no shadow of another parting from her.' と書き変えられたものと筆者は解釈する。しかしこのように書き変えても、結局は、1861 年版であれ、1868 年版であれ、共に字面の上からは「二人は別れることはない」という意味が伝達されてくると思う。とすれば、両版の違いは、やはり、英語表現の面からの修正ではなかろうか。七年の月日の経過が作者に、論理的に一層適確な表現を思いつかせたのであろう。1861 年版から 1868 年版への移行を筆者はそのように理解するのである。

　ところで、ここでさらに突っ込んで問題としなければならないことは、そのように推敲に推敲を重ねた結果として新たに、より適切な表現に書き直された 1868 年版において、結局のところ、ピップはエステラと結ばれるのか否かという問題である。先ほど既に筆者は、「字面の上からは二人は別れることはないという意味が伝達されてくると思う」と安易に書いたが、字面の上ではたとえそうであっても、その真意は果たしてどうなのかということを別の角度から改めて検討する必要がある。そこで筆者が新たに注目したいことは、ラストシーンの時制が過去形である点だ。これはもちろん 1861 年版にも同じことが言える。即ち、過去時制の本来的に持っている意味の裏と表の両面を考えるわけだが、そもそも過去時制であるということは、「あくまでも過去の時点においてはそうであった」という意味であり、このことから必然的にその真の意味として、「現在はそうではないが」というニュアンス

が出てくるのである。つまり、「それは過去の話であって、現在は必ずしもそうではないかもしれない」という、現在時への否定的な含蓄が過去時制からは匂ってくるのだ[3]。過去時制の持っているこのような意味上の働きを考慮に入れると、小説が終るこの最後の場面も、新しい角度からの考察がなされうる。結末の過去時制とナレーターの現在時制との比較対照である。ストーリーとしては、「エステラとの再度の別離を暗示する影は、少しも見えなかった」と、最後に有頂天になって喜んで述べる楽観主義的ピップではあるが、これはあくまでもその時における彼の姿だったにすぎないのであって、ひょっとしてその後の、さらに年月を経た現在時のナレーターとしてのピップは果たしてどうなのかわからないという、その後の人生のしがらみを考えた上での解釈の可能性である。事実、この小説の体裁は、既にすべてを体験し終えた後の現在時のナレーターとしてのピップが、かつて子供であった過去の自分から順々に客観的時間の因果律に従って物語る自叙伝風であるゆえ、現在時のナレーターとしてのピップの存在を考えた場合、この解釈の可能性は決してありえないはずはないであろう。ナレーターによって語られてきた最後の場面を、もちろんこれがストーリーの最後であることには間違いないのだが、主人公ピップの全経歴の結末であるとは、作品の構成上、受けとれないというわけである。どうしても、その後の人生を生きたであろう、回想にふけっている現在時のピップのことを考えてしまうのである。つまり、ストーリーの上では、「今のこの時点では、今後もう一度彼女と別れるかもしれないなどという予兆の陰が一切見えなかった」と語ることによって物語は終ってしまっているが、その後の現在時のナレーターの姿を想定して考えてみると、「あの時は、どういうわけか、彼女とはもう二度と別れないという予兆を感じて有頂天になっていたが、それはその時のことであり、その後の話はとなるとまた別である」という見方もできうることになる。そしてさらに深読みすると、「あの時は、二人のその後の再度の別れの予兆を読み取れ

なかった」とさえ意味がとれる。これなど、'another' を使った表現から生まれた曖昧性に拠る。このような観点から、その後の二人の別離の可能性、つまり、二人の結びつきの不完全性が感じ取れるのである。ただし、ナレーターとしてのピップ、つまりは、そのナレーターの影に寄り添った形でくっついている作者ディケンズ自身は、あくまでもピップに明るい希望を感じさせた時点でストーリーを終らせてしまっており、その後のピップの人生に関しては一切何も言及していないことも、これ又事実である[4]。作者自らが何も語っていないのに、読者自身が勝手に深読みし過ぎたことになるかもしれないが、やはり、そのような読み込みを許すような作品であることだけは確かである。おそらく、ディケンズ本人はむしろこのような読者の詮索を恐れたであろう。しかし、それこそ無意識のうちにそのような深読みのできる作品を書き上げてしまったに違いない。このように考えてみると、1868 年版の結末は、必ずしも明白な二人の結びつきを示しているものではないことになる。邦訳[5]で窺える程にはハッピー・エンディングではない。

　友人に勧められて書き変えた 1861 年版、より一層適確な英語表現を目指して書き直した 1868 年版、これらが共にどういうわけか、ディケンズの本来の改訂意図以上に働き出してしまい、結果的には、思ったほどハッピー・エンディングにはなりえておらず、このことが却って作者の与り知らないところで成功をおさめているのではないか、という点を論じて来た次第である。最後に、結末をめぐっての評者たちの二、三の見解を挙げておきたい。

　日の目を見ることなしに没になった原案に軍配を上げている筆頭がジョン・フォースターであるが、彼は、物語の自然の流れから見て、書き変える前の原案の方が良いと言うのである[6]。フォースターと同時代人のウィップル (Edwin P. Whipple) も、同じくこの見解に立っている[7]。現代では、*Dickens at Work* などに代表される精密な本文批評で知られるジョン・バット (John Butt) やキャスリーン・ティロットソン (Kathleen Tillotson) が

この解釈を採っている[8]。それに対して、1861年版以降の修正版に良さを見い出している人にミルハウザー（Milton Millhauser）がいるが、既に注4で述べたように、彼は結末の曖昧性にいらだちを感じている一人である。ジョージ・バーナード・ショー（George Bernard Shaw）も、原案に対しては批判を加え、修正版の良さを認めた上で、ピップとエステラが結婚するかどうかという解釈に関しては否定的な立場に立っており、ハッピー・エンディングにはなりえないとしている[9]。

　この小説の結末考に関して先ず第一に便利な参考書的役割を果たすAngus Calder編ペンギン版テキスト末尾収録の「小説の結末」における、1868年版について述べているコメントの最後の箇所で、それまでのペンギン版には記してあった 'Perhaps Pip did not marry Estella; the reader may believe what he likes.' が、1978年の新しい版では削除されていることをこのたび発見したが、この前半部分 'Perhaps Pip did not marry Estella' の削除は適切であると筆者は思う。なぜなら、このことを真に納得させようと思うと、この一言だけでは足りず、さらに説得力のある説明文を補なう必要があるからだ。ところが、後半の 'the reader may believe what he likes.' はと言えば、これ以上に偽らざる正直な意見は無いと思われるゆえ、削除する必要は無かったであろうにと悔まれる。いずれにしても、このペンギン版の編者による論評の削除訂正にいみじくも象徴されているように、今日の読者にいろんな問題を投げかけてくる結末部分である。

3.

　ピップとエステラとが果たして結ばれるであろうか否かという問題に関しては、作品の上で二人はそれぞれどのように人物造型がなされているかを考察してみなければならない。エステラについては、彼女のこの小説における主要な役割は終始一貫して主人公ピップを思い悩ませる、冷たくて高慢な女

としての存在であり[10]、ピップについては、そのように男の人生を狂わし続ける役割の官能的女性エステラによって与えられる心の傷や、マグウィッチ（Magwitch）によってもたらされる遺産相続の見込違いという厳しい試練を経た後、精神的覚醒に至り、人間形成が成し遂げられて、最後には一人の道徳的に優れた市井の人として生き続けるのである。つまり、見せかけだけのえせ紳士ではなくて、人間として真に立派な紳士となって、無為徒食のダンディー的紳士生活ではなく、日々仕事に従事する働く一人の市井人として暮らしてゆくであろう人物である[11]。このような二人の人物像を、以下に作品に照らし合わせて述べていきたいと思う。

エステラは、ラファエル前派の画家たちが好んで取り上げた、男心を悩ませ続けるところの官能的でもの憂げな感じのする「宿命の女」のイメージそのものにかなり近いと思われるが[12]、彼女のこのような人物像の中に「現代性」を見い出しているのがジョージ・バーナード・ショーである[13]。そう言えばエステラは、名前と同じく文字通り「星のように」[14]、夜空に光り輝く魅惑的な女性に違いなく、実際、同じ年恰好のビディーという精神的な愛の象徴であることが歴然としている女性よりは、はるかに魅力ある存在で、しかもその存在そのものに何かしら不可思議な神秘性を我々に感じさせて強く惹きつける点で、やはり「現代的」と言えそうである。しかし、これはあくまでも女性のタイプとしての「現代性」であって、それこそ現代小説に見られるような、女性の複雑な心理の展開がなされているのでは決してない。この点を間違ってはならないのであって、むしろ、彼女は終始一貫、変わらない女性であり、作品における自分の役割を忠実に守り通す働きをしている存在である。

エステラは、幼いピップの回りにいるジョー（Joe）やその妻であるピップの実姉などが住む世界とは違う、どこかはるかにかけ離れた世界にいる存在であると、既に第9章にてピップによって感じられているのである。

第4章:『大いなる遺産』の結末考

> I thought how Joe and my sister were then sitting in the kitchen, and how I had come up to bed from the kitchen, and how Miss Havisham and Estella never sat in a kitchen, but were far above the level of such common doings. (Ch. 9, p. 67)

ピップの属する鍛冶場の世界とは違う所に位置するこのエステラの為に涙を流すことがいかに多かったかを、これまた既に第11章にて、ナレーターとしてのピップが後年のことにまで言及しながら述べている。

> 'Because I'll never cry for you again,' said I. Which was, I suppose, as false a declaration as ever was made; for I was inwardly crying for her then, and I know what I know of the pain she cost me afterwards. (Ch. 11, p. 76)

ビディーに忠告されるまでもなく、エステラへの思いがどんなにか馬鹿げているかということぐらいは、実はピップ本人にもわかってはいたものの、どうしようもない切ない気持ちであることを、ナレーターは現在時の視点から同じく述べる。

> But how could I, a poor dazed village lad, avoid that wonderful inconsistency into which the best and wisest of men fall every day? (Ch. 17, p. 122)

これは、ビディーに対する場合の態度と比較すると、全く理不尽なものになる。ビディーなら、ピップの胸を傷つけるくらいならその代わりに己自身の胸を傷つけるであろう程に気の優しい女性であるが、ピップはどういうわけ

93

かこの善良なビディー には恋心を感じることができないのである。

> ... she would have derived only pain, and no pleasure, from giving me pain; she would far rather have wounded her own breast than mine. How could it be, then, that I did not like her much the better of the two? (Ch. 17, p. 123)

このように、ひたすらピップが恋焦れるエステラは、正に彼の「哀れな夢の対象」(the subject of those "poor dreams") (Ch. 51, p. 392) なのであり、すべてを識った後のピップにとっては、その恋は「高熱による精神的苦痛のひとつ」(one of the mental troubles of the fever) (Ch. 57, p. 442) であった。ミス・ハヴィシャム (Miss Havisham) のこれまでの教育によって人間性がゆがめられてしまい、「人間の心を持たない」(I have no heart) (Ch. 29, p. 224) エステラは、ピップがいくら愛の言葉を言い並べても、それぐらいのことではほとんど心が動かされない女である。

> When you say you love me, I know what you mean, as a form of words; but nothing more. You address nothing in my breast, you touch nothing there. I don't care for what you say at all. (Ch. 44, p. 343)

ただ、これまでの生活を変えてしまいたい気持ち (I am tired of the life I have led, which has very few charms for me, and I am willing enough to change it.) (Ch. 44, p. 345) から、夢も希望も全く抱かないままに、投げやりな態度でドラムル (Drummle) との結婚に飛び込んでしまう。エステラは、そんな横着な一面をも見せる女性である。

このように徹底して終始ピップの気持ちを惹き寄せ続けるエステラの役割は、最終章にても相変わらずくどいほどにその任務に徹する。この最後の場面におけるエステラの存在そのものが、ピップの心を再度かき乱すのであり、その時の彼女のピップに対する発言内容がどんなものだったかということなど問題外である。だから、再び恋心が出はじめてしまった「夢見る人」(visionary boy) (Ch. 44, p. 345) ピップは、「この場所に別れに来て、あなたにお別れができることになるとはうれしい」(I am very glad to do so.) (Ch. 59, p. 460) と述べるエステラ発言に、真意がつかみえず当惑してしまうのである。こうして一旦悩まされ始めたピップは、まるで十年以上の月日が経過したことも忘れてしまったかのように、「別れることはつらいことだ」(To me parting is a painful thing.) (Ch. 59, p. 460) と、かつての若い時と同じ気持ちの台詞を吐いている。このように、十年以上の歳月の推移を一瞬にして忘れさせてしまうほどの驚くべき偉力を持った存在が、このエステラという女性である。ピップに向かって、「別れ別れになっても、いつまでも友だち同士でいましょう」(And will continue friends apart) (Ch. 59, p. 460) と微妙な言葉を喋るエステラは、どうやら永久にピップの心を悩まし続ける女性と言えるようだ。正に、「優雅な幻の化身」(the embodiment of every graceful fancy) (Ch. 44, p. 345) としての存在である。そしてこのエステラ自身は、その後の生き方としては、唯一手離さないでいた土地 (The ground belongs to me. It is the only possession I have not relinquished.) (Ch. 59, p. 459) にてひとり暮らす存在である。

　今度はピップに関して言えば、第44章で既に、「すべては終った」(All done, all gone!) (p. 346) と語る彼ではあるが、実は、そこですべてが終るどころか、その後も揺れ動く心の振幅は大きいようである。57章から58章にかけて、ビディーと一緒になろうと思いついたものの、それが不可能だと知るやいなや外国へ出かける決心をするし、その外国から十一年ぶりに戻っ

て来て再会したビディーにエステラのことを尋ねられると、「あのはかない夢はすべて過ぎ去ってしまった」（But that poor dream, as I once used to call it, has all gone by, Biddy, all gone by!）（Ch. 59, p. 457）と述べるにもかかわらず、その一方でたちまちにしてエステラのことを懐しく偲んで屋敷へといそいそと出かけてしまう。「老いたる独身者」（an old bachelor）（Ch. 59, p. 457）という、ディケンズの元の原案では小説の最後の方に来る台詞は、週刊誌版以降の修正版ではその後に感動的な二人の再会場面が現行のように続いてしまう為に、印象が薄くなってしまっているが、この台詞には重みがあると思われる。この独身者ピップは、また同時に、「放浪者」（wanderer）（Ch. 59, p. 459）でもあり、諷々と変わる彼の行動の変貌ぶりが余りに目まぐるしいものだけに、却って、二人のその後の落ち着いた結びつきはありえないような感じが増してくる。ピップにはかわいそうだが、彼は死ぬまで結局のところ、「独身者」で、「放浪者」で、「夢見る人」であり続けるのではなかろうかという思いが強い。ハーバートとの関係にしても、それが永久に続いていくものでは決してないであろうと思われる[15]。このように「夢を見続ける人」であるというピップのキャラクターは、実はこのことに関して言えば終始一貫した彼の本性に拠るものである。

　幼いながらも、両親や兄弟の墓の前にて墓石をじっと眺めることによって、すべての事の意味を、即ち、人間の死の意味を、一瞬にしてたちまちに了解してしまうピップは[16]、その感受性の鋭いことに加えて、マグウィッチ出現以前から既に恐れおののく「小さな恐怖のかたまり」（the small bundle of shivers）（Ch. 1, p. 1）のような存在であった。そのピップが、囚人マグウィッチに出会って以来というもの、彼はますます恐怖感を強く抱き始める。ましてやその日がクリスマス前夜に当たり、普通なら大いに楽しい気分のはずであるのに、かわいそうにも彼はおびえきってしまっている。このように「恐怖のかたまり」として存在するピップの眼は、それゆえにか、特異な

のとなり、尋常でない物の見方をする。先ほど述べたように、事物の本質を直観的に感じ取ってしまうことも、結局は、「子どもっぽい連想」(a childish association) (Ch. 49, p. 380) に基づく思考形態に拠ることが多い。まぶたに浮かぶ両親の姿も、墓石からの「幻想」(my first fancies) (Ch. 1, p. 1) に拠るものだった。恐れおののく子どもゆえ、神経過敏で、感受性が鋭く、そのためにどんな些細な事柄からも何かを感じ取るわけなのだが、それが幻滅につながる幻想的見方になりがちになるのは、やはり恋愛の対象としてエステラを知って以後、つまり恋の虜となってからのことである。精神的成長を遂げた後も、ことエステラに関しては相も変わらず、幻想に色どられた見方しかできない、哀れな男である。このように最後の最後まで、ピップを誘なう力が、エステラの存在そのものであることは既に述べた通りである。エステラ自身は、打ち寄せては返す波のように、あくまでピップを揺り動かし続け、ピップも、「夢見る人」として一々反応は示すものの、両者相結び合うことなく、このまま人生を終えてゆくのが物語の自然な流れである。精神成長を遂げたにもかかわらず、ラストシーンにおいてまでエステラに心をなびかせずにはおれないピップに、我々は却ってリアリティーを感じる次第である。

4.

　ディケンズは、1861年6月に週刊誌連載の作品執筆完了後、パブリック・リーディング用のテキストを新たに書いたが、どういうわけかこれにはピップの恋愛問題は全く書かれておらず、マグウィッチとの最初の出会いから始まって、彼の死の床の場面で終ってしまう構成になっている。マグウィッチを中心にした物語形式である。これは、*Oliver Twist* のパブリック・リーディング用テキストが、'Sikes and Nancy' になっているのと全く逆の関係である[17]。このことが一体何を意味するのか、非常に大きな問題ではあるが、

おそらくこれは、『大いなる遺産』の主人公ピップの道徳的向上が、エステラのような人物の愛によってなされたのか、それともマグウィッチやジョーのような人物の愛によってなされたのかという問題に帰すると思われる[18]。この場合の答えは言うまでもなく、後者によるものであるが、本章は、マグウィッチやジョーにはほとんど触れずに、テーマがピップとエステラの恋愛関係ということで、二人の人物に的をしぼって論を進めてきた。それに又、マグウィッチの話以上に、ピップとエステラとの話の方が、より一層主要な位置を占めるべきであるという確信に基づいて本章が書かれたことは確かである。

注

1) All quotations from the novel are taken from *Great Expectations*, The Oxford Illustrated Dickens, 1973.

2) Cf. '... the added chapter is no frolicking catalogue of blessings and infants, as happy endings tend to be. It is harmonious with the tone of the rest of the book in its restraint and beauty.' ("Appendix A: The End of the Novel", *Great Expectations*, The Penguin Books, 1978, p. 496.)

3) この発想に関しては、五島忠久・織田稔『英語科教育―基礎と臨床』（研究社、1977）pp. 206-215. に教えられた。

4) Cf. Milton Millhauser, "*Great Expectations*: The Three Endings", R. B. Partlow (ed.), *Dickens Studies Annual*, Vol. 2, 1972, p. 274. "(And why, in a Victorian first-person novel, does not the narrator proceed beyond that moment? Why, in a situation of such cloudy outlines, does he not tell us what he knows?) The scene has its own aesthetic fineness as it stands, but its halftones and implications do not quite match the vivid colors of the rest of the book."

5) 日高八郎訳（中央公論社版）は「…エステラとの再度の別離を暗示する影とては、何ひとつ見あたるものはなかったのであった。」であり、山西英一訳（新潮社版）は「…彼女とのニどの別離の陰影はすこしも見えなかった。」となっている。

6) Cf. John Forster, *The Life of Charles Dickens*. New edition, with notes and an index by A. J. Hoppé, and additional author's footnotes. In two volumes. Vol. 2. Everyman's Library, 1969, p. 289. "... the first ending nevertheless seems to be more consistent with the drift, as well as natural working out, of the tale."

7) Cf. Edwin P. Whipple, "*Dickens's Great Expectations*". From *The Atlantic Monthly*, XL (September 1877), Richard Lettis & William E. Morris (eds.), *Assesing Great Expectations*, Chandler Publishing Company, 1960, p. 16. "Better to have left Pip an experienced merchant emancipated from all his old delusions, and leading his little namesake by the hand along Piccadilly, than to have married him to the lady who looked out upon him from her pony carriage as she drove by."

8) Cf. John Butt & Kathleen Tillotson, *Dickens at Work* (London: Methuen, 1968), p. 33. "It was at least more appropriate that Pip, who had lost Magwitch's money, should also lose his daughter, than that he should marry her in the end."

9) Cf. George Bernard Shaw, "Foreword to *Great Expectations* (1937)." Reprinted in Stephen Wall (ed.), *Charles Dickens* (Penguin, 1970), p. 294. "Dickens put nearly all his thought into it. It is too serious a book to be a trivially happy one. Its beginning is unhappy; its middle is unhappy; and the conventional happy ending is an outrage on it."

10) "That girl's hard and haughty and capricious to the last degree, and

has been brought up by Miss Havisham to wreak revenge on all the male sex." (Ch. 22, p. 166.)

11) ロンドンに修業に出かける前の第17章には、「生まれついたこの質素で誠実な労働生活は決して恥ずかしいものではない」(the plain honest working life to which I was born had nothing in it to be ashamed of)(Ch. 17, p. 125) という表現が見られる。

12) 拙論「*Oliver Twist* における Nancy 像について」(常磐会短大紀要 Vol. 7) にても言及している。

13) Cf. George Bernard Shaw, *op. cit.*, pp. 294-295.

14) 次の表現の箇所 "But, she answered at last, and her light came along the dark passage like a star." (Ch. 8, p. 54) を宮崎孝一は桐原書店版テキスト注釈で、「Estella という名前にふさわしい比喩」と記している。

15) 拙論「*Great Expectations* の謎」(*Poiesis*、第6号、関西大学大学院英語英米文学研究会編集発行) が、ピップとハーバートとの関係を論じたものである。

16) 'impression of the identity of things' (Ch. 1, p. 1) 以下の箇所を H. M. ダレスキーは、ジョイスの一連の「エピファニー」に関連させて論を展開している。"Pip, that is, experiences a sudden sense of the inner meaning of things, experiences, in a word, a series of Joycean epiphanies." (H. M. Daleski, *Dickens and the Art of Analogy* (London: Faber & Faber, 1970), p. 248.

17) Cf. Philip Collins (ed.), *Charles Dickens: The Public Readings* (Oxford Univ. Press, 1975).

18) Cf. H. M. Daleski, *op. cit.*, p. 269. "It is clearly love, though of a non-sexual kind, that works Pip's regeneration; it is the regenerative power of sexual love that is the subject of Dickens's next and greatest novel."

第5章：『大いなる遺産』の人物たち

1.

　チャールズ・ディケンズの後期の秀作『大いなる遺産』（1861）は、小説構成が次のようになっている。つまり、現在時制のナレーターが若き日の己れ自身を振り返って過去時制でストーリーを語る、という体裁である。それゆえ、そこで語られるナレーターの自己分析、自省などにより、あたかも主人公は「精神的成長を成し遂げる人物」、即ち、「教養小説的ヒーロー」であるという印象を、読者は素直に抱きがちである。

　だが、現在時制のナレーターはともかくとして、ストーリー上の主人公ピップは、果たして真に人格成長を成し遂げたであろうか。実はこの点が疑問となる。現在時制のナレーターとしてのピップ、そしてそのナレーターの影に寄り添う形でくっついている作者ディケンズが、主人公の精神的成長を「事実」の形でなるほど作品中に提示しているかもしれないが、だからと言って、読者はそれを完全に鵜呑みにできるか、という疑いである。本当に額面通りに受け取っていいのかどうか、我々読み手は思案を迫られる。

　言い換えれば、すべての幻想が打ち破られた後に主人公がこれまでの虚偽に満ちた世界から脱して人生に真に目覚め、精神的成長を成し遂げるという教養小説的解釈がここでは妥当であるのか否か、ということである。なるほど覚醒的側面を見せはするものの、根本的には最後まで続く主人公の未熟な精神を目のあたりにすると我々の判断は鈍ってしまう。H. M. ダレスキーや川本静子のようにビルドゥングスロマンの側面からこの作品を捉えていいのかどうか、疑わしくなる。ピップの人格・個性を理解すればするほど、この

第Ⅱ部　研究と考察

疑問は大きくなるばかりである。

　主人公ピップが最後の最後までエステラに対して心を悩まし続ける様子を先ず第一に例証として挙げることによって、主人公が精神的成長を完全には成し遂げてはいないことを解き明かしていきたいと思う。その作業を通じて、この作品の特異性を浮かび上がらせ、やがては作者ディケンズの本領にまで迫ることができれば、と思っている。

2.

　第44章で「すべては終わった」（389頁、中央公論社の日高八郎訳、以下同じ）と語るピップではあるが、実際は、そこですべてが終わるどころか、相変わらず彼の心は揺れ動く。57章から58章にかけて、ビディーと結婚しようと思いついたものの、それが不可能だとわかるやいなや外国へ出かける決心をする。又、その外国から十一年ぶりに戻った折りに再会したビディーからエステラのことをどう思っているかと改めて尋ねられると、「あのはかない夢はみんな過ぎ去ってしまったんだよ」（524頁）と平静を装って述べる。しかし、その舌の根も乾かぬうちにエステラのことを懐かしく偲んでミス・ハヴィシャムの屋敷へと出かけてしまう。

　最終章のラストシーンにおけるエステラの存在そのものが、ピップの心を再度かき乱す。再び恋心を抱いてしまった「夢見る人」（388頁）ピップは、「この場所にお別れにきて、あなたにお別れができるなんて—私、とってもうれしいわ」（527-528頁）と語るエステラに、当惑させられてしまう。一旦悩まされ始めたピップは、十年以上の月日が経過したことも忘れて、「ぼくには、別れることは、いつもつらいことだ」（528頁）と、まるで若い時のような台詞を吐く。このように、十年以上の歳月の推移を一瞬にして忘れさせてしまうほどの、恐るべき威力を持った存在が、このエステラという女性である。ピップに向かって、「別れ別れになってても、いつまでも友だち

第5章:『大いなる遺産』の人物たち

でいましょうね」(528頁)と微妙な言葉を喋るエステラは、どうやら永久にピップの心を悩まし続ける女性と言えそうだ。正に、「優雅な幻の結晶」(388頁)としての存在である。

又、ピップに関してであるが、「老いたる独身者」(524頁)という言葉が計らずも彼のすべてを言い尽くしていると思われる。この独身者ピップは、同時に、「放浪者」(527頁)でもあり、飄々と変わる彼の行動の変貌ぶりが余りにも目まぐるしいものだけに、却って、二人のその後の落ち着いた結びつきはありえないような感じが増してくる。ピップは最後まで、「独身者」で「放浪者」で、「夢見る人」であり続けるのではなかろうかという思いが強い。精神的覚醒を遂げたかに見えた後も、ことエステラに関しては、これまで同様、幻想に色どられた見方しかできない、哀れな男、それがピップである。この二人が最終的にはどうなるか。結ばれるのか否か。これに関しては諸説分かれるところだが、究極的にどう理解するかは、読み手の資質次第である、と思われる。

さてここで、エステラ像をもう少しじっくり考察してみよう。ひたすらピップが恋焦がれるエステラは、正に彼の「〈哀れな夢〉とやらの対象」(444頁)であり、「優雅な幻の結晶」である。即ち、エステラはピップの作り出す夢のスクリーンに写し出された映像である、と考えられる。

　　……私はその日の授業はあきらめ、しばしのあいだ堤の上に寝ころび、頬杖をつきながら、空や海のなかのいたるところの風景に、ハヴィシャムさんとエステラの姿を思い描いていた。(122頁)

エステラは作者によって描写されずに常に説明されており、言動のすべてが狂言回し的であり、現実感が乏しい、といった類いの読後感は、それゆえ、致し方ないものとなるであろう。エステラの役割は、あくまでも、ピップの

103

「初恋」の対象としての役割であったわけで、ゆえに、三次元的存在としてのラウンド・キャラクターである必要はなく、フラットな二次元的存在で十分であったのである。

換言すれば、エステラはピップにとっての非日常的な美の化身なのだ。このような生身を備えていない女に対するピップの恋は、大人の恋ではなく、子どもの恋、それも少年の初恋と言えるであろう。ピップはエステラに出会い、その時に焼きついてしまった彼女のイメージは彼女がいかに変わろうとも、ピップの中では不動のものとなる。だから、ピップは、現実のエステラに向かって行くのではなくて、この世における見果てぬ夢としてのエステラのイメージに到達しようとあがくのである。

ピップのエステラに対する恋は生身を備えた男と女の恋ではない。なぜなら、ピップはなるほど生身を備えた、幅も厚みもあるキャラクターだが、エステラはそうではないからである。ピップのエステラへのこのような対処の仕方は、実は、エステラ自身にもわかっていることをここで付け加えておこう。ピップはエステラにはっきりと愛の告白をする。するとエステラは、「……それはただ言葉のうえだけの話で、それ以上のことではないのよ。あなたの言葉は私の心を動かさないの、私の胸の奥までは届かないのよ」(386頁)と言う。これは、ピップがエステラその人をと言うよりも、偶像化したエステラを愛していることを鋭く衝いた女心の表現であろう。

少年の初恋のままでストップしている恋を、大人の恋とは決して言えない。それゆえ、「ピップのエステラに対する愛は、大人の愛だと言えるだろう」と述べる滝裕子の意見(『ディケンズの人物たち』槐書房93頁)には筆者は従うことができない。「ディケンズのヒーローの中で大人の愛を経験した最初の人物がピップであると言えるだろう」(同94頁)という解釈にも当然のこととして承服しかねる。さらに又、「ピップは……幸せを見つけられない相手を愛するようになってしまうのである。これはまさしく運命の苛酷さを

第 5 章：『大いなる遺産』の人物たち

知った上での大人の愛と言わねばならないだろう」（同 94 頁）という滝裕子の論述は、やや短絡的でこじつけめいていはしないだろうか。筆者はピップのエステラに対するひたむきな情熱の中に、性の目覚めの段階にいる少年の激しくはあるが幼い愛の形しか読み取ることができない。それは魂と魂の血みどろの闘いである大人の男女の愛欲の姿からはむしろほど遠いのだ。

　ツルゲーネフの『初恋』やネルヴァルの『シルヴィ』に出てくる少年の初恋の姿と同じく、この恋の型は、人生の最初に抱いた幻想を一途に強く追い求め続けるもので、少年の幻想の中で理想の女性像が勝手に作られていくものである。初恋の対象となる女性には初めから人間的要素は一切不要である。非日常的な夢想のなせる業である。ゆえに、現実的女性ビディーは恋の対象とはならない。ビディーはいつもピップの身近にいるからである。それに比べて、身近にいないエステラにピップは憧れる。即ち、エステラは、手に入らないのではなくて、手に入れたら終わりという存在なのである。だから、この恋は、求め続けるところに意味があるのであり、仮に手に入れてしまったら、エステラもビディーと同じ日常的な存在になり、その時点でピップの憧憬も熱情も行き場を失ってしまうだろう。少年にとって、女性は、存在そのものが非日常的なものであり、少年を夢中にさせるものである。この種の「少年の初恋」のパターンは、多くの作家が時代を超えて描き続けてきた、普遍的な人間心理の命題でもあるのだ。

　言うまでもなく、相手を偶像化してしまうのが初恋というものであり、それゆえ、結ばれることが却って不幸になることが多い。なぜなら幻想はいつか破れるからである。だから、この作品は、結ばれることが必ずしも幸せな結末にはならない、という小説であろう。結局のところ、「夢見る人」ピップの非日常的なものに対する「大いなる期待」、これが期待だけで終わるところがこの作品の味噌、と言えよう。

　生身の人間エステラと格闘して、その上での挫折ならまだしも救いようが

あるが、自らが作り出したにすぎない幻影に対する挫折・幻滅ゆえ、救いようがない。いわば、ピップの一人相撲だったわけである。

エステラは一見「宿命の女」のように読者には見えるかもしれないが実際はそうではない。エステラの実際の不幸を思い出せば納得できることである。「宿命の女」となるべくミス・ハヴィシャムによって育てられはしたが、結局は、男を滅ぼす代わりに、むしろ彼女が男によって不幸にされている。ドラムルとの結婚の失敗が見事にそれを物語っている。エステラは男をもてあそんでいるつもりが、逆にもてあそばれているのである。状況に、そして自分の美貌に押し流されている女である。このことからも、エステラが決して「宿命の女」ではないことがわかる。仮にエステラが「宿命の女」のように思われるとしたら、それはピップが勝手に作り上げた幻想に拠るものである。これは、ピップに限らず、いかなる男も持っている普遍的なものであろう。要するに、エステラ自身は、美貌と、相手の気は引くが自分からは決して惚れないという冷たい面とが特徴だけの、普通の女性なのである。

ところで、一見したところエステラと似てはいるものの、実はほど遠い存在の「宿命の女」とは一体どのようなものを指すのか。次にそれを考えてみよう。いかにエステラ像とは違っているかの確認にもなるであろう。

3.

男を救うものとしての聖マドンナの対極にあるものが、宿命の女、即ち、ファム・ファタルであろう。男を滅ぼす力がある女、と言える。これは、19世紀末イギリスのオスカー・ワイルドの作品『サロメ』のヒロイン像を指して使われ出したようであるが、正しくそのサロメ像がそうであるように、女のプライドが男を死に至らしめる点がこの女性像の中心的イメージであろう。谷崎潤一郎の『痴人の愛』のナオミなどもこの系譜につながるものとして思い出されるが、いずれにしてもこれらは、男にとって悪そのもの、といった

存在である。

　ファム・ファタルの資質・根幹をなすものは、理性とは相反する、生理的・感情的なものであり、エゴの塊とも言える貪欲な生命力を秘めているタイプの女性である。ただし、これらは「宿命の女」の資質・根幹であるに過ぎないのであって、このような資質を持った女性を「宿命の女」にするかどうかは、結局は男次第である。つまり、聖マドンナであれ、宿命の女であれ、それらはいずれにしても、男の側の欲望・願望・夢の表われなのである。女はどちらにもなりうる。あくまでも男性の側からの幻想によって「宿命の女」像が作られる、ということをはっきりと押さえておかなければならぬ。

　これは、「なんじ姦淫するなかれ」を彷彿させるアングロ・サクソン的な感情の賜とも言えるもので、アングロ・サクソン人の生真面目さを反映した女性像であろう。なぜなら、そもそもラテン系の人は初めから男女の関係を決して神秘的・哲学的なものとは考えてはいないのに対して、男女の問題に関してしんから開放的な気持ちになれないアングロ・サクソン人は女性に対して軽蔑・嫌悪の念と憧憬の念という、相矛盾し合う感情を抱くからである。ここに、「宿命の女」像が誕生する素地がある。アングロ・サクソン系とラテン系とに見られる比較として、わかりやすい例で言えば、ラテン系のバルザックの『従妹ベット』に描かれるさまざまな娼婦像は徹底したリアリズムであり、幻想など入ってくる余地は全く無い。ゾラの『ナナ』も然りである。これらは男女間の愛をロマンチックに見ようとするアングロ・サクソン系との大きな相違ではないだろうか。

　ここで再び滝裕子の意見に反駁することになる。滝裕子は、「エステラの見せる強さは彼女が自分自身の特性をよく知っており、自己のアイデンティティーをしっかりと持っているためのものであり、彼女の強さにはどんな苦労にもねじ曲げられぬ鋼のようなねばりがある」(『ディケンズの人物たち』93頁)と論を進めるが、この内容に関してももちろんだが、エステラ像が

かっちりと描かれているという大前提に立って滝裕子がこのような意見を述べていること自体に先ず筆者は疑問を抱く。エステラの発言は、気の利いた言葉の羅列だけであり、内容の無い、空疎なものである。オスカー・ワイルドの戯曲『真面目が大切』を我々に思い出させるような、知識階級の人々の得意とする、虚な言葉遊び的要素ばかりが目につく。すべてが狂言回し的である。このような読後感の強い筆者には、滝裕子の意見は納得し難い。ただし、滝裕子も大きな拠り所としているアンガス・ウィルソンが『ディケンズの世界』の中で、「エステラが、ディケンズの女性観において、真の前進を標していることは事実である」（松村昌家訳、英宝社、253頁）と言っているように、新しい女性像創造の意図がディケンズにあったであろうことは間違いないであろう。ただ、私たちとして厳に戒めるべきは、作者の意図と、実際に作中に描かれた人物像とを混同することである。原作者や演出家がいかに登場人物に特定の個性を付与したつもりでも、演ずる俳優の演技力が及ばなければ観客にはその個性は納得されない。それと同様に、「自分自身の特性をよく知っており、自己のアイデンティティーをしっかりと持っている」はずの近代的自我に目覚めた女性エステラの言動には、その役割とちぐはぐな点が数多くありすぎるような気がする。

　非常な美貌の持ち主であり、いかにも驕慢な女性ではある。しかし、その自信はどこから得たものか。また彼女の自意識は本当に自然に目覚め、発達してきたものなのか。そこには常に他者の、即ち、ミス・ハヴィシャムの意思・作為が働いていたのではなかったか。己の状況を冷静に見据えた上でしたたかに行動しているのであれば、確かに彼女には「鋼のようなねばりがある」と言ってもさしつかえなかろう。しかし彼女の一見気丈で冷徹な外見の下には常に脆くて未熟な少女のような自我が存在しているのだ。

　夏目漱石も『虞美人草』の藤尾や『草枕』の那美といった、自我を持つ個性的な女性を書いたが、その不自然さに気づいていたようである（森田草平

著『漱石の文学』)。自我を持つ女性の創造の難しさが窺い知れる。このように、自我を持つ個性豊かな女性を描こうと試みる作家が往々にして落ち込む迷路がチャールズ・ディケンズをも待ち受けていたようだ。これまでディケンズが得意としてきた一連の天使のようなヒロイン像と比較して、人々は『大いなる遺産』の一風変わったエステラ像のユニークさに心惹かれがちである。エステラがいかにも現代的自我を持つ新しい女性像として読者の目には映るのかもしれない。アンガス・ウィルソンも滝裕子もそのように感じたのであろう。しかし、一方で我々が感じるエステラの言動の現実感の稀薄さをどう解釈したらいいのか。この側面を無視するわけにはいかない。

4.

　次に、ピップとエステラの人生はいわば巻き込まれた人生であることに着目したい。ピップはマグウィッチの意図とミス・ハヴィシャムの意図とに巻き込まれ、エステラはミス・ハヴィシャムの意図に巻き込まれるのである。ピップは、人間関係の中でもまれて徐々に人生を切り開いて行ったのではない。小説の冒頭場面で突然出会った囚人マグウィッチの意図に先ず巻き込まれ、さらにミス・ハヴィシャムの屋敷へ行きエステラに出会ったことが発端となってピップの人生が始まったのであり、正に、巻き込まれた人生と言うしかない。このようにピップは彼の与り知らないところで、自分の夢ではなく、他人の夢に巻き込まれてしまった少年である。それゆえ、自分の夢から端を発する典型的「教養小説」のヒーローとは違うのである。

　長い階段を一段ずつ登って行くというビルドゥングスロマン特有の精神成長過程をたどらずに、ただ状況だけが一挙に引き上げられてしまうと人は一体どうなるか。言うまでもなく、その人の精神の成長はあとにとどまったままとなる。ピップの人生軌跡が、正にこの場合に相当すると言ってもよかろう。彼の今置かれている状況と、彼の精神の成長とのアンバランスこそが、

第Ⅱ部　研究と考察

この小説のユニークなところとなる。

　自ら人間関係の中でもまれながら徐々に切り開いて行く人生もある一方で、全く他人の人生に巻き込まれてしまうことから新たに始まる人生もある。後者、即ち、自分の夢ではなく、降って湧いてきたような他人の夢に巻き込まれてしまった人生を歩み出すのがピップである。ピップがひたすら恋焦がれる女性エステラも、一見したところ「宿命の女」のようにしてピップの目の前に登場したけれども、本質的には彼女は養母ミス・ハヴィシャムの夢に巻き込まれただけのことで、そのことによって「宿命の女」の属性を帯びているように見えるに過ぎない。

　ヒーローも、ヒロインも、巻き込まれることから始まる人生を歩み出す。これこそ正に、お伽話の世界と言えるのではないだろうか。このことを例証するためにも、次に、巻き込む側のマグウィッチとミス・ハヴィシャムとに目を移して、この小説の構造の特異性を浮かび上がらせてみたい。

　自分の人生はやり直しがきかないことを知ったマグウィッチは、ピップの人生に託しつつ、自らも成長しようとする動きを見せる。即ち、ピップを通じて生き直そうとする。しかし、マグウィッチのその夢は、決して絶対的にピップを縛るものではなく、マグウィッチの夢に沿いながらピップ自身も自分なりの成長を遂げることが不可能なわけではない。むしろ、ピップを縛るものは、彼のエステラに対する激しくはあるが所詮は不毛の愛の幻想なのである。換言すれば、これは、マグウィッチによってピップに自由が与えられていたが為に可能であった、と言えるだろう。C・S・ルイスの善悪の定義から言えば、神の原理である。相手を自由にしてやるという原理が部分的にせよマグウィッチにはあったのである。

　根本的な相違なのだが、マグウィッチの目指しているピップの到達点と、ピップ自身が目指している到達点とは違う、ということを忘れてはならない。マグウィッチの夢はピップを通してジェントルマンになることであるのに対

して、ピップの夢は自らの描いた幻想、つまりエステラという至上の存在に到達せんとする夢であり、ジェントルマンになることは先行しない、ということである。

次にミス・ハヴィシャムの場合はどうか。過去の傷を抱き続けるばかりの人生で、そのような哀れな自分を他者にもわかってもらいたいという子どもっぽいところもある。その彼女は、人生を停止させ、つまり時を止めてしまって、ひたすら過去の傷を忘れまいとする人生に固執する。そして、傷を忘れないようにするために、エステラを巻き込む。エステラを通して自分を殺し直す、と言ってもいいだろう。

先程のマグウィッチのピップに対する神の原理とは違って、悪魔の原理と言おうか、ミス・ハヴィシャムはエステラに自由を与えない。相手を束縛し、自分のあやつり人形、傀儡とする。子どもっぽい精神状態のままでとどまっていることを望む人物、それがミス・ハヴィシャムであるが、彼女には、エステラを通してのビルドゥングスは見られない。成長する動きなし、と言えよう。過去の傷を忘れまい、世間にもそれを忘れさせまいとすることだけが人生目標で、精神的死の状態のままでいることをひたすら望んでいる。

ミス・ハヴィシャムによって成長を止められてしまい、型にはめられてしまっているエステラの、「私には人間の心がない」（256頁）という台詞は、エステラがミス・ハヴィシャムの正に意図した女性像そのものになろうとしている証拠である。教え込まれたことをそのまま繰り返しているあやつり人形、それがエステラである。では、このようなエステラが成長するためにはどうしたらいいのか。ミス・ハヴィシャムの枷から逃れるしかないのである。ただし、そこから逃れた後のエステラについてであるが、成長の兆しは見せてはいるものの、読者は納得できず、説明通り受け取れない。あまりに唐突すぎるからである。

マグウィッチ、ミス・ハヴィシャム、エステラ、ピップ、これら四者四様

の人生がダイナミックに絡み合い、やがて解けていく物語が、この作品であるのだが、四人ともそれぞれ夢が叶うと思っているところが、正に子どもと言えるだろう。「成長しきれない四人の子どもの物語」と言えるのではないかと思われる程である。そのような「子どもの世界」について、論じてみよう。

5.

　マグウィッチの場合、一見、自分の方から他者ピップを愛するように見せてはいるけれど、そして事実、一面において無私の愛とも言うべきものを包蔵してはいるけれども、それと同時に、それは世間に対する自己顕示欲のなせる業でもある。ミス・ハヴィシャムの場合は、皆を自分の回りに引きつけるために、自らが財産家であると装う。世間に対する復讐という手段を一応採ってはいるが、復讐ということ自体がそもそも子どもじみており、とどの詰まり、世間に対する自己顕示欲以外の何物でもない。

　いつまで経っても人から愛されたいと思うのが子どもであり、逆にこちらから愛してやろう、保護してやろうと思うのが大人であると考えた場合、自分の存在を世間に知らしめることが夢で、その夢をいつまでも追い続けるマグウィッチもミス・ハヴィシャムも、共に子どもと呼んでもさしつかえないであろう。この二人の子どもっぽい夢が、ピップとエステラの上に広がって行って、二人の少年少女を巻き込んでしまうのである。

　マグウィッチとピップ、ミス・ハヴィシャムとエステラ、これらはそれぞれ、妖精の名づけ親と子の関係を我々に連想させる点から見ても、この物語はお伽話に非常に類似していると言える。では、他の登場人物、ジョーとジョー夫人はどうか。ジョーは、ワーズワース言うところの「子ども」のイメージそのものの人であり、ジョー夫人は、成長が止まっている点で、大人ではなく子どもである。それに対して、ハーバートとビディーは大人として

の人物造型がなされている。子どものままの人物たちとの対照となっている。

　自らを振り返って自己をみつめるという姿勢もなく、ただひたすら世間に注目してもらいたい、他者から愛してもらいたい、などという子どもっぽい夢を持った、子どものままの人物たちが苛酷な現実世界に対して挑んだ大いなる幻想と挫折の物語がこの作品である。人間すべてを子どもと捉え、現実と理想との間で揺れ動く人物たちの、挫折と成長の物語と言い換えてもいいだろう。おそらく作家は、本来はリアリズム小説を目指したであろうはずだが、結果的にはお伽話的となっているところに却って我々は面白味を感じるわけであるが、リアリストであるディケンズのロマンチストとしての側面、ファンタジーを捨て切れなかった点などが、より一層我々の読みを豊かにさせてくれるようである。この、お伽話的な要素が案外、大衆に受けてきた源なのかもしれない。

　ところで、作家の資質の中に見られるこのようなリアリズムとファンタジーという二面性のうち、ファンタジーの側面が、とりもなおさずピップの中に内在する、子どもらしい空想力に一脈通じ合うことに注意したい。エステラに対するピップの恋の仕方でもわかるように、又、小説の冒頭シーンでも顕著にわかるように、ピップは現実世界と非現実世界との区別がはっきりとはできない、子どもらしい空想力過多の少年なのである。

　ところで、このようなピップ特有の空想力を、単に子どもっぽいからと言って斥けることはできないであろう。なぜなら、現実をそのまま見たり、受け入れたりするのではなくて、それを一種の美化、つまり、空想の世界に持っていく傾向の強いところは、子どもらしいゆえんではあるが、これをさらに徹底的に押し進めたものが芸術家の一面であるとすれば、正にピップは芸術家の一歩手前に位置していることになるからである。芸術家の資質としての、夢見る目と現実を見る目、そのうちの一つである夢見る目、即ち、非日常的なるものへの志向性を、ピップの中にはっきりと見い出すことができ

るのである。成長しきれない未熟さ、子どもっぽさが、肯定的に働いた場合、それが感受性の鋭さ、ナイーブな目となり、それらは芸術家的一面につながるであろうと思われる。

　このように、ピップは芸術家としての資質を合わせ持った人物であるのだが、もちろん、これだけでは芸術家にはほど遠いことは言うまでもない。未だ「描かざる画家」、「歌わざる詩人」のままである。真に芸術家として大成するためには、これに加えて、リアリズムの目がさらに要求されよう。そう考えると、ピップは芸術家とはまだかなりの距離があることになる。だが、たとえ「描かざる画家」、「歌わざる詩人」とはいえ、芸術家にとっては不可欠な要因、すなわち、ナイーブな目、夢見る目を内に秘めている青年の感受性の鋭さには我々は注意の目を向けるべきである。川本静子が、『イギリス教養小説の系譜』（研究社）の中で言うところの、「芸術家」型のビルドゥングスロマン、即ち、「主人公の旅は、実人生上の修行としてのそれではなく、自己のアイデンティティ探究を目指した形而上的旅なのである」（117頁）という型の教養小説にかなり近い様相を帯びている、と言えるだろう（川本静子は自分の分類した「芸術家」型の中にはこの作品を入れてはいない）。この問題を追って行くと究極的には作者ディケンズの本領とは何かを考える大きな手がかりになるかもしれない。

6.

　ピップが夢見る目を持つ人物であることをしかと見据えているしたたかさは作者ディケンズの根底にあるはずだ。ただしその一方で、作者はナイーブなピップに常に同化していることも確かである。正に、渾然一体という言葉でしか呼べないようだ。ピップ像の中からディケンズ像をちらちら垣間見る思いであるが、この種の考察を通じて、ディケンズの本領とは一体何なのかをここで考究してみよう。

第 5 章：『大いなる遺産』の人物たち

　ピップに代表されるような、現代の読者から見たらむしろ反感を覚えるほどの純粋さを持ったキャラクターを描くこと、即ち、幼い魂を描くことがディケンズの本領ではなかったかと思われてならない。それはおそらく、ディケンズ自身が幼い時の気持ちにそのままいつでも立ち帰れる人であったからであろうと筆者は推測する。そして、彼のこのような本領は、人間の世界の変形という点に在る。現実を直視した上で変幻自在に創造する。ありのままの現実を鏡のように写し出すのではなく、想像力の世界を創り出す。だから、作品『大いなる遺産』がそうであるように、全体としてはお伽話的となる。

　筆者のこの意見を掩護射撃してくれるものとして高橋康也の説をここで出したいが、高橋康也は、ディケンズのことを「子どもの魂と同化できる不思議な天才の持主」と言い切っている（「文学における子供」東京大学出版会『子ども』153 頁）。現代イギリスの偉大なる批評家 F. R. リーヴィスがディケンズの『ハード・タイムズ』を論じる際に、我々現代読者が共感を持つであろうはずのルイザではなく、シシー・ジュープの方に焦点を当てている事実も、彼がディケンズのディケンズらしさを買っている証拠である。

　ピップのストーリー上の人生軌跡から窺われる、いつまで経っても人間は子どものままであるという世界、即ち、子どもが自我に目覚めるまでの世界が、案外ディケンズの本領であるような気がしてならない。ディケンズの作品世界全体に感じられるお伽話的雰囲気はそのせいである。

　バルザックのリアリズムは、人間性を現実のものよりさらに醜化することによって迫力に満ちたものとなった。オースティンは、現実を美化もせず醜化もせずにありのままにその作品の中に写し出した。それに比べてディケンズのリアリズムがセンチメンタルであるとか甘すぎるとか言っているわけでは決してない。しかしディケンズのリアリズムの中には、人間性に対する一つのひたむきな願いが込められている。いかに現実が悲惨であろうと、人間

第Ⅱ部　研究と考察

性に対して絶望的にならざるを得ないような状況をいかにしばしば目のあたりにしようと、ディケンズは人間性への信頼を完全に失くすことはなかったのだ。

　すべての人間は成長し、進歩発展していくもの、それが、ディケンズが我々読者にかけた呪縛であり、信じさせたかった夢であった。そしてその呪縛にほとんどの読者が捕えられている。しかし、ディケンズのその呪縛に捕われるか否かはあくまでも我々読者の選択次第であり、またディケンズも神の原理によって我々に無限の自由を与えてくれている。それゆえ、今回の筆者の読みは、その自由に支えられてなされたものである。

第6章：『大いなる遺産』のピップ像

1.

　男心を惑わす美少女エステラ（Estella）に一目惚れの恋をしてしまった少年が、その後、遺産相続の見込みという幻想に彩られた無為徒食の紳士修業の道に旅立つという解釈は、ピップ（Pip）の人格・個性を真には理解していない皮相的なものである。なぜなら、もしこの解釈が許容されるならば、ピップを悩ます役割を担ったエステラの実在感が相当に堅固なものであらねばならない。ところが、ひとりのコモン・リーダーとして虚心坦懐に作品に寄り添ってエステラ像を読み進む限り、彼女の存在感はこちらにはさほどに伝わってはこない。終始一貫して象徴的価値を負わされた人物像としての実感あるのみである。

　人物造型にかけては古今東西いかなる作家にも引けをとらない作者ディケンズの技量に鑑みた場合に、魅惑の女性エステラを扱い兼ねたとは到底考えられない。我々がエステラ像にリアリティー不足を卒直に感じ取るとしたら、それは作者ディケンズの積極的・意識的なる創作意図と解するのが妥当である。つまり、作者はピップとエステラの恋愛事件そのものに第一の関心を置いているのではないゆえに、星の如く光り輝く不可思議な女性エステラに他の人物ほどには実在感を賦与しなかったのである。ピップとエステラの恋愛問題は第一義的なものでは決してないことは実は彼女の稀薄な存在感から窺い知れるのだ。主人公が男性であるがゆえに正に本能的に、残酷なまでに美しい女性に心を奪われることは至極当然のことであって、このことは今更取り立てて申し述べることでもあるまい。ディケンズがそのようなラブロマン

スを書こうとしたつもりなら、エステラにもっと濃密な現実感を与えていたはずである。つまりディケンズはそのような男と女のドラマを書こうとしたのでは決してない。

ただし、拙論『*Great Expectations* の結末考』との関係上、ここで誤解があってはいけないので一筆断っておくが、その論考はアプローチそのものとしては敢えて男女問題のレベルにピップとエステラとを正面から据えただけで、根本的にはそうすることによって初めて可能な二者の関係を通して見た主人公ピップの行動軌跡、即ち、彼の人間像の執拗な解明に狙いがあったわけである。『大いなる遺産』の結末考が、結局はピップの結末考であった。

エステラに憧憬の念を抱き、ひたすら彼女に恋焦がれるピップには間違いはないが、エステラの現実感が乏しいことを考えた場合に、短絡的には男女の恋愛問題にすべて話を還元できないわけで、我々は改めて、ピップが一体何を志向してジョー（Joe）やビディー（Biddy）の住む鍛冶場の世界を飛び立ったのかを考察する必要がある。ピップをして新たなる未知の世界に飛翔せしめた真の要因は何であったのかをしかと見定めねばなるまい。既にピップのエステラに対する恋愛感情を敢えて第一義的に前面に押し出して考察した場合でさえも、究極的にはピップの本性がそのレベルにおいてだけでは十分には解明され得ないわけで、となると、次に別の新たなる角度からのピップ像への光の照射が生み出されなければならなくなる。ところがピップの人格究明にさらに一層深く迫っていこうとする現段階では、ピップをミス・ハヴィシャム（Miss Havisham）やエステラの住む世界に志向せしめた他の諸々の要因発見などという間接的アプローチではもはや済まされず、一気にピップの内面に入り込む方が却って早道となり、本質的解釈につながるであろうことを信じて止まない。何を隠そう、ピップは現実の日常生活に一切翻弄されない精神的自由な世界を目指したのである。

ジョーやビディーに代表される 'forge' の世界、そこは神聖なる労働のゴ

第6章：『大いなる遺産』のピップ像

スペルが支配している世界。そこに生れ育ったピップが何とかして必死にその場から離脱しようとする掻き・踠き。これらの拠って来るべき源を、労働生活には一切煩わされずに、むしろそれとは縁の無い、鍛冶場の世界とは全く異質の精神的自由な雰囲気の漂う世界に対する思慕と規定する解釈である。しかしながらピップのこのような、非日常的な精神的自由な世界への憧れの気持ちは、ピップのみならず、いかなる人であれ人間である限り当然誰でもが秘かに憧れる世界であるとも言える。ましてや感受性の鋭いピップのような多情多感な子どもの場合には至極普通のことなのかもしれない。こうなると、わざわざピップの特異な性癖と捉えることが適切ではないという判断もあり得ることになる。それにもかかわらず、この章にてピップのそのような志向性に拘泥するのは、ピップが 'forge' の世界から飛び立とうとする気持ちが余りにも異常なまでに烈し過ぎるからである。この種の志向は普遍的に他の一般の子どもたちにも多少なりとも存在するかもしれないが、その烈しさの度合が段違いにピップの場合は優っているのである。それほどまでに強烈な未知の世界への憧れを見せる少年像を創り出した作者ディケンズの意図が読者には計り知れない程だ。普通程度をはるかに越えた、まるで悲壮なまでもの未知の世界への旅立ちを夢見る少年の姿は、その壮絶なまでもの情熱の烈しさにおいて、敢えて文学作品の人物像分析の対象として取り上げるに値するものと思われる。それゆえに、ピップの内面性に真正面から迫っていこうとする本論も意義あるものであろう。

2.

　夕闇迫る或る忘れもしないうすら寒い日の午後、少年ピップは、事物の本質に関する生涯で最初の最も強烈かつ明白な印象を感得する（My first most vivid and broad impression of the identity of things, seems to me to have been gained on a memorable raw afternoon towards evening.）(p. 1)[1]。

H. M. ダレスキーの論に準じて言えば、この時のピップの眼が捉えたものは、事物の本質 'quidditas' (the *whatness* of a thing) であり、換言すれば 'a sudden sense of the inner meaning of things'、即ち、'a series of Joycean epiphanies' である[2]。両親や兄弟たちの墓の立ち並ぶテムズ河下流の沼沢地帯に独り在って、ピップは一瞬にして「死の意味」(the meaning of death) を体得する[3]。その瞬時にして訪れた一つの啓示、いわゆるエピファニックな経験は、コンヴェンションに一切捕われない少年独特の特異な眼が捉えた彼自身の発見そのものである。他の誰の眼でもない、ピップだけが持ち得た独自な感覚を有した眼が、その眼前に現存する墓石に触発されて、突然に開示される死の意味を感じ取る。たちまちにして顕現的に見えてくる瞬間にピップ特有の感覚で即座につかまえられた現実は、それゆえ常套的な見方をすべて排斥する。それらはコンヴェンションとは全く相容れないピップ自身の発見そのものと言える。

　写真も無い時代に幼い孤児ピップがまぶたに描く両親の姿は、その墓石からの連想 (fancies) (p. 1) に拠るものである。墓碑銘の字体から、見も知らぬありし日の父母像をピップは勝手に想像する。さらに両親の墓のかたわらに並んでいる菱形の五つの石から、既にこの世を去っている五人兄弟の生れいずる瞬間の姿をも頭に思い描く。普通の人間の眼には単なる墓石でしかない事物でも、ピップの眼力にかかってはその背後に潜む実在性が突然に啓示されるのである。一瞬にして直感的に少年の眼が捉えた特異な感覚、それは死の意味であった。

　「少年の眼は、外界の見え方に一つ一つ心理的根拠を求めたりせず、見えるとおりに見る。少年の眼を通して意味づけられた外界は生きもののように変容し、読者はその眼が少年のものであるかぎり、安心してそれを受けいれる。」と、泉鏡花の文学世界を語るに際して著書『幻想の論理』にて「少年の眼」に注目する脇明子だが[4]、彼女のこの記述は、ピップの眼の特異性の

肯定化にも一役買う。事実その眼が子どものものであるがゆえに、子どもらしい連想や幻想もさもありなんと我々は納得する。少年の眼に映し出される世界は科学的世界像では決してなく、むしろ逆に不合理なもの (unreasonably) (p. 1) としか言いようがない。これを称して脇明子などは幻想の論理と言うのであろう。

　子どもに特有な幻想に彩られた連想は、後に大人になったピップにさえも、何かの拍子にふと訪れる。ミス・ハヴィシャム邸の庭園の戸を開けようとして何気なく振り返る瞬間に子どもの時の連想が不思議な力を持って甦る。

　　　Taking the brewery on my way back, I raised the rusty latch of a little door at the garden end of it, and walked through. I was going out at the opposite door — not easy to open now, for the damp wood had started and swelled, and the hinges were yielding, and the threshold was encumbered with a growth of fungus — when I turned my head to look back. *A childish association* (italics not in the original) revived with wonderful force in the moment of the slight action, and I fancied that I saw Miss Havisham hanging to the beam. So strong was the impression, that I stood under the beam shuddering from head to foot before I knew it was a fancy — though to be sure I was there in an instant. (p. 380)

このように、連想の一つの環 (one link of association) (p. 370) で対象を眺め、事物の実在性を瞬時にして把握してしまうピップである。その瞬間、まるで稲妻のように彼の回りをぱっと明るく照らす (p. 370) 程である。

　子ども一般に特有と言うよりも、ピップ固有の特異な眼ゆえに（例えば同じ子どもである幼馴染みのビディーなどにはこのような特異な眼が全く賦与

されてはいない)、対象が普通以上に見え過ぎてしまうピップにとって、その後の彼の人生は幸か不幸か非凡な生活を余儀なくさせられると言っても多分過言ではないだろう。ジョーやビディーという善天使らと同じ 'forge' の世界に生れ育ったピップは、自然のまま時の流れに身を任せておれば余程のことがない限り終生平穏無事に鍛冶場で働く人間であったはずであるが、生れつき極めて特異な眼の持ち主であったが為に外界との対応においてエピファニックな経験をしてしまう彼は、自分だけの発見・経験を成した後、自己変革の道を歩まざるをえない。ジョーやビディーには見えないものが見えてしまった者の自然な成り行きである。第一章冒頭場面で事物の本質に関する強烈な印象を体験してしまった彼の本性は、本来的にはジョーやビディーのそれとは違うようである。このようなピップ固有の特異な眼を彼が有していることにすべてが象徴される彼の感受性の鋭さは、外界の事物に触れた場合、普通の人以上の繊細で鋭利な反応を見せるわけだが、例えば彼が初めてミス・ハヴィシャムの屋敷を訪れてエステラに会った一つの事件が、その後の彼にいかなる変革をもたらしたかを、次に詳細に眺めていきたい。ピップのような鋭い眼を持たないジョーやビディーなら決して経験しえないような種類の認識をピップはしてしまったのである。

3.

　初めてのミス・ハヴィシャムの屋敷訪問から帰って、ピップはひどく惨めな気持ちになる。このことをジョーに正直に打ち明けるのであるが、ジョーはピップの内面を解さない。'I am common.' という認識から始まって 'I am not common.' への願望の芽生えを見せるピップである。

> ... I told Joe that I felt very miserable, and that I hadn't been able to explain myself to Mrs. Joe and Pumblechook, who were so rude to

me, and that there had been a beautiful young lady at Miss Havisham's who was dreadfully proud, and that she had said I was common, and that I knew I was common, and that I wished I was not common, and that the lies had come of it somehow, though I didn't know how. (p. 65)

これまでの鍛冶場の世界が 'common' であると認識してしまったピップは、より高貴な世界 (greatness) を目指してロンドンに向うことになる。

... farewell, monotonous acquaintances of my childhood, henceforth I was for London and greatness: not for smith's work in general and for you! (pp. 139-140)

ミス・ハヴィシャムとエステラとに出会ったことによって、これまで自分が居た平々凡々な典型的な日常世界からははるかにかけ離れた世界の存在することを垣間見てしまったピップである。

I thought how Joe and my sister were then sitting in the kitchen, and how I had come up to bed from the kitchen, and how Miss Havisham and Estella never sat in a kitchen, but were far above the level of such common doings. (p. 67)

このように、'common' から 'uncommon' への飛翔、労働生活中心の世界から精神的自由の満ち溢れた '高貴な世界' への移行に目覚めたピップにとって、ミス・ハヴィシャム邸訪問第一日目は、彼の心に大きな変化をもたらした生涯忘れ得ぬ最良の日であった (That was a memorable day to me, for it made great changes in me.) (p. 67)。

　暖炉の片隅に陣取り、覚えたアルファベットで苦心惨憺してジョーあての手紙を書いたピップは、「お前はなんて素晴らしい学者なんだ」(p. 41) とジョーに誉められるが、これを受けて「学者になりたいなあ」(p. 41) と言う。これはまんざらたわいもない返事にすぎないとは思われない。実はこの箇所がミス・ハヴィシャム邸訪問以前の場面であることを忘れてはならない。先程の論の展開からもわかるように、ジョーやビディーとは異質のタイプの人間の住む未知の世界の存在を見て識ってしまったピップが、目指すその世界の住人にふさわしい知性なり教養なりを身につけたいと叫ぶのは自然の成り行きだと解せるが、この場面の深読みから窺い知れる限り、ピップはどうやらエステラの世界を見る以前から既に潜在的にジョーの居る世界とは別種の世界への移行素地があったのではないだろうかと判断される。ピップにとって学者などとは余りにも突飛な話ではあるが、鍛冶場を中心とした日常生活とはかけ離れた未知なる知的教養世界への初めての秘かな憧れの気持ちの無意識的・本能的表出だと解してもいいのではないだろうか。そしてこの後、既に述べたように、今までとは全く異質の世界の在ることをエステラに出会うことによって知ってからというもの、さらに拍車がかかって、自分は無学で駄目であるという思いに切実にさいなまれる ('No, I am ignorant and backward') (p. 66)。知識欲に餓えたピップの姿 (hunger for information) (p. 102) である。

　最初はやぽったい世間知らずだったピップ (my first rawness and ignorance) (p. 281) が、一度ミス・ハヴィシャムやエステラの住む世界の存在を垣間見てしまった途端に、絶えず野心に駆られて日常生活には不平不満だらけになり (restless aspiring discontented me) (p. 101)、不満に満ちた胸の中で鍛冶場の家を恥ずかしく思うのである (I would feel more ashamed of home than ever, in my own ungracious breast) (p. 101)。しか

第6章:『大いなる遺産』のピップ像

し、いくら野心に駆られて日常生活に不満だらけとは言え、家庭を恥ずかしく思うということはこの上なく惨めなことであるぐらいのことはピップにもわかってはいる。特にジョーが家庭を神聖視しているだけにピップは自分の内部に潜む忘恩の気持ちに自ら恐れおののく。だけど今更どうしようもない。心の中に変化が生じてしまったのだ。

> How much of my ungracious condition of mind may have been my own fault, how much Miss Havisham's, how much my sister's, is now of no moment to me or to any one. The change was made in me; the thing was done. Well or ill done, excusably or inexcusably, it was done. (p. 100)

ところで、この家庭に関してであるが、ピップがいまだ 'forge' の世界に留まっていた時、彼は家の中で最上の客間をこの上もなく高雅なサロンだと信じていたという件があるが、正にこの「高雅なサロン」(a most elegant saloon) (p. 100) こそ、ピップが必死に憧れた世界ではなかったか。労働者階級の家庭の中に生れ育ち、幼ない時からすぐに身辺には手仕事などの労働環境が待ちうけている中にあって、優雅なサロン的雰囲気を大事にしようとするピップの本性がひしひしと感じ取れる好エピソードである。そして、ジョーの鍛冶場に在るこのサロンの場を、さらに一層手ごたえのある具体的なものとして獲得するためにエステラの世界に赴くのである。

ジョーの態度の内には何か素朴な威厳 (a simple dignity) (p. 212) が潜んでいることはわかりつつも、彼の居る世界から離脱せずにはおれないピップの精神的自由世界への憧憬の烈しさを追ってきたが、そうは言うものの、「せっかちとためらい、大胆さと内気、行動と夢想とが奇妙に混じっている善良な好青年」(a good fellow, with impetuosity and hesitation, boldness

125

and diffidence, action and dreaming, curiously mixed in him）(p. 234) ピップのこと、鍛冶屋の仕事場や台所、いなかの沼地を離れるのが間違ってはいないだろうかと絶えず真剣に悩む。ピップのこの揺れる心のさまを次に考察してみよう。

4.

　事物の本質を見抜く眼を有したピップではあるが、その眼を通して見られた対象はかなり色濃く幻想に包み込まれている。それは、外界の背後に潜む本質を見透す力の少年の眼と、甘いロマンチックな夢を見る性癖とが一つになって同居しているからだ。両者は決して相容れないものでは決してない。むしろ、子どもの眼というものは元来そういう類のものであろう。同じくリアリティー把握と言っても、科学的・客観的認識方法で対象を分析的に把握するのではなく、子どもの場合は感覚的・主観的に対象を丸ごと直観で捉えてしまう見方であるが、事物のリアリティー把握に関しては案外この方法こそが優れているのかもしれない。このような感覚的対象認識のできるピップが、さらには強く彩られた幻想のヴェールに覆われて、より一層個性的な物の見方をするのである。

　この特異な少年の眼を持った感受性の鋭いピップが、'forge' の世界ではどうしても満たされないものを感じ、憧れの未知の世界へと飛び立ったわけだが、その間の彼の心の迷いは、鍛冶場とミス・ハヴィシャムの屋敷、ビディーとエステラの間を絶えず往来する。頭が混乱し、ひたすら真面目に悩む。鍛冶場でジョーの相棒として満足していた方がずっと幸福ではなかったかという自問自答は常である。ビディーを見ていると、質素で誠実な労働生活は少しも恥ずかしがるものでないばかりか、十分に自尊心と幸福とを与えてくれるものだと知らされる。しかるにこのような揺れ動く心の葛藤にもかかわらず、我々読者は、ピップがやはり 'forge' の世界を離れなければなら

第6章：『大いなる遺産』のピップ像

なかった必然性を、ジョーやビディーには決して理解してもらえることのない彼の内面から読み取ることができる。

例えば、事もあろうに町の公会堂でジョーと徒弟奉公の契約を済ませた正にその日の晩に、彼は早々にすっかり惨めな気持ちに落ち込み、ジョーの仕事は絶対に好きになれないことを確信する。又、年季奉公の生活が大部経ってからも、自分の前途に不安を感じ、日曜日の夕方の宵闇迫る頃、墓地の辺りに独り佇む。鍛冶場の火や台所の火が自分にとって一番いいのではないだろうかと思う（I thought, after all, there was no fire like the forge fire and the kitchen fire at home.）（p. 258）のであるが、結局はその思い以上に未知の世界への志向性が強かったようである。ピップは本質的にどうしても労働の世界から精神的自由の世界へと離脱せねばならない本性を有した人物である。

「哀れなはかない夢」（poor dreams）（p. 392 & p. 457）を一途に追いかけ続けた「夢見る人」（visionary man）（p. 345）が正にピップであったが、最終的にはすべての幻想のヴェールがはがれ落ちた後、彼はこれまでの傲慢で虚偽に満ちた世界から遠のいて、人生に真に目覚めて再び生き生きとした気持ちに甦るというような、言わば大団円的結末を一応見せてはいるが、やはり彼は最後の最後まで「放浪者」（wanderer）（p. 459）の感が強い。「小さな恐怖の塊」（the small bundle of shivers）（p. 1）であるピップの本性はそのまま大人になっても続いている。遺産相続の見込みという幻想が見事に打ち破られて真相がわかり、その結果彼が虚偽の世界から真実の世界に目覚めたという解釈を素直には認めがたいほどに、全情熱を傾けて必死になってミス・ハヴィシャムやエステラの住む世界に自ら入ろうとしたピップの姿が極端なまでにも強烈なものであった。それゆえに我々は、彼がこれまでの生活は間違いであったと悟る点に意義を見い出す気にはなれず、むしろ、たとえ結果的には誤りであったとは言え、夢中になって未知の世界へ挑んでいった

彼の姿勢に驚きと感動の念を覚えるのである。そしてこの場合、イギリス教養小説の特徴に関しての川本静子の説―主人公の自己形成は、さまざまな事件のつまずきに出会って後、結果的に精神成長するのであり、自己形成を目指してあらゆる経験に意識的に対処しようとするのではない―は[5]、今回の筆者の論考とは微妙なニュアンスの点で少し立場を異にする。むしろ、川本静子が「芸術家」型のビルドゥングスロマンを説明している文章「主人公の旅は、実人生上の修業としてのそれではなく、自己のアイデンティティ探究を目指した形而上的旅なのである」[6] が本章のテーマとぴったり合う。事実、本章での一貫したアプローチは、ピップ自身に内在する精神成長への憧憬を中心に据えたものである。だが、ピップのこの志向過程は確固たる理念を持ったものでは決してないだけに、「芸術家」型の教養小説にはもちろんなり得てはいない。やはり根本的には川本静子の分類通り、この作品は「紳士」型教養小説となるであろう。ただ筆者がここで敢えて主張したかったことは、ピップの場合、「芸術家」の様相をかなり帯びているという指摘である。この主旨に基づいて、テキストを忠実に辿りつつ論を進めてきたのが本論である。

　芸術家的資質を内に秘めた多感な青年ピップを生み出した作者ディケンズの意図は一体どこに在ったのか、いろいろと想像は尽きない。そして又、主人公と作者とはどういう関係で捉えるべきかなど興味は果てしなく続く。おそらくは作者ディケンズの中に、ピップと同じ、絶えまない高貴な気高い精神的自由の世界への憧れの気持ちが満ち溢れていたであろう。大作家として世間とかかわりを持てば持つほど、一方では逆の非日常的・非俗世間的な精神生活に大いに思いを馳せたであろうと想像される。又、我々はこの作品の後に、今度こそ本格的な「芸術家」型小説を書いて欲しかったと願う次第である。その時ピップがどういう人物に変貌して登場するか楽しみなところである。実際、ピップは芸術家にあと一歩という所に留まっている人物である。

資質はたっぷりと備えている。しかるにディケンズは、この後は教養小説は書かなかったわけで、我々はこの『大いなる遺産』の主人公をそれゆえ執拗に追うことになり、さまざまな様相の主人公像をそこに見い出すのである。本論は、数あるピップ像の一つの側面への注視によって書かれたものである。

注

1) テキストは *Great Expectations*, The Oxford Illustrated Dickens, 1973. に拠る。引用文、訳文のあとに（　）を付してページを示す。
2) H. M. Daleski, *Dickens and the Art of Analogy* (London: Faber & Faber, 1970), pp. 247-8.
3) *Ibid.*, p. 248.
4) 脇明子『幻想の論理』（講談社現代新書、1974）、pp. 86-88.
5) 川本静子『イギリス教養小説の系譜』（研究社、1973）、p. 10.
6) *Ibid.*, p. 117.

第7章：『大いなる遺産』
──ヒロインの変容：虚像と実像の狭間で

1.
　作家後藤明生は、彼のエッセイの中で次のように述べている。

　　いかなる小説も、ぽつんと単独に存在しているのではなくて、作品A
　　はBと、BはCと……という形で連続、関係しながら存在していると
　　いうことです。その連続、関係をアミダ式にたどり、発見してゆくこ
　　とが、小説を読むということの最大の快楽ではないか。その連続、関
　　係が思いがけないもの、飛躍的、とつぜん的なものであればあるほど、
　　読むことによる発見の快楽は大きなものになるのでないか、と思いま
　　す[1]。

このように一つのテキストが別の新しいテキストを生み出していくという、いわゆる 'intertextuality' の好個の一例が、チャールズ・ディケンズ（Charles Dickens）の『大いなる遺産』（*Great Expectations*, 1861）とデボラ・チール（Deborah Chiel）の『大いなる遺産』（*Great Expectations*, 1998）ではないだろうか。
　1998年、映画監督アルフォンソ・キュアロン（Alfonso Cuaron）がミッチ・グレーザー（Mitch Glazer）の脚本を基にしてディケンズの小説『大いなる遺産』を映画化したが、その映画化されたものを小説にしたのがデボラ・チールである。映画同様、このデボラ・チールの作品『大いなる遺産』

は、登場人物の一人エステラ（Estella）に惜しみなくスポットライトをあてている。男心を翻弄する、眩しく、艶めかしく、甘美で官能的な美の化身エステラがデボラ・チールの小説の中で見せる存在感の大きさは、ディケンズの原作とは比べものにならない。

　このことは、ディケンズの『大いなる遺産』の読み手にいくばくかの影響を与えることになりはしないだろうか。アルフォンソ・キュアロン監督の映画も、それを基にしたデボラ・チールの小説も共に、ディケンズの名作『大いなる遺産』の、いわば一つの現代的解釈である。そして新しい解釈は必ず新しい反応を生むものである。テキストからテキストへと遍歴を重ねることによって私たちの作品の読みが自ずと変化してゆくことは自然の理であろう。複数のテキスト、複数のメディアにさらされながら私たちがディケンズの原作をひもとく時、そのヒロイン、エステラにはいかなる光を照射すべきなのか。照射されるさまざまな光の中で変容するヒロインの姿に、今改めて目をとめてみたい[2]。

2.

　デボラ・チールの小説『大いなる遺産』とは違って、ディケンズ原作の『大いなる遺産』においては、エステラという人物は作者によって生き生きと描写されているとは言いがたい。彼女の言動のすべてはどこか狂言回し的であり、不自然なわざとらしさがつきまとう。時に彼女は、インプットされた台詞と演技を忠実に再現する、精巧な自動人形のようにさえ見える。その人形は非常に美しいが、中身が虚ろであることも一目瞭然に見てとれる。しかしこれは、ある意味では致し方ないだろう。なぜならば、ディケンズの作品におけるエステラの存在は、あくまでも主人公ピップ（Pip）の見果てぬ夢の象徴、すなわち幻影のようなものにすぎず、従って、エステラが複雑多様な要素の複合体としてのラウンド・キャラクターである必要は全く無く、

第7章:『大いなる遺産』——ヒロインの変容:虚像と実像の狭間で

ただひたすらフラットな二次元的存在で十分だったからである。

　エステラは、ピップの夢のスクリーンに映し出された映像であることをまずここで思い出そう。

> ……私はその日の授業はあきらめ、しばしのあいだ堤の上に寝ころび、頬杖をつきながら、空や海のなかのいたるところの風景に、ハヴィシャムさんとエステラの姿を思い描いていた。(15章)[3]

ピップの心を永久に悩まし続ける「優雅な幻の結晶」(44章)、ピップの「〈哀れな夢〉とやらの対象」(51章)、これがエステラの実態なのであり、エステラは、ピップにとっての非日常的な美の化身なのだ。つまり、ピップは、生身を備えた現実のエステラに向かってゆくのではなくて、この世における見果てぬ夢としてのエステラに到達しようと必死にあがくのである。

　このようなピップの恋は、それゆえに、いつまでも初恋の青さと未熟さ、甘さとひたむきさを匂わせるばかりで、永遠に成熟した大人の恋へと発展してはゆかない。少年の幻想の中で理想の女性像は勝手に作り上げられ、偶像化される。その偶像化されたエステラにピップはひたすら憧れる。そこには、一個の人間としてのエステラ、一人の女性としてのエステラを見据え、その魂の深部に迫っていこうとするような愛の形は全く見てとれない。ひたむきではあるがひとりよがりな、純真ではあるがどこか見当違いな、幼い恋情と愛欲が空まわりするばかりである。

　従って、ピップにとっての非日常的な美の化身エステラは、手に入らないのではなくて、手に入れたら終わりという存在なのだ。あくまでも追い求め続けるところに意味があり、仮に手に入れてしまったら、その時点でピップの憧憬も熱情も行き場を失ってしまう。少年にとって女性は、そもそも存在そのものが非日常的なものであり、少年は女性を偶像化してしまいがちだ。

もしそんな状態で結ばれてしまったら却って不幸になるだろう。なぜなら幻想はいつか破れてしまうものだから。そしてディケンズのこの『大いなる遺産』こそ、結ばれることが必ずしも幸せな結末にはならない小説なのである。「夢見る人」(44章) ピップの非日常的なものに対する「大いなる期待」、これが期待だけで終わるというのがこの作品の本質と言えるだろう。

　ところがアルフォンソ・キュアロン監督の映画も、それを基にしたデボラ・チールの小説も共にラストシーンにおいて、主人公とエステラは結ばれるであろうことを観客・読者にかなりはっきりと予想させるのである。

　　　ふたりの未来が確かな形を取っていくのが見える。浜辺に潮が満ちて
　　　くるように、自然な流れだった。豊かな黄金色を帯びた陽光が、白い
　　　波頭の上できらめいている。まるで美しい絵のように[4]。

そういえば映画監督デイヴィッド・リーン (David Lean) 制作の『大いなる遺産』(1946) もラストシーンは、ピップとエステラは明らかに結ばれて幸せになるというハッピー・エンディングであった。

　ところがディケンズの『大いなる遺産』はと言えば、作者自身も結末をめぐって非常に思い悩んだらしく、一再ならず自作の改訂を行っている。この小説は1860年12月1日号から1861年8月3日号まで全59章36回にわたって週刊誌『オール・ザ・イヤーラウンド』(All the Year Round) に連載されたが、結末部分が気になったのか、ディケンズは最終号の原稿の校正刷りを友人のエドワード・ブルワー・リットン (Edward Bulwer Lytton) に見せて助言を仰いだ。するとリットンは、ピップとエステラを結婚させる形に書き直すよう勧告し、ディケンズはこれに素直に従った。こうして新たに書き換えたものが、最終号1861年8月3日号に活字となった。ディケンズの元来の原案、すなわちピップとエステラは決して結ばれないという筋の

第7章:『大いなる遺産』――ヒロインの変容:虚像と実像の狭間で

　元の原稿は、結局日の目を見ることなしに埋もれてしまった。このような経緯で週刊誌連載は完結したが、その後、この週刊誌版に基づいた三巻本、いわゆる初版単行本、1861年版が出る。さらに後の1868年には、作者自身によってなぜか小説の最後の一文が修正される。これこそが現行のテキストの定本、1868年版である。

　本文改訂上いろいろと問題のあるこの作品を、作品の内的因果律に即して、諸家はその結末部分の妥当性についてさまざまに論じてきた。[5] 川本静子は、「ディケンズが、ブルワー・リットンのすすめにしたがって、結末を書き直したことは、かえすがえすも残念である。本来の末尾こそ、ディケンズの直観的洞察を表現したものである」[6] と言い切る。他方、宮崎孝一は、「若い時の望みにおいて打砕かれたもの同志――ピップは富の所有において、エステラは男性を悩殺することにおいて――が結ばれるということは、はなやかなハッピー・エンディングとは異って、この小説の静かな悲しみの雰囲気に矛盾するものではない」[7] と述べる。ディケンズの友人ジョン・フォースター (John Forster) は、日の目を見ることなしに埋もれてしまったディケンズの原案に軍配を上げている[8]。ジョン・フォースターと同時代人のウィップル (Edward P. Whipple)[9] も、さらにジョン・バット (John Butt) とキャスリーン・ティロットソン (Kathleen Tillotson)[10] も、フォースターと同じ考えを持つ。

　それに対して、ミルハウザー (Milton Millhauser) は、1861年版以降の修正版の方にむしろ良さを見出している[11]。ジョージ・バーナード・ショー (George Bernard Shaw) は、ディケンズの原案に対しては批判を加え、1861年版以降の修正版の良さを認めた上で、ピップとエステラが結婚するかどうかという点については否定的な立場に立ち、ハッピー・エンディングにはなりえないと言う[12]。ところで筆者自身の見解はと言えば、手に入れ結ばれることが却って不幸になるという「少年の初恋」の観点からピップとエ

ステラの関係を捉えているので、二人の結婚はとうてい考えられないというものである。いやそれどころか、生身の人間のエステラとではなく自らが勝手に作りだした幻想とまるで一人相撲の如く格闘しているピップに対して、筆者は哀れみと救いの無さを感じてしまうほどである。またディケンズによって新たにより適切な表現に書き直された1868年版の結末についても、これは必ずしも二人の明白な結びつきを示すものではないと筆者は考えている。

　ただでさえ読者にいろいろな問題を想起させるこの結末部分に関して、アルフォンソ・キュアロン監督もデイヴィッド・リーン監督も、しかしながら、明確な形で一つの解釈を私たちに提示した。これは映像メディアの世界が持つ宿命であろうか。「映画の映像は、言語にくらべて意味の求心性が弱く……」[13]、という山崎正和の指摘にもあるように、映像メディアの場合、視覚・聴覚両面の多元的表現手段を持つことが却って災いとなって世界の広がりを限定してしまうことがあるようだ。解釈を下すのは読者一人ひとりである活字メディアの文学作品は、不思議でとらえどころのない、無数の疑問と無数の解釈そして無限の可能性を持つ。ところがこれが映画化されたとたんに、たった一つの解釈、たった一つの表現、たった一つの説明しか持ちえなくなるのだ。さまざまな表現方法を持つ映像メディアの世界の皮肉と言えようか。

3.

　エステラは、華やかな美貌と冷たい心を持つ、いわゆる妖婦タイプの女性である。アンガス・ウィルソンが「エステラが、ディケンズの女性観において、真の前進を標していることは事実である」[14]と述べるように、ディケンズの心の中に、ひょっとしたら新しい女性像創造の意図があったかもしれない。現にエステラ像は、一見したところ自我を持つ個性的な女性像に見えな

第7章:『大いなる遺産』――ヒロインの変容:虚像と実像の狭間で

くもない。

　しかし、原作者や演出家がいかに登場人物に特定の個性を付与したつもりでも肝腎の役者の演技力が及ばなければ観客にはその個性は納得されないという至極当然のことを思う時、ディケンズの意図はどうであれ、筆者の目には、エステラが「自己のアイデンティティーをしっかりと持っている」[15]女性像とは映らない。なぜなら彼女の驕慢な女性としての自信と自意識には、常に他者の、すなわち、養母ミス・ハヴィシャム（Miss Havisham）の意思が働いているからである。己の状況をしかと見据えた上での冷静な行動ではなく、ミス・ハヴィシャムの夢に巻き込まれたことによって生じる中途半端な危うい行動を終始取り続ける女性、それがエステラではなかろうか。

　ミス・ハヴィシャムは時を止め、ひたすら過去の傷を忘れまいとする人生に固執する。そして傷を忘れないようにするために、養女エステラを巻き込む。彼女はエステラに自由を与えず、束縛し、自らの傀儡とする。このような二人の属する世界が自分の世界とは全く異質なものであることをピップは初めからはっきりと認識している。

　　ハヴィシャムさんとエステラは台所なんかにすわっていないで、そんな平々凡々たる日常生活からはるかにかけ離れた世界にいるんだと考えた……（9章）

このようにピップにとって未知なる世界の住人ミス・ハヴィシャムとエステラが、実は共に幸せな結婚生活からはほど遠い人たちであることを忘れてはならないだろう。結婚式の当日、ミス・ハヴィシャムは彼女が愛し尽くした婚約者から冷酷無残にも一方的に結婚の破棄を言い渡された。彼女はこの日を境にすべての時計を止め、白い婚礼衣裳を身につけたままの、ウェディングケーキもテーブルの上に置いたままの、そして屋敷への陽光も一切遮断し

たままの生活を始める。後になってわかることだが、ミス・ハヴィシャムの異母兄弟がぐるになって仕組んだ計画的な結婚詐欺に彼女はまんまと引っかかってしまったのである。エステラはと言えば、見るからに品性卑しいベントリー・ドラムル（Bentley Drummle）と結婚したものの、彼から残酷な仕打ちを受け続けた後、別居し、やがて夫の不慮の事故死によってやっと惨めな結婚生活から真に解放され、その後また別の男性と再婚するのである。ここでいかにも皮肉に思われるのは、ミス・ハヴィシャムによって世の男性に対する復讐の道具として育てられたはずのエステラが、何ゆえにか、男を滅ぼすどころか男によってむしろ不幸にされてしまったという点である。男をもてあそんでいるつもりが逆にもてあそばれたのである。自ら仕掛けた人生の罠に、自ら陥ってしまったということだろうか。

　ところがミス・ハヴィシャムやエステラとは違って、主人公ピップを取り巻く、己の分をわきまえた、自分たちの属する聖域の静かで穏やかな論理に従って行動する他の女性たちは、皆、幸福な結婚生活にたどりついている。ジョー・ガージャリー（Joe Gargery）と結婚することになるビディー（Biddy）はその一人である。「家庭の救い主」（16章）ビディーと、その愛息とのいかにも微笑ましい光景の描写を見てみよう。

　　　ビディーはひざの上で眠っている子供に目をやり、子供の手を自分の口に当て、それから子供に触れたその優しい母親らしい手を私の手ににぎらせた。彼女のこの動作と、その手にはめられている結婚指環の軽い感触には、言いしれぬ多くのものを語りかける何物かが潜んでいた。（59章）

もうこれ以上の幸せなどありえないだろうと思わせるような、素朴な善人たちジョーとビディーの結婚生活の一端がうかがえる場面である。彼らは自分

第 7 章：『大いなる遺産』——ヒロインの変容：虚像と実像の狭間で

たちの属する世界を心底よく心得ており、そこに身を置くことに心から満足している。実際、彼らは未知なる世界に足を踏み出すことなど片時たりとも考えはしない。現に未知なるもの、外界へばかり常に心が向いていたピップは、ビディーに拒まれたではないか。

次に、ピップの友人ハーバート（Herbert）が結婚相手に選んだ女性クレアラ（Clara）はと言えば、彼女は、病気で寝たきりの無職の父親の面倒を父親の息が続くあいだ健気にも見続ける優しい乙女であり、「ハーバートの抱擁する腕に控えめに身を任せている物腰は、いかにも彼を愛して、信頼しきっている、あどけないもの」（46 章）がある、といった風情の人である。無私の愛とも言うべきものを具現している女性と言ってもいいだろう。

これに比べると、ジョーの最初の妻、すなわちピップの姉は、「もし、あたしが鍛冶屋のおかみなんかじゃなくってね（別の言いかたをすればさ）、片時もエプロンもはずせずに、奴隷みたいに働かなくてもいいご身分ならね、私だってクリスマス・キャロルを聞きに行ったろうよ。私もキャロルは大好きさ。でもこんなエプロンのために、好きな音楽会に出かけたこともないのだよ」（4 章）と言うことからもわかるように、夫ジョーを甲斐性無しだと蔑む、気性のきつい女性であり、ビディーやクレアラのようなつつましく柔和な女性像では決してない。しかしこのように妻から始終罵られようとも、夫のジョー自身は大きな包容力で常に妻を包み込む。彼女が死ぬことがなければ、もちろんジョーがビディーと結ばれることなどありえなかっただろう。

ジョーとビディー、そしてハーバートとクレアラ、これら二組の夫婦像から私たちが感じ取るものは何かと言えば、それはジョーが体現していたあの「なにか素朴な威厳」（27 章）と同じものが彼らにも備わっているということである。このことによって彼らの目は、己の属するささやかな世界、己のよく馴染んだささやかな領分に常にしっかりと向けられているのである。自己のアイデンティティーをよく認識している人たちと言えるだろう。こうし

139

たヒロイン像と比べればエステラ像が異質なものに見えるのは致し方ないだろう。

4.

かつてディケンズは10代後半に、マライア・ビードネル（Maria Beadnell）に一途に恋をした。しかしあまりに身分が違いすぎて、彼女の父親は娘をディケンズから引き離すためにパリに行かせてしまった。ちょうどミス・ハヴィシャムがエステラをピップの手の届かない遠い外国に行かせたように。またディケンズは40代半ばに、エレン・ターナン（Ellen Ternan）との情事がもとで妻キャサリーン（Catherine）と別れた。しかるにその後のエレン・ターナンはといえば、ディケンズの手放しの熱愛に対して常に冷淡であった。ちょうどあのエステラと全く同じように。このように私たちは、作家ディケンズの実像の中にエステラ像の片鱗を見つけだそうとするが、そしてこのことは間違いではあるまいとアンガス・ウィルソンも保証してくれるが[16]、できることなら私たちとしては、作品それ自体が持つ物語の内的必然性に即して考察したいものである。

これまで見てきたように、エステラは男を滅ぼすどころか、むしろ男によって不幸にさせられてしまった女性である。「男どもの心臓を打ち破ってやるがいい」（12章）と、幼少時から徹底して繰り返しミス・ハヴィシャムから催眠術の如く聞かされてきたにもかかわらず、である。このことを一体どう理解したらいいのであろうか。その一つの謎解きの鍵が次のミス・ハヴィシャムの台詞の中にあるように思われる。

「いいかい、ピップ！ あの娘が人から愛されるようにと、養女にしたのだよ。愛されるようにと育てあげ、教育したのだよ。愛されてもらいたいと思えばこそ、これまでにしてやったのだよ。愛しておや

第７章：『大いなる遺産』——ヒロインの変容：虚像と実像の狭間で

り！」(29章)

　エステラの不幸な結婚が意味するところのものは、「人から愛されるように」というミス・ハヴィシャムのこのようなエステラ教育が、実は、皮肉にももののみごとに失敗に終わってしまったということではないだろうか。本来ならミス・ハヴィシャムの教え通りに男に愛されて当然のエステラが、あろうことかその逆に、夫ドラムルによってひどい仕打ちを受けたということ、これは結局のところ、養母ミス・ハヴィシャムがかつて味わった、あの惨めな体験そのものではなかったか。世のすべての男性に対する復讐は一体どうなってしまったのか。

　ところが、である。深い業にとらわれた人らしく世の中に対する復讐に固執するばかりの、実に荒唐無稽な存在として読者の前に紹介されたミス・ハヴィシャムは、復讐の道具として育てあげたはずのエステラとの抜き差しならぬ結びつきの中で、次第にその滑稽なまでに芝居がかった印象をかなぐり捨てて、ついに正しい自己客観をなし得るのである。人間の存在自体に潜む、ある悲劇的なものをすら読者に伝えることに成功したとさえ言える。もちろんこれは触媒としてのエステラの存在があったればこそである。エステラの存在無くしてそれはありえなかった。となれば、一方のエステラは単にミス・ハヴィシャムの人間的成長を促すための触媒にすぎなかったのか。ミス・ハヴィシャムから教え込まれたことをそのまま繰り返すあやつり人形エステラは、ミス・ハヴィシャムに見られた変化・成長とは無縁なのか。

　ミス・ハヴィシャムのエステラに対する罪は相当に重いと言える。ミス・ハヴィシャムはエステラ教育の柱にした「人から愛されるように」という教えをピップに披露した直後に、「本当の愛」(29章)について彼に語っているではないか。

> 「それは盲目の献身です。疑うことなくひざまずき、土下座をして、自分でなんと思おうと、世間の口がなんと言おうと、ただひたすらに信じ、自分を踏みつける相手に対して、全身全霊を捧げ尽くすことです―ちょうど私がやったように！」(29章)

　人から愛されるのではなく、自分の方から人を愛するということの大切さをミス・ハヴィシャムは知っていたではないか。知っていながらそれを教えなかった罪は許しがたい。

　エステラがミス・ハヴィシャムに見られた変化や成長を自分のものとするためには、ミス・ハヴィシャムの枷から逃れるしかないことは誰の目にも明らかであろう。このことを悟ったエステラは、ミス・ハヴィシャムが押しつけるピップではなく、品性下劣とはわかりつつもあのドラムルとの結婚を自ら選択したのではないだろうか。そして案の定、不幸な結末が待っていた。

　不当な仕打ち、そして数々の苦悩の体験を通じてはじめて得られる、人間としての成長を真に体得したかもしれぬエステラ。しかし作者ディケンズは、その後のエステラについてはなぜか言及しない。小説の最終章第59章の文字通りラストシーンでピップと唐突に再会させるのみで、これに関してはすでに述べた通りである。ただ最後に一つこだわりたいのは、その第59章の、エステラは「その後再婚した」というくだりである。あまりにもさらりと書かれているので、それこそ読者は読み飛ばしてしまうほどである。「高慢と、貪欲と、残虐さと、そして卑劣さとを一身に集めたような人間」(59章) ドラムルからせっかく解放されたというのに、なぜまた結婚なのか。人生の辛酸をなめ、人間的成長を遂げたであろうエステラは、なぜ一人で生きていこうとはしなかったのか。ここに自立した女性像を期待することはアナクロニズムの極みであろうか。

　ヴィクトリア朝時代の女性像の限界とまでは言わないが、ただ、前述した

第 7 章：『大いなる遺産』——ヒロインの変容：虚像と実像の狭間で

ビディーやクレアラの、同じ女性としての幸せな結婚生活のことを思った時、エステラの選択はいかにもなげやりで自暴自棄であり、また同時に不可解でミステリアスなもののように思われる。だからこそ、アルフォンソ・キュアロン監督の映画も、それを基にしたデボラ・チールの小説も、そのネガティヴなイメージをたたえたエステラ像にむしろたっぷりと光をあて、現代に生きる女性像に仕立てたのであろう。作者ディケンズの意図がどうであったにせよ、ミス・ハヴィシャムによって成長を止められ、型にはめられてしまったエステラの惨めな境涯は、ビディーやクレアラの幸福な結婚生活をまるで反面鏡に照らしたかのように浮かび上がらせているように思われる。しかし、それではビディーやクレアラの結婚生活こそが唯一の幸せな結婚生活であると断言してよいものか。ピップやエステラの味わった惨めさの中にも人生の真実へと辿りつくべき新しい道があるいは示されていたのではないか。既知の幸福と未知の不幸、平安と波乱、果たしてどちらが人を真に気高いものへと導くのであろう。

　『大いなる遺産』の曖昧な結末は、筆者の胸に、今述べたような永遠の謎を投げかけてくるのである。

注

1) 後藤明生「小説の快楽―読むことと書くこと」（松浦寿輝編『文学のすすめ』、筑摩書房、1996) 11-12 頁。

2) Cf. 拙論「『大いなる遺産』の人物たち」（『近代風土』第 22 号、近畿大学出版部、1985) 142-153 頁。

3)『大いなる遺産』の引用文の訳は、すべて日高八郎訳（『世界の文学』13、中央公論社）に拠る。

　　Text は The Oxford Illustrated Dickens (London: Oxford U. P., 1973) 版に拠る。引用の後の括弧内に章数を記した。

4）デボラ・チール、永井喜久子（訳）『大いなる遺産』（徳間書店、1998）、274頁。

5）Cf. 拙論「『大いなる遺産』の結末考」（『研究紀要』第11巻第2号、近畿大学教養部、1979）、65-77頁。

6）川本静子『イギリス教養小説の系譜』（研究社、1973）、99頁。

7）宮崎孝一『ディケンズ小説論』（研究社、1959）、136頁。

8）John Forster, *The Life of Charles Dickens* (In two volumes. Vol. 2., Everyman's Library, 1969), p. 289.

9）Edwin P. Whipple, "*Dickens's Great Expectations*" (From *The Atlantic Monthly*, XL, September 1877. Richard Lettis & William E. Morris eds., *Assessing Great Expectations*, Chandler Publishing Company, 1960), p. 16.

10）John Butt & Kathleen Tillotson, *Dickens at Work* (London: Methuen, 1968), p. 33.

11）Milton Millhauser, "*Great Expectations*: The Three Endings" (R. B. Partlow ed., *Dickens Studies Annual*, Vol. 2, 1972), p. 274.

12）George Bernard Shaw, "Forward to *Great Expectations* (1937)" (Stephen Wall ed., *Charles Dickens*, Penguin, 1970), p. 294.

13）山崎正和『近代の擁護』（PHP研究所、1994）、157頁。

14）Angus Wilson, *The World of Charles Dickens* (London: Martin Secker & Warburg, 1970), 松村昌家訳『ディケンズの世界』（英宝社、1979）、253頁。

15）滝裕子『ディケンズの人物たち―その精神構造の諸相』（槐書房、1982）、93頁。

16）Angus Wilson、松村昌家訳、前掲書、253頁。

第8章：『オリヴァー・トゥイスト』
におけるナンシー像

1.

　ピカレスク小説から社会小説を経て教養小説へという展開がイギリス小説のたどった大筋の流れであるが[1]、ディケンズ作『オリヴァー・トゥイスト』(*Oliver Twist*)（1838）[2]は、この小説発展史の上でどこに位置するのであろうか。実は何とも分類不可能なようである。その点、ディケンズの正規の小説としては最初のものである『ピックウィック・ペイパーズ』(*The Pickwick Papers*)（1837）はピカレスク小説に[3]、後期の代表的作品『大いなる遺産』(*Great Expectation*)（1861）は教養小説に[4]、それぞれ分類されうるだろう。

　1834年に成立した新救貧法[5]を中心とした社会制度そのものに対する告発というディケンズの意図が特に前半かなり読み込める点から言えば、この作品を社会小説に位置づけていいのかもしれない。他方、小説の題名からも窺われるように[6]、一人の主人公の漂泊の旅の過程という点から見れば、正にピカレスク小説そのものと言えよう。さらに、精神的成長の面で終始一貫して純真無垢のままで変化しないはずのオリヴァーではあるが、それを敢えて深読みすることによって、オリヴァーのイニシエイションに着目し、『大いなる遺産』の主人公ピップ（Pip）が人生の真実に目覚めたプロセスを追うのと同じように、例えば、52章の牢獄でのフェイギン（Fagin）との会見場面からオリヴァーの人生への開眼、即ち精神的成長を認める読み方をすれば、それは教養小説に近づいたものになる[7]。

第Ⅱ部　研究と考察

　イギリスの代表的教養小説になりえた作品『大いなる遺産』からディケンズランドに分け入った筆者にとって、『オリヴァー・トゥイスト』が教養小説であるとは認めがたい。だからと言って、ピカレスク小説であるとも、又、社会小説であるとも言えない。そのような範疇をむしろ拒むようなエネルギーを潜めた作品のように思われてならない。つまり、いろんな読み方を許容する作品なのである。

　この『オリヴァー・トゥイスト』はクルックシャンク（Cruikshank）の挿絵と共に成り立っているのだが、その絵24枚のうちの5枚にナンシー（Nancy）が描かれているが、ディケンズの文章で読んだ限りでの彼女の印象とその挿絵の感じとに何かしらズレがあるように思えてならなかった[8]。もちろん、クルックシャンクはディケンズと同時代人であり、それこそ両者協力し合ってこの作品を創り上げて行ったのであろうから、彼の絵の印象を大事にしなくてはいけないのだろうが、どうもそれらはあまりにも一つの典型としてのみ描かれているような気がしてならない。ナンシーはもっと肌に感じられるような人生の実感を有した人物のように思われるのだ。アナクロニズムを多少とも覚悟の上で、ナンシー像を中心に読み込むことによって、この作品も別の何か新しい生命力を勝ちとるのではなかろうかと思った次第である。そしてこの推測を裏書してくれるような論文の支持も得たのである。

　ディケンズと同時代人の文芸評論家ウォルター・バジョット（Walter Bagehot）（1826-77）が1858年発表の「ディケンズ論」で、『オリヴァー・トゥイスト』に関して、無法者の世界に属しているサイクス（Sikes）とナンシーの二人の人物が自然な作中人物になりえていることに注目している。特にナンシーの方に、より芸術的成果を認め、ディケンズの描写は最高の出来であると言い、サイクスとの生活の様子も自然なものに感じられると述べている[9]。ナンシーは本質的な人間性を持った人物になりえていると言っているのだろう。

第 8 章：『オリヴァー・トゥイスト』におけるナンシー像

　このような悪人たちを取り巻く悪の世界にのみ照明を当てて小説を読むことは妥当ではないと非難されるかもしれないので、ここでは、アンガス・ウィルソン（Angus Wilson）を引き合いに出さなくてはいけない。彼は、イギリス小説の伝統というものを、風俗小説や社会小説に代表される人生の具体性に加えて一種異様な悪の感覚を加味したものを考えているのである[10]。だから、ディケンズ特有の強い悪の感覚で描き出されたナンシー像を、オリヴァーの周辺を具体的に描写した社会小説的なこの作品世界の中で追っていくことは、アンガス・ウィルソン流に言えば、おそらく、真に英国小説の伝統に迫っていくことになるだろうと確信する。

2.

　いじめぬかれた子どもの姿を見て悪の心すらが改心した（... the sight of the persecuted child has turned vice itself, and given it the courage and almost the attributes of virtue.）（p. 379）ナンシーは、実は、その子どもオリヴァーを媒介[11]として、彼女自身これまで気がつかないでいた何かを初めて認識し発見したと言えるだろう[12]。その何かとは、死の認識にほかならない[13]。そして究極的には、これまでは見ることのなかった存在の根源をその死の相の元で見つめるという認識行為を通じて、さらに皮肉なことに、彼女にとっては悲惨の一語に尽きる過去の地獄のような諸経験[14]が実は結果的には見るという行為にとっては却って強力プラスの要因となって、人生の本質をとらえたのである。それは、彼女が鮮やかにとらえた現実認識と言ってもよい。ここに筆者は、彼女の精神的成長の一端を感じとることができる。ただし、このことによって彼女のその後の人生が幸福になったか否かは別問題である。

　初めてとらえたこの現実認識の結果、ナンシーは生まれ変わる。まずオリヴァーを必死になって助け出そうとする。彼女のこの変貌ぶりに当然サイク

147

第Ⅱ部　研究と考察

スとフェイギンは驚く。なぜならこのような反抗的態度は初めてであったからだ。フェイギンは、彼女のいつもの名演技[15]ということで笑って済まそうと茶化しかかるが、ナンシーは本気である。フェイギンがなだめすかすような調子で（in a soothing tone）（p. 115）語りかけても駄目である。このクライマックスが、ずっと後の、ローズ（Rose）に密告せんがためにナンシーが大急ぎで走るシーンである。サイクスに知れるとすぐに殺されるかもしれないというわかりきった考えよりも、生涯における初めての自我肯定の意志の告白をする為に、残された女の天性（something of the woman's original nature left in her still）（p. 301）の原初的衝動につき動かされてひたすら駆けていくナンシーである[16]。

　　Many of the shops were already closing in the back lanes and avenues through which she tracked her way, in making from Spitalfields towards the West-End of London. The clock struck ten, increasing her impatience. She tore along the narrow pavement: elbowing the passengers from side to side; and darting almost under the horses' heads, crossed crowded streets, where clusters of persons were eagerly watching their opportunity to do the like. (p. 298)

無償の行為[17]とは知りつつも、オリヴァーによって悟らされた女ナンシーが、自らを欺くことなく、かすかにめばえた自我の成熟のまま、ローズの家にひたむきに走り行く姿は、この行為が彼女にとっては決して得にはならないことだとわかっている読者には、女の哀しい果て、即ち、人間の愛すべき愚かさを見せつけられる思いがする。境遇に埋没したままの生き埋めの人生の方がまだしも彼女にとっては幸せなのではないだろうかと思う我々に対し

第 8 章：『オリヴァー・トゥイスト』 におけるナンシー像

て、何故にそんなに急いで悲劇の主人公になりたがるのかと尋ねてみたい感じすら与える。しかし実は、彼女の変遷過程は一直線上に上昇カーブを描くものではない。ここに、我々は血の通った生きた人間ナンシーを認めることになる。

　「神様お許し下さい！」（'God forgive me!'）（p. 146）と叫びつつ、結局はオリヴァーをサイクスの手に引き渡そうとするあたり、自分と自分がわからなくなり（'I don't know what comes over me sometimes'）（p. 147）、助けてやりたくてもどうしようもない自分を嘆いたりする（If I could help you, I would; but I have not the power.）（p. 148）。このような彼女の苦しみや迷い、煩悩に遭遇すると、我々読者はナンシーに「非常に人間的な面」を見せつけられる思いがする。オリヴァーの苦しみに見事なまでに感応して自らも一緒に苦しもうとする姿に心打たれない読者はいないはずである。彼女の変化の様子であるが、態度も徐々に変わってゆき、ものうげに（languidly）（p. 190）なり、目つきも変わり（so keen and searching, and full of purpose）（p. 294）、顔色も青ざめて（so pale and reduced）（p. 287）くる。このような描き方をされたナンシー像に我々はリアリティを感じて納得する。おそらく作者ディケンズでさえ与り知らないところで、非常に魅力的なナンシー像ができ上ってしまったのであろう[18]。当然意識して書いたはずの主人公オリヴァーよりも、もっと豊かなイメージを提供してくれるナンシー像である。

　ローズとナンシーとの会見場面で、ローズが悪の世界から逃れ出よと一生懸命ナンシーに勧めるのに対して、「戻って行かなくては」（I am drawn back to him through every suffering and ill usage）（p. 305）と答えるナンシーは、ここで又さらに一層生き生きとした人物像を我々の胸に残してくれることになる。読者が受ける感動が本物であるのは、彼女のその生きざまの根本を貫いているのがサイクスへの愛だからである。愛に貫かれた人間の生き方は美しく、それがたとえうらぶれた女性のそれであったとしても、そこ

149

第Ⅱ部　研究と考察

に我々は女性の原点を感じてむしろ感嘆する。

> 'When ladies as young, and good, and beautiful as you are,' replied the girl steadily, 'give away your hearts, love will carry you all lengths―― even such as you, who have home, fiends, other admirers, everything, to fill them.（p. 306）

思い返せばナンシーのサイクスに対する愛は終始完璧なまでに貫き通されている。その端的な例として、ローズの家に駆けて行く前、眠り薬を飲ませて眠らせたサイクスにそっとキスをしてから出かけて行く箇所（p. 297）を挙げることができる。又一方、サイクスの方も彼なりの流儀でナンシーを深く愛しているのである。彼女に嫉妬の炎（a rising tendency to jealousy）（p. 110）を感じたこともあるし、又、彼女の変貌ぶりに対しても、それがわかっていないというよりはむしろ同情的なかばうような見方をする（p. 340）。人間的な一面を感じさせてくれる次第で、こんな男女の生活もさも有りなんという現実感を与えてくれる。

　そして最後にあのドラマチックな殺人の場面[19]を迎えるのだが、ここに至ってはどうしても解せない疑問点が一つ生じる。人殺しの罪だけは犯さないようにと、サイクスの身のことを思って訴えかけるナンシーが、何故、「お互いに二度と顔を合わせないで離ればなれになって暮らそう」（... let us both leave this dreadful place, and far apart lead better lives, ... and never see each other more.）（p. 362）と言ったのかわからない。「一緒に暮らそう」とどうして言わなかったのか。ロンドン橋の上でブラウンロー（Brownlow）とローズから「二度と再び昔の仲間のところへは戻らないように」と説得されても、「もう家へ帰らなくては」（I must go home.）（p. 354）と言って、戻って来たナンシーである。そこは悪の巣窟かもしれない

第8章:『オリヴァー・トゥイスト』におけるナンシー像

が、彼女にとって「一生をかけて自分で築き上げた家」(To such a home as I have raised for myself with the work of my whole life.) (p. 354) なのである。月並みな言い方かもしれないが、それは二人の愛の巣窟である。ブラウンローやローズが見つけてくれると言う家 (a home in some foreign country) (p. 361) へ行こうと言う時、何故別々に離れて行こうとするのか。

　プロットの一貫性から言えば、当然、愛するサイクスに自分の認識した新しい人生を教えてやりつつ、その新しい世界に二人で入って行こうとするのが自然のように思われる。この場面であくまでも、どこに止まることもなく永遠に流転し彷徨する孤独なナンシー像を描いた作者の真の意図は何なのか、筆者にはわからないが、少なくとも作者のナンシーに対するいたわりのまなざしが最後になって冷やかに突き放されているように思えてならない。このようにひとりの女性として突き放されたことと、彼女の人間的成長とは全く関係が無いことは言うまでもない。この土壇場に来て、作者が急に姿勢を正してしまい、何かの意図のもとにあのような台詞を言わせてしまったのだろうが、これまでの展開から見て、たとえセンチメンタリズムと言われても、「二人で一緒に」と言わせて欲しかったような気がする。

　ナンシーはとうとう、どこの「家」に止まることもなく、死の世界へと追いやられてしまう。人生の本質を見て識ってしまった女性の、悲劇の主人公としての行きつく果ての姿である。先程の疑問点さえ除けば妥当な彼女の行きつく果てである。

3.

　鏡の役目となってナンシーの悪の心を改心させたオリヴァーは、あくまでも彼女自身の内面をそのまま映し出し、彼女が失くしてしまっていた過去の純真な気持ちを思い起こさせただけの純然たる鏡の役割に過ぎなかったのかということを次に問題としたい。つまり、オリヴァー自身の中からも光り出

すものが無かったかどうかということである。当然、一人の生身の人間であるオリヴァーが、その彼を見つめるナンシーに何かを訴えかけたであろうことは言うまでもない。その訴えかけてくるものを、まるで鏡を眺めるように凝視したナンシーが自分の内奥のものと重ね合わすことによって、新たなる何かを認識したのである。この論法で既に、認識した後に変化してゆくナンシー像を論じてきたが、ここで問題にする、オリヴァー自身がナンシーに訴えかけたもの、つまり、オリヴァーのナンシーに対して果たした役割は、ナンシーが直覚した死の認識とそれを踏まえての人生の本質の把握を促進させたところの、死の体現者たる役割であろう。換言すれば、オリヴァーは死のイメージを賦与された人物と言えよう。この広い世間にたった一人ぼっちなのだという孤独感（a sense of his loneliness in the great wide world）（p. 9）、顔つきにも悲しそうなところ（an expression of melancholy in his face）（p. 32）があり、葬儀の供人には最適の少年（a delightful mute）（p. 33）で、常に死の影とは隣り合わせの彼である（p. 78）[20]。ゆえにオリヴァーは、死の象徴的意義・役割・価値を担った寓話的性格の濃厚な人物と言え[21]、その為に主人公でありながらも、ディケンズ的キャラクターとしてはどうしても影がうすい存在とならざるをえなかったようである。もっとも、*Hard Times*論を書いたF. R. リーヴィスならば、おそらくこのような道徳的寓話[22]に賛同の意を表するであろうけれども。

　そもそもこの世に生を受けた時点から、死とは背中合わせの人生の始まりであったオリヴァー、その彼に対して「かわいそうなオリヴァー！」（Poor Oliver!）（p. 10）と思わず作者が声を発してしまったほどである。このオリヴァーという死の象徴的意義を担った少年を通じて、ナンシーは死の意味を知り、さらに真摯な態度で人生の意味を了解したという次第である。

第 8 章：『オリヴァー・トゥイスト』におけるナンシー像

注

1）川本静子『イギリス教養小説の系譜』（研究社、1973）、p. 17.

2）テキストは、Charles Dickens, *Oliver Twist* (London: The Oxford Illustrated Dickens, 1974) を用いる。

3）小池滋『幸せな旅人たち』（南雲堂、1962）を参照されたい。

4）小池滋「イギリス・ビルドゥングスロマン序説」（しんせい会編集『教養小説の展望と諸相』三修社、1977) pp. 30-31.

5）小山路男『西洋社会事業史論』（光生館、社会福祉選書 5、1978）の特に第 8 章と 9 章を、又、Penguin 版 *Oliver Twist* の Appendix A: *Dickens and the Poor Law* を参照されたい。

6）『オリヴァー・トゥイスト』は、最初はディケンズがベントリー（Bentley）の依頼で 1837 年 1 月に編集した月刊雑誌『ベントリーズ・ミセラニー』（*Bentley's Miscellany*）の翌月 2 月号からクルックシャンクの挿絵を入れて 1839 年 4 月号まで連載し完結したものであるが、その完結に先立ち、1838 年 11 月には初版単行本として三巻本にまとめている。そのタイトルは共に、'Oliver Twist; or, The Parish Boy's Progress. By Boz' であった。1839 年の第 2 版になるとタイトルは 'Oliver Twist, by Charles Dickens' となる。その後、1846 年には 10 号に分けて月刊分冊として出版されるが、この時のタイトルが 'The Adventures of Oliver Twist' に 'or, The Parish Boy's Progress' という副題がついた長いものとなるが、分冊の前表紙は副題を省いている。これ以後の版は副題が無くなり、'The Adventures of Oliver Twist' となる。1850、1858、1867 年と改訂出版される。

7）多田博生「Dickens と読者」（東田千秋編『作品と読者』前田書店、1977）がこの解釈を示唆してくれた。

8）むしろイメージ的には、魅力的な妖婦である「宿命の女」を好んで取

り上げたラファエル前派（Pre-Raphaelite Brotherhood）の絵画と結びつくような気がしたが、このグループが結成されたのは 1848 年以降ゆえ、『オリヴァー・トゥイスト』執筆時においてはやはりクルックシャンクのような、ホガース（Hogarth）の流れを汲む画風が主流を占めていたのは当然であり、作品解釈も時代を踏まえた上でなされるべきであろう。しかし、その後の作品、例えば『大いなる遺産』におけるエステラ（Estella）などは、妖しい美しさゆえに相手の男の人生を狂わしてしまう点など、ラファエル前派の「夢みる女」にイメージ的に近いと思う。ディケンズとラファエル前派との関係に触れた書物を次に挙げておく。

S. Toulson (ed.), *Dickens, 'Giants of Literature,'* (Sampson Low, 1977).

9) Walter Bagehot, "Charles Dickens (1858)." Reprinted in Stephen Wall (ed.), *Charles Dickens* (England: Penguin, 1970), p. 131.

10) アンガス・ウィルソン，高見幸郎訳「イギリス小説における悪」（『世界批評大系』7、筑摩書房）を参照されたい。

11) オリヴァーがこの場合、ナンシーにとって鏡の役割を果たしていると考えられる。ナンシーは鏡であるオリヴァーをじっと眺めることによって、存在の根源に肉迫すべく瞑想にふける。この 'mirror-image' の考え方に関しては、H. M. Daleski, *Dickens and the Art of Analogy* (London: Faber and Faber, 1970) p. 242 参照のこと。もちろん眺めるきっかけとなる原動力は、基本的にはオリヴァーに対する愛に拠るものであるが、とにかくオリヴァーを通して「見る事」を学び、存在の根源に迫っていく。この「鏡と瞑想」に関しては、『鏡のマニエリスム』（川崎寿彦、研究社、1978）が好著であり、実際、鏡（speculum）と瞑想（speculation）とは語源的にも関係があることを教えてくれる。ところで、「見る事」に関しては、木下順二のエッセイ"「見る」ということ"（雑誌『図書』、岩波、1977 年 7 月号）が面白い。その中で、断食のような断ちものを

第8章:『オリヴァー・トゥイスト』におけるナンシー像

実践すれば、今までは普通に見えていたものがもっとよく鮮やかに見えてくるという「断ちもの」の思想について触れているが、偶然の一致と言おうか、ナンシーも酒を飲まなくなる (p. 291)。さらに、オリヴァーを鏡に見立てて瞑想にふける以外に、ナンシーは暖炉の火をもじっと眺めて考えこむことが多くなるが、この場合の火は「人生のはかなさ・短かさ」つまり「死」のイメージを映し出してくれる火であろう (... the girl sat brooding over the fire, without moving, save now and then to trim the light.) (p. 150)。

12) このような認識・発見は、その時点でこれまでの彼女自身の変革を迫られることになる。オリヴァーを見ているとすべてがしゃくにさわってくる (The sight of him turns me against myself, and all of you.) (p. 189)。ところで、このような彼女の心の中の動揺を、目の鋭いフェイギンならやすやす見抜くことができるが、サイクスはできないだろうという件り (p. 296) は、両悪人の相違を感じさせる箇所でもある。

13)「路地や溝が自分にとってはゆりかごだったが、そこがきっと死の床にもなる」(p. 302) と言い、昼間じゅう死の考えにとりつかれてしまっておびえ切っているナンシーである (p. 350)。しかし、このような死の認識は既に前半、ニューゲイト監獄のそばを通りかかって教会の鐘の音を聞いた時、彼女は死人のように青ざめていた (p. 110)。この時の彼女は死を身近に感じ取る人間になりつつあったに違いない。ナンシーがこの小説に初めて登場した時点においては、ベット (Bet) と一緒にした描き方で個性的ではないものの、からりとしたたくましい面と自暴自棄な面とが同居した元気で健康そうな陽気な面を見せていた (p. 62)。「女の鑑」(She's an honour to her sex.) (p. 90) としてサイクスからほめたたえてもらう彼女であった。少なくとも死の影とは縁のない女性であったはずである。

155

14) ナンシーが自棄っぱちに自分の過去をふり返ってフェイギンに食ってかかる場面がある（p. 116）。彼女の過去の素性を自ら語りもする（p. 302）。それは一言で言えば「罪と悲しみの生活」（a life of sin and sorrow）（p. 305）である。「かわいそうな女」（the unhappy creature）（p. 307）だ。ところで、川本静子の論文"ディケンズ文学の「街の天使」像（2）"（『英語青年』、研究社、1978年12月号）がナンシー像を次のように論じている。「彼女が売春婦であることすら、世事にうとい読者は読みとることができまい。……ナンシーの扱いは、売春婦の存在などという不快なことには沈黙をもってたいした30年代の風土をうかがわせ、実に興味深い」。小池滋も著書『ロンドン』（中公新書、1978）にて、「悪漢サイクスの情婦ナンシーやその友人ベットを登場させる時、言葉づかいを含めて現実の姿よりははるかにやわらげているし、性的な連想を読者に与えそうな箇所は意識的に避けている。」、と述べている。では実際の売春婦の実態はどうであったのか。これに関しては、ヘンリー・メイヒュー（『ロンドンの労働とロンドンの貧民』4巻、1862）の記録が詳しく、その抜粋集として John L. Bradley 編集の *Selections from 'London Labour and the London Poor'* （Oxford Univ. Press, 1965）がコンパクトで便利であるが、和書では『産業革命と民衆』（角山栄、河出書房新杜、生活の世界歴史10、1975）が読み易い。これらの資料を踏まえて川本静子（"ディケンズ文学の「街の天使」像（1）"『英語青年』1978年10月号）が教えてくれるところによると、1830年以降は8万人と推定できるらしい。

15) 名演技ぶりは次の箇所が見事である。"In a dreadful state of doubt and uncertainty, the agonised young woman staggered to the gate, and then, exchanging her faltering walk for a swift run, returned by the most devious and complicated route she could think of, to the domicile

of the Jew." (p. 91)

16) モーム文学研究者で太宰治論も著わしている越川正三の「"走る"イメージの停滞と太宰の死」(1973年6月18日、毎日新聞) という論考中の文章の一部が正にこのナンシーのシーンにも適切にあてはまると思われる。この表現を借用させてもらうと "走り通すナンシーによって、作者は生き方の理想を描きあげている。つまり「走る」とは「生きる」ことの暗喩的表現なのだが…" となる。とにかく読者に心地好い運動感を与える箇所である。

17) 例えば、お金目当てでも何でもない旨をナンシーは強調する所がある。'I have not done this for money. Let me have that to think of.' (p. 355)

18) 前述の木下順二のエッセイ文を借りて言えば、「作者ディケンズはあまり目がよく見え過ぎたゆえ、売春婦の一つの典型だとして書いたはずのナンシーさえ、彼女が持っている人間性をも書いてしまった。」ということになる。

19) Public Reading にも取り上げられた *Sikes and Nancy* に関して Philip Collins は次のように解釈している。'... *Sikes and Nancy* was devised, in the early autumn of 1868 .... It is very horrible, but very dramatic.' (Philip Collins (ed.), *Charles Dickens: The Public Readings* (Oxford Clarendon Press, 1975) (p. 465)

20) 孤児で天涯孤独で、幼少の時から何度も縁者の葬儀に列したという川端康成の少年時代の面影を浮かべてしまうほどである。さらに、次を参照されたい。Arnold Kettle, "*Oliver Twist*," *The Dickens Critics*, Cornell Univ. Press, 1966, p. 257. "Of all the recurring themes and images of these opening chapters that of death is the most insistent."

21) Cf. *Ibid.*, pp. 262-3.

22) Cf. F. R. Leavis, *The Great Tradition* (Penguin Books, 1974; first

published 1948), p. 259.

第9章：『オリヴァー・トゥイスト』の謎

1.

　ディケンズ文学とは無関係の内容のものだが、「作品における子供の描写の意味あい」が絵画や小説の具体例に即して見事なまでに簡明に記述してある大江健三郎のエッセイ「表現された子供」(『言葉によって』新潮社 1976年)の一字一句のすべてに感心して納得してしまった筆者は、「子供の想像力的な役割」というテーマに関してはもはや大江健三郎以上に何も言えないと悟り、それゆえにディケンズ作 *Oliver Twist* (1838) も、別の角度から読もうと決意せざるをえなくなった云々と、ディケンズ・フェローシップ会報誌にエッセイを書いたことがある[1]。

　ところが、その後に筆者は知ったのだが、ピーター・カヴニー（Peter Coveney）が「文学における子供のイメージ」というテーマを前面に据えて堂々とディケンズ論を展開しているのである。[2] この先達の業績によって、さらに一層強く、この種のテーマから潔く離れようと筆者は決心した。だからと言ってそれほど意識的にではないつもりだが、今回のこの小論にても、少年を主人公にした作品『オリヴァー・トゥイスト』を論じる[3] にもかかわらず、「子ども」の問題にはほとんど触れてはいない。ただしこのことに関して誤解があってはいけないので、あらかじめはっきりと述べておくが、作品『オリヴァー・トゥイスト』は、なるほど題名から窺われるようにオリヴァーという少年を主人公にした物語であることに間違いはないのだが、その割には主人公には実在感が乏しく、むしろ脇役の一人である、例えばナンシー（Nancy）などの方に却って読者は強いリアリティーを感じるのではな

いかという筆者なりの解釈に強い確信を抱いているからである。そして現に筆者は、上述の『ディケンズ・フェローシップ会報』に載せたエッセイよりも以前に、「*Oriver Twist* における Nancy 像について」という論文を発表している。[4] だから繰り返してここで強調しなければならぬことは、作品『オリヴァー・トゥイスト』における「子どものテーマ」の重要性はしかと認識してはいるものの、敢えてそのテーマからはアプローチしないだけの話である。むしろ、ナンシー像からのアプローチによって、この作品に何か別の新しい読みも生まれるのではないだろうかという期待である。その意味では、本論は、前述した既発表の拙論と相互補完的関係をなす。

ところが、前回は筆者にはどうしても解せない疑問点が一つ残ったままであった。この点を今回は、より深く掘り下げてみようと思うわけだが、これに関して述べている件を、前章から一部をそのまま抜粋してみよう。（ただし、英文の箇所等、一部を省略する。）

　　…最後にあのドラマチックな殺人の場面を迎えるのだが、ここに至ってはどうしても解せない疑問点が一つ生じる。人殺しの罪だけは犯さないようにと、サイクス（Sikes）の身のことを思って訴えかけるナンシーが、何故、「お互いに二度と顔を合わせないで離ればなれになって暮らそう」（... let us both leave this dreadful place, and far apart lead better lives, ... and never see each other more.）（p. 362）と言ったのかわからない。「一緒に暮らそう」とどうして言わなかったのか。ロンドン橋の上でブラウンロー（Brownlow）とローズ（Rose）から「二度と再び昔の仲間のところへは戻らないように」と説得されても、「もう家へ帰らなくては」と言って戻って来たナンシーである。そこは悪の巣窟かもしれないが、彼女にとって「一生をかけて自分で築き上げた家」なのである。月並みな言い方かもしれな

いがそれは二人の愛の巣窟である。ブラウンローやローズが見つけてくれると言う家（a home in some foreign country）(p. 361)へ行こうと言う時、何故別々に離れて行こうとするのか。プロットの一貫性から言えば、当然、愛するサイクスに自分の認識した新しい人生を教えてやりつつ、その新しい世界に二人で入って行こうとするのが自然のように思われる。この場面であくまでも、どこに止まることもなく永遠に流転し彷徨する孤独なナンシー像を描いた作者の真の意図は何なのか、筆者にはわからないが、少なくとも作者のナンシーに対するいたわりのまなざしが最後になって冷やかに突き放されているように思えてならない。このようにひとりの女性として突き放されたことと、彼女の人間的成長とは全く関係が無いことは言うまでもない。この土壇場に来て、作者が急に姿勢を正してしまい、何かの意図のもとにあのような台詞を言わせてしまったのだろうが、これまでの展開から見て、たとえセンチメンタリズムと言われても、「二人で一緒に」と言わせて欲しかったような気がする。ナンシーはとうとう、どこの「家」に止まることもなく、死の世界へと追いやられてしまう。人生の本質を見て識ってしまった女性の、悲劇の主人公としての行きつく果ての姿である。先程の疑問点さえ除けば妥当な彼女の行きつく果てである。

　かつての筆者の論考を長々と引用した次第だが、これによって今回ここで新たに論じようとする問題の所在が明確になるものと確信する。即ち、「何故、ナンシーは、サイクスと一緒にではなく離れて暮らそうと言ったのか」ということにのみ焦点をあててこの謎解きに専念してみたいのである。ただし、この謎解き作業に伴って、本論が、ナンシーとサイクス二人の男女の愛の在り方を吟味し、そこからナンシーという女性の生き方を考察し、やがて

第Ⅱ部　研究と考察

はそんな女性像を創り出した作者ディケンズの女性観をも探ることになるのは言うまでもない。

2.

　やはり内外のあらゆる論文には目を通すべきである。この問題に真正面から言及している論文が存在する。上述の引用に見られるが如く、'これまでの展開から見て、たとえセンチメンタリズムと言われても、「二人で一緒に」と言わせて欲しかったような気がする'という筆者の主張が覆されてしまうかのような論として、George E. Kennedy Ⅱの見解は[5]、作者ディケンズはむしろそのようなセンチメンタリズムを積極的に排除したとのことである。つまり、堕落した女（fallen women）の救済（redemption）には、ディケンズは高い代償（a high price）を要求する立場の作家ゆえ、そのような女性の未来に対しては一筋縄で一件落着とはいかず、女性はそれ相当の苦難に耐えねばならぬ、という意見である[6]。つまり、作者ディケンズの、堕落した女性に対する見方・考え方が基礎となって、ナンシーのような登場人物の末路が決定されたという解釈である。

　しかし、仮にこの意見に従うとしても、ディケンズの要求は依然として非常にきついもののように我々には思われてならない。筆者も既に述べたようにセンチメンタルな解釈でアナクロニズムを犯しがちであったが、現代の読者にとってはこの要求がかなり厳しすぎるもののように思われても仕方がないと、実はKennedy Ⅱも明言している[7]。十九世紀の読者にとっては決して高い要求でも何でもなく、至極当然なものであったと言う。そのような時代のコンテキストを踏まえた上で、さらに又、健全なるリアリズム作家ディケンズの作家的立場の全貌を把握した上で、この問題を考察してみると、なるほど当たり前の代償をディケンズがナンシーに求めたに過ぎないという解釈[8]に我々も納得せざるをえない。又、実のところ、ディケンズ自身がユレ

162

ニア・コテッジという娼婦更生施設の仕事に関わっていたという彼の実体験[9]を通して、娼婦たるもの、本質的にはこうあるべきだと、娼婦の真の幸福を考えた上での彼なりの強い信念を持っていたに相違ない。

　当時の社会が理想とした女性像の全系譜の中で、又、そのような思潮に歩調を合わせると同時に自己の信念としても固いものがあった作家の個人的資質との中で、ナンシーの末路を考察してみると、我々には一見冷酷すぎるかのように見えるものも実は自然な結末であろう、というのがKennedy Ⅱの言う主張である[10]。このような彼の論は、本論の謎解きに非常に大きな示唆を与えてくれる。事実、ユレニア・コテッジと関わりがあった時にディケンズが書いたパンフレットの内容の一部を、Kennedy Ⅱは挙げているが、それによると、娼婦は異国の地で'honest men'の良き妻になって云々とディケンズの信ずるところの更生の在り方がわかる[11]。このことから、ナンシーが真に更生するにはまず何が何でもサイクスのような悪漢とは絶縁しなくては話にならないと、ディケンズが頑なに考えていたにちがいないと結論づけることも可能である。しかし、テキストに戻って一人のコモン・リーダーとして作品を忠実に読み返してみると、そうではない別の面からの答えが思い浮かぶのである。

3.

　人間は、過酷な境遇の為に奥に隠されてしまっている本来の自分自身を呼びさますためには、何か自分とは異質なものとぶつかってみなければならない。そのような衝撃的な出会いを通じてはじめて、生まれた時には少なくともそうであったであろう本来の自分というものを発見する。その意味において、ナンシーが初めてぶつかった異質な対象がオリヴァー少年であったことを既発表の拙論では述べた。ナンシーの根源的現実認識に一役買う媒介としての役割をオリヴァーの中に見たのである。ところが今改めて考えてみるに、

ナンシーの認識行為を導く役目がオリヴァーにのみあったのかという疑問である。確かにナンシーの覚醒促進の役割をオリヴァーが大いに果たしたことは事実だが、彼は、いかに純粋・無垢な存在とは言え、何と言っても少年、即ち子どもである。心身共に完全な大人である女性ナンシーが、現実認識を通じて真に本当の自分を知り、一層の人間的精神成長を遂げるには、やはり自分と同じ大人としての異性、即ち男性を必要とはしなかったのかということである。この点から、我々はナンシーとサイクスとの関係をもう一度検討してみなければならない。

　男と女は、個々ばらばらに存在するよりも、連れ添う一組の存在であることによって、より一層それぞれの人物像も生彩を放つ。相手の男性がたとえサイクスのような極悪非道の悪人であったとしても、両性間に通い合う愛さえあれば、二人の生命はそれぞれ輝くことになる。サイクスが命知らずの乱暴者であるとは百も承知の上で、そんな男を愛してしまった愚かな女ナンシーではあるが、二人の存在は、他の登場人物たちの誰よりも鮮明に光り輝いている。因に、二人の存在感を感じさせてくれる箇所を一つ挙げてみよう。

　典型的な悪人のサイクスが、オリヴァーを連れ戻すという仕事をやり遂げたナンシーに対して、「めったにはみられない真心からの歓迎の挨拶」(a very strong expression of approbation, an uncommonly hearty welcome, from a person of Mr. Sikes's temperament) (p. 148) で称賛の言葉を投げかけると、これを聞いた彼女は「ひどく嬉しそうな様子で」(appearing much gratified thereby) (p. 148) それに答える。夫婦相互のいたわり合いが感じられる好例である。このような二人のやりとりを眼の当たりに見せられる読者は、サイクス、ナンシーがそれぞれ共に悪の世界に棲息するアウト・ローの人物であることを忘れてしまう。サイクスの常日頃の非道ぶりでさえ、彼のささやかな言葉によって喜びを感じてしまうナンシーのことを思うと、容赦してしまう程である。たとえ生々しくとも、一組の男女の生きざ

第9章:『オリヴァー・トゥイスト』の謎

まに、さもありなんと共感してしまう我々である。貧困と抑圧と死の世界[12]である『オリヴァー・トゥイスト』にあって、そのテーマを象徴的に描写せんがために作者が工夫を凝らした各登場人物たちの人物造型がややもすると類型的なものになりがちであるにもかかわらず、全く例外的なまでにナンシーとサイクスの男女ペアは生きた人間像に成り得ている。そしてこのことも、当然のことだが、二人が連れ合う男女であるだけに、その訴える力は大きい。もし仮に、サイクスとナンシーがそのような関係の人物でないとしたなら、我々は二人に対して無法者としてのイメージ以外の何のリアリティーも決して感じないであろう。

　闇夜の世界の人物ではあるが、その存在に現実感のある一組の男女サイクスとナンシーの連れ添うさまの描写を積極的に評価した次第だが、このことをしかと踏まえた上で、ナンシーの最期の台詞の持つ意味はどこにあるのかを考察してみなければならない。浄瑠璃や歌舞伎狂言の中で展開される、相愛の男女が手に手を取って、はげまし、かばい合って連れ立って行く道行場面に慣れ親しんでいる我々日本の読者には、特にこの謎解きは難解であるかもしれない。例えば、町人の世界の義理人情を描いた近松門左衛門の心中物のほとんどは、来世での夫婦を信じて、死ぬことによって恋が成就するパターンをとる。もちろん、『心中天の網島』のように他殺と自殺の組み合わせをとる心中形式もあり、一口に心中と言っても内容はいろいろである。しかし、ナンシーを殺害した後に逃亡するサイクスのような人物は心中物には登場しないことは確かである。やはり西欧には男女の心中という形式は少ないのであろうか。いずれにしても道行解釈から勝手にあれやこれやとサイクスとナンシーの二人を想像することは全く愚かなことではある。そこに大きなアナクロニズムが控えていることを忘れてはならない。では、一体我々は、ナンシーの台詞の解読作業をどう遂行すればよいであろうか。

　この答えは、作者の個人的な声として読者に直接に語りかける文章の中に

潜んでいると思う。実際のところこの作品は、作者の姿が直接には全く見えずにどこかに隠れてしまっている現代小説とは違って、作者の意図、技法、それに人生観なり芸術観なりを読者に向って語りかけている部分が多く、我々はそれらをつぶさに読みとることができる。そのような箇所に、何かヒントは隠されていないであろうかと筆者は思うわけである。

「習慣が第二の天性となってしまう程に、これまでの悲惨な生活にどっぷりと漬かってしまって、人生とはこんなものだと諦めている人でさえも、死の手が目の前に急に迫って来ると、一目だけでも自然の顔を見たいと思うものであり、実際、人は遠く離れた所へ行くことによって新しい人間に生まれ変われるのだ」という主旨のナレーターの声、即ち作者ディケンズの声が、あのナンシーの台詞「お互いに二度と顔を合わせないで離ればなれになって暮らそう」を解く鍵になるのではないだろうかと筆者には思われる。

> Men who have lived in crowded, pent-up streets, through lives of toil, and who have never wished for change; men, to whom custom has indeed been second nature, and who have come almost to love each brick and stone that formed the narrow boundaries of their daily walks; even they, with the hand of death upon them, have been known to yearn at last for one short glimpse of Nature's face; and, carried far from the scenes of their old pains and pleasures, have seemed to pass at once into a new state of being. (Ch. 32, p. 237)

この箇所は、もちろん直接には、オリヴァーが親切なローズと共に田舎の別荘にて、どっぷり幸福に浸っているさまの描写に違いないのだが、筆者はナンシーの最期の台詞に関連づけたい気持ちに駆り立てられる。死を目前にして「自然の顔」(Nature's face) を見たいと願う人間感情の微妙な揺れ動き

第 9 章：『オリヴァー・トゥイスト』の謎

の中に真の人間性を見い出す姿勢のディケンズが、ナンシーにそっとその台詞を言わせることによって、彼女を密やかに救い上げ、人間性回復の徴候を示させたのではないだろうか、という解釈である。娼婦の存在すら排斥してしまう当時の社会情勢にあって、表立った形では彼女の救出などできないゆえ、ディケンズとしてはできる限りの精一杯のやり方で、ナンシーに、それもそっと内密に、愛を賦与したのだと思われる。自然の中で人間は再び生まれ変われるのだというディケンズの信条が、ナンシーの最期の台詞となって具現化したのである。

　ここで筆者は、ナンシーに、より一層の女性らしさを感じてしまう。つまり、身の安全を守ってやるとローズから優しく言われたいたわりの言葉を一度は頑に拒絶したものの、死を前にして、サイクスや仲間たちを決して裏切ってはいないのだという自負だけは捨てずに、結局はローズの申し出てくれた保護にすがろうとする変化に、サイクスと違って、女性らしさを感じ取ってしまうのである。ローズの投げかけた愛を素直に受け取り、ひいては新しい異国の地で新たに生き永らえようとするようになる。女性らしさと言うよりも、人間らしさと言った方が適切かもしれないが、直線的に前へとしか進まず、決して立ち止まったりしない男性サイクスとは違って、女性ナンシーは立ち止まり、相手の言葉を受け入れ、そこからさらに生に目覚めることのできた態度に、私たちは女性らしさを感じるわけである。死ぬ直前とは言え、生命の存続へとナンシーを駆り立てたことに読者は喜びを禁じえない。

　一方、フェイギン（Fagin）にナンシー殺害をうまく駆り立てられたサイクスは、根が単純であるだけに、すがって喋るナンシーの言葉には一切聞く耳を持たずに、正に見事にナンシーを殺してしまう。愛する女性を殺した後、自分も死ななければ男と女の真の至福の結合はありえないとする日本の心中物とは違い、サイクスは逃亡するわけであるが、このような男に作者の取った態度は厳しい。それは、情容赦のないサイクスの死に見て取れる。逃亡中

も彼は常にナンシーの亡霊に悩まされ続ける。ただし、殺人殺生は最大の悪であり罪であることには間違いはないのだが、フェイギンがサイクスの気性を知った上で彼に殺人をやるよう仕向けたことも事実で、考えようによってはフェイギンが真の下手人とも言えるわけだ。このことはテキストを読めば明らかなわけで、作者ディケンズもこの点は承知しており、その分だけでも殺人犯サイクスに同情の余地を残している。逃亡の最中に火事現場にわざわざ飛び込んで行ったのも、雑踏の激しい人込みの中にいることによって少しでも恐ろしい記憶から逃れられるという気持ちからだし、又、孤独に耐えられず話し相手を求めてロンドンへ引き返そうとする頓馬ぶりなどに、凶悪犯サイクスの内部に潜む哀れさを垣間見る思いがする。それに彼の最期も、直接的には仲間のチャーリー・ベイツ（Charley Bates）に裏切られて死を遂げることになる。凶悪犯の最期にふさわしいと言えばそれまでだが、結局は、彼のことを真に思ってくれていた人間はナンシーひとりしかいなかったことを、果たして死に際に彼は感じたであろうか。

4.

　例えば加藤周一は『わが青春と文学』において、人生の一回性について語る中で『アンティゴネ』を引き合いに出しつつ、「空の色なんてものは、そういうふうに死が迫ってこないと、格別強い印象を与えないでしょう。…死が迫ってくると、…空の色が、かぎりなく大きな、ほとんど生きるよろこびのすべてがそこに集約されているかのような、かけがえのない意味を持ってくる。」[13]と述べている。又、津島佑子はエッセイ「若葉の季節」にて、「幸、不幸の基準は、一体、どこに求められるのだろう。よく分からないことだが、自然の美しさに打れている時よりも充実した幸せなど、人間にあるのだろうか、という気もする。なにもかも忘れてしまって、空の青に見とれている時、柔かな日射しを全身に感じている時、その人の現実的な状況など、なん

第9章：『オリヴァー・トゥイスト』の謎

の意味も持たないものになってしまうのではないか。自然の美しさを身近に感じることさえできれば、どんな境遇の人も幸せ。私はそのように思うのだ。」14)と述べ、先程の加藤周一の言う人生の一回性と同じく、「無条件に幸せな時を体験するのは、一生のうちのほんの一瞬でかまわないのだ」15)と続ける。時も場所も違えども、結局は人の思い馳せることは同じなのであろうか、ディケンズはナンシーに、「この恐ろしい場所から逃げ出して、ずっと離ればなれになって、お互いに二度と顔を合わせないで暮らそう」と言わせる。彼女に一目だけでも「自然の顔」を見せてやり、それによって生まれ変わらそうとしたのである。

　しかし、「自然の顔」をついに見ることができずに終ったナンシーの死体の上に、皮肉なことに太陽の光はさんさんと輝くのだった。これまで太陽の光に浴することの全く無かったナンシーに初めて降り注ぐ太陽である。現実の世の中で生きたままの姿では、悪の世界から善の世界へと飛翔することを許されなかったナンシーも、死を直前にして遅まきながら生の意味を知り、少しでも生き永らえたいという衝動に駆られ、ついに死ぬことによって善女になりえたのである。ローズのハンカチを握りしめて息を引き取る場面はそれを象徴している。哀しいことではあるが、死んではじめてローズの世界と一体となることができたのである。そのような意味では、男と来世で一緒になるという日本の心中物とはかなり違う。それにナンシーは、死に際になってはじめて、最後の力をふりしぼって現世での幸福を得ようとする逞しさを見せてくれた。「悔い改めることはもう遅すぎる」（... but it is too late, it is too late!）(p. 305) が口癖であった彼女が、「今からでも遅くはない」(It is never too late to repent. They told me so－I feel it now.) (p. 362) と考え直すようになった程である。このように、死を前にして生の意味をしかと知ったナンシーだけに、その悲惨な最期は一層我々の哀れみを誘う。

　果たして作者ディケンズが意図的にナンシー像に類型的ではない複雑な人

169

間像を賦与したかどうかはわからない。むしろ、作者としては他の人物と同様に型にはまった人物としてナンシーを描こうとしたのかもしれない。それを敢えて筆者は単一的ではない複雑な人物としてナンシー像を読み込もうとした。もちろんそうさせるのは作者ディケンズの無意識のなせる業によるものであるが、ただし当時の読者は、このような登場人物の曖昧さを許したであろうか。やはり当時の読者は、善玉と悪玉というように二律背反的に明確に分類してしまうことを好んだのではないだろうか。それに、そもそも当時の読者がナンシーに曖昧さを感じたかどうかさえ疑問である。しかし、実際にはナンシーの人物造型に注目をしたウォルター・バジョット（Walter Bagehot）（1826-77）[16]のような批評家も当時存在したことも確かなので、そのようなことは一概には言えないかもしれない。

　死ぬ前に一目でも「自然の顔」を見たいと思うのが人情であるという作者ディケンズの信条に基づいてナンシーの最期の台詞が編み出されたのだという論法で、彼女の台詞の謎解きを行なってきた。作者は死ぬ直前のナンシーに、サイクスとの間に築かれる家庭の中の光を決して求めさせはしなかった。この点に関して不意討ちを食らい、謎解きを開始した筆者であったが、よくよく考えてみると、ナンシーのあの台詞はやはりディケンズらしいものであったのかもしれない。この当時作家になりたての若いディケンズのことゆえ、当然自分自身の将来のことは知るよしもなく、やがてどのような傾向の小説を書いていくことになるかは本人は全く知らない。しかし後世の読者である我々は、ディケンズがその後どんな男女の愛の在り方を書いたかを知っている。例えば二十数年後に、『大いなる遺産』（1861）の結末で、男女の愛の冷やかな終り方を再び呈することになろうとは、若いディケンズは全く思いもつかなかったに違いない。読者は、男女の在り方、女性の生き方に関してのディケンズの描写の不可解さにどぎまぎさせられっぱなしであるが、案外、その女性の生き方は真剣に探っていくと現代に通じる新しい側面が見え

てくるのではないだろうか。最後の瞬間のナンシーに、自立する女性像を感じてしまうのも、やはり、彼女のあの最後の台詞の持つ効果が大きいからであろうと思われる。ひとつの台詞の持つ意味がその人物のイメージを大きく左右してしまうという至極当り前のことなのだが、殊にその台詞がこの世における最後の言葉であるだけに無視できず、以上の如く果敢に謎解きに挑んだ。そしてその答えを作者の人生観・芸術観・文学論などが点綴されているナレーターの語りの中に探り当てて論述したのが本論である。

注

1) 「テーマを追って——読む・書く・生きる」(『ディケンズ・フェローシップ会報』No. 2、ディケンズ・フェローシップ日本支部、1979 年 10 月 20 日発行)

2) Peter Coveney, *The Image of Childhood; The Individual and Society: a Study of the Theme in English Literature* (Penguin Books, 1967; first published 1957)

3) テキストは、Charles Dickens, *Oliver Twist* (London: The Oxford Illustrated Dickens, 1974) を用いる.

4) 「*Oliver Twist* における Nancy 像について」(『常磐会短期大学紀要』Vol. 7, 1979 年 3 月 31 日発行)

5) George E. Kennedy II, "Women Redeemed: Dickens's Fallen Women," *The Dickensian*, No. 384: Vol. 74 part 1 (January 1978), 42-47.

6) *Ibid.*, p. 42.

7) *Ibid.*, p. 44.

8) *Loc. cit.*

9) *Ibid.*, pp. 42-3.(さらに、川本静子 "ディケンズ文学の「街の天使」像 (2)" (『英語青年』、研究社、1978 年 12 月号) もこのことに言及し

ている.)

10) *Ibid.*, p. 44.

11) *Ibid.*, pp. 42-3.

12) Cf. Arnold Kettle, "Dickens: *Oliver Twist*" (1951), George H. Ford & Lauriat Lane, Jr. (eds.), *The Dickens Critics* (Ithaca: Cornell Univ. Press, 1966), p. 256. "The *Oliver Twist* world is a world of poverty, oppression and death."

13) 加藤周一:「わが青春と文学」(『潮』1978年2月号)、p. 135.

14) 津島佑子:「若葉の季節」(『夜と朝の手紙』新潮社、1980年6月2日発行) p. 243.

15) *Ibid.*, p. 247.

16) Cf. Walter Bagehot, "Charles Dickens" (1958). Reprinted in Stephen Wall (ed.), *Charles Dickens* (Penguin Books, 1970). P. 131.

第10章:『オリヴァー・トゥイスト』
―― 翻訳本に見るディケンズ像

1.

　1990年7月5日、東宝製作の日本人キャストによる日本語のミュージカル『オリバー!』が、帝国劇場で上演された。ただし、このときの脚本・作曲・作詞はライオネル・バート(Lionel Bart)、舞台装置はショーン・ケニー(Sean Kenny)といったことからもわかるとおり、これらは1960年6月のロンドンでの初演以来のオリジナルスタッフのままで、舞台演出も通算12回目を迎えたベテランのジェフ・フェリス(Geoff Ferris)のもと、8月末日までの約二カ月間、津嘉山正種、前田美波里、友竹正則、森公美子、安岡力也らの存在感あふれる役者たちが好演したことは、まだ私たちの記憶に新しい。

　そのときのパンフレットに記された長谷部史親のエッセイは、ミュージカル『オリバー!』の原作である『オリヴァー・トゥイスト』(*Oliver Twist*, 1838)と、その作者チャールズ・ディケンズ(Charles Dickens, 1812-70)とについての、要を得た簡潔な解説になりえている。とりわけ、日本におけるディケンズ文学受容に関する次のコメントは、的を射たものと言えるだろう。

　　　ディケンズの名声は、その後しばらくして低迷した時期もあったが、
　　　今世紀前半から再び高まり、現在ではイギリス文学全体の中でシェイ
　　　クスピアと並び称されるほどにさえなっている。しかしながら、わが

国においてはディケンズの研究はさほど進展せず、まだ完全な全集が一度も企画されていないことが象徴するように、作品の翻訳が充分にゆきわたっているとはいいがたい。このように、日本では不遇ともいうるディケンズの作品群の中で、『クリスマス・キャロル』などのクリスマス物語や歴史長篇『二都物語』などとともに、一般に広く読まれている筆頭格がこの『オリバー・トゥイスト』であろう[1]。

「一般に広く読まれている筆頭格」と長谷部史親が言うところの『オリヴァー・トゥイスト』に関しては、社会主義運動で著名な堺利彦による『小櫻新八』と題する翻案がすでに明治期に存在し、『明治翻訳文学全集〈新聞雑誌編〉六 ディケンズ集』の「明治翻訳文学年表」[2]によれば、この『小櫻新八』刊行の前後に出た『オリヴァー・トゥイスト』の他の翻訳は、5点を数えると言う（1885 [明治 18] 年 1 月の柳田泉の『池の萍』、1907 [明治 40] 年 1 月の吉田碧寥の『オリヴァー・トゥイスト』、1910 [明治 43] 年 8 月の山崎貞の『おとむらい』、1912 [明治 45] 年 2 月の深沢由次郎の『凶賊サイクスの逃亡』、同年 6 月の大橋栄三の『デッケンス物語』）。

『二都物語』（*A Tale of Two Cities*, 1859）については、少なくとも明治期に限って言えば、英語教科書としてのもの（津田梅子編、英学新報社、1903 [明治 36] 年 4 月）を除くと他に翻訳・翻案はないが、『クリスマス・キャロル』（*A Christmas Carol*, 1843）の場合は、1888 [明治 21] 年 9 月の饗庭篁村の『影法師』（明治 21 年 9 月 7 日から 10 月 6 日までの 22 回にわたる『読売新聞』連載。単行本としては明治 23 年 12 月、春陽堂から出版）という翻案を皮切りに、その後、明治期だけで 5 点も出ている（1902 [明治 35] 年 4 月の浅野和三郎の『クリスマス、カロル』、同年 6 月の草野柴二の『クリスマスカロル』、1909 [明治 42] 年 4 月の高橋五郎の『クリスマス、カロル』、1911 [明治 44] 年 10 月の岡村愛蔵の『クリスマスカロル』、同年

第10章：『オリヴァー・トゥイスト』── 翻訳本に見るディケンズ像

11月の紅薔薇の『クリスマスカロル』)。

しかるに現在はと言えば、ディケンズに関しては「まだ完全な全集が一度も企画されていない」点を認めざるをえない。そこで本論では、「一般に広く読まれている筆頭格」の『オリヴァー・トゥイスト』の翻訳本を通じて、ディケンズ文学の日本における受容の一端を検証してみたいと思う。具体的には、各翻訳本につけられた解題のなかには、翻訳した人たちのディケンズ観やディケンズ批評が凝縮された形で詰まっているという前提に立って、各種解説文を考察していく。作品につけられた解題は、その作品がこれまでどのように受容されてきたかを如実に物語る第一次的資料であるという認識のもと、少年・少女向けのものも、一般読者対象のものも、すべて一律に考察対象とした。孫引きを避けるために、筆者が直接に目にしたものだけに限定したことも付記しておきたい。

2.

① 『小櫻新八』──細香生［堺枯川］（堺利彦）訳、『都新聞』掲載（1911［明治44］年1月16日から5月3日まで105回の連載）

上述したように、日本の社会主義運動の先駆者・堺利彦の筆になるかなり大部の翻案。原作のストーリー展開はきちんと踏まえられており、かつ原作の持つ文学的香気も全編に漂っている。1月16日の「予告」のなかで、堺利彦は、この小説は面白く読んでもらえると思う、とまず述べ、舞台面には浅ましい貧苦のさまや、恐ろしいスリや盗みのことなどが出てくるが、実はその光景のいたるところに、美しい、しおらしい人情の花が咲いているのだ、と続ける。最後に、皮肉の底には涙があり、滑稽の裏には真面目な教訓があると結ぶ。

堺利彦は、社会悪に対する抗議とか、社会正義への熱望とかいった社会性よりもむしろ、人間の本性に根ざした笑いと涙と感動といった、感傷的な気

分をディケンズの原作から汲み取ってこの翻案を書いたように思われてならない。連載終了後の明治45年の公文書院発行の単行本の題名は、『小櫻新吉』に改変された。

② 『オリヴアー・ツウイスト』──馬場孤蝶訳、『世界大衆文学全集』第九巻、改造社、1930［昭和5］年1月

「序」で、フランスのアルフォンス・ドーデ（Alphonse Daudet, 1840-97）やロシアのドストエフスキー（F. M. Dostoevskii, 1821-81）といった、ヨーロッパ大陸の諸作家にもディケンズはかなりの感化を及ぼしていることに触れる。さらに、「作品 *Oliver Twist* や *Our Mutual Friend*（1865）や、*A Tale of Two Cities*（1859）などにおける下層社会、貧民窟、悪党の宿などの描写は実にみごとであり、現代の探偵・冒険作家のなかでディケンズに太刀打ちできる人はG. K. チェスタートン（G. K. Chesterton, 1874-1936）を除いては他にいないだろう。コナン・ドイル（Arthur Conan Doyle, 1859-1930）では少し筆が明るすぎるから」といった主旨のことを述べる。

最後に、この作品は「今日我々が読んでも決して古いとは感ぜられぬ叙述が編中随所に見い出される。作家の力量、古今に亙る芸術的根拠、そういうものは時代の新旧を超越して存在するものである」と言う。

③ 『漂泊の孤児』──松本泰・松本恵子訳、『ヂツケンス物語全集』第一巻、中央公論社、1936［昭和11］年10月

主人公オリヴァー（Oliver）が織部捨吉、ナンシー（Nancy）が那須子といった具合に、翻案としての物語ではあるが、①の『小櫻新八』同様、原作のストーリー展開はここでも原則的にきちんと押さえられている。解説の類は一切ない。

④　『オリヴァー・ツゥイスト』——馬場孤蝶訳、『世界大衆文学名作選集』第十七巻、改造社、1939［昭和14］年11月

これは、前述の②の再録である。ゆえに「序」の文も②とまったく同じ。

⑤　*The Story of Oliver Twist*（『オリヴァ・トゥイスト物語』）——朱牟田夏雄訳註、研究社、1951［昭和26］年11月

「研究社新英文訳註叢書」シリーズの第六巻で、英文併記の英語読本である。「解説」において訳者は、いかにも英文学者らしく英文学史の講義調で、原作者ディケンズについて、「William Makepease Thackeray（1811-63）と並んで、19世紀中葉の英国小説壇を二分する」作家だと書き始め、作者の経歴や代表作を概観する。その後ディケンズ文学の特徴について、「彼独特のすぐれた realism で実人生さながらの人間をいろいろと活写した点にある」と言い、続けて、「特に、自ら貧窮に育ってつぶさに辛酸をなめつつ人となった彼は、世の下積みになる下層階級を描くことが多く、またその下層階級の扱い方が実に巧みでもあり、又実に暖い同情に満ちてもいる。彼以前にはこれくらい好んで貧しい人たちに題材を求めた作家はなかった」と述べる。

humour と pathos とが渾然と一つになってディケンズ的世界を作り出しており、これこそが多くの人たちを魅了してきた源泉なのだ、とさらに話を進め、「少年少女を主人公にすることもこの作家は多かった」と指摘し、この作品は、いろいろな運命の変転に弄ばれながらもきれいな清い魂を持ち続けた少年の物語だと、己れのディケンズ文学観を披瀝する。

⑥　『オリヴァ・ツィスト』——中村能三訳、新潮社、1953［昭和28］年9月

訳者は「解説」のなかで、ディケンズはこの作品を通して、救貧院制度の

矛盾と冷酷さを徹底的に挑発し揶揄したが、その非難と揶揄の対象は制度そのものではなく、制度の運営法と担当する人物とであった、と記す。つまり、ディケンズという人は、社会的矛盾に挑戦し、被圧迫階級の味方であったとは言ってもマルクスと親交があったわけでもなく、『二都物語』を書いたとは言っても二月革命に参加するとも思われない、いわば急激な進歩を好まぬ「イギリス人の正統」であり、貧窮や苦悩といった人間生活の不幸をもたらすマイナスの価値を、「諧謔」（humour）の作用でプラスに逆転させる能力を有した作家だ、と述べる。

　さらに、ディケンズ文学の特徴とも言える登場人物の類型化にも言及し、「同時代のバルザック（Balzac, 1799-1850）と同様、彼の場合も、それは単なる類型の域を超えて、親しみやすい、しかも犯すべからざる象徴にまで凝固されている」とし、その例としてバンブル（Bumble）とフェイギン（Fagin）をあげる。また、ナンシーの惨殺からサイクス（Bill Sikes）の逃亡の件（くだり）はまさに圧巻であり、その凄惨さに目をおおわない読者はいないであろうと言い、ディケンズの「精密で力強い描写力」を強調する。総じて言えることは、この「解説」は、ディケンズ文学の本質に肉迫する高度な、上質の文章である。

⑦　『オリヴァ・トウィスト』上巻・下巻——鷲巣尚訳、角川書店（角川文庫）、1953［昭和28］年10月

　ディケンズ文学の本領に迫る訳者は、「陰惨と諧謔とを一緒くたに享受する我々のうちの子供ぽさ、庶民的な楽天性は、又我々のうちの永遠なるものに通じ、やがてひいては厭制に反抗し、悪に抗ふ人道主義へとつながりをもつものである」と言い、人間の本性とも言うべきこの種の気質を持った作家こそがディケンズであり、これぞイギリス小説の正統派だと言い切る。また、作品の後段の殺人者の心理描写にも目を向け、ディケンズは単に感傷と誇張

第10章：『オリヴァー・トゥイスト』——翻訳本に見るディケンズ像

とカリカチュアだけの作家ではないのだ、と補足する。

⑧ 『オリヴァ・ツイスト』上巻・下巻——中村能三訳、新潮社（新潮文庫）、1955［昭和30］年5月

「解説」は⑥の再録である。

⑨ 『オリヴァ・トゥイスト』——福原麟太郎訳、『世界少年少女文学全集』33、創元社、1955［昭和30］年10月

訳者は、主人公の「生まれつきの美しい性質」を強調したうえで、「作者ディケンズの強い正義感と、不幸な人たちに対する深い同情を読みとっていただきたい」と読者に訴え、「教区」や「救貧院」についてのわかりやすい説明をしながら、下層階級の人びとに寄せるディケンズの心情を切々と綴る。

⑩ 『オリヴァ・ツウィスト』上巻・下巻——本多季子訳、岩波書店（岩波文庫）、1956［昭和31］年6月

作者ディケンズの「汚辱にみちた少年期」にまず言及し、「下層階級に深い同情をもつ」作家像にふれた後、「ユーマー」こそがディケンズ文学の特質だと指摘し、「彼の笑いは、人生の悲哀とない合わされている。彼の笑いこそ、涙の中の笑い」なのだと力説する。登場人物の性格描写の見事さにより、この作品が芸術作品になりえたという指摘も、訳者は決して忘れない。

⑪ 『オリバー・ツイスト』——小島静子訳、『少年少女文庫』30、中央出版社、1963［昭和38］年4月

「話の終わりに」のなかで、主要人物たちのハッピーエンディングに触れた後、主人公の母アグネス（Agnes）についても、「やさしい平和な人々の心の中に美しく永久に住んでいる」と述べる。

179

⑫ 『オリバー・トウィスト』——北川悌二訳、三笠書房、1968［昭和 43］年 11 月

「あとがき」において訳者は、この作品が、1834 年の救貧法についての批判のさなかに書かれたものであることを忘れてはならぬと言い、救貧院で生じるゆがんだ人間関係に向けられたディケンズの皮肉な怒りに着目する。また、オリヴァーの境涯が老紳士ブラウンロー（Brownlow）らの尽力で救われることになる点に関しては、「社会悪の結果が個人的な人間の単独な善意によってだけで救われるという解釈・解決は、現代の作家だったらとらぬところであろう」という持論を開陳する。この本にはクルックシャンク（George Cruikshank, 1792-1878）の挿し絵が入っている。

⑬ 『オリヴァー・トゥイスト』——小池滋訳、講談社（講談社文庫）、1971［昭和 46］年 10 月

「年譜」もいれると 30 ページ以上の、作家と作品に関する詳細な「解説」がついている。その中でもとりわけ「文体」について、小池滋は、「ディケンズの小説がいかに事実に忠実であったかが、あらゆる面で証明される。確かに彼の小説は社会史の教科書以上に正確で貴重な資料であると言えよう。……しかし彼の描写が単なる事実の正確な模写に終わらず、読む人を引きずり込むような、恐ろしい超現実の魅力をそなえていることは、一読すれば翻訳を通してでも感じられることと思う」と述べ、作家・辻邦生が常々指摘する「魔術的映像」[3] に通ずるディケンズの想像的世界の特異性を、実に鮮やかに読者に解き明かしてくれる。学術論文に充分匹敵しうる解説文である。

⑭ 『オリヴァ・トウィスト』——北川悌二訳、三笠書房、1971［昭和 46］年 10 月

「あとがき」は⑫の再録である。

⑮ 『オリバー・ツウィスト』——中山知子訳、『春陽堂少年少女文庫　世界の名作・日本の名作』101、春陽堂書店、1980［昭和55］年7月

少年少女に向かって優しく語りかける訳者の児童文学者らしい口調が、解説文全体を覆っている。多彩な登場人物たちが織りなす冒険物語の世界は、若い読者には大きな価値を持つのだと断じる。また、訳者自身の少女時代の読後感をふまえ、ナンシーこそが「わたしにとって、終始、共感の的」だと告白する。「人はだれでも、置かれる環境を選べない」という点に共感したのだ、と言う。

⑯ 『オリバーの冒険』——持丸良雄訳、『少年少女世界の名作』8、偕成社、1982［昭和57］年10月

「この物語について」のなかで持丸良雄は、「主要人物が、霧のふかいロンドンを背景に、まんじどもえに入り乱れ、くりひろげられてゆく一大絵巻」が、世界中の少年少女を魅了するであろう、と語る。

⑰ 『オリバー＝ツイスト』——保永貞夫訳、『国際児童版　世界の名作』19、講談社、1984［昭和59］年4月

詩人でもあり児童文学者でもある訳者の「大都会ロンドンの光と影の中で」と題するエッセイは、ディケンズの生きた19世紀のイギリスの歴史を丹念に記述しつつ、鋭く作品の解釈にも迫っている。「イギリス人が長いあいだつちかってきた、ゆるぎない人生の信条がつたわってきて、読者に人間性への信頼を回復させてくれます」という、善意の人ブラウンロー像に関しての見解などは、イギリス人作家としてのディケンズの文学的本質を適確に捉えた好例と言えよう。

ディケンズ文学の特色としては、ストーリーの面白さ、人物造型の巧みさ、そして細部描写の見事さの三つがあげられる、と訳者はきっぱりと言う。

第Ⅱ部　研究と考察

⑱　『オリヴァー・トゥイスト』上巻・下巻──小池滋訳、筑摩書房（ちくま文庫）、1990［平成2］年12月

　　上述の⑬の再録である。「解説」もほとんど同じである。

⑲　『オリバー・ツイスト』──照山直子訳、*Newton Classics* 16、ニュートンプレス、1997［平成9］年9月

　　「解説」は訳者によるものではなく、デボラ・コンドンが執筆。日本人訳者のものと比べて着眼点の違いがいくぶん感じ取れるが、ナンシー像に「被虐待女性症候群」を見ている点がその一例と言えるだろう。

⑳　『オリヴァー・トゥイスト』──田辺洋子訳、あぽろん社、2009［平成21］年10月

　　本翻訳書の冒頭に、訳者・田辺洋子は、「第三版（1841）序文」の訳を置く。これによって読者はたとえば、ナンシー像に関する作者・ディケンズの思いを知ることができる。「果たしてナンシーの行動や性格が自然か不自然か、現実的か非現実的か、真っ当か逆しまか論じた所で詮なかろう。それは真実である。こうした人生の憂はしき陰影を見守って来た誰しもそれが真実たること信じて疑うまい」という、作者の生の声は読者にとって貴重である。訳者は、テキスト翻訳のあと、詳細な「訳注」も載せ、作品の各舞台となったロンドンの簡易な地図も描き、読者サービスに徹する。さらに、スティーブン・コナーの「エヴリマン・ディケンズ版序説」の抄訳をも入れる。そして、訳者・田辺洋子自身の「フェイギンの分裂と破滅」と題する解説文を載せる。これは一編の学術論文に匹敵するもので、正統派のディケンズ文学研究者としての矜持から書いたのであろう。最後は、訳者の爽やかなエッセイ「訳者あとがき」で締めくくっている。

第 10 章：『オリヴァー・トゥイスト』——翻訳本に見るディケンズ像

3.

　月刊雑誌『ベントリーズ・ミセラニー』（*Bentley's Miscellany*）の初代編集長としてのみならず、一執筆者としても活躍したディケンズは、1837 年 2 月号から 1839 年 4 月号まで作品『オリヴァー・トゥイスト』を連載し、その完結に先立つ 1838 年 11 月には、初版単行本として 3 巻本にまとめたが、題名は共に *Oliver Twist; or, The Parish Boy's Progress. By Boz* であった。ところが 1839 年の第二版になると、題名は *Oliver Twist, by Charles Dickens* となり、その後 1846 年の月刊分冊としての出版時には *The Adventures of Oliver Twist, or The Parish Boy's Progress* と長くなるが、これ以後の版は *The Adventures of Oliver Twist* となる。このように一連の題名を見るかぎり、この作品はまさにピカレスク小説そのものと言えるが、しかし当時の社会制度に対する告発という点からは社会小説にも位置づけられるし、敢えて主人公のイニシエイションに着目すれば教養小説に近いものとなる。このようにいかようにも読めるこの作品に、われらが先達が個性に満ちた豊かな関わり方をしてきたことを、今回あらためて知ることができた。

　現今の日本の大学における英文学研究は、行き詰まりの様相を呈しつつあるように思われる。特に、虚学としての英文学の存立の意義や、ディケンズなどの「古典」の持つ権威を信じて疑わずにきた者には、その思いが強い。そこで、英文学研究の活性化のための打開策を模索すべく『オリヴァー・トゥイスト』の翻訳本の考証を試み、この一作品を通してだけでも、日本におけるディケンズ文学の広く深く豊かな受容を見ることができた。少年少女や一般読者を対象とした、気取らない率直な語り口のこの種の解説文のなかにこそ、日本の英文学研究再生の萌芽が潜んでいるのではないかと確信したいところである。

注

1) 『ミュージカル　オリバー！』（東宝出版事業室、1990）、pp. 58-59.

2) 川戸道昭・榊原貴教編『明治翻訳文学全集〈新聞雑誌編〉6　ディケンズ集』（大空社、1996）所収。『小櫻新八』や『影法師』も収載されている。

3) 辻邦生『外国文学の愉しみ』（レグルス文庫 229、第三文明社、1998）、p. 33. 初出は、1963 年 5 月の新潮社刊『世界文学全集』第 13 巻月報。

第11章：*Hard Times* に関する一考察

1.

　F. R. リーヴィスは、*The Great Tradition*（1948）第5章 'Hard Times': *An Analytic Note* に於て、作中人物のひとり Sissy Jupe の、効果的な象徴的役割を考え、彼女こそディケンズの詩的創造作用の一部分であると説く[1]。Sissy によって代表されている 'goodness' と 'vitality' という、この象徴的意義は、Sleary 曲馬団のそれと結び付けて考察され、そこには 'human kindness' と 'vitality' という象徴的価値（symbolic value）があるとする[2]。この作品が、poetic works[3] のひとつとして成功している主因を、リーヴィスは、Sissy と Sleary's Horse-riding との世界が喚起させる象徴的手法に見出しているのである。つまり、リーヴィスは、この作品を 'moral fable'[4] だとし、そこでは、「ヴィクトリア朝の功利主義批判」という明白なる意図が、Sissy を中心とする Sleary 曲馬団の慈愛に満ちた力強い生命力のあるヴィジョンによって生み出されるところの 'satiric irony'[5] を伴なって、前面に強く押し出されていると詳論するのである。ところで、筆者の場合も、リーヴィスと同じく、この作品が詩的な作品であるという立場に立つのであるが、その正当化（the justification for saying that *Hard Times* is a poetic work）[6] の作業を、リーヴィスとは角度を変えて、つまり Louisa なる人物を中心にして考察してみたいと思う。

2.

　作品 *Hard Times*[7] から、作者ディケンズの詩人的認識論の問題を抽出す

る事ができる。それは、死の陰翳を通してすべての存在の根源に迫ろうとする作者の認識論である。この問題は、Louisa という、ひとりの登場人物の characterization を考察する事によって、一層鮮明なものとなる。

　死は、はっきりと Louisa の眼にその姿をあらわす。その場合、「火」が重大な役割を帯びている。「火」の象徴的意義を忘れてはならない。彼女は、炉辺の隅に座って、炉床に落ちる火花や灰の中に、短い人生のはかなさを見る。それは、取りも直さず、人間の決して避けることのできない死の翳を見る事にほかならない。

> "I was encouraged by nothing, mother, but by looking at the red sparks dropping out of the fire, and whitening and dying. It made me think, after all, how short my life would be, and how little I could hope to do in it." (Bk. I, Ch. 8)

15、6の年齢という設定（Bk. I, Ch. 3）でこの小説に登場した Louisa であるが、彼女は、正にこの若さで上述の如き認識をするのである。「お前のその若さでか、ルイザ！」と、後になって父親が「憐れんで」驚くのも当然である（"And you so young, Louisa!" he said with pity.）（Bk. II, Ch. 12）。実際のところ、この年齢よりも6才ほど若かった頃から、もう既に彼女は「不思議に思う」（wonder）人間であった（Bk. I, Ch. 8）。

　時はやがて経過し、彼女は20才になり、50才の Bounderby の所へ嫁ぐ年齢になっても、彼女のこの認識は持続する。

> "Father, I have often thought that life is very short." (Bk. I, Ch. 15)

落ちては直ぐ消えて灰になる生命の短い火花（the short-lived sparks that

so soon subsided into ashes)（Bk. I, Ch. 14）から、人の一生は直ぐに過ぎてゆく（life would soon go by）（Bk. II, Ch. 12）事を識る彼女は、これまでずっと、炉の中の火花や灰の落ちるのを眺めてばかりして過ごしてきたのである（All this while, Louisa had been passing on, so quiet and reserved, and so much given to watching the bright ashes at twilight as they fell into the grate and became extinct）（Bk. I, Ch. 14）。

彼女は火のもとで、常に人間の死を考え、その死の相のもとで、存在を眺める。死を、火の中に、「読んででもいるかのように」（as if she were reading what she asked in the fire）（Bk. I, Ch. 8）、その火の中に死の声を聞こうとし、それと対話しようとする。Louisa は、家の中の暖炉の火だけでなく、戸外の灯をも眺める。そしてその中に、時間の働きによる未来の姿を発見しようとするが、時間はそれを教えてくれることなく進んでゆく。

> It seemed as if, first in her own fire within the house, and then in the fiery haze without, she tried to discover what kind of woof Old Time, that greatest and longest－established Spinner of all, would weave from the threads he had already spun into a woman. But his factory is a secret place, his work is noiseless, and his Hands are mutes.（Bk. I, Ch. 14）

小説の最後、第 3 巻の最終章にても、Louisa は昔と同じように、じっと炉の火を眺めて座っている。「自分の幻想に描き出された未来はどんなものか」（How much of the future might arise before *her* vision?）（Bk. III, Ch. 9）、を彼女は見ようとする。これは正に、自らの中に宿っている死を火の中に写し出し、それを直視することによって、存在を見ようとする営みである。

Louisaの眼と暖炉とが作り出すこの空間は、彼女にとって、存在の根源がそこで限りなく純粋透明化してゆく世界である。この透明な空間構造においてLouisaは、彼女の眼に透視される死の翳りとの対峙から、生に向かってのひとつの決意をする。即ち、彼女は、あきらめの姿勢を基盤にした受動的人生を決意するのである。「もうどうだって構わない！」(What does it matter?) (Bk. I, Ch. 15) という姿勢である。Bk. I, Ch. 15 では、父親の勧めるBounderbyとの結婚に対して、「どうでも構わない」(What does it matter?) と言い、Bk. II, Ch. 7 では、Jams Harthouseの誘惑に対して、相変わらず「どうでも構わない」と言う (What did it matter, she said still.)。

しかし、ここで注意せねばならぬ事は、彼女のこのようなあきらめの姿態は彼女の本質を語るものではないという事である[8]。すべてにそのまま身を委せるという姿勢は、彼女の本性では決してなく、むしろ、父親 Thomas Gradgrind の利己主義に基づいた事実偏重教育によって、「引き裂かれ、寸断されて、長い間ただ自制にのみ慣らされてきた彼女の心」(a nature long accustomed to self-suppression, thus torn and divided) (Bk. II, Ch. 7) が爆発する寸前の、飽和の限界状態が取らしめた姿勢であり、これがやがて、真の生の獲得に向かって破裂する突破口の役割を果すものと言える。幼い時からの彼女の仕事は、心の内に自然に湧いてくるものをひたすら抑制することにあったのである (it has been my task from infancy to strive against every natural prompting that has arisen in my heart) (Bk. II, Ch. 12)。

抑えに抑えられたものが、やがてはいつか爆発するのが物事の道理であるが、ディケンズはそれを、大自然の理にたとえている。

> All closely imprisoned forces rend and destroy. The air that would be healthful to the earth, the water that would enrich it, the heat that would ripen it, tear it when caged up. (Bk. III, Ch. 1)

長い間に渡って感情を抑制させることに慣れてきた Louisa の性質は、それゆえに、最も強いもの (the strongest qualities) (Bk. III, Ch. 1) であり、ひとかたまりのがんこさ (a heap of obduracy) (Bk. III, Ch. 1) を形成する。強情張り (a Mule) (Bk. I, Ch. 8) ではない、彼女のこのような性格の強さに支えられて、生獲得への大爆発がなされるのである。父親が彼女の眼の中に狂気じみた火の広がり (a wild dilating fire) (Bk. II, Ch. 12) を見たのは当然のことであったろう。

　心の飢えと渇き (a hunger and thirst) (Bk. II, Ch. 12) を覚えながら、何か幻に似たもの (something visionary) (Bk. II, Ch. 12) に逃げこもう (escape) とし、どんどん下へ (lower and lower) (Bk. II, Ch. 11)、奈落の道を下がって行きつつあった自己自身を救いあげ、自ら生まれ変わろうとする (*I will be different yet, with Heaven's help.*) (Bk. III, Ch. 7) Louisa は、神の助けだけでなく、Sissy の助けをも求めている。ゆえに Sissy は、ディケンズによって、神と同じイメージを付与されていると解してよい。

　　"Forgive me, pity me, help me! Have compassion on my great need, and let me lay this head of mine upon a loving heart!" (Bk. III, Ch. 1)

父親にも向かって、「私を助け出して！」(Save me by some other means!) (Bk. II, Ch. 12) と言った Louisa が、結局は神の助けと Sissy との助けにより、救い出されるのであるが、このパターンは、Stephen の最期と類似する[9]。身のあかし立てだけを頼んで、彼は神のみもとへ行く。

　　"Sir, yo will clear me an' mak my name good wi' aw men. This I leave to yo." (Bk. III, Ch. 6)

すべてのものを、理性と計算の確かな冷静な立場から見ること（to view everything from the strong dispassionate ground of reason and calculation）（Bk. I, Ch. 15）に慣れているはずの Louisa が、そして又、'Never wonder!' という教育を受けてきたはずの Louisa が、皮肉なことに、'Never wonder' というタイトルの第1巻第8章で、自分だけに見えて、弟の Tom には火以外の何物にも見えない「火」を見ながら、しきりに不思議に思う。そして不思議に思う姿勢の中から、人生のはかなさを感じ取り、死の翳を見、その死の眼を通して、存在を眺める。父親は、Louisa のその眼を通して、懐疑的になっていく。

> "I doubt whether I have understood Louisa. I doubt whether I have been quite right in the manner of her education." (Bk. III, Ch. 3)

Louisa に話しかける調子も変化する。

> He spoke in a subdued and troubled voice, very different from his usual dictatorial manner; and was often at a loss for words. (Bk. III, Ch. 1)

opening chapter[10] で窺い知れるように、まるで機関銃の弾丸の如くに言葉を次から次へと吐き出した Gradgrind が、言葉を失なうとは、余程の変化である。「自分」と「人間の微妙な本性」との間に、自ら長年築き上げてきた「障壁」(the artificial barriers he had for many years been erecting, between himself and all those subtle essences of humanity)（Bk. I, Ch. 15）を飛び越えたのである。彼は、'a wisdom of the Head' (Bk. III, Ch. 1) に加えて、'a wisdom of the Heart' (Bk. III, Ch. 1) の必要性を知るのである。

前者は、Bk. I, Ch. 1 の 'the one thing needful'、即ち 'facts' の事を言い、後者は、Bk. III, Ch. 1. の 'another thing needful' 即ち 'peace'、'contentment'、'honour' などを導いてくれる 'fancy' の事を言う。特に、後者は、人間にとって一番大切な 'Faith'、'Hope'、'Charity' という三つの真理に直結するものである。(Bk. III, Ch. 9)

　父親 Thomas Gradgrind を 'a wiser man, and a better man' (Bk. III, Ch. 7) に変えさせたのと同じように、Louisa は、弟 Tom に対しても、彼女の眼に啓示されたものによって悔い改めさせようとする。

> "As you lie here alone, my dear, in the melancholy night, so you must lie somewhere one night, when even I, if I am living then, shall have left you. As I am here beside you, barefoot, unclothed, undistinguishable in darkness, so must I lie through all the night of my decay, until I am dust. In the name of that time, Tom, tell me the truth now!" (Bk. II, Ch. 8)

銀行強盗の犯人扱いにされている Stephen に関して、Louisa には、彼が正直者に見える ("He seemed to me an honest man.") (Bk. II, Ch. 8) ゆえ、真相を語ってくれと弟の Tom に問い正すのであるが、Tom は何も語らない。ただ姉が部屋を去った後、たとえ後悔の念は示さなくとも、枕の上に頭を落とし、髪をかきむしり、泣き叫ぶという反応は見せる。Louisa には弟 Tom の 'errors' が見えているのである。(Bk. II, Ch. 12)

> There was one dim unformed fear lingering about his sister's mind, to which she never gave utterance, which surrounded the graceless and ungrateful boy with a dreadful mystery. (Bk. III, Ch.

5)

だからと言って、直接に Tom の居所を探し出し、具体的な策を講じる役目をするのは Louisa ではなく、Sissy である。Sissy は正に、Gradgrind 家にとって、妖精のような存在 (a good fairy in his house) (Bk. III, Ch. 7) である[11]。

3.

Louisa は、第1巻第3章で、その章題 'A Loophole' が顕著に示しているが如く、Sleary 曲馬団の内部をのぞき込んでいる 'metallurgical Louisa' として、最初にこの小説に登場した。このことは、今まで述べてきた Louisa 論を考える上で非常に大切なことである。大勢の子どもたちがそうであるように、彼女も彼女の弟 Tom も、サーカス団の中に隠された華やかさをのぞき込もうとしていた (striving to peep in at the hidden glories of the place.) (Bk. I, Ch. 3) わけであるが、その節穴から見える世界と、彼ら二人が居る世界とは 'deal board' (もみ・松の薄板) で仕切られており、子どもたちが中を垣間見る為には、ちょうど Tom がそうしたように、必死に地面に這いつくばらなくてはならないほどである。

この 'loophole' のある 'deal board' を対称軸として左右に展開する、「事実の世界」と「心情の世界」との二元的世界がこの作品世界である。事実第一主義の教育を受けてきている Louisa が、父親の非難をも顧みず、サーカス団の世界をのぞき込んでいる光景は、「見る」という行為においてのみ、彼女が暖炉の火を凝視している光景に通ずる。人間は、自分でのぞく穴を探すのである。(find a thpy-hole for yourthelf) (Bk. III, Ch. 7)。異なる点は、前者の場合、見ることによって彼方の世界が開けて見えるのに対して、後者の場合、自己の内面が照らし出されるという点である。いずれにせよ、リー

第 11 章：*Hard Times* に関する一考察

ヴィスが、彼方の世界の象徴的意義に注目したのに対して、筆者は、もみ・松の薄板のこちら側から節穴をのぞいている人間の立場からこの作品を読んだのである。

Louisa が火を眺め、その中に自分の心の内奥を読み取ったのと同じパターンで、Stephen は、廃坑に落ちて苦しんでいた時、彼の心の中を照らし出している星を見上げ、その星を見ることによって、物事の真相を理解する。

"It [A star] ha' shined upon me," he said reverently, "in my pain and trouble down below. It ha' shined into my mind. I ha' look'n at 't and thowt o' thee, Rachael, till the muddle in my mind have cleared awa, above a bit, I hope. (Bk. III, Ch. 6)

非常に感動的な[12] Stephen の描写であるが、次のように続いていく。

In my pain an' trouble, lookin' up yonder, – wi' it shinin on me – I ha' seen more clear, and ha' made it my dyin' prayer that aw th' world may on'y coom toogether more, an' get a better unnerstan'in' o' one another, than when I were in 't my own weak seln." (Bk. III, Ch. 6)

もちろん Stephen にとってのこの星は、神の所へ導くために照らし出す役目をするものである。

"... I thowt it were the star as guided to Our Saviour's home. I awmust think it be the very star!" (Bk. III, Ch. 6)

The star had shown him where to find the God of the poor ; .... (Bk.

193

III, Ch. 6)

　Louisa の識った死生観は、上述した Stephen のそれと実際の死、さらには又、Mrs. Gradgrind の死とによって、構造的により一層強化されるのである。

> The hand soon stopped in the midst of them; the light that had always been feeble and dim behind the weak transparency, went out; and even Mrs. Gradgrind, emerged from the shadow in which man walketh and disquieteth himself in vain, took upon her the dread solemnity of the sages and patriarchs. (Bk. II, Ch. 9)

弱々しくかすかにうごめいていた光が、すっと彼女の肉体から消えて失くなった時、たちまちにして彼女は「畏るべき荘厳な形相」を帯びるのである。Biblical echo[13] を踏まえたこの箇所から、我々は、いかなる人間も死を通して、平等にその尊厳を獲得するという思想を知ることができる。この思想は、Stephen の場合に遡って一層強く把握し得る。

> Stephen added to his other thoughts the stern reflection, that of all the casualties of this existence upon earth, not one was dealt out with so unequal a hand as Death. The inequality of birth was nothing to it. (Bk. I, Ch. 13)

これらさまざまな死の相を醸し出す光景に支えられて、Louisa の死の相はさらに強い説得力を持って我々に迫ってくる。Harthouse と会った時でさえ、彼女 Louisa は、暗い森の中の空地で、倒れた樹に腰を下ろし、落葉をじっ

と見つめる。死を透視した彼女の眼が見るものはすべて、死の相を帯びてしまう。

> It was an opening in a dark wood, where some felled trees lay, and where she would sit watching the fallen leaves of last year, as she had watched the falling ashes at home. (Bk. II, Ch. 7)

ところで、炉の中に落ちた灰を眺めてばかりいる Louisa を考える場合、「コークタウンという町は、あらゆる点で、火の試練に耐えた黄金のように、そのひどく熱い試練の炉から出てきたのではない」(Coketown did not come out of its own furnaces, in all respects like gold that had stood the fire.) (Bk. I, Ch. 5) という表現が、それと重なってくる。つまり、Louisa は光り輝く黄金 (gold) になる為に、火の試練に耐えているのではないかと考えられるのである。事実偏重教育の典型的犠牲者としての Bitzer と、全くその弊害を被ってはいない Sissy との容貌の違いは、第1巻第2章で詳しく描写されており、それによって我々は、白い血が出るのではないかとさえ思われるほどの (he would bleed white) Bitzer との対照で、Sissy の生き生きとしたはつらつさを知る。しかし、Sissy は光のみを見て死の翳とは全く縁がない。実際、彼女の使命は死を教えることではなく、生を教えることにある。それに対して、Louisa の場合、死の影を通して光の中の生を見ようとする彼女の容貌は、Sissy のあの「黒い眼」に加えて、「考え深そうな黒い眼」(fine dark thinkin eyes) (Bk. II, Ch. 6) となる。この差が、筆者により強く、Louisa の方に目を向けさせるのである。作者ディケンズも、憐れみの気持ちを持って Louisa を描写している。

> Not with the brightness natural to cheerful youth, but with

uncertain, eager, doubtful flashes, which had something painful in them, analogous to the changes on a blind face groping its way. (Bk. I, Ch. 3)

Sissyと父親との関係が、第1巻第6章で「あの父娘は一つで、決して離れたことがない」("Because those two were one. Because they were never asunder.")とChildersに言わせ、又第3巻第8章で「Sissyは死ぬまで父親の愛情を信じているだろう」("she will believe in his affection to the last moment of her life")とGradgrindに言わせている事からわかるように、二人は完全に一体である。この事が、逆にLouisaと父親との関係を強烈に、全く対照的に浮かび上がらせる。第2巻の最終章である第12章のクライマックスに至るまで、Louisa親子は互いに内的衝突を秘めながら接し合う。これは、二人の会話時における各々のしぐさの反応を、テキスト中の副詞などを追っていけば明らかになるが、その一例をLouisaが初めて登場する場面から列挙することができる。Sleary曲馬団をのぞき込んでいるところを父親に見つかった時、Louisaは弟のTomよりも「もっとずぶとく」(with more boldness than Thomas did) (Bk. I, Ch. 3)、父親の顔を見る。

　SissyとLouisaとを比較してみたわけであるが、二人の役割が全く異質である事は疑いようが無い。生の使者としてのSissyの居る象徴主義的世界の意義とそのリアリティーとを、リーヴィスと同様に筆者も認めることに決してやぶさかではないが、ただ筆者としては、死を透視した眼を通して、内への沈潜を見せ、そこから啓示を見出そうと努めるLouisaの方に、より強い共感を覚えたがゆえに、Louisa論を中心にしてこの作品を解釈してみた。

　第2巻第7章で、Harthouseが、研究者の眼で (with a student's eye)、海の深みのように深いLouisaの性格を読み取ろう (read) とするが、筆者も彼同様、その試みを企てた次第である。Louisaの、この作品における役

割を読み込み、それによって窺い知れる作品の特質を判断しようとしたのであるが、その最終的判断は、Sissy によって代表されるディケンズ作品の前期的明るさに、Louisa がその使命として担った重々しい死の陰をたずさえた暗さが加わる事によって、この作品が真の生命力を獲得したということである。

　Hard Times は、そんな作品である。

注

1) F. R. Leavis, *The Great Tradition* (London: Chatto & Windus, 1962; first published 1948), p. 230.
2) *Ibid.*, p. 231.
3) *Ibid.*, p. 234.
4) *Ibid.*, p. 227.
5) *Ibid.*, p. 228.
6) *Ibid.*, p. 242.
7) All the quotations from the novel are taken from *Hard Times*, Norton (Critical) edition, 1966.
8) Sissy の場合は、これが本質である。
　　F. R. Leavis, *op. cit.*, p. 231., "she [Sissy] is generous, impulsive life, finding self-fulfilment in self- forgetfulness —"
9) 'analogical pattern' で Dickens の作品を解明しているのは、Daleski である。(Daleski, H. M., *Dickens and the Art of Analogy*. London: Faber & Faber, 1970) ただし、作品 *Hard Times* は、扱っていない。
10) 第1巻第1章を適確に、そして鮮やかに分析した論文として、David Lodge, *Language of Fiction*, "The Rhetoric of *Hard Times*" (London, 1966) を挙げることができる。Fact と Fancy との対立概念をレトリッ

クの効果との関係で教えてくれる好論文。

11) 上記 David Lodge の論文もこの事に言及している。「Sissy をはじめとする the circus folk は romance と fairy-tale の世界に住んでいる人たちである。」

12) *Great Expectations* の第 56 章、Magwitch の死の床の場面も、同じく感動的である。

13) Norton 版のテキストの脚注が教えてくれる。

　Cf. the Church of England Order for the Burial of the Dead in *The Book of Common Prayer*: "For man walketh in a vain shadow, and disquieteth himself in vain." (Psalms xxxix. 5)

第12章：*Hard Times* の謎

1.

　ディケンズ文学研究に関して、現在に至るまで、筆者が一貫して行なってきたアプローチは、後世の一読者である筆者が謙虚な気持ちでディケンズの作品に立ち向った場合に自ずと生じた疑問点の解明である。[1] それは、謎の追究と呼んでもいいが、その謎の数は、筆者が作品を読み返すたびに新たに増え続け、何とかしてその疑問点に結着をつけるべく必死に答えを出せども、再び後からいくらでも止めどもなく生じてくる性質のものだ。このたび、前期の明るい生命力に満ちあふれた作風とは打って変って、ディケンズ自身の社会的関心が強まると共に創作面でも明確な主題と精緻な構成を前面に押し出すようになった後期の作品群の中から特に *Hard Times* (1854)（以下 *H. T.* と省略して記す）[2] を読み返してみたが[3]、案の上、これまでは全く気づかなかった不思議な箇所が新しく見つかった。この自ら発見した謎を解き明かして行くのが本論の目的であるが、その読解作業が必ずや作品 *H. T.* の解釈・評価に究極的にはつながるものであることを信じてやまない。新たな読みが生れるかもしれない[4]。

　登場人物のひとり、産業資本家・実業家として徹底した事実一辺倒の唯物主義者で利己主義者であるジョサイア・バウンダービー（Josiah Bounderby）が作品の上で担っている典型的意義は、ルイ・カザミアンの『イギリスの社会小説』(1903) を紐解くまでもなく、18世紀後半産業革命の進展と共にその精神的基盤となったベンサム (1748-1832) の功利主義とアダム・スミス (1723-90) の自由主義経済学、さらにはジョン・スチュ

アート・ミル（1806-73）の調和の取れた国民思想とサミュエル・スマイルズ（1812-1904）の自助論といった、これらの思想の体現者としての存在意義であることは、作品を読めば一目瞭然だ。このような象徴的意義を賦与されたバウンダービーの口癖は、それゆえに、完全なる自助論の信奉者たるにふさわしいものであった。無から出発し、他人の力は一切借りずに己の努力によってのみいかに苦労して今日の成功を勝ち得たかを吹聴する人物であった（A man who could never sufficiently vaunt himself a self-made man. A man who was always proclaiming, through that brassy speaking-trumpet of a voice of his, his old ignorance and his old poverty. A man who was the Bully of humility.)[5]。そして、このように極貧の中から自力で身を起こしたことを自慢してやまないバウンダービーには母親が実在した。このバウンダービーの母親、実はこの母子の関係については物語の後半部分まで読者には全く知らされずにあくまでも或る一人の「老女」としてのみ第1巻第12章から登場するのであるが、彼女の小説上での果たす役割を考察するのがこの本章の目的である。作者ディケンズは何故このような人物をわざわざ小説に登場させたのか。又、この人物の果たす役割は何なのか。そしてそれは全体のプロットから眺めた場合、有機的で必然的な働きをなしうるものであるのか。この点を論じてみたいわけである。しかし、いみじくも本論の冒頭で、H. T. を読み返してみて「不思議な」箇所が新しく見つかった云々と述べたが、正にこの老女は、作者も作品中で形容しているように「不思議な老女」（the mysterious old woman）[6] である。

2.

　少なくとも一つはっきりしていることは、この老女の果す役割は、彼女を登場させることによって、バウンダービーの生き方そのものがこっぴどく叩かれて見事に打ちのめされて根底から覆されることである。彼が口を開けば

発するわざと自分を卑下する言葉は、その繰り返される言明にもかかわらず、実は嘘であったというどんでん返しの面白さが、彼の母親の出現によって、鮮やかに成立し得た。このような意外などんでん返しの効果をねらった節がまず考えられるだろう。

　しかし、このことはアンガス・ウィルソンも述べているように、バウンダービーが自立の人間であることに一向変りはない[7]。紛れもなく勤勉と忍耐とによって成功した人間であり、ただ、無教育と貧乏の中から這い上ってきたということに関してのみ嘘だったのである。彼はむしろ母親の暖かい支援を受けていたのだ。母親の出現によってこの事実が読者の前に明らかに露呈された次第だ。

　さて、この論法で行けば当然この時点で新たに問題となるのは、サミュエル・スマイルズの自助論を完全に具現化したような人物バウンダービーに対して、わざわざ母親を登場させたことによって、彼のこれまで担っていた観念の完全なる代表者としての象徴的役割を何故に敢えて打ち破らなければならなかったのかという疑問である。この作品における彼の請け負っている象徴的価値をわざわざ不十分なものにすることによって、一体いかなる文学的効果があるというのか。そのように描いた作者の意図は何だったのか。実はこの点が一番肝心なのである。

　Hard Times 論に関しては、F. R. リーヴィスの擁護があまりにも有名であるが[8]、各登場人物の担っている象徴的役割に注目して論じる彼の姿勢には筆者も基本的には賛成であるし、この作品に関しては特にそれが正当な読み方であると確信している。そこでF. R. リーヴィス流に、バウンダービー像を、物質主義的自由競争の権化とも言うべき当時の典型的な産業資本家の全体像から抽出される事実尊重主義と自助の美徳観というイメージをひたすら体現した人物として追ってみるわけだが、どういうわけか母親の出現によって、彼のこれまでの典型的意義が一気に薄らいでしまうのである。これ

をどう解釈したらいいのであろうか。

　上述のF. R. リーヴィスのH. T. 論の中心をなす象数的観念を担った人物像へのアプローチのみならず、作家の辻邦生も同じくディケンズの特異な人物造型に注目してずばり「ディケンズの描く人物はいわゆる気質の『型』による存在である」と言い切り[9]、一定の型、即ち何らかの象徴的観念を具現化させられた人物こそディケンズ的特徴を帯びた人物であると論じる。この意味ではバウンダービーという人物は立身出世をまるで絵に書いたような立志伝中の英雄の典型であり、正にディケンズ的人物像である。生いたちと言えば、溝の中で生れ（... I was born in a ditch）[10]、それも肺に炎症を起こしたまま生れ（I was born with inflammation of the lungs）[11]、この上もない惨めな子ども（I was one of the most miserable little wretches ever seen）[12]であったにもかかわらず、それを乗り越えて今日ここまで成功したのは誰の力をも借りずにすべて自分の力の賜である（nobody to thank for my being here, but myself）[13]と自慢する男である。ひょっとして母親の尽力もあったのではと思わず問いかけるグラッドグラインド夫人（Mrs. Gradgrind）に対して、彼はきっぱりと、「母親ですって。出て行ってしまいましたよ。私を祖母の手に残して行ったんです」[14]と言って、母親の力添えなど皆無であったことをひたすら強調する。ところが、彼の口癖であったこの自助の美徳も、やがて実の母親の出現によって真相が暴露され、これまでに皆が聞かされた生い立ちの話はすべて彼の作り話であったことが判明する。

　近代リアリズムの観点から眺めると、前述のディケンズ的特徴を帯びたバウンダービーのような人物造型はあまりにも単純明快すぎて、何の心理的な深まりも感じ取れないと一斉に非難されそうな程である。極端に戯画化されて描かれているのだ。ところが、良くも悪くもバウンダービーの産業資本家としての強烈なこのイメージが、母親の真相告白によってもろくもくずれてしまう。象徴的観念の体現者としての役割喪失である。こうなると、彼が得

意になって喋る、自助の美徳に則った教育論（Education! I'll tell you what education is – To be tumbled out of doors, neck and crop, and put upon the shortest allowance of everything except blows. That's what *I* call education.）[15] も、小説を読み終えて事の真相を知ってしまった読者には、彼の教育論の拠ってきたるべき基盤が既に揺らいでしまっただけに、もはや迫力を持たなくなる。このことは、トマス・グラッドグラインド（Thomas Gradgrind）が娘のルイザ（Louisa）の感化によって最終的には自分の誤りに目覚める場合[16]とは全く違う。グラッドグラインドにはルイザとの関係において変貌する必然性が確かに感じ取れるが、バウンダービーについては、そのような性質のものは一切感じられない。このことを暗示するかのように、既に第1巻第5章で両者の相違についてナレーターは、'Mr. Gradgrind, though hard enough, was by no means so rough a man as Mr. Bounderby.'[17] といみじくも語っている。後に変化する要因を既に本質的に持ち備えていたのがグラッドグラインドだとすると、最初から最後まで変化せずにあくまで一定の概念の体現者という役割のみを果たす人物がバウンダービーとなり、一見似た者同士の中にもどこか一線を画する違いがあることをディケンズは読者に教えてくれるわけだが、そうだとすると、変化してはいけない、徹底的に「成功した実業家像」を最後まで保ち続けなければならないはずのバウンダービーの担っている象徴的概念を基礎から支えていた生い立ちにまつわる話が嘘であるというわざわざの暴露は、結果的にはバウンダービーの人物像を根本的に損なってしまうことになる。このことは上述のグラッドグラインドの人物造型との比較においても、作品構成上の大きな誤りともなりかねない。となると、この原因ともいうべきバウンダービーの母親のエピソード挿入が果たして適切であったか否かを真剣に検討しなければならなくなる。

3.

　第1巻第12章に「老女」として登場した人物、即ちバウンダービーの母親は、この小説の中で一体いかなる役割を果たしているのかという謎の解明の第一段階として、彼女の存在によって息子であるバウンダービーがどんな影響を被ったのか、つまり、読者の目から見て、そのことはバウンダービーの人物描写にとって良かったのか悪かったのかという議論を押し進めてきた。そしてこの考察が必然的に、元来ディケンズに特異な人物造型とは何かという問題に波及し、母親が出現する以前のバウンダービー像、即ち、自助の精神で成功した当時の産業資本家一般の抽象的な概念を一手に引き受けている人物像こそがそもそも彼本来の小説上で果たすべき正当なイメージではないかという論を展開してきた。だから、バウンダービーの人物描写の成功の可否の観点から判断する限り、彼の母親の物語導入は結局のところ失敗ではなかったのかという結論が早々と浮かび上らざるをえなくなる。バウンダービーの外見描写も口癖もすべてが彼の性格描写と相俟って、そこから一つの類型・典型が生み出される人物描写法こそがディケンズのお得意であるという根拠を踏まえての断定である。

　ディケンズに特有な人物描写の議論は、ここでさらに我々に、Percy Lubbockの *The Craft of Fiction* (1921) やE. M. Forsterの *Aspects of the Novel* (1927) や、Edwin Muirの The *Structure of the Novel* (1928) と言った、1920年代における一連の小説論を想起させるが、バウンダービーのような類型的な性格を賦与された人物の描写法を考察する場合には特にミュアの『小説の構造』が我々に説得力を持って迫ってくる。作品 *H. T.* そのものに関してはこの本では全く論じられてはいないが、ミュアは、ディケンズの描く小説を「性格小説」という範疇で括り、そのような小説の作中人物はプロットから独立した存在で、彼らの備えている属性もプロットの動きにかかわらず初めから存在していたものであり、それゆえに人物は常に静的で変

化せず一定の完結性を備えているという論を展開している。これらはミュアが自ら「性格小説」と名付けたものに与えている定義だが、例えばバウンダービーのような何らかの固定観念の体現者たる役割を担っている人物の説明にこれらの定義がそのままぴったりとあてはまるように筆者には思われてならない。

　ミュアは、上述の「性格小説」という範疇を設けた一方、「劇的小説」という範疇を対照的に立てているが、こちらはプロットと作中人物の両者が別ち難く結び合っている小説のことを指し、二者の緊密な内面的因果関係に特徴があることを定義している。次に挙げる一節が端的に両者の違いを教えてくれる：The novel of character takes its figures which never change very much, through changing scenes, through the various modes of existence in society. The dramatic novel, while not altering its setting, shows us the complete human range of experience in the actors themselves. There the characters are changeless, and the scene changing. Here the scene is changeless, and the characters change by their interaction on one another. The dramatic novel is an image of modes of experience, the character novel a picture of modes of existence.[18] ところで筆者がわざわざミュアの小説論を引き合いに出した理由は、ディケンズの描くバウンダービーのような人物が、ミュアの言う「性格小説」の人物像に正にぴったりと符合するということを言いたかったからである。

　その意味では、ミュアの設定した小説の分類、中でも特に「性格小説」の説明記述は、小説一般論として誠に秀れたものであると思われる。ただし、ここで誤解があってはいけないので念のために補足しておくが、筆者が先程から言おうとしたことは、あくまでもバウンダービーのような人物像がミュアの言う「性格小説」の分類に見事にすっぽり入ってしまうことを示したかったからで、例えばミュアの小説論についてのもっと本質的な面での評価

となると、やはりそこにはいくつか問題があると思われる。そもそも数あるディケンズの小説を十把一絡にして概略的に説明し尽くせるものではない。*The Pickwick Papers*（1836-7）のような前期を代表する作品なら正にミュアの分類に当てはまるが、後期の作品、例えば *Great Expectations*（1861）となるとかなり首を傾げざるをえなくなる。前期の作品に見られるような心理の裏付けに欠けた、ただ明るい溢れんばかりの生命力だけが取り柄の平面的な登場人物から、やがて内面的・精神的な発展変化を見せる登場人物への明らかな移行過程が窺えるディケンズ文学の流れを前にして、ミュアの論の展開は粗雑でありすぎることがわかる。このことはやはり付け加えておかなければならないことだろう。しかし、ミュアの言う「性格小説」の登場人物の本質的な特徴を覗いたことによって、バウンダービーの人物像の輪郭がより一層鮮明になったものと確信する。

　ところで、話を元に戻すことになるが、確固たる不変のイメージを託されていたバウンダービーは、母親の出現に伴なう過去の真相暴露によって、これまで不変で静的ではあるが却って一層その印象が強烈であったにもかかわらず、その人物像が根底から崩れ始めたという解釈を再度繰り返しておこう。ルイザの影響の下に内発的精神変化を見せたグラッドグラインドは、それこそミュアの小説論を用いて言えば、初めは「性格小説」の人物のような様相を見せておきながら、実はそうではなく本質的には「劇的小説」の人物であったのだ。ただし、彼が完全なる「劇的小説」の部類に入る人物でないことは確かだ。むしろ彼に働きかけた娘のルイザこそが「劇的小説」の人物であったがゆえに、その影響因果関係でグラッドグラインドも「劇的小説」的人物になりえたと言った方が正確かもしれない。それに引き換え、バウンダービーは、母親の出現による真相暴露が彼を何ら精神的に変化させてはおらず、グラッドグラインドの変貌ぶりとは本質的に意味合いが違う。バウンダービーに関しては、彼がこれまで担っていた概念形態が弱められたに過ぎ

ない。このことは小説構成上やはり失敗ではなかったであろうか。その引き金になったのが正に「不思議な老女」、即ち母親の出現というエピソードであったわけだ。

4.

　一つの解釈を下した後であるにもかかわらず、バウンダービーの母親の物語は我々に、それだけでは治まり切らない数々の妄想を抱かせる。つまり、バウンダービーの人物造型が彼女の存在によって幾分損なわれたという解釈が成り立っても、その後に依然としてわだかまりが残るのは、彼女自身の人物像である。最初に登場する場面では彼女は善人スティーヴン・ブラックプール（Stephen Blackpool）と共に、そして二度目の登場の場合もスティーヴンの愛人で同じく誠実なレイチェル（Rachel）を伴なって姿を見せるが、この登場の仕方がもう一つしっくりとせず、何故に二度ともスティーヴンがそこに居合わせたかがわからない。ただし、その場面の持つ効果は次のように考えられるかもしれない。スティーヴンは以前この老女にどこかで会ったような気がするし、この女が厭になるという件（... the idea crossed Stephen that he had seen this old woman before, and had not quite liked her）[19]、（... Stephen had to conquer an instinctive propensity to dislike this old woman）[20] を見る限りでは、どうやらこの老女の背後にバウンダービーの存在をほんのり匂わせて、それを本能的にスティーヴンに嗅ぎとらせているのだと考えるのが賢明だろう。だが仮にもしそうだとしても、それは見え透いた小説作法だという思いは拭えない。

　ところが、この老女の描写そのものはさほど悪くは書かれてはいない。色艶こそないが、背の高い恰好のよい老女（It was an old woman, tall and shapely still, though withered by time）[21] である。どこやら上品でもあり満足そうでもある（The old woman was so decent and contented）[22]。一年に

一度、息子の成功した姿を陰ながら見に来る。スティーヴンが、老女の姿の中に無意識ながら本能的にバウンダービーの存在を見て取って、彼女に嫌悪を催したのと同じように、彼女は、スティーヴンが息子の工場で働いている人物だとわかるやいなや彼の手を取り、そこに接吻しようとする ("I must kiss the hand," said she, "that has worked in this fine factory for a dozen year!")[23]。スティーヴンの手が間接的には息子の手につながるという切ない思いである。愛する息子に関するものなら何でも良く、普通なら騒音以外の何物でもない工場の音も、彼女には素敵な音のようであった (Heedless of the smoke and mud and wet, and of her two long journeys, she was gazing at it, as if the heavy thrum that issued from its many stories were proud music to her.)[24]。こんなに息子を愛しているにもかかわらず、むしろそれゆえに却って、息子を失くしてしまった (I have lost him)[25] とさえ嘘をつくほどの哀れな母親である。息子の前には姿を決して現さず、遠くからそっと見守っている彼女も、やがてスパージット夫人 (Mrs. Sparsit) に強引に連れて来られてしまうが、その際も、もし自分が抵抗したりして警察ざたになり、却って息子に迷惑をかけたりしてはいけないと思って言われるままに素直に連いて来たと言う。本心はあくまでも田舎に居て、心の中で秘かに息子を誇りにし愛していればそれで十分であるという、自己を犠牲にしてでもひたすら息子のことをのみ思いやる母親像である。年季奉公に出すまでは読み書きの教育も身につけさせたと言う。[26] こうして彼女の人物像を追って行けば行くほど、日本で言う浪花節の世界に出てくる母親像とイメージが重なってしまうほどである。

　このような母親像をどう理解したらいいのであろうか。この作品中のみならず、一連のディケンズの小説群の中で考察する必要があるが、至急に解決がつく問題ではない。又、どちらかと言えば両親の愛情には恵まれなかったはずの実在の作家・ディケンズ自身に照らし合わせてみても、理解は困難で

ある。ただし、このような母親と子の関係については面白い問題が見い出されるかもしれない。バウンダービーの生い立ちをめぐっての真相暴露の事にこだわるが、もし仮に彼の吹聴通りの履歴だったとしてみよう。すると彼は、肉親の愛情の欠如をバネとして這い上ってきた典型的な 'self-made man' となる。このバウンダービーこそ正に現代の心理学的な症例の宝庫である。例えば『母親剥奪理論の功罪』（*Maternal Deprivation Reassessed*）（1972）の著者マイケル・ラター（Michael Rutter）などが事例研究としてバウンダービーの人間像の分析に迫るかもしれない。なぜならその基礎に母親の愛情欠損という要因が厳然とあるからだ。こんなことにでもなれば、現代のような心理学を知らなかったディケンズだけに草葉の陰でさぞかし驚くことになるだろう。ところが、これらの仮定も現実には、母親の真相告白によって、愛情欠損が嘘とわかり、ありえないものとなる。母親の愛情不足どころかむしろ、自己犠牲的とまで言えるほどの愛情があり、息子の方もこっそりと内緒で母親に仕送りをし続けたほどである。息子が極端に成功しすぎたが為に、表面上は冷めた母子関係を装わざるをえないわけで、これは考えようによっては、直接のマターナル・デプリベーション以上にさらに深刻な問題であるかもしれない。

　ディケンズにおける父と子の関係については、例えば小池滋の論文[27] が秀れており、感服させられるが、母子関係の場合は、特に作品から論じたものはあまりないので、バウンダービーとその母との関係の在り方がこのテーマに関して一つの布石となりうる可能性のあることをこの場では指摘しておくに止めたい。

　「不思議な」老女の追究が相も変らず「不思議な」ままで終りそうであるが、謎を追っての解読作業に対して、まるでテキスト第1巻第8章の章題 'Never Wonder' が重々しく筆者の頭上におおい被さってきそうな気配である。しかし、グラッドグラインドの娘ルイザがそれを押しのけたように、こちら

も負けじとばかり、「不思議な老女」の果たす役割を考察し、この人物との関係で影響を受けるバウンダービーの人物造型に注目し、作品の主題と大いに関りのある重要な位置にいるこのバウンダービーの人物像と全体の構成との関係について論じたのが本論である。

注

1) ディケンズに関する論文としては、「謎」のアプローチで論を進めたものの代表が次の2点で、表題にも「謎」を銘記した。「*Great Expectations* の謎」(*Poiesis*、第6号、関西大学大学院英語英米文学研究会編集発行) はピップとハーバートとの関係を論じたもの。「*Oliver Twist* の謎」(『研究紀要』、第12巻第2号、近畿大学教養部編集発行) はナンシーの最期の台詞をめぐっての考察。

2) 作品 *Hard Times* には、一般的に広く知れわたっている邦訳名が無いので、便宜上このような処置を採った。ただし、昭和3年の柳田泉訳の題は『世の中』である。これは新潮社の『世界文学全集』の第18巻として『二都物語』と一緒になって出版された。

3) All the quotations from the novel are taken from *Hard Times*, Norton (Critical) edition, 1966.

4) 筆者のこの研究姿勢は、昭和29年の米田一彦「Dickens をどのように読むか」(『英国小説研究』第1冊、文進堂) の中の「Dickens を研究すると云っても、彼の一々の作品を熟読することがまず第一である。これは今更云うまでもないことだが、Dickens に関する必読の研究書が圧倒的に多いだけに、─しかも Dickens 研究と称する以上は既刊の研究書・研究論文には出来るだけ目を通したいのに、それらの目ぼしいものをそろえるだけでも一人の研究者の資力では不可能であり、経済的な理由は別にしても、雑誌に掲載されただけの論文を入手することは極めて

困難であり—それらに目を通そうとの焦慮のあまりより本質的な Dickens 作品の熟読がなおざりにされてはならぬのである。」に拠る。

5) *H. T.*, p. 11.
6) *Ibid.*, p. 187 & p. 196.
7) Cf. Angus Wilson, *The World of Charles Dickens* (London: Martin Secker & Warburg, 1970), p. 235.
8) Cf. F. R. Leavis, *The Great Tradition* (London: Chatto & Windus, 1948).
9) 辻邦生「ディケンズと映像」(『小説への序章』、河出書房新社、1973; 初版 1968)、pp. 197-8.
10) *H. T.*, p. 12.
11) *Loc. cit.*
12) *Loc. cit.*
13) *Loc. cit.*
14) *Loc. cit.*
15) *Ibid.*, p. 183.
16) 拙論「*Hard Times* に関する一考察」(*Poiesis*、第 4 号、関西大学大学院英語英米文学研究会編集発刊) はルイザ論を中心とした作品論である。
17) *H. T.*, p. 20.
18) Edwin Muir, *The Structure of the Novel* (London: The Hogarth Press, 1967; first published 1928), p. 60.
19) *H. T.*, p. 60.
20) *Ibid.*, p. 117.
21) *Ibid.*, p. 59.
22) *Ibid.*, p. 118.

23) *Ibid.*, p. 61.
24) *Ibid.*, pp. 61-2.
25) *Ibid.*, p. 120.
26) *Ibid.*, pp. 198-9.
27) 小池滋「子供が大人の父となる時─ディケンズにおける父と子─」(『ロマン派文学とその後』研究社、1980) pp. 189-201. 保護者としての責任が持てずに頼りないために、子供が逆に父親を支えてやらなければならないという父子関係の考察。この場合に大人の役を演じる子供はほとんどすべてが女の子であるという点に注目して論を進めている。何故女の子かということに関しては、その一つの理由として、もし男の子であればディケンズ自身が父親ジョンに対して感情移入過多になり、客観的な描写はできなくなってしまうであろうからという意見は卓見。

第13章：*Hard Times* における作家の人間洞察眼

1.

　一読者として文学作品に立ち向っている時、たまたま自己の人間洞察眼と作者のそれとの間に大きな相違点を発見した場合、我々は一体どのような種類の戸惑を覚えるであろうか。おそらく一般的には、作者が人間観察眼に長けたはずの大作家という評価が高ければ高いほど、コモン・リーダーとしての立場の我々は、むしろこちら側の力不足をあっさりと認めてしまいがちになるのではないだろうか。そして、作者の認識レベルにまで至らなかった我身のふがいなさをひたすら嘆くことになるだろう。このように、偉大なる作家の意見に敬意を払うがあまり、それを無条件に受け入れてしまう場合が多いことは大方の察しがつくところである。

　ところが、読み手と書き手という立場の違いはあれ、共に作品を介して小説世界という同じ文学空間にあって、読者も作者と負けず劣らずの文学修業を積んでくると、そう易々とは勝負を譲れなくなることが生じる。例えば、相手が、いかに人間観察眼が鋭く、個々の登場人物のキャラクタライゼーションにも常に細心の注意を払って描き切るイギリスの文豪チャールズ・ディケンズの場合ですら、時には、読み手の側の「人間と社会に対する認識」とディケンズのそれとの間に大きなずれが生じ、果してどちらの解釈を良しとすべきか大いに迷わざるをえなくなることがある。今回は、そのような迷いの果てに、作者にではなく、手前味噌ではあるが敢えてこちらの側に軍配を上げてみたくなる衝動に駆られた一読書体験を通じて、「作者と読者の解釈のずれ」と言った、それこそ古くて新しいテーマを深く掘り下げてみ

たいと思う。そして本論は、究極的には、人間性洞察の観点から作者に苦言を呈して論を結ぶことになるであろう。

ところで、これまでディケンズの文学作品に接しつつ筆者が執拗に究明しようとしてきた対象は、主として、作品に登場する主要人物像であった。彼らの多彩に織りなす人間関係に先ず注目し、そしてそれらを詳しく分析し、最後に作品世界の持つ意味を解釈・評価するというアプローチである。もちろんこの姿勢に何の懸念も感じていないわけでは決してない。ディケンズの死後すでに百年以上の月日が経過している今日、それもイギリスとは遠く離れた日本において、文学研究者がたとえ精緻で真摯な読解作業を一生懸命に重ねたとしても、果してその人が作者の声を作品中から正確に聴き取れるかどうかという保証は当然の如く全く無いことは確かである。不安定きわまりない大前提に立っているわけだが、それでもやはり果敢にもこの難解な仕事をやり通さねばならないという意志の力で、ひたすら虚心坦懐に作品に寄り添って、こちらの波長が大きく揺れ動くたびにその箇所に素直に目を向け、深く考察を続けながら作品解釈に赴く。これは、言ってみれば、自らの信じる文学的感性を根底に置いてなされるエッセイ・クリティシズムの一つである。

このような研究姿勢の下、これまで筆者はディケンズの作品を読んできたわけであるが、その読み方は、大部分、読後に作品全体から醸し出される人物像へのパーソナルな接近・分析を通じて、最終的には作品の「主題」を探ろうとしたものであった。ところが今回は、既に初めに述べたように、これまでとは少し趣向を変えて、新たなる角度から作品に迫ってみたいと思っている。

扱う作品はディケンズ四十二歳の時に書かれた *Hard Times* (1854) (以下 *H. T.* と省略して記す) で、これは、彼の後期の作品群に位置するものの一つである。ここで展開される二組の親子関係の対照の面白さにまず注目

し、それを論じることから始めるのだが、二組の親子関係とは、一つは「母親－息子」の関係であり、もう一つは「父親－娘」の関係である。そして本章は、後者の組み合わせ「父親－娘」の関係考察の方により一層の重点を置いている。ただし、ここで一言断っておかねばならないことがある。「母親－息子」の関係について[1]、さらに又、娘であるルイザについては[2]、それぞれ一編の論文にまとめて発表済である。それゆえ、本章は、これまで別々のアプローチから発表された二編の拙論を踏まえつつも、それらを超えて新しく構築された批評世界の一つの展望が示されることになるであろう。

2.

　作品 *H. T.* の中で展開されている二組の親子関係の対照の面白さから出発した本論は、「母親－息子」の組み合わせと「父親－娘」の組み合わせとを別個に論じるという体裁をとらずに、相互に比較し合いながら自由に論じていくことになる。

　二組の親子関係のうちの一つである「父親－娘」の関係は、具体的には、トマス・グラッドグラインド（Thomas Gradgrind）とルイザ（Louisa）である。娘ルイザによって、これまでひたすら信奉してきた事実一辺倒の教育論の誤りに目覚めさせられた父親トマス・グラッドグラインドが、やがて変貌する箇所を頂点として、我々読者はこの作品中に占める二人のペアとしての存在感の大きさに目を見張らざるをえない。

　これに対してもう一つの「母親－息子」の関係は、具体的には、物質主義的自由競争の権化とも言うべき典型的な産業資本家ジョサイア・バウンダービー（Josiah Bounderby）とその母親である。実は、この「母－息子」ペアは、前述の「トマス・グラッドグラインドとルイザ」の関係ほどには作品中においてその輪郭が明らかにされてはいない。むしろ、この母子関係が何の意味を持つものなのかを読者に不思議がらせるぐらいに謎めいた親子である。

バウンダービーの母親自身、後半第3巻第5章でペグラア夫人（Mrs. Pegler）と紹介されるまでは、ただ単に或る一人の「老女」としてのみ第1巻第12章から登場し、二人が親子関係にあることは物語の後半まで読者に全く知らされていない。だからうっかりすれば読み落してしまうほどの親子関係である。

　ダイナミックな動きを見せ、読者に強烈な印象を与える「トマス・グラッドグラインドとルイザ」の父娘関係とは違って、小説の表舞台には一切立たないこの「バウンダービーとその母親」の静的な関係の果す役割は一体何なのか、皆目見当がつかないほどである。これに対する結論として、本章では、実在感の乏しい「バウンダービーと母親」の静的な関係こそが、正に表裏一体となって、却って、「ルイザと父親」の動的な関係をより一層くっきりと対照的に浮かび上がらせる働きをなしうるものと解釈する。そしてこの解釈を基礎として本論は展開するゆえ、ここで改めて二組の親子関係をストーリーの上から整理してみよう。先ず、バウンダービーとその母親との関係である。

　無から出発し、他人の力は一切借りずに己の努力によってのみ今日の成功を勝ち得たことを吹聴する完全なる自助論の信奉者たるバウンダービーが、実は、年季奉公に出るまでは母親によって読み書きの教育も身につけさせてもらっていた、という。息子が立身出世した後は、息子をひたすら愛しているがゆえに却って、彼の前には決して姿を現さず、遠くからそっと息子を見守るだけの母親である。母親の愛情不足どころかむしろ、自己犠牲的とまで言えるほどの母親の愛情の深さが窺われるほどである。そして、息子の方も実はこっそりと内緒で母親に仕送りをし続けているという。息子が極端に社会的に成功しすぎたが為に世間体をはばかって、表面上は冷めた母子関係を装わざるをえない、あわれな二人である。彼らの間には、言わずと知れた深い血縁的愛情が脈々と流れているわけで、それが我々に切ない思いを感じさ

せてしまう。これは、次に比較・対照しようとする「トマス・グラッドグラインドと娘ルイザ」の動的な関係に比べて、正に静的で目立たない関係である。

　さて、「バウンダービーと母親」の関係とは逆に、非常に動的なまでもの緊張関係をはらんだ「トマス・グラッドグラインドとルイザ」の父娘関係となると、二人ともお互いに強烈な内的衝突をくり返しながら接し合うことになる。父親の利己主義に基づいた事実偏重教育によって、徹底的に引き裂かれ、寸断され、自制にのみ慣らされてきたルイザの心が、やがて爆発し、最終的には父親を悔い改めさせるわけであるが、そこに至るまでの二人の緊張関係は大いに注目に価する。繰り返しになるが、「バウンダービーと母親」という、この小説において重くは扱われてはいない、存在感の稀薄な親子関係が一方に控えていることが、この「ルイザと父親」という初めからダイナミックな関係を、さらに一層対照的に引き立てて、より強烈なイメージを我々に付与することになる。

　以上が二組の親子関係のあらましと、その相互作用の働きについての一つの解釈である。この両者の相関図をしかと踏まえた上で、いよいよ次に問題とするのは、その二組の親子ペアのうち、「ルイザと父親」の方であり、ここで、ルイザの「長女」である面と、父親の「対社会的に影響力の強い」面とに特に目を向けて、この親子関係に対する筆者なりの解釈を示し、究極的にはそれがいかに作者のそれとくいちがっているかを考察する。本論の核心である。

3.

　トマス・グラッドグラインドのように世間での名声も高く、他者に対する大きな影響力と強い性格とを持ち備えている人物が父親である場合、その子ども、特に「長女である」娘はどう対処せざるをえなくなるか、と言った興

味ある問題を、「ルイザと父親」の親子関係の中から敢えて抽出して考えてみると、どうやらルイザのような境遇の娘は父親の影響力を自らが一手に引き受けて、それに反発し反抗していくことになるであろうという読者の側の予想が立つ。すると正にこの予想通りにストーリー展開においてルイザの行動が進展して行き、そのあまりの一致に驚かされる。そしてこうも見事にこちらの予想と作者の描き方とが一致してしまうと、我々は推測の域を超えてさらには一つの結論をも生み出しかねない。つまり、「ルイザと父親」の関係は、単にこの作品に止まらず、もっと普遍的性格を帯び始め、普通の平凡な父親像ではなくて対社会的にも非常に影響力の強い父親の影響下にある長女の身の上に必然的に引き起こされる悲劇の顛末の典型とみなされ、おそらくはこれを描くに際しては無意識的・偶発的であったろうが、そのような父娘像を造型した作者ディケンズの技量の冴えに感心させられる羽目になる。

　ところで、本論において、ルイザに関してこれまで一貫して「長女」である点を強調しているのは、同じ娘たちでも例えば「長女」でなく「次女」ならば父親に対してルイザのようには決してならないであろうと言う筆者の判断が前提となっている。これは、「長女」と「影響力の強い父親」という特別な親子関係に見られがちな案外普遍的な特徴ではないかと、筆者自身は小説を離れて人間性認識の一つとして把握しているわけであるが、実はこの筆者の説がさほど的をはずれていないことを例証してくれながらも、その本質性においては作者の認識法と大きなずれが感じられる箇所として、この作品第3巻第1章がある。ここで文字通り唐突にルイザの妹の話が出され、その妹は姉のルイザと違って全く父親の影響力を受けていないことが知らされる。これこそ、一見したところ、筆者の上記の解釈を裏付けてくれるもののように思われるが、次に、その妹の養育の背後に家政婦役の別の人物が控えていた旨を知らされると、筆者は絶句せざるをえなくなる。

　トマス・グラッドグラインドの家庭には五人の子どもがいることは小説の

前半部（第1巻第3章）で既に述べられ、それぞれの名前がルイザ、トマス、アダム・スミス、マルサス、ジェーンであることも我々に知らされる（第1巻第4章）が、読者はこの点をうっかり見過ごしてしまうほどに実際的には姉のルイザと弟のトムの話ばかりが続く。てっきりグラッドグラインド家には子どもは二人しかいないものとばかり考えてしまっても当然なほどだ。そこへいきなり第3巻第1章でルイザの妹の話が出され、我々はその唐突さに驚かされる。末娘のジェーンは、姉ルイザのように父親に敢えて真正面から反抗することもなく、まことに従順に素直に育っていると言う。このことがここで我々にしかと知らされるのである。わずかな記述があるだけの、妹をめぐってのこの話の中に、その挿入の仕方が唐突であるだけに却って興味がひかれ、我々はそこで注意を向けて立ち止る。そして、普通なら当然ルイザと同じ性格に育っていてもいいはずの妹が全くそうではないことを知らされ、しばらくは意外な思いにさせられる。なぜなら、「グラッドグラインド家には子どもが五人いたが、すべて模範生であった」(They were five young Gradgrinds, and they were models every one.) (Bk. I, Ch. 3, p. 7)[3]とはっきりと書かれ、そのことによって彼らは五人とも元来は同じところからスタートしていることがわかるし、子どもに関してさらに、事実をなみなみと注ぎこまれんばかりの「小さな容器」(little vessels) (Bk. I, Ch. 1, p. 1) とか「小さな水さし」(the little pitchers) (Bk. I, Ch. 2, p. 2) とかと言った記述があり、ジェーンも当然このうちの一人だと我々は思い込んでしまうからである。ところが、ジェーンが「長女」ではなくて「次女」であることを考えた場合に、さもありなんと筆者は納得するのである。そしてこれは、「長女は、父親が対社会的影響力が大きくて強い人格の人であればあるほど、彼からの一方的に強い影響力をまるで一人で受け止め、その余波を決して弟や妹には伝えまいとするだろう。換言すれば、対父親との関係において長女は堅固な楯となり、年下の弟や妹を必死に守ることになるだろう」という筆者

の人間洞察観を基にしての納得である。ところが、ディケンズの場合は、筆者のパーソナルな認識論とは全くかけはなれたところでジェーンを捉えているようだ。たとえ作家にとっては無意識なことであったとしても、せっかく「ルイザと父親」の劇的な内的衝突をみごとに描いているだけに、筆者とすれば、さらに一層このテーマを深く掘り下げてジェーンをも眺めて欲しかった、と思う。

　繰り返し述べてきた「父・娘」のテーマに関して、作者ディケンズと筆者との間に認識のずれがあることを認めざるをえない。

4.

　「ルイザと父親」の関係の在り方を自由に考察していく過程で生み出された筆者の認識と作者ディケンズのそれとの大きな相違点とは一体何なのか。それは、読者には名前さえ思い出せないほどの、ルイザの妹ジェーンの成長に対する作者の認識の仕方が、あまりにも日常的・常識的レベルにとどまるものであり、このレベルからはルイザやジェーンを決して捉えてはいない筆者には、はがゆくてたまらないのである。

　ルイザの妹ジェーンが父親の影響を全く受けずにすくすくと伸びやかに育った理由を、作者ディケンズは、家政婦としてジェーンの身の回りの世話をする、幻想の世界の権化とも言うべき、スリアリ曲馬団出身の夢見る少女シッシー・ジュープ（Sissy Jupe）のおかげとするのだが、ほんとうにそうなのだろうか。むしろ、すべての外からの圧力を一手に引き受けてしまうブロックの役目としての姉ルイザのおかげによるものではないだろうか。つまり、筆者の解釈は、ジェーンが父親の厳格すぎるほどの教育法の網の目をみごとくぐり抜けて結果的に自由に育ったのは、シッシー・ジュープの存在とは一切かかわりなく、姉のルイザが対父親との関係でひとり楯の役となり、父親の厳しい一方的な教育の押しつけから妹をかばい守ったものとする。こ

の点が、作者の認識方法と完全に違う。

　F. R. リーヴィスも *The Great Tradition*（1948）の第5章の *Hard Times* に関する分析ノートの中で終始一貫述べているように、シッシー・ジュープの果す役割が、彼女を中心とするスリアリ曲馬団の慈愛に満ちた力強い生命力のあるヴィジョンによって生み出される、'goodness' と 'vitality' という象徴的意義であることに間違いはない。そして、この象徴的役割を担ったシッシー・ジュープが、負わされたその象徴的価値通りの働きを行ない、ジェーンを生き生きと育てたという筋書は、案外自然で納得がいくものなのかもしれない。又、この象徴的役割とは別に、家政婦シッシーのような人物を小説の中に配置することによって、いわゆる「家庭のドラマ」は読者にわかりやすくなるのかもしれない。だが、筆者は、正にこの点にこそ違和感を覚えてしまうのである。

　シッシーの効果的な象徴的役割を用いてドラマの展開を押し進める代りに、むしろ、敢えてシッシーのような人物を出さずにドラマの進行を成し遂げて欲しかった気がしてならない。実際・ジェーンの養育係としてのシッシーを出さずとも、このドラマは進行しえたはずである。つまり、長女ルイザと父親トマス・グラッドグラインドの親子関係に対して緻密なリアリズムの手法を駆使すればそれが可能であったと思われる。なぜなら、繰り返すことになるが、「対社会的に影響力の大きい、強い人格の父親とその長女」という特異な父娘関係に対する作者の着想とひらめきは立派に正しかったからである。だからこそ、シッシーを使わずとも済む箇所で敢えてシッシーを使ってしまったディケンズの認識に、筆者は異を唱えるのである。19世紀小説に往々にしてありがちではあるが、家庭のドラマをわかりやすくするためにであろうか、作者がシッシー・ジュープのような人物を配置させたことに悔いが残る。

　作者に対して無いものねだりになってしまうが、長女がいることによって

次女は父親を二通りの目で眺めることができるという洞察を、作者にストーリーの上で展開して欲しかったと思う。つまり、姉ルイザがフィルターの役目となり、その姉を通して間接的に父親を眺める見方と、もう一つは次女ジェーンが直接に父親を眺める見方とである。特に、前者の、姉を通しての父親像をジェーンが常日頃どう受け取めていたであろうかという点を見忘れてはならない。ところが作者にはどうやらこの認識は無かったらしい。結局は、長女の果す役割認識が欠如していたのである。もしも作者に、「父親像を映し出すフィルター役としての長女の役割認識」と「長女の父親に対する楯としての役割認識」とが真にあれば、次女ジェーンの成長の背後にはシッシーのような人物は不要であったはずである。ところが、作品全体を通して作者にこの点に関する認識は無かった。なるほど、シッシーが、ジェーンの養育に対して促進剤としての役割は果したかもしれないが、あくまでもそれだけのことであり、それ以上のものとは決して思われないのである。

ただし、既に述べた通り、作者が物語の後半部のこの箇所において正に唐突なまでに次女ジェーンを登場させた意義は認めざるをえない。妹ジェーンを登場させることによって、却ってルイザと父親の関係を対照的に強化したと言えるであろう。

末娘ジェーンの成長過程にも一役買う形でシッシーを配置した作者にとって、とにかく彼の頭にあったのは、シッシーの象徴的役割がいかに作品の中で発揮されるかであり、このことは例えば、シッシーが、ジェーンのためのみならずルイザのためにも、ルイザを誘惑しようとしたハートハウス（Harthouse）に会って彼が町を立ち去るように説得する件からも窺われる。シッシーに、ルイザやジェーンに対して救いの手をさしのべる天使としての役目をひたすら作者は負わせようとしている。ところが、その作者の努力にもかかわらず、例えばジェーンの成長過程においては、シッシーの果した役割をそれほどまでに評価すべきではないと筆者は繰り返し述べているのであ

る。あくまでも、シッシーの存在ではなくて、父親の影響力を自らが一手に引き受けて楯の役となり、結果的にはそのことがジェーンを父親の影響下から守ったと考える、そのような姉ルイザの存在に重点を置かなければならないと筆者は主張したいのである。

　ディケンズは天才のひらめきで、男性ではなく女性の有する、家族の者に対する献身ぶりを描き切ったが、ただし、その認識が深い洞察に基づいてはいなかったのではないかという筆者の説を補強してくれるものとして、*Hard Times*発刊の翌年1855年から57年にかけて発表された次の作品*Little Dorrit*がある。ブロックないしは楯の役となり他の兄弟姉妹たちを守る姿のバリエーションとして、『リトル・ドリット』では主人公エイミー（Amy）の人物像を引き合いに出すことによって、筆者の説は強化されるだろう。ただし、『リトル・ドリット』の場合は、*H. T.*のルイザの場合とは全く逆で、姉ファニー（Fanny）がしっかりしてはおらず浮わついた存在であるため、その分を逆に末娘のエイミーが父親や兄や姉の生活を支えるべく献身的に働く女性像となる。筆者は、*H. T.*のルイザに関して「長女である」面を強調していることもあり、その点から見れば、この『リトル・ドリット』の場合の楯の役割を果す人物は末娘であるということから、一見したところ筆者のこれまでの論が揺らぐように見えるかもしれないが、これはあくまで姉ファニーがしっかりした人物ではなかったがために、その姉に代ってエイミーが、たとえ末娘ではあったとしても、一家のために奮戦したものと考えたい。子どものうちの誰かが、特に女の子が一家の大黒柱となるのである。そして、*H. T.*において、ジェーンの養育係としてのシッシーの存在に違和感を覚えた筆者は、この『リトル・ドリット』からも強い援護射撃を受けることになる。なぜなら、『リトル・ドリット』にはシッシーのような人物の入り込む余地など全く無いからである。シッシーのような人物がいなくとも、エイミーの堅固な楯によって、一家は無事に支えられているの

である。

　ところで、『リトル・ドリット』において、H. T. とは違って、長女と末娘の立場が逆転していることについては、次のように筆者は理解する。つまり、既に述べているように、H. T. に関しておそらく無意識のうちに作者の天才が創らしめたであろう、娘と父親の葛藤に満ちた人間関係と、その娘の果すブロックとしての役割が、実は作者にとって確固たる認識に裏打ちされたものではなかったであろうという推測に、説得力を与えてくれる例証としたい。そして筆者は、作者ディケンズは天才の直観で一家の大黒柱としての存在の少女像を生み出しはしたが、これについてのさらに深い洞察は無かったのではないかと、考える次第である。このテーマに関して小池滋は、「大人の役を演じる子供はほとんどすべてが女の子である」という点に注目した優秀な論を既に発表してはいるが[4]、これは特に作品『リトル・ドリット』の場合によくあてはまることからもわかるように、保護者としての責任が持てずに頼りない父親像の場合である。逆に、作品 H. T. に見られるような、対社会的にも影響力の強い父親を持った場合には、子どもたち、特に女の子たちがどう立ち向っていくかといった面白いテーマを作者はせっかく我々に提供してくれたわけだから、これについてのより一層の深い認識を持っていたなら、さらに良かったのではないかと思われてならない。実際に作者がこの認識をしかと持っていたならば、シッシーをジェーンの養育役として設定せずに、むしろ長女ルイザの果した役割からストーリーの展開を貫き通したはずである。そうなるとルイザ像に関して、かなり緻密なリアリズムの手法が要求されることになるのは言うまでもない。作者がこれを避けようとしたわけではないであろうが、シッシーを配置することによって安易な道をとったように筆者には思われてならない。やはり、作者は、筆者がこの作品の中で読み込んだところの「対社会的な影響力と人格の強さを持った父親と娘の関係」というテーマの特異性にはさほど気づかず、それゆえ、この視点から

描き切ることはしなかったのであろう。『リトル・ドリット』の父・娘関係とは一味違うだけに、筆者としては悔やまれてならない。

　以上、作者の人間洞察と読み手のそれとの違いによって生じる解釈のずれに的を絞ってこの作品を論じた。作者に苦言を呈して筆を措くことになる。

注

1) 拙論「*Hard Times* の謎」(『研究紀要』、第 12 巻第 3 号、近畿大学教養部、1981 年 3 月発行)

2) 拙論「*Hard Times* に関する一考察」(*Poiesis*、第 4 号、関西大学大学院英語英米文学研究会、1977 年 3 月発行)

3) テキストは *Hard Times,* Norton (Critical) edition,1966. に拠る。引用句・文のあとに (　) を付してページを示す。

4) 小池滋「子供が大人の父となる時―ディケンズにおける父と子―」(篠田一士編『ロマン派文学とその後』研究社、1980) pp. 189-201.

第14章：*Hard Times* 再考

1.

　チャールズ・ディケンズの『クリスマス・キャロル』(1843)における主人公スクルージの改心については、既に発表済みである。[1] そこでは、テーマである「スクルージの改心」を考究することによって、それを描いた作者の意図を探り当て、さらに作者の人間観にも迫った。さて、今回は取り扱う作品は異なるが、『クリスマス・キャロル』の場合と同様に、「改心」という観点から照明を当てることのできる作品 *Hard Times* (1854) (以下 *H. T.* と略して記す) に的を絞って、作品解釈を目指してみたいと思う。

　先ず、登場人物のひとりトマス・グラッドグラインド (Thomas Gradgrind) の突然の改心に注目することから、この論考は始まる。ただしこの場合、彼を改心させる役割を直接に担った愛娘ルイザ (Louisa) の人物像考察が必要となる[2]。実はこれは、シッシー・ジュープ (Sissy Jupe) との比較においてなされ得るが、シッシー像の分析を通して、対照的に、ルイザ像の特異性を浮かび上がらせることになる。

　我々読者に強い共感を呼びさます場面、即ち、ルイザが引き金となって生じるグラッドグラインドの改心の箇所に注目し論議を重ねることによって、作者ディケンズの人間認識の一端を改めて垣間見ることができるのではないだろうか、という思いが筆者には強いのである。

　もちろんトマス・グラッドグラインドはこの作品において決して主人公とは言えないが、少なくとも作者によって担わされた象徴的意義の大きさに鑑みて、かなり重要な役割を果たす人物であることには間違いない。

第Ⅱ部　研究と考察

　一見、徹底した事実偏重主義者で、功利主義者でもあり、感情の枯渇ははなはだしいが、人間らしさも感じられなくもないこのトマス・グラッドグラインドは、スクルージと並んでディケンズの文学世界の中では確かに改心しうる可能性を秘めている人物ではある。[3] しかし彼が、自らこの世の苦しみの中に身を置いて苦しみ抜いた挙句というのではなくて、むしろ、苦しみを一身に背負った娘ルイザの感化によって改心する場面は、一種の奇跡にも近い感動を読者に与えてくれる。娘ルイザの苦しみは、正に、殉教者の苦しみに一脈通じるものだと筆者には思われてならないのである。

　さて、ここで改めて問題となることは、このトマス・グラッドグラインドの改心の瞬間が、必然的で自然なものであったのか、あるいは逆に、唐突すぎてセンチメンタリズムに陥ったものなのか、ということである。グラッドグラインドが娘ルイザの感化によって大きく変化する箇所を指して、『クリスマス・キャロル』におけるスクルージの改心と同様、これこそディケンズのセンチメンタリズムの典型なり、と言ってディケンズを非難するアンチ・ディケンジアンもいるかもしれない。だが、果たしてどうであろうか。このシーンは、センチメンタリズムの一語で簡単に片づけられてしまっていいのだろうか。

　改心に至るまでのトマス・グラッドグラインドとルイザのそれぞれの行動軌跡をじっくり眺めることによって、筆者は決してそのようには片づけられないものだと確信する。それに実際、このシーンを読んで読者の胸にひしひしと迫り来る感動が必ずあるはずである。それは一体何なのかを虚心に考えるところから、むしろすべての思索を開始すべきだと思われる。

2.

　先ず、トマス・グラッドグラインドを改心させる役割を直接に担ったルイザに関してであるが、我々読者は、彼女の苦しむ様子に強い共感を持ち、そ

第 14 章：*Hard Times* 再考

の彼女の苦しみが引き金となっているがゆえに、トマス・グラッドグラインドの改心のシーンに感動するのではないだろうか。ところでルイザ像を考えるためには、もう一人の人物、スリアリ曲馬団出身のシッシー・ジュープ像を前もって眺めておく方が良いかもしれない。シッシー・ジュープは、まるで守り神のように人々に寄り添う存在である。だが、生々しい人間の欲望が渦巻いている世界の中に飛び込んで行って人々を変貌させるタイプの人間では決してない。つまり、自分たちの純粋さに全く疑問を抱かず、初めから人生に対する苦しみは無く、まるで神の立場にいるかの如く、自分たちだけの世界に生きている人間である。このようなタイプの人間として、例えば、『大いなる遺産』（1861）のジョーやビディーなどがすぐに思い出されるが、彼らはイノセンスの良い意味と悪い意味の両方、即ち、「純粋と無知」というヴェールに守られてしまっている人々なのである。

　だが、このシッシー・ジュープ像に注目する読み方ももちろんある。それはF. R. リーヴィスの場合だが、ディケンズの本領が遺憾なく発揮されているこの人物に目を向けることは、ディケンズのディケンズらしさを買うF. R. リーヴィスであれば当然のことだろう。彼は、シッシー・ジュープの効果的な象徴的役割を考え、彼女こそディケンズの詩的創造作用の一部分である、と説くのである[4]。

　さて、そのようなシッシー像に対して、ルイザは、人間の世界の恐ろしい面を理解できる人物である。神の世界と悪魔の世界の両面を理解できる人間とも言えるだろう。このような人間である証拠に、彼女は常に、炉辺の隅に座って炉に落ちる火花や灰の中に短い人生のはかなさを見、そこに人間の決して避けることのできない死の翳を見る。自分だけに見えて、弟のトム（Tom）には「火」以外の何物にも見えない「火」を見ながらしきりに不思議に思い、不思議に思うその姿勢の中から、人生のはかなさを感じ取り、死の翳を見る。そして、そのルイザを見て父親は懐疑的になっていく。

229

ところで、その父親像だが、頑固者ではあるが、決してとりかえしがつかないほどの、根っからの悪人ではない。このことに関しては Arthur A. Adrian も述べているが、Adrian は、シッシー・ジュープを引き取るグラッドグラインドの心の暖かさに目を向け、'he does have a heart.'[5] と言う。改心に至る以前にも彼なりの人柄の良さが窺われるわけである。これは、改心の下地、素地、伏線と考えてよいだろう。

このようなトマス・グラッドグラインド像については、さらにテキストの上でもう少し具体的に押さえてみよう。第1巻第3章では、'He was an affectionate father, after his manner; …'[6] と記述されているし、第1巻第5章では、'Mr. Gradgrind, though hard enough, was by no means so rough a man as Mr. Bounderby. His character was not unkind, all things considered; it might have been a very kind one indeed, if….' の如く、ジョサイア・バウンダービー（Josiah Bounderby）との相違点が記されている。又、第1巻第15章においては、結婚の申し込みをバウンダービーから受けた旨を娘ルイザに告げる時、どういうわけか、娘よりも父親の方が狼狽した様子を見せる。さらに、これは改心後の告白ではあるが、第3巻第1章で、子どもたちのためによかれと思って自分の主義を実行したのだ、と心の内を洩らす。つまり、彼の頑固さの質は、単なる偏屈というよりは、彼なりの揺るぎない信念に基づいた強靭なものであったことがわかるのである。これは『クリスマス・キャロル』のスクルージの場合と一脈相通じ合うものである。

『クリスマス・キャロル』におけるスクルージの改心もそうであったように、人間を改心させるには必ず何かきっかけが要るのだが、トマス・グラッドグラインドの場合は、それが、自らの生命を賭して立ち向かう殉教者としてのルイザであった。そのルイザは、神としての立場ではなく、苦しみ抜く人間の立場に立つ人物であるゆえに、彼女が引き金となってなされるグラッドグラインドの改心は我々に強い共感を呼びさますのである。

第14章：*Hard Times* 再考

3.

ルイザの苦しみの様子を次に具体的に見てみよう。15～16歳の頃、すでにルイザの顔には何か痛ましいものが見られたという。

> ... a starved imagination keeping life in itself somehow, which brightened its expression. Not with the brightness natural to cheerful youth, but with uncertain, eager, doubtful flashes, which had something painful in them, analogous to the changes on a blind face groping its way.（Bk. I, Ch. 3）

第1巻第8章 "Never Wonder" という章題の中では、皮肉なことに、ルイザは大いに不思議に思う。これは、愛する弟のために何もやってやれない姉としてのもどかしさ、つらさを述べる件である。炉床に落ちる火花を見ながら次のように言う。

> "Because, Tom," said his sister, after silently watching the sparks awhile, "as I get older, and nearer growing up, I often sit wondering here, and think how unfortunate it is for me that I can't reconcile you to home better than I am able to do. I don't know what other girls know. I can't play to you, or sing to you. I can't talk to you so as to lighten your mind, for I never see any amusing sights or read any amusing books that it would be a pleasure or a relief to you to talk about, when you are tired."（Bk. I, Ch. 8）

第1巻第15章では、「生きている間にできる限りのことをしたいと思っていたが、今となってはもうどうなってもかまわない」（"While it lasts, I

231

would wish to do the little I can, and the little I am fit for. What does it matter?")（Bk. I, Ch. 15）と述べる。投げやりな気持、態度へと豹変するルイザである。以後、この態度を貫き通すルイザは、結婚を決意してからシッシー・ジュープを避けるようになる。つまり、シッシー・ジュープに代表される 'fancy'（Bk. I, Ch. 2）の世界からすっかり遠のくのである。

このことは、今やバウンダービー夫人となったルイザの部屋がまるで無味乾燥で、女らしさを感じさせるものや空想に富んだものは一切なかった、ということからも窺われる。

> There was no mute sign of a woman in the room. No graceful little adornment, no fanciful little device, however trivial, anywhere expressed her influence. Cheerless and comfortless, boastfully and doggedly rich, there the room stared at its present occupants, unsoftened and unrelieved by the least trace of any womanly occupation.（Bk. II, Ch. 2）

いずれにせよ、すべてから離れて、はかない幻想的なもの（something visionary）（Bk. II, Ch. 12）に逃げ込もうとしたルイザである。

しかし、「もうどうなってもかまわない」（What does it matter?）（Bk. I, Ch. 15）という、あきらめの姿勢を基にした受動的人生も、やがて、真の生の獲得に向かって炸裂する。心の内に自然に湧いてくるものをひたすら抑制するばかりであったルイザではあるが、抑えに抑えられたものはいつの日か必ず爆発するのが物事の道理である。作者はそれを自然の理でたとえている（Bk. III, Ch. 1）。そして、「生」獲得に向けて大爆発がなされる時、父親が娘の眼の中に狂気じみた火の広がり（a wild dilating fire）（Bk. II, Ch. 12）を見たのは当然である。

第14章：*Hard Times* 再考

　我々読者にとって、このルイザの苦しむ様子が、結局のところ彼女の魅力に結びつくのである。現にジェームズ・ハートハウス（James Harthouse）は、「孤独なルイザ」(this lonely girl)（Bk. II, Ch. 11）に大いに魅せられている。換言すれば、内省的人生態度の持つ魅力である。事実、弟トムも語っているように、ルイザは内面へと深く入り込んで、じっくりと内なる自分に語りかける女性なのである。

> Besides, though Loo is a girl, she's not a common sort of girl. She can shut herself up within herself, and think — as I have often known her sit and watch the fire — for an hour at a stretch." (Bk. II, Ch. 3)

　これは、取りも直さず、ルイザという女性は、「見る」人であり、「見える」人である、ということになる。この作品中、唯一の 'the Sense of Reality' を有していた人物だと筆者は解釈するわけである。即ち、彼女は、炉辺の隅に座って、炉床に落ちる火花や灰の中に、短い人生のはかなさ、つまり死を考え、その死の相のもとで、人間存在の根源に迫ろうとする。死を、火の中に、「まるで読んででもいるかのように」(as if she were reading what she asked in the fire)（Bk. I, Ch. 8）見る。家の中の炉辺の火だけでなく、さらに戸外の灯をも眺める。そして、その中に未来の姿を発見しようと努める（Bk. I, Ch. 14）。

　第3巻の最終章においても、ルイザは炉の火を眺めて座っている。未来はどんなものか（How much of the future might arise before *her* vision?）(Bk. III, Ch. 9) を見ようとしている。ルイザの眼と暖炉とが作り出すこの思惟的空間構造において、ルイザは必死に人間存在の本質に迫ろうとする。この姿を見て、我々読者は感動せずにはいられない。

第Ⅱ部　研究と考察

　F. R. リーヴィスは、スリアリ曲馬団に代表される「生」の使いである、「心情の世界」の象徴的人物シッシー・ジュープに注目したのに対して、筆者は、初めから「生」とは縁がなく、それでもひたすら「生」獲得に向かって苦しみ抜くルイザの方に、より一層心引かれるのである。

　ところで、ここで一言付け加えておくが、ルイザの妹ジェーンが父親の影響を全く受けずにすくすくと伸びやかに育った理由を、作者ディケンズは、家政婦としてジェーンの身の回りの世話をするシッシー・ジュープのおかげだとするが、筆者は決してそうは考えず、むしろ、すべての外からの圧力を一手に引き受けてしまうブロックの役目としての姉ルイザのおかげによるものとする解釈を採っている[7]。つまり、ここでも筆者は、長女ルイザの精神的負担の大きさ、苦しみを感じ取ってしまうのである。

4.

　次にトマス・グラッドグラインドの改心の場面を考察してみよう。彼のこれまでの人生哲学とも言うべき、確固たる信念、信条等が足もとからみごとにくずれ去っていくさまが、正にそれをいみじくも表わす章題 'Down'（第2巻第12章）のところで詳述される。即ち、父親グラッドグラインドの理想とする教育観の体現者であるはずの娘ルイザが、堰を切ったように自分の胸の内をすべてあからさまに父親にさらけ出す。その結果、ルイザは心底疲れ切ってしまい、とうとう床の上に倒れてしまう。小説のクライマックスとも言うべき、非常にリアリティーのある場面であるが、これは取りも直さず、父親のこれまでの教育観の完全なる崩壊を意味する。

　娘の切々たる訴えを通して改心するトマス・グラッドグラインドであるが、この時の彼の変貌ぶりを表わすものとして、ビツァー（Bitzer）に向かって吐く言葉 "have you a heart?"（Bk. III, Ch. 8）ほど皮肉なものはない。いかに彼が変化したかを如実に示す場面であり、読者には印象深いものとなる。

又、かつてはまるで機関銃の弾丸の如く言葉を次から次へと吐き出していたグラッドグラインドが、改心後は言葉がとぎれとぎれとなる (Bk. III, Ch. 1)。これなども余程の変化と言えるだろう。これまで、「自分」と「人間の微妙な本性」との間に、意識的に長年築き上げてきた「障壁」(the artificial barriers he had for many years been erecting, between himself and all those subtle essences of humanity) (Bk. I, Ch. 15) を一気に飛び越えたグラッドグラインドは、'a wisdom of the Head' (Bk. III, Ch. 1) に加えて、'a wisdom of the Heart' (Bk. III, Ch. 1) の必要性を知る。前者は 'the one thing needful' (Bk. I, Ch. 1)、すなわち 'facts' のことを言う。後者は 'another thing needful' (Bk. III, Ch.1)、すなわち 'peace', 'contentment', 'honour' を導く 'fancy' のことを言い、人間にとって大切な 'Faith', 'Hope', 'Charity' (Bk. III, Ch. 9) につながるものである。

このように、ルイザは父親を 'a wiser man, and a better man' (Bk. III, Ch. 7) に変貌させたわけであるが、実は、弟トムに対しても、彼女の透徹した眼とその苦悩ゆえに研ぎすまされた洞察力は、弟の 'errors' を見抜き、彼を悔い改めさせようとする点 (Bk. II, Ch. 12) を、我々は見落としてはならないだろう。このことは、彼女が「見る」人であり、「見える」人でもある証左となる。

ところで、問題の核心である、トマス・グラッドグラインドの改心の箇所をどう解釈するのかという点だが、筆者は、トマス・グラッドグラインドの改心の中に、作者ディケンズの「人間は変化しうるもの」という人間観・人間認識の一端を垣間見る。トマス・グラッドグラインドのような、凝り固まった事実偏重の典型的功利主義の人間でさえ変化しうるのだ、というディケンズの人間観の表明と筆者は解釈する。

作品『クリスマス・キャロル』を扱った際に「改心」(Conversion) のことはかなり詳細に論じたのでここでは重複を避けたいが、Nonconformist (非

第Ⅱ部　研究と考察

国教徒)の宗教観の中心をなす「人間は変化しうるもの」という考え方がグラッドグラインドの改心の箇所にも色濃く反映していると、筆者は理解するのである。グラッドグラインドのような悪名高い功利主義者でさえ、「改心しうるのだ」、そして又、「どうか改心して欲しい」と願った作者の切なる祈りの気持ちが筆者には感じられてならないのである。

　さて、この論法で行くと、同じく事実一辺倒の唯物主義者で利己主義者であるジョサイア・バウンダービーの方には、なぜ作者は変わる可能性を持たせなかったのか、という疑問が当然予想されるが、筆者は、これを、作者が根底において徹底した自助論の体現者としてバウンダービーを描き切ってはいないから、と理解する。その例証として、バウンダービーの母親との関係を挙げたい[8]。つまり、バウンダービーは、無から出発して他人の力は一切借りずに己の努力によってのみいかに苦労して今日の成功を勝ち得たかを吹聴する人物であったにもかかわらず、実際はそれがすべて彼の作り話であったことが判明する。年季奉公に出るまでは読み書きの教育も身につけてもらっていた程である。このような実像のバウンダービーゆえ、作者には彼をあえて改心させる必要もなかったのであろうと筆者には思われるのである。

　結局のところ、この作品から、トマス・グラッドグラインドの改心という行為の中に盛り込まれた、「人間は変化・成長し、やがて自分というものがわかってくる」というディケンズの人間観と、そのような人間哲学を通して庶民の真の幸福を願う作者の姿勢とが読み取れるのである。

　ただしここで、作品 H. T. と『クリスマス・キャロル』との間には、「改心」誘導の源となるものに関して微妙な差異があることを指摘しておかねばなるまい。『クリスマス・キャロル』のスクルージの改心の場合は、スクルージその人自身が持つリアリズムの眼が改心遂行の大きな要因となったのに対して、H. T. の場合は、グラッドグラインド本人というよりはむしろ、他者ルイザのリアリズムの眼が誘因となってグラッドグラインドの改心を導

いたのである。このことはきちんと押さえておかねばならないだろう。となると、グラッドグラインド自身のリアリストとしての姿勢はどう考えたらいいのだろうか。

このことに関しては、以下のような解釈が可能である。即ち、本論は、娘ルイザが父グラッドグラインドを感化し、ついには改心させた点に主照明を当ててきた。そして、この改心遂行の背景に、ルイザの持つ「見る」力、'the Sense of Reality' が存在することは間違いない。「見る」人であり、また「見える」人であるルイザは、その力ゆえに苦悶し、同時にその力ゆえに父を導く。

しかし、この大文字の 'the Sense of Reality' は決して奇跡のように人間に付与された力ではない。その基礎、土台には必然的に、その前段階であるところの、小文字の 'the sense of realities' が存在するはずである。つまり、父トマス・グラッドグラインドが正に体現しているような「現実家的要素」、個々の現実や現象を捉える眼があってこそ、人間はさらにそれより深く高い段階、即ち大文字の 'the Sense of Reality' を持つ存在にまで飛躍できるのである。トマス・グラッドグラインドがそのような眼、すなわち 'the sense of realities' を持っていたことは、彼の行動軌跡を見れば一目瞭然であるし、又、第1巻第2章の冒頭部分には 'a man of realities' と、第1巻第3章には 'an eminently practical father' と、はっきり記されている。

言うなれば、父親のこの「現実家的側面」がルイザに受け継がれ、彼女の中で孵化し、成長して 'the Sense of Reality' というべきものにまで高められていったと考えられないことはない。ルイザは父に似ぬ子でも突然変異でもなく、正に父の娘であり、父譲りの 'the sense of realities' を兼ね備えた存在だったのだ。ただ、己の価値観の上に揺るぎない自信を持って安座していたトマス・グラッドグラインドと違って、その価値観の中で押しひしがれ、不幸であった彼女は、ついに父より高く深い眼を持つに至ったのだろう。

しかし、このように考えていくと、この物語の中に浮かび上がってくるのは、はなはだアイロニカルな構図である。と言うのも、一般の通説に従えば、この作品はかなりはっきりとした図式を持っているからである。そのテーマは 'fact' と 'fancy' の対立、そしてそこから導き出されてくる 'fact' に対する 'fancy' の優位性、ということにあり、作中人物たちは概ねこの二つの世界のどちらかに分かたれている。トマス・グラッドグラインドは、いわば 'fact' の世界の代表的人物であるから、改心以前の彼の「現実家的側面」、つまり 'the sense of realities' というものは、作品においては非難の対象にほかならない。しかし彼を改心に導く娘ルイザは、確かに 'fact' の世界に苦しめられている人物には相違ないが、彼女の力、即ち「見る人」たる彼女の 'the Sense of Reality' は、その根幹を 'fact' の世界に持っており、彼女も 'the sense of realities' と無縁の人ではないのである。この矛盾が必然的にアイロニーを生み出し、改心の場面が単なる感傷主義に陥ってしまうことに歯止めをかけているのではなかろうか。

しかし、アイロニーと言えば、私たちは作者ディケンズ自身のアイロニーについても考えてみなければなるまい。考えてみればディケンズは、図式的な善玉、悪玉を操ってセンチメンタルな物語を量産してきた古い時代の作家であるかのように、一般から誤解されてきた。しかし果たしてそうだろうか。ディケンズの人物たちは、一見図式的なステロタイプに分けられるかに見えるが、決してそうではない。スクルージは単なる守銭奴ではないし、ルイザもひたすら殉教者として生きているわけではない。トマス・グラッドグラインドは言うに及ばず、バウンダービーすら単純な事実偏重主義者としてかたづけてしまえない一面を持っているのである。ディケンズの世界における善と悪、弱者と強者の間には複雑微妙な逆説性といったものがあり、近年、この点に注目して、『デイヴィッド・コパーフィールド』の主人公自身に悪を見い出そうとする研究者も出てきた。[9] 当然のことではあるが、ディケンズ

は、この実人生が、現実に生きる人々が、明快に図式化できるようなものではないことをよく心得ていたのだ。

　人間性というものは、理不尽で矛盾に満ちている、しかしそれ故にこそそれは美しい、とディケンズは常に読者に語りかけているかに思われる。ディケンズにおけるアイロニーとは、人間性の矛盾を知り抜きながらも人間性信頼の立場をとり続け、そこに秩序と倫理を見い出そうとしたすべての作家が抱える、一つの普遍的なアイロニーではないだろうか。

注

1) 拙論「『クリスマス・キャロル』考」(『研究紀要』、第15巻第2号、近畿大学教養部、1983年12月)。

2) Cf. 拙論「*Hard Times*に関する一考察」(*Poiesis*、第4号、関西大学大学院英語英米文学研究会、1977年2月)。

3) 「改心」というテーマに関して言えば、ディケンズの*Dombey and Son* (1848) がすぐに思い出される。父親ドンビーが最後は娘と和解し、改心するという点が、この*H. T.*と類似している。この父親の変化について、ディケンズ自身、*Dombey and Son*の序文で、その変化は決して唐突なものではないことに言及している。このことから作品*Dombey and Son*も「改心」がテーマのひとつであることがわかる。

4) F. R. Leavis, *The Great Tradition* (London : Chatto & Windus, 1962 ; first published 1948), p. 230.

5) Arthur A. Adrian, *Dickens and the Parent-Child Relationship* (Athens : Ohio Univ. Press, 1984), p. 116.

6) テキストは*Hard Times*, Norton (Critical) edition, 1966. に拠る。

7) Cf. 拙論「*Hard Times*における作家の人間洞察眼」(『研究紀要』、第14巻第1号、近畿大学教養部、1982年7月)。

8) Cf. 拙論「*Hard Times* の謎」(『研究紀要』、第 12 巻第 3 号、近畿大学教養部、1981 年 3 月)。
9) 多田博生「『デイヴィッド・コパフィールド』における悪の所在」(松村昌家・藤田実編『文学における悪』南雲堂、1981) 参照。

第15章：ディケンズの小説作法

1.

　作家ディケンズに捧げられる評価には、それが賞賛であれ批判であれ、必ずと言っていいほど常に何らかの保留条件がついて回っている。「すぐれてはいるが不完全な小説家」[1]、とフォースターはディケンズを称して言う。又、F. R. リーヴィスは次のような定義を行なっている。

> ディケンズが偉大な天才であり、永久に古典の列に加えられていることは確実である。だがその天才は偉大な娯楽作家としてのそれであって、彼には大抵の場合、この表現に含意される以上に深刻な創造的芸術家としての責任の自覚がなかった。……… 大人の精神は、ディケンズに並外れた持続的な真剣さへの挑戦をいつも見出すというわけにはいかない[2]。

　さらに、プリーストリーの言葉を聴いてみよう。

> 謹厳で批判的な人は、ディケンズを、容易に——そしてこっぴどく——過小評価するだろう。彼の欠点はけた外れだから、そんな人には多分よく目につくだろう。彼の驚嘆すべき様々な天才は、当然のものとみなされるか、あるいは無視されてしまうことさえあるかも知れない[3]。

ディケンズに対し、このようにさまざまな矛盾した評価がなされる理由は簡単である。つまりディケンズ自身が実に矛盾に満ちた作家だったということである。手放しで賞めるには彼の作品の芸術的完成度はいささか低すぎ、また無視し去ろうにも彼の天才ぶりはあまりにも強烈すぎた。人々はディケンズの天才と欠点のどちらにより多く目を向けるかによって、彼に対する評価を変えるのである。

しかし、次のことは確かに言えるかもしれない。即ち、近代の文芸批評の俎上にのせられた時、状況はいささかディケンズにとって不利になるのではなかろうかということである。近代の文芸批評の流れは、明らかに、作家のあふれんばかりの想像力それ自体より、その想像力をよりよく統御してゆく能力、そしてそれによってなされ得る作品の芸術的完成の方に関心を注いでいる。作品の題材として扱われる対象が、社会全体から個人へ、又、その個人の外面から内面へと移りゆくにつれて、その傾向は当然のことながら強まってきた。それではディケンズについてはと言うと、彼がそのどちらの点でよりすぐれた作家であったかは、火を見るよりも明らかである。

小説の価値を云々するに際し、近代文芸批評の洗礼を受けてきた我々がほとんど無意識裏に頼るいくつかの試金石がある。その一例が、あのフォースターの言う、ラウンド・キャラクター、フラット・キャラクターという作中人物分類法である。[4] この分類法については、ことにフォースターが両者の間ではっきり価値判断を行なっていることについてはいろいろ異論もあろうけれども、我々現代の読者はほとんど抵抗なくこれを受け入れていると言っていい。そしてこの点についてもディケンズは作家としてきわめて不運だと言わねばならないのである。

というのも、ラウンド・キャラクターに対し、より軽んじられるべき存在のフラット・キャラクターの創造においてこそ、ディケンズの天才はいかんなく発揮されたからである。誰がどのように反論しようとも、やはりディケ

第 15 章：ディケンズの小説作法

ンズの魅力の大いなる部分は、彼の産み出した卓抜なフラット・キャラクターたちの活躍に負うていたと言えよう。ピックウィック、サム・ウェラー、ミコーバー夫妻、ペクスニフ、セアラ・ギャンプ、或いはニクルビー夫人、その他もろもろの戯画的人物たちの存在なくしては、ディケンズの名は英文学史上決して不滅のものとはなり得なかったであろう。彼らは確かに戯画に過ぎなかったが、しかしそれは不滅の戯画でもあった。彼らの目もあやな群舞を次から次に描出している時にこそ、ディケンズの口辺には作家としての会心の笑みが浮かんでいたにちがいないのである。そこで、ここにエドウィン・ミュアの次の言葉を挙げ、フラット・キャラクターの天才的創造者であったディケンズへ謹んで捧げるものとしたい。

> そもそも性格が平面的（＝flat）であってはなぜいけないのか。これに対する本当の答えは、ただ一つ、現代批評の好みが立体的人物（＝round characters）をよしとするという以外にないのです。次代の好みはひょっとしたら平面的な人物にゆくかもしれません[5]。

2.

それでは改めてフォースター的価値基準からディケンズを眺めてみることにしよう。我々は果してどのようにディケンズ文学を評価すべきなのか。まず初めに、当のフォースター自身の評価を聴いてみなければなるまい。

> ディケンズの人物はほとんどすべてが扁平（＝flat）です。ピップとデイヴィッド・コパフィールドとは円球（＝round）たろうとしていますが、それも実におずおずとそうしていて、彼らは固体というよりも泡沫に似ているようです。だからたいていの人物は一つの文章で要

243

約されうるのですが、しかも人間的な深みが驚くほどに感得されます。おそらくディケンズの途方もない活力が、彼の作中人物をすこしゆり動かすのでしょう。そのため彼らは彼の生命を借りうけて、彼ら自身の生活を送っているように見えるのです。これは一つの奇術（= a conjuring trick）です。……ディケンズの天才の一部は、類型や戯画、すなわち登場するとすぐさまそれとわかるような人物を用いながらも、機械的でない効果とあさくない人間像を達成していることです。ディケンズが嫌いな人びとには、立派ないい分があります。当然つまらない作家であるべきはずです。しかも実はわが国の大作家の一人であり、彼が類型を用いてすばらしい成功を収めていることは、きびしい批評家たちが認めようとする以上のものが扁平人物にひそんでいるかもしれないと暗示しています[6]。

　おなじみの保留条件つきの賞賛である。フォースターが、自己の定義とディケンズの天才の間で揺れ動いているさまが、手に取るようにわかる。考えてみればフォースターがディケンズを賞賛する時には、天才とか、作家としての力量とか、奇術などといった、定義しがたい言葉の持つ効果に頼りっぱなしで、そこに何ら論理的、分析的な説明を加えていないのである。しかし、天才には天才なりの、即ち、ディケンズにはディケンズなりの、常人には思いもつかぬような独自の方法論が、作家自身が意識的にそれを適用したかどうかはともかく、きっと存在したのではあるまいか。

　筆者自身、人物創造という点において、ディケンズが或るユニークな彼独自の方法を、半ば意識的、半ば本能的に用いていたのではないか、と考えている。しかしその問題を検討するには次の点をまず明確にしておかねばならない。即ち、ディケンズの作家としての資質は、ラウンド・キャラクターを描き出すという作業には確かに不向きだったのではなかろうか、ということ

である。

　人物をラウンドに描くというのは、特定の個人をあらゆる複雑多様な要素の複合体として描き出すことである。いやしくもラウンド・キャラクターならば、我々に紹介されているのはその人物の自我のほんの一面、いわば氷山の一角にすぎず、彼はその描かれざる部分にさらに大きく多様化した自我の存在の全容を潜めているのだ、という印象を読者に必ず抱かせてくれるだろう。又、もしその人物の変化と成長の過程が作品の中で描かれているとすれば、その変化と成長は彼の自我の中から必然的に自ずと生じてきたものであり、決して作家の力技によって促されたものではない、ということを信じさせてくれるだろう。

　ラウンド・キャラクターというものは、読者の前に、常にその複雑で測り難い姿を見せ続けている。読者は、作品世界における彼らの行動を皆目予測し得ないのである。しかし、彼らの人物創造の過程で統一性、首尾一貫性にほんの一分でも甘さやゆるみがあったとすれば、そのように創造された人物は、ラウンド・キャラクターとして読者を納得させ得るだけのリアリティーに欠けていると言わねばならない。

　ディケンズの作品世界は、善と悪、聖と俗、富と貧、寛大と無慈悲、怠惰と勤勉、高慢と謙譲、などといった二元論的観念でたやすくその存在を説明してしまうことのできる単純な登場人物たちに満ちている。彼らは時として予測不可能な動きをみせたり、謎めいた言葉を吐いたりする。しかしそれは、大抵の場合、物語構成の都合上、作者ディケンズが何がしかの事実を読者に伏せておいたために生じてきた謎であって、決して人物の存在それ自体の複雑さや測り難さから生まれてきた謎ではないのである。

　又、ディケンズの人物も時として、フラット・キャラクターらしからぬ深みと神秘性を帯びる瞬間があるが、惜しいかな、そういう場合はたいてい、その人物の設定に統一性と首尾一貫の点で無理があり、それが作品全体の精

密さとリアリティーを損なっていると言わざるを得ないのである（その好個の例が、『ハード・タイムズ』におけるグラッドグラインド夫人の死の場面である[7]）。

　ディケンズの作中人物は、フォースターの総括した通り、確かにそのほとんどがフラット・キャラクターであると言える。そして、作品それ自体の機能と効果がフラット・キャラクター以上のものを要求しない時には、それはそれで何ら問題はなかったのである。しかし、作品自身の構造と目的がその登場人物に、より複雑な多様化する自我を求め始めた時、ディケンズとて何らかの方法でこの要求に応えないわけにはいかなくなったのではないか。そこでディケンズは、自分自身の作家としての持ち味と限界をよく見定めた上で、彼なりの方法というものを半ば本能的に編み出していったのである。

　それは即ち、個人の内面の複雑さとその測りしれぬ奥行きというものを、複数の登場人物の生を重ね合わせることによって描き出していこうという試みである。先程から述べているように、人間性の複雑さと測り難さを読者に伝えるには、ディケンズの人物創造のやり方はあまりにも単純にすぎ、また粗雑にすぎた。事実、ディケンズの作品においては、一人の人物の内面的葛藤が語られる部分がまことに少ないのである。善人はあくまでも善人、悪玉はあくまでも悪玉、そして旧悪を悔いた人物たちは、あまりにもお手軽に次々と改心していった。ディケンズの人物たちは、より深い、より大きい、より多様な変化に満ちた自我の存在というものを、一人一人ではとても荷いきれなかったと言える。そこでディケンズは、彼らに、いわば彼らの分身ともいうべき副人物をからませ、その相補い合う効果によって、彼らに本来持てるよりはるかに大きな自我の存在を与えようとしたのである。

　抜きさしならぬ形で結び合わされた二人の人物の組み合わせというものが、ディケンズの作品世界の中にはしばしば登場してくる。彼らを切り離して眺めれば、彼らはそれぞれが全くフラットな人物かもしれない。或いは荒唐無

稽にすぎたり、或いは肉づけが不足しすぎていたり、或いは首尾一貫性に欠けているかもしれない。しかしひとたび彼らが絡み合うや、そこには相乗効果とでも呼ぶべき作用によって、より複雑な、より密度の濃い生の存在が感じられるようになり、それが作品自体にも深みと充実感を与えているのである。それは、言い換えるなら、フラット・キャラクターとフラット・キャラクターをかけ合わせ、ラウンド・キャラクターを生み出すというユニークな図式である。では実際にディケンズの作品を眺めることによって、そのような人物関係の構造を探っていきたい。

3.

　ディケンズの作品『ハード・タイムズ』（*Hard Times*, 1854）の中で目を留めたいのは、ヴィクトリア朝功利主義を代表するような人物グラッドグラインドと、彼の妥協を知らぬ実利主義のいわば犠牲になった娘ルイザとの父娘関係である。作品自体の持つ諷刺的な意味合いにはここでは敢えて全く触れないことにしたい。というのも、ここで言及したいのはグラッドグラインドとルイザの人間としての有様そのものであって、彼らによって象徴されるヴィクトリア朝文明への批判、などといったものではないからである。

　まずグラッドグラインドについて見てみよう。人格の複雑さとその内的広がりという観点から見れば、ルイザとの劇的衝突によって変貌する以前の彼には何ら注目すべき点はないと言っていい。「事実！　事実！　事実！」とわめきたてながら彼が作品の冒頭になだれ込んできた瞬間から、読者は彼がどのような人物であるかをただちに了解してしまう。彼は明らかに、ディケンズの喜劇的フラット・キャラクターたちの系譜に連なる人物なのである。

　もちろん、いくつかの保留すべき点はある。まず彼は、子どもたちに対してちゃんと父親らしい愛情を抱いている。ただその注ぎ方をはなはだしく間違えているだけのことである。また彼は孤児となった曲馬団の少女シッ

シー・ジュープを引き取るという親切な面も見せる。ディケンズ自身の言葉を借りて言うなら、グラッドグラインドは、"it might have been a very kind one indeed, if he had only made some round mistake in the arithmetic that balanced it, years ago."（Bk. I, Ch. 5)[8] という人物なのである。

それにしても、それらの保留特質は、グラッドグラインドの上に起こったあの一大変革の納得すべき根拠とするにはあまりにも薄弱なものでありすぎる。グラッドグラインドの改心と変貌に対して、読者が抱かざるを得ない唐突の感は、これまでずっと戯画に等しい存在であった一人物が或る時点でいきなり人間らしい幅と厚みを有する、という筋の運びの強引さに対する読者として当然の疑問に端を発しているのである。グラッドグラインドは到底ラウンドな人物とは言い難い。彼の「悟り」を必然のものとするためにディケンズがはりめぐらしてきた伏線は、読者を納得させるだけの効果を充分発揮してはいない。

それでは次にルイザの方に目を向けてみよう。彼女は、グラッドグラインドに比べるとはるかに複雑に描かれた人物である。彼女の心中やその行動は時として測り難く、読者は彼女の中に近代的自我の前身のようなものを認めた錯覚に陥る。しかしながら今一度ルイザの自我の実体というものを考え直してみる時、我々は、実のところ、彼女が或る意図をもって創り出されてきた人物であるということに気づく。彼女は、いわばグラッドグラインドと彼の情を無視した功利主義とに対する批判と抗議そのものなのである。それがルイザという一人の少女の存在に体現化されただけのことである。バウンダービーとの結婚以前のルイザは、絶対的服従という逆説的な形をとってグラッドグラインドに無言の抗議をし、結婚生活に破れて彼のもとへ逃げ帰ってきた夜にはその抗議をすべて痛烈な言葉にしてグラッドグラインドにぶつけ、彼と彼の信奉してきた信念を瞬時にして打ち砕いてしまうのである。

二人の父娘は、いわば一人の人間の中の相争う自我の分身であるかのよう

にそれぞれが設定されている。父が象徴しているのは自我の外向的な側面、娘が象徴しているのは自我の内向的な側面である。外向的自我は行動し決定するが自己客観を知らず、内向的自我は自己の内部に沈潜していって行動することを知らない。グラッドグラインドは、ルイザによって目を開かされるまでは全く自己客観を知らぬ人物であった。またルイザも自分の意志で自分の行動を決定することのできぬ少女であった。だからこそ彼女は、あれほど嫌悪していた三十も年上のバウンダービーに、父親グラッドグラインドに言われるままさして抗うこともせず、嫁いでゆくのである。

　グラッドグラインドとルイザの生は、ただの親子という関係を超えて、緊密に絡み合わされている。グラッドグラインドのいささか戯画めいた存在も、ルイザという影に補われることによって、複雑な意味あいを帯びてくる。グラッドグラインドにとって、その信念の崩壊はルイザの不幸によって突然にもたらされたものではなく、それは彼女の生の苦悩が始まった時点で、すでに彼の意識せぬ心の内側で徐々に進行し始めていたのである。なぜならルイザは、彼自身の苦悩する分身に他ならぬのであり、彼が自ら耳をふさいで聞こうとしなかった己自身の内なる声なのである[9]。

　グラッドグラインドとルイザの関係において、グラッドグラインドは或る意味ではルイザの生き方を支配しようとはしたが、その動機は本来純粋なものであり、そこに何ら利己的な目的はなかった。しかし、『大いなる遺産』（*Great Expectations*, 1861）においては、はるかに苛烈に、はるかに利己的に他人の人生に関わろうとする人々が登場してくる[10]。ミス・ハヴィシャムとマグウィッチがそれである。

　ミス・ハヴィシャムとマグウィッチは、ともに深い業にとらわれた人物たちである。マグウィッチはともかく、ミス・ハヴィシャムは実に荒唐無稽な存在として読者の前に紹介される。しかし彼女は、彼女がいわば全男性に対する復讐の道具として育て上げたエステラという少女との抜きさしならぬ結

びつきにおいて、次第にその滑稽なまでに芝居がかった印象を振り捨ててゆき、ついに正しい自己客観をなし得るのである。この場合エステラは、あくまでもミス・ハヴィシャムの変化と成長を促す触媒としての役目を果すにすぎない。しかし彼女との結びつきがあったればこそ、ミス・ハヴィシャムは自己客観をなし得たのであり、人間の存在自体に潜む或る悲劇的なものを読者に伝えることに成功しているのである。

　ピップとマグウィッチの関係においては、グラッドグラインドとルイザの間にあったあの相乗効果ともいうべきものが再び感じられてくる。いまだパトロンとしてその姿を現わす前からマグウィッチはすでに、ピップの、あの子どもっぽい無邪気な、素直な、楽天的な存在の上に不吉な陰翳を投げかけている。しかしひとたびマグウィッチが姿を現わすやあれほどピップが戦慄した真の理由は、マグウィッチという人物が、ピップ自身の持っている幼稚な紳士志向に対する、グロテスクなパロディに他ならなかったからである。

　しかし、やがてマグウィッチの中に秘められていた高潔さを理解するに及んで、ピップはむしろ己の中にこそさまざまな醜いものが存在していたのだという真実に目覚めてゆく。又、マグウィッチの方も、ピップへ心からの愛情を注ぐことによって、世間に対する憎悪や人々を見返してやろうとする執拗な欲望といったものをいつしか脱ぎ捨てていく。二人は、時に一人がもう一人の光になり、時に一方が他方の影になることによって、人間の中に潜むより新しい自我の可能性を、次々と読者の前に見せてくれるのである。

　ディケンズの作中人物は、確かに一人一人を切り離してみればごく単純な人々だろう。しかし、ディケンズはそれらの人物を組み合わせ、何らかの抜きさしならぬ形で彼らの生を重ね合わせることによって、一人の時では生み出し得なかったより深い効果を伝えることに、彼の方法を見い出して行ったのである。あのE. M. フォースターが「ディケンズの天才」としか言いようのなかったものの本質は、このようにさりげないが、思いがけない方法に

第15章：ディケンズの小説作法

よって説明することができるかもしれない、と筆者には思われる。ディケンズの小説作法のメカニズムを解き明かす鍵の一つがここに潜んでいるのではないだろうか。

注

1) E. M. フォースター、米田一彦訳『小説とは何か』、ダヴィッド社、1954、p. 82.

2) F. R. リーヴィス、長岩　寛・田中純蔵共訳『偉大な伝統』、英潮社、1972、p. 26.

3) J. B. プリーストリー、小池　滋・君島邦守共訳『英国のユーモア』、秀文インターナショナル、1978、p. 194.

4) Cf. E. M. Forster, *Aspects of the Novel* (Edward Arnold & Co., 1927), ch. 4.

5) エドウィン・ミュア、佐伯彰一訳『小説の構造』、ダヴィッド社、1970；初版 1954、p. 23.

6) E. M. フォースター、米田一彦訳、前掲書、p. 81.

7) 臨終の床のグラッドグラインド夫人は、大きな精神的変化と成長を遂げたものであるかのように、淡々たる自己客観に満ちたせりふを吐きながら死んでゆく。そのシーンの芸術的完成度と迫力は圧倒的である。F. R. リーヴィスも『偉大な伝統』の中で、この場面を取り上げてディケンズの天才を手放しで賞賛している。しかし、人物創造の首尾一貫性という点から考えれば、説明抜きでグラッドグラインド夫人をいきなりフラット・キャラクターからラウンド・キャラクターへ引き上げるというようなディケンズのこのやり方はいささか粗雑である。

8) テキストは、*Hard Times*, Norton Critical edition, 1966. に拠る。

9) Cf. 拙論「*Hard Times* の謎」(『近畿大学教養部研究紀要』第 12 巻第

3号、1981年3月）
10) Cf. 拙論「『大いなる遺産』の人物たち」（『近代風土』第22号、近畿大学出版部、1985年2月）

第16章：E. M. フォースター『インドへの道』考

序．

　英文学とインドとの関わりを思ってみる時、我々は先ず真っ先にラドゥヤード・キップリング（1865－1936）の名を思い浮かべるだろう。彼は、確かに英国人ではあったが、インドに生まれ育ち、インドという国の懐深く潜り込んで、およそ外国人の手になるものの中では最も美しいインドの物語、『ジャングル・ブック』（1894）を完成させたのである。

　それと全く異なった立場から、あくまでも、統治国イギリスと被統治国インドの相剋を正面に捉え、描き出さんとしたのが E. M. フォースター（1879－1970）の『インドへの道』（1924）である。

　イギリス人の一女性が、観光に行ったインドの洞窟の中で、顔見知りのインド青年に襲われるという衝撃的な事件を契機に、その事件の真相をめぐって二つの民族がすべてのエゴと感情をむき出しにして争い合う。相寄ろうとしていた魂は引き離され、再び結ばれるすべはない。

　統治国と被統治国の間に流れる感情の生々しさを、完全に理解することは不可能であろうが、その問題についていささか参考になりそうなエピソードが伊丹十三のエッセーの中にある。

　　それから何日か経って、私はピーターと晩めしを食べにジミーズ・キチンという店へ出かけた。この店は香港では数少い英国風のレストランであって食物は甚だしく不味い。客は大半が英国人である。ところで植民地の英国人たちは、給仕を呼ぶのに「ボーイ」という。本国で

なら当然ウェイター・プリーズというべきところを「ボーイ」と尻上りにいうのが植民地通なのだという。ピーターは、周囲から聞えてくる、この「ボーイー」を我慢しているうちに次第に蒼ざめてきた。給仕を呼ぶ時にも、わざと聞えよがしに「ウェイター・プリーズ」と大声で呼ぶのであるが、周囲の客たちの声高な談笑に掻き消されてなんの効果もなかった。

……………………………………………………………………………………

　結局、ピーターはすっかり悪酔してしまった。(『女たちよ！』、文春文庫、54頁)

　この、ピーターというのは、映画『アラビアのロレンス』で一躍有名になり、シェイクスピア役者としても名の高いピーター・オトゥールのことであり、語り手の私は伊丹十三である。

　要するにこの場面は、名前からもわかるように生粋のアイルランド人であるピーターが、「英国の鼻持ちならぬ植民地主義者根性」(同53頁)に、その「アイルランド魂を刺激」(同53頁)され、怒り心頭に発するさまを、日本人伊丹十三が目撃するという筋立てになっている。長年弾圧を受けてきたアイルランドの血をひくピーターは、イングランドに対して根深い恨みを持っているらしい。そしてピーター・オトゥールの、これらの英国人に対する怒り、軽蔑、嫌悪の情を、我々は心から理解することができる。即ち、統治、あるいは支配する側の最も大きな問題は、悪意の有無にあるのではなく、その羞恥心の欠如と、尊大きわまる独善性の中にあるのである。

　ピーター・オトゥールが我慢のならなかったこれらの英国人たちは、『インドへの道』の中にも数多く登場する。しかし、同時にまた、ピーターと全く同じようにこれらの同胞の姿に対して嫌悪と羞恥の念を禁じ得ぬ、柔軟な心と公正な価値観を持った英国人たちも登場するのである。

第 16 章：E. M. フォースター『インドへの道』考

そしてその後者の英国人たち、即ち、フィールディング、ムア夫人、アデラ・クウェステッドという人物像を通じて、フォースターは一体何を言わんとしていたのか、また、彼らに体現させられた人間の理想と限界とは何かを探っていくことが、続く本章の目的となる。

1.

ヴァージニア・ウルフ（1882 – 1941）は、「ベネット氏とブラウン夫人」と題する講演（1924 年 5 月）の中で、E. M. フォースターをエドワード王朝（1901 – 1910）の作家群には入れずに、むしろウルフ自身や D. H. ロレンス（1885 – 1930）やジェイムズ・ジョイス（1882 – 1941）や T. S. エリオット（1888 – 1965）などと同じジョージ王朝（1910 – 1936）の作家群に入れている。そして、フォースターをも含めた後者のジョージ王朝期の作家たちは、前者のエドワード王朝期の作家の小説世界に対抗して書いたのだ、とウルフは主張する。

ただし、事実から言えば、ウルフの主張はむしろ強弁と言ってよい。フォースターの最後の長編小説『インドへの道』の出版こそ、なるほど 1924 年ではあるが、彼の他の長編小説はすべて 1905 年頃から 1910 年代の前半に矢継ぎ早に書かれたのである。『天使も踏むを恐れるところ』(1905)、『長い旅路』(1907)、『見晴しのよい部屋』(1908)、『ハワーズ・エンド邸』(1910) と書き進み、さらに 1913 年から翌年にかけて『モーリス』（ただし出版は死後の 1971）を書き、その後はかなり間隔が空くが、1924 年に『インドへの道』を完成させている。そしてなぜか、この『インドへの道』が彼にとっての最後の長編小説となる。

もっともウルフの意見は、彼女が、前者エドワード王朝の作家たち、例えばアーノルド・ベネット（1867 – 1931）、H. G. ウェルズ（1866 – 1946）、ジョン・ゴールズワージー（1867 – 1933）らを、文明の進歩を安易に信奉する物

質主義者として、『コモン・リーダー』(1925) の中の「現代の小説」で批判をしている事実を考え合わせれば、はっきりと納得ができる。フォースターを高く評価するウルフとしては、彼を自分の批判したエドワード王朝期の作家ではなく、ジョージ王朝期の作家グループに分類したことは至極当然なことだった。

　ウルフの分類の仕方に対して、ウォルター・アレンは、『イギリスの小説』(1954) の中で、真っ向から異議を唱えている。フォースターを、ヘンリー・フィールディング (1707-1754) から始まりジョージ・メレディス (1828-1909) で終わると考えられるイギリス小説の古い伝統を引いた一人だと捉えるアレンは、ウルフがロレンスやジョイスらと同列にフォースターを並べたことに反対するのである。

　ウルフとアレンのフォースター観がこのように真正面から別れること自体が、実はフォースターの文学のありようを、即ち、フォースター文学がいかに捉えにくいかということをいみじくも物語るエピソードであろう。

　ところで、今一度改めて、フォースターは1924年の『インドへの道』を最後に長編小説の筆を折ってしまったことを確認しておこう。91年にも及ぶ長い生涯にしては、長編小説はわずか六作にしか過ぎない。しかも、そのうちの一作『モーリス』は、実際には1914年に書き上げられたにもかかわらず、ホモセクシュアルな内容ゆえに、作家自身が生前出版を拒否し、1971年に死後出版という形で初めて陽の目を見た作品である。

　フォースターの場合は、しかし、短編小説の存在を忘れてはならないだろう。こちらは長編小説に比べれば幾分数が多い。先ず第一の短編集『天国行き馬車、他』(1911) には六篇を、次に第二の短編集『永遠の瞬間、他』(1928) にも六篇を載せ、これらは後に『全集』(1947) として一冊にまとめられた。ただし、これら十二の作品の実際の執筆時期は、作家自身もその『全集』版の序で語っているように、すべて第一次大戦以前である。

第 16 章：E. M. フォースター『インドへの道』考

　さらに、生前は未発表のままで、死後に出版された短編集としては、『来世、他』（1972）と『北極の夏、他』（1980）とがあるが、これらは、最後の長編小説『インドへの道』出版以前に執筆されたものばかりではなく、それ以降の執筆のものもかなりあり、どうやら相当に長い期間に亘って書き継がれたもののようである。現に、岡村直美は、「短篇集『来世、他』は、十四篇中七篇までが『印度への道』以降の 1927 年から 1950 年代に書かれたもので、作品の出来不出来は別としても、『印度への道』のテーマと創作動機となった理想実現への懐疑、あるいは幻滅や否定のムードが、その後どのような変貌を遂げたかを辿る貴重な資料を提供してくれる」（『フォースターの小説』、八潮出版、1981、190 頁）と言う。実際、1960 年代の初めにさえ、SF 小説的な短編が 82 歳のフォースターの手によって書かれたとの指摘が、岡村直美にある（"「閉塞状態」からの脱出"、『英語青年』1986 年 11 月号所収）。

　どうやらフォースターは、長編小説の形式からは離れたものの、なぜか短編小説のスタイルだけはずっと引き摺って行ったようだ。短編小説を書き継いで行ったフォースターのそのような行動軌跡を、作家の閉塞状態からの脱出の試み、と解釈する岡村直美の見解（同『英語青年』）は、筆者にも同意できる。ただ、他方において、『インドへの道』の出版後、評論、エッセー、伝記、劇作等を次々と物し、それに伴って講演やマスコミなどを通じての直接の社会的・政治的発言も増し、正に行動する作家としての側面が顕著になりだした事実を思うと、何かしら痛ましい気持ちにならざるをえない。フォースターは創作そのものから決して潔く離れてはいなかったのである。

　だが、たとえその時期に短編小説を秘かに書き継いでいたにせよ、作家自身、それらを生前に公に発表する意志を示さなかった以上、1924 年の長編小説『インドへの道』をもって最後の小説であると言っても、強ち間違ってはいないのではないだろうか。

　さて、その『インドへの道』であるが、基本的にはこれまでのフォース

ターの小説と大差はない。小説の体裁は終始一貫して伝統的な写実主義であるし、又、そのような基調を成すリアリズムに、シンボリズムが微妙に入り込むという様子もこれまでと同様である。実際、このようなフォースター小説の特徴を、同時代作家ヴァージニア・ウルフはみごとに看破している。実在のマラバールの洞窟とインドそのものの魂としての意味合いの洞窟、実在の英国娘アデラ・クウェステッドと尊大なヨーロッパそのものの象徴としてのアデラ・クウェステッド、実在の優しい老女ムア夫人と予言者たるムア夫人、と言った具合に、現実と象徴という二つの相異なる相をフォースター作品の中に読み込むウルフである。そして、この二つの異なる相を接合しようとする際に、却って双方に疑惑を投げかけてしまい、結局はそこに曖昧さを感じ、きわどいところで何かが不足している思いに駆られるとウルフは言う（「E. M. フォースターの小説」1927）。

　だが、そのフォースター論の最後で、ウルフは、『インドへの道』がこれまでの作品とは一味違う点に注目している。

　　重要な個所に曖昧さがあり、象徴の不首尾な瞬間があり、想像力の手に余るような事実の蓄積があるが、初期作品においてわれわれを悩ました二重の視点が単一になろうとしていたことを思わせる。飽和の度ははるかに徹底したものである。フォースター氏はこの濃密な、ぎっしりと詰った観察の大群に霊的な輝きを与えるという偉大な功積をほとんど成しとげている。この書は疲労と幻滅の徴候を示すが、明らかな壮麗な美しさをたたえた数々の章を含み、とくに、今度はフォースター氏はどんなものを書くだろうとわれわれの好奇心をそそるものがある。（大沢実訳、『若き詩人への手紙』所収、南雲堂、154頁）

　だが、ウルフの期待にもかかわらず、皮肉なことにフォースターの最後の

第 16 章：E. M. フォースター『インドへの道』考

　長編小説となってしまった『インドへの道』であるが、誰もが作品を一読しさえすれば、マラバール洞窟事件の謎がこの作品のクライマックスになっていることに気づくであろう。

　一体できごとの真相は何であったのか、アデラ・クウェステッドの言動をどう理解したらいいのか、ムア夫人の突然の変貌ぶりは何を意味するのか、などと、我々は象徴的に作品を解釈しがちとなる。これは、作者が一切の説明をしてくれていないから仕方がない。殊に、マラバール洞窟事件そのものについて描写は、明らかに意図的だと邪推したくなるほど、曖昧な描き方である。作者自身の狙いもそこにあるらしく、全知の立場の語り手として、ただ物語り、ひたすら描写するのみである。だから読み手は、ひたすらテキストに密着して考え込む。すべては読み手の自由な裁量に任されることになる。

　だが筆者としては、アプローチの第一段階として、この作品の中でひときわ冷徹な眼を持った人物フィールディングに注目してみたいと思っている。彼の行動軌跡に焦点を定めてみたいと思うのである。これは何も、この作品の発表時の作者の実年齢とフィールディングのそれとがほぼ同じであるという理由からではない。あくまでも、フィールディングの持っている醒めた眼と言おうか、いかなる人物からも程よく離れていて、一定の距離を保っている姿勢が、何かしら物語作者としてのフォースターのそれとイメージが重なり合うからである。加藤周一も、フィールディングのことをはっきりと「主人公」として捉えていたことを思い出す（「E. M. フォースタとヒューマニズム」、『現代ヨーロッパの精神』所収、岩波書店、1959）。ともかくも、フィールディングに先ず注目することによって、作者そのものでは決してないまでも、作家の声に幾分近い何かが聞き出せるかもしれないと思うのである。

　四十歳過ぎになって、インドのチャンドラポアの小さな官立大学の学長に任命されてインドにやって来たフィールディングの、それ以前の経歴はかな

り変化に富んでいた模様であるが、彼は今では、「根気強く、気持の優しい、知的な男で、教育の力を信じていた」（7章、瀬尾裕訳、筑摩書房、以下同じ）。「この世はお互いに理解しあおうとしている人間の住む世界であって、そのためには善意プラス教養と知性の助けを借りるのがいちばんよい」（7章）と信じている。ただし語り手からは、「これはチャンドラポアには不向きな信条なのだ」（7章）と言われるが。

フィールディングは「生れながらの自由人」（19章）である。「なんのレッテルも貼られないで、インド国じゅうを微行しようというのが彼の目的だった」（19章）。同時に又、フィールディングは理性的でもある。マラバール洞窟事件の裁判に関しても、「イギリス人の群れは感情で行動しようと決意しているのに、彼は依然として事実を求めていた」（17章）。即ち、「理性を失うことはなかった」（17章）のである。「理性的に、冷静に行動して、問題を解決するというのが、彼のいつものやり方だった」（17章）。

このように、いかなるものにもとらわれない自由主義者で、しかも理性的な精神の持ち主でもあるフィールディングは、それゆえに、物事の本質を直視することができる。例えば、被告アジズと原告アデラ・クウェステッドの裁判が一件落着し、被告アジズは晴れて無罪にはなったものの、アジズに与えた多大の苦しみに対する償いとして、フィールディングとアデラは二人して協力してアジズあてに詫び状を書こうとしたが、どうしてもそれが書けない。その時フィールディングは、「ぼくたちが手紙をうまく書けなかった理由は簡単なのです。そして、その理由をごまかさないで直視すべきだと思います。つまり、あなたはアジズに対して、あるいはインド人全体に対して、本当の愛情は持っていないのだということなのです」（29章）と言う。さらに続けて次のようにも言う――「はじめてあなた（＝アデラ）にお会いしたとき、あなたはインドを見たがっていました。しかし、インド人を見ようとは思っていませんでしたね。その時わたしはこう思ったのです――ああ、こ

第16章：E. M. フォースター『インドへの道』考

れだから駄目なんだ。インド人は好かれているかいないかをよく知っています——彼らはだまされないのです。彼らは正義だけでは満足しません——これが大英帝国が砂上の楼閣にすぎないゆえんです」(29章)。これらは、しっかりとした現実認識に裏打ちされたリアリストとしてのフィールディングの一面を如実に浮かび上がらせる台詞である。

物事を直視する眼を持ったフィールディングは、常に冷静に判断する。マラバール洞窟事件の真相究明に関しても、当事者のアデラ・クウェステッドに対して、非常に論理的な分析をしてみせる。すべて彼の推論ではあるが、その論理は現実の洞察に裏打ちされて的確だ。具体的に眺めてみると、「第一に、アジズは有罪だということ、これはあなたに味方する人たちの考えです。第二には、あなたはアジズに対する告発を悪意で捏造した、これはぼくの味方の考え。第三には、あなたは幻覚に襲われている、これがだいたいぼくの考え」(26章) だ、といった調子である。アデラの幻覚説を順序立てて理詰めに語るわけだが、実際この箇所は、語り手の、ひいては語り手の影に寄り添う形でくっついている作者フォースター自身の、この事件に対する解答ではないだろうか。このようなフィールディングの理路整然とした語り口は聞く人にとって説得力がある。

フィールディングが「徹底した無神論者」(27章) であった点も見落としてはならない。だが、そうだからと言って、すべての現象は論理的で明晰な分析が可能、などと考える徹底した合理的なタイプの人物とは言い切れない。その辺は、さすがに平衡感覚を重視する作者のこと、人物をよく見て書いている。「たぶん人生は神秘的で不可解ではあるが、混沌ではないだろう。ともかくよくはわからない」(29章) というのがフィールディングの正直な本音であろう。いずれにせよ、西欧の知的な人物のイメージが色濃く付与されていることは確かだ。

フィールディングが西洋的思想の体現者の一典型ではないだろうかという

ことを一層明確にしているのは、第二部の最終章である。フィールディングは帰国の途につくが、「地中海的調和の一部分」(32章) であるイタリア・ベニスにおいて、彼は「形式美」(32章) のすばらしさに心打たれる。これはインドでは経験できなかったものである。「形式なしに美が存在しうるだろうか？」(32章) と自問する彼は今、「形式の喜び」(32章) を経験する。そして、「インドの友たちはベニスの豪華さは理解できるだろうが、その形式美は理解できないだろう」(32章) と考える。ただし、ゴドボール教授が取り行なうマウの神殿での祭祀の様子について語り手が、「この近づきつつあるインドの勝利は一つの混乱」、「理性と形式の挫折」(33章) と語る際、「われわれヨーロッパ人から見れば」(33章) (=as we call it) とわざわざ括弧つきで断わっている点を見逃がしてはなるまい。だから我々も「形式」(form) の問題を論じる場合、これにならって、「西欧的合理性を基盤とするフィールディングにとっては」と、同じく括弧つきで理解した方がよい。さもなければ、ちょうどアデラ・クウェステッドがアジズを見て彼こそがインドそのものだと思い込んでしまったのと同種の過ちを私たちも犯しかねないからである。

　さて、筆者がこの作品でフィールディング像を高く評価するのは、彼の人間としての成熟度の高さゆえにである。自分とは価値観や考え方の違う人間でさえ認めようとする寛大さだと言い換えてもいい。例えば、アジズに対するお茶の会への招待であるが、一回目はアジズが出欠の返事すら出さずにすっかり忘れていたにもかかわらず、フィールディングはそれを非難するでもなく二回目の暖かい親切な招待状を凝りずにアジズに送る。又、二年ぶりにアジズに再会した折り、これまでフィールディングが出した手紙がアジズによって全く無視されていたにもかかわらず、そのことをさほど厳しくは追求しない。手紙の返事はすべてアジズがマームード・アリに代理で書かせていたわけであるから、当然もっと憤りを見せてもよさそうなのに、フィール

第16章：E. M. フォースター『インドへの道』考

ディングはそうはしない。あくまで寛大である。それどころか、最後の最後まで、アジズに向かって、「なぜいま友達になれないのかね？」（37章）とさえ言う。自分の立場からのみ見れば相手は当然非難されても仕方がないといったことが世間には往々にしてあるものだが、フィールディングの場合は、自分とは違う立場のものをも認め、斟酌する。

　ただしここで、フィールディングに関するフランク・カーモードの意見に耳を傾けねばならないだろう。カーモードは「象徴主義者 E. M. フォースター」（1962）の中で、フィールディングのような人物のことを、「せっかく経験をしながら、その意味をつかむことができないのだ。意図的に説明不能な形をとっている全一性がつかめないのである」（小野寺健訳、『筑摩世界文学大系70』所収、471頁）と言う。即ち、フィールディングは地中海的な文明の尺度によってマラバールの異常さをある意味まで捉えることはできても、その異常さの本質が何かは説明できないし、あくまでも説明しようともしない、という見解である。

　これは、なるほどその通りである。現に、「わたしは神秘的なものは好きだわ。でも、混乱はきらいです」（7章）とムア夫人が言うのに対して、フィールディングは、「神秘は混乱ですよ」（7章）、「神秘というと聞えはいいけど、混乱の別名にすぎませんよ。どのみち、そんなことをいじくり回したところで、なんの利益にもなりません。アジズとわたしは、インドが混乱だってことを、よく心得てるんです」（7章）と言う。どうやら彼は、神秘、異常、混沌といったようなものとは縁が無いことは確かなようである。

　だが思うに、フィールディングに関しては、このことは、カーモードに指摘されるまでもなく、致し方のないことではないか。なぜなら彼は、初めから、「狂気というものが理解できな」（17章）い人物だからである。すでに見てきたように、あくまでも彼は、「理性的に、冷静に行動して、問題を解決する」（17章）タイプなのだ。だから当然のこととして、彼のそのような

263

理性的な行動原理は、長所であると同時に短所でもあるのだ。それは、理性的な人間の限界とも言えようか。この点をカーモードは突いたわけだが、しかしそれにもかかわらず、筆者としては、フィールディング像の評価を変えるつもりはない。

フィールディングは、現実に生きているような濃厚なリアリティーを我々に感じさせる人物である。イギリスによるインド支配についても、彼は政治的に過激にはならない。いやそれどころか、誠実すぎるほど誠実に対処する。一見、不謹慎で不真面目だと誤解されるかもしれないことを覚悟の上で、彼は「正直に話そう」(9章) と、心がける。決して議論において詭弁を弄したりはしない。このことなど、筆者にはむしろ好ましい一面だと思われてならない。

又、フィールディングは、それが彼の限界と言えるかどうかは別として、自分に対しても誠実で正直であった。この点も忘れてはなるまい。次に引用する箇所は、フィールディングの視点からの語りであるのだが、彼の正直さがにじみ出ており、同時に又、彼独特の人間関係論も披瀝されている。

『この男（＝アジズ）と本当に親密な間柄にはなれないだろう』とフィールディングは考えた。それから『誰ともなれないだろう』と思った。これが到達した結論だった。彼は、インド人と親しくなれなくてもかまわないということ、援助できるだけで満足であること、彼らがいやだと言わないかぎり彼らに好意をよせるし、好意などよせてほしくないと言えば静かに先へ進んでゆくだろうということなどを白状しなければならなかった。経験というものは役に立つものである。イギリスやヨーロッパで学んだことはすべて彼の役に立ち、明晰さに到達する助けとなった。しかし、このヨーロッパ的明晰が、何か他のことを経験しようとすると邪魔になった。(11章)

第16章：E. M. フォースター『インドへの道』考

　語り手のみならず、おそらくフィールディングも、ヨーロッパ的明晰さの及ぼすマイナス面に気づいていたのではないだろうか。それを物語るものとして、フィールディングは同じイギリス人のアデラ・クウェステッドをもよく観察している事実が挙げられる。彼女から、「ヨーロッパ的教育の哀れな産物の一人のような印象を受け」(11章) た、と彼は言う。インドと人生を理解する際、「まるで講義でもきいているみたいに彼女は一生懸命」(11章) だ、と冷笑混じりにアデラのことを見ているところなど卓抜である。
　ただし、筆者が思うに、フィールディングのような人物は、たとえ冷徹な目差しを持っているとは言え、それがあまりに鋭いばかりでもいけない。頭脳明晰すぎてもいけないのだ。なぜならそれは、人物としての現実感が稀薄になるのみならず、我々に共感を呼び起こせなくなってしまうからである。その点、フィールディングの場合は、程よくバランスを保っている。アジズに、「親しくつき合ってみると、フィールディングは、本当に心の暖かい、因習にとらわれない人だが、けっしていわゆる聡明な人ではないということがわかった。ラム・チャンドやラフィなどがいる前であんなふうに腹の中を割って見せることは危険で、粗野なことだった。それはなんの役にも立たない」(11章) と思わせるが、これゆえにこそ却って二人は友だちになれるのだ、と思われる。友情関係を保持するためには、いたずらに相手を恐れさせてもいけないのであり、それよりもむしろ、安心感を与える方がよい場合もあると思われるが、フィールディングの特質は、正にそれである。
　フィールディング像は、人間や社会を見る態度において平衡感覚を持ち合わせた良識ある市井人のように筆者には思われる。確かに彼は相応の冷徹な眼を持ってはいるが、それゆえに苦悶するタイプの人間では決してない。「見る」人、「見える」人であるには違いないが、だからと言って内省的な人生態度とは無縁のようである。要は、彼は苦しみ抜くタイプの人間ではないのである。それゆえに、彼の人間洞察眼は、苦悩の中から培われた、研ぎす

まされた洞察力といった類いのものでは断じてない。結局のところ彼は、現実家的側面の濃厚な現実主義者なのである。そう言えば、彼は大学の学長ではあるが、決して学者ではないことが語り手によって何度も語られている。学者のすべてが非現実的なアカデミズムの世界に閉じ籠もる存在だとは言わないが、学問研究には現実との対応から離れざるをえない側面があることも否定はできない。そんな意味から言えば、彼はやはり学者ではない。事実、彼は文学や芸術とも無縁であり、詩の世界に耽るアジズとは対照的である。このような人物は、一歩間違うと世間の嘲笑を買うことになりがちだが、フィールディングの場合は、人柄、特に寛容の態度がそれを防いでいる。それゆえに、彼の持つ現実家的側面もプラスに働き、従って、個々の現実や現象を捉える彼の眼も鋭く冴えたものとなっている。それはひとえに、彼の人間としての成熟度のおかげであろう。

　だから、カーモードのように今ここでフィールディングに対して、無いものねだりをしても仕方がない。個々の現実や現象を捉える眼よりも、さらにもう一段高い段階の透徹した眼を望む気持ちは、カーモード同様、わからないわけではないが、フィールディングにそれを望むことは無理であろう。なぜなら、その場合、彼の資質とは相反する側面、一例を挙げれば、芸術家的資質のようなものが求められることになるからである。

　しかし作者は、フィールディングに欠けた要素を、ひょっとして同じイギリス人のアデラ・クウェステッドに付与しているのだろうか。両者の間にはやたら共通項ばかりが目につく。フィールディング同様、アデラ・クウェステッドも「論理的に物事を考える」（3章）し、「とても公平で偏見のない人」（3章）である。「神秘的なことって、大きらい」（7章）という点までも似ている。裁判終了後、「彼女の謙虚さはいじらしいほどだった。両方の側から非難されていることをけっしてこぼしたことはなかった。彼女は、それは自分自身の愚行に対する当然の罰とみなしていた」（29章）。この点からも、

第 16 章：E. M. フォースター『インドへの道』考

彼女はフィールディングと同じく、精神面において決して未熟な人間ではないことがわかる。

このように、フィールディングとアデラ・クウェステッドとの間には数多くの共通点があることは確かなようであるが、相違点がないわけではない。フィールディングの場合は、時には腹の中を割って見せることがあるにせよ、基本的には「身軽」（11 章）を信条としていることからもわかるように、相手に対しても押しつけがましくはなく、いわゆるクールである。相手が「好意などよせてほしくないと言えば静かに先へ進んでゆく」（11 章）のである。それに対してアデラはと言えば、「心に思っていることをはっきり口に出」（3 章）し、「徹底的な話し合い」（8 章）を切望する。物事を「断然はっきりさせておきたい」（8 章）のである。このことだけからもわかるように、アデラの方がより一層人生に対して情熱的であり積極的なようだ。

アデラ・クウェステッドのこのような情熱と積極的な態度は、ムア夫人との比較によってもはっきりとする。ゴドボール教授の短い奇妙な歌を聞いて以来、単調な日常に明け暮れしていたムア夫人とアデラではあるが、ムア夫人は「自分の無感動をそのまま受け入れたのに対して」（14 章）、アデラは「自己の無感覚に怒りを感じ」（14 章）、「もし退屈したら、自分を強く非難し、無理やりに口を開いて熱狂的な言葉を叫ばなければならなかった」（14 章）ほどである。「いろいろな事件の起る人生の流れはすべて重要で面白いものだというのがアデラの信念だった」（14 章）のである。

ミス・クウェステッドの持つ、この種の積極性は、なるほどフィールディングにはない。そんな意味では、フィールディング的資質にミス・クウェステッド的資質を加えれば、さらに理想に近い西洋人の一典型が生まれるかもしれない。そもそも二人とも、相当に成熟した人間としての特質、例えば寛大さを合わせ持っていたのであるから、ここに一層の情熱が加わるとなると、もう鬼に金棒で、ほぼ理想型の中流知識人像が誕生することになる。実際の

ところ、ゴドボール教授に代表されるインドの思想の体現者やムア夫人に代表されるインドの思想の理解者と互角に対抗しようと思えば、フィールディングひとりでは無理であり、そこにアデラ・クウェステッドも加わらなければならないのである。

　しかし、である。フィールディング像にアデラ像を加えたところで、まだまだ足りないものを感じてしまうのはなぜだろうか。それには二つの理由が考えられる。一つは、アデラの特質が情熱面においてもう一歩深く踏み込んではいないという点である。もう一つは、両者とも苦しみ悩む態度が稀薄である点である。他者との話し合いにおいて、敢えて理性の壁を破り、自己暴露のレベルにまで突き進むという姿勢は、いくら人生に積極的なアデラ・クウェステッドといえどもない。又、フィールディングもそうであったが、アデラにも内省的な人生態度はほとんど見られない。インドの精神風土の理解者という象徴的意義をすっかり担わされたムア夫人の持つ特質は、アデラにもフィールディングにも縁がない。もっとも、アデラについて言えば、彼女の主要な使命はマラバール洞窟事件で大きな役割を果たすことにあるゆえ、彼女にそれ以上のものを求めること自体が無理な話かもしれない。

　しかるに、フィールディング像にアデラ像を加えてもまだ足りないところを、たった一人で十全に持ち合わせている人物がいる。この人物なら、ムア夫人に負けず劣らず、混沌や神秘や非合理なるものにもきっと接近できるはずである。否、初めから超俗的・象徴的な立場に立ってしまっているムア夫人とは違って、その人は、フィールディングやアデラのような人生の実感を有した人物ゆえに、我々に与える印象はムア夫人以上のものであるにちがいない。その人の名前はミス・レイビー。『インドへの道』よりもおよそ二十年も前に既にフォースターによって創り出された人物である。彼女は短編小説「永遠の瞬間」の中で登場する。

2.

　短編小説「永遠の瞬間」は、短編集『永遠の瞬間、他』(1928) の中の一冊だが、元来は 1905 年の『独立評論』に公表されたもののようである。このことは永嶋大典が教えてくれるのだが（「中産階級と人間関係―― E. M. Forster 論 (3)、『英国小説研究第七冊』所収、篠崎書林、1966)、この作品は倫理的深さの点から見てフォースターの後期に書かれたものではないかと推定した永嶋大典は、直接フォースターに問い合わせて解答を得たとのことである。フォースターからの返事を踏まえて、永嶋大典は、「この短篇は五つの小説の出発点であり、また帰着点とも考えられよう。作家のテーマというものは生涯を通じて一つしかないのではなかろうか」（上掲書、73 頁）と総括する。

　「帰着点とも考えられよう」とは、1966 年の時点にしてはかなり思い切った解釈であり、永嶋大典が作品「永遠の瞬間」をいかに高く買っていたかがこちらにもひしひしと伝わってくる。この作品はフォースター文学の縮図である、とさえ彼は言い切るのである（同 71 頁）。

　他に「永遠の瞬間」を高く評価する人にライオネル・トリリングがいる。トリリングは、1947 年の『全集』所収の 12 の小品のうち、「永遠の瞬間」と「コロヌスからの道」の二篇のみはファンタジー作品ではなく、しかも最も成功したものであると言う（『E. M. フォースター研究』、ホガース社、1944、35 頁）。

　実は筆者自身も、この短編小説を高く評価する一人である。特に、『インドへの道』との関連が、永嶋大典ならずとも強く想起される。一読すればわかることだが、ムア夫人を襲う突然の虚無感、断念といった様相が、「永遠の瞬間」のミス・レイビーの中にも明らかに見受けられるのだ。ただしその場合、終始一貫して象徴的意義を担わされているムア夫人のそれと比べて、人物造型面でもっと確かなリアリティーを付与されている分だけ、ミス・レ

第Ⅱ部　研究と考察

イビーの断念の様子の方が我々により一層の共感を呼びさます。次にその辺りを作品に則して眺めてみよう。

　主人公の女流作家ミス・レイビーは、知性と教養のある知識人という点ではフィールディングに近いが、フィールディングが、現実家的側面があまりにも濃厚な人物であったのに対して、ミス・レイビーは、全くその逆とも言えるほどで、現に、「作家の方はいつも実際にうといもの」（米田一彦訳、英宝社、168 頁、以下同じ）と、レイランド大佐の妹から言われるほどである。又、「心の思いをはっきり口に出すのが彼女の習わしだった」（199 頁）という点においては、アデラ・クウェステッドに近いが、ミス・レイビーの場合はそれをさらにもっと押し進めて、「型破りな話し方をする」（155 頁）ほどである。

　「投げ出す値うちのある唯一つのものといえば、自分自身です」（160 頁）というのがミス・レイビーの信条なのである。それゆえに「自己暴露」（self-exposure）に重きを置く。これはアデラ・クウェステッドとは明らかに違っている。「そうした正体のばくろが真の交りの唯一つの可能な基礎、階級と階級をわかつ精神的な障壁にあけられた唯一つの門」（160 頁）だと、ミス・レイビーは言う。

　アデラやフィールディングと違って、ミス・レイビーは終始苦悶する。ヴォールタの村を俗化させてしまったのはひとえに自分のせいである、と己を責めて悩み続ける女性である。ミス・レイビーのそのような、苦悩ゆえにますます研ぎ澄まされた洞察力、即ち、彼女の透徹した眼は、ムア夫人の様相に一段と近づく。ムア夫人がマラバール洞窟で経験したエピファニーと同種のものをミス・レイビーも経験する。旅館の女主人カンテュー夫人に二十年ぶりに再会した際、カンテュー老夫人の弱り切った身体を見ているうちに、赦しを請うこと自体を突然断念してしまう。これはムア夫人のそれと酷似している。

ひとつの「啓示」(198頁)(revelation)によって、一瞬にして事物の本質を悟ってしまう特質もムア夫人の場合に似ている。二十年前に彼女に恋をしかけた男フェオと再会して話している時にも、「突然の衝撃と今昔の対照が一つの啓示」(198頁)となってミス・レイビーを襲い、「この男を愛していないのはいまだけだ、山での事件は自分の生涯での重大な瞬間の一つだった——たぶん最も重大な、たしかに最も永続的な瞬間だった、……その幻の永遠の思い出が人生を耐え得るもの、よきものと思わせてくれたのだ」(198頁)と悟る。

ミス・レイビーが持つこの種の透徹した眼は、既に見てきたフィールディングの冷徹な眼とは幾分異なっていることをここで付言しておきたい。それは、苦しみ抜く内省的人生態度の有無によって生じた相違であると筆者は思う。フィールディングも、なるほど怜悧な眼によって事物の本質を見抜く鋭い洞察力を持ってはいた。しかし、それはあくまでも実際の日常の社会的次元に限定されるものであった。日常の中産階級的社会においては大きな有効性を持ち得たにちがいないだろうが、社会的次元を超えた超自然的なレベルにおいては彼の冷徹した眼が果たして有効に機能したかどうかははなはだ疑わしい。実際、彼はムア夫人の悟りの世界とは無縁であった。しかるにミス・レイビーはと言えば、フィールディングの眼のみならず、ムア夫人の眼をも合わせ持っているのである。超俗的、超自然的な次元においても彼女の研ぎ澄まされた眼はみごとに機能する。それは、彼女の普段の苦悶する姿勢の中から生み出された一つの資質である。

このような、エピファニーを経験できるほどの透徹した眼、これが引き金となって、ミス・レイビーは悪の本質をも見抜く。かつては村も村人もすべてが純朴であったのに、いったい誰がこれらを俗化させてしまったのかという問いに対して、ミス・レイビーの視点から語り手は、「悪党がこのことをしたのではない、それは善良で富裕でしばしば利口な——そのことについて

いやしくも考えるとすれば、自分たちは自分たちの滞留することにしたどの土地にも、商売上の利益はもちろん道徳的な利益をも与えているのだと考える——紳士・淑女たちのしたことである。」(180頁)と述べる。ミス・レイビー自身も、「世の中には大して邪悪などあるのではないのかも知れません。わたしたちの眼につく悪もそのたいていはちょっとしたあやまち——おろかさとか虚栄とかの結果なんです」(184頁)と言う。

　ところで、悪に対するミス・レイビーのこのような考え方に対して、小説における悪を考察するアンガス・ウィルソンは、果たしてどう言うであろうか。正邪の問題にとどまっており、それをさらに突き抜けた善悪の次元にまでは達していないと批判するであろうか。「オースティン派」と自称するほどにジェイン・オースティン(1775-1817)に傾倒したフォースターらしく、ミス・レイビーの悪についての捉え方は、さすがにオースティンのそれとよく似ている。となると、オースティン文学の悪の世界を批判する立場のアンガス・ウィルソンとしてはミス・レイビーのそれをあまり高く評価しないであろうと思われる。だが、筆者としては、これまで見てきたことからもわかるように、ミス・レイビーの悪についての認識は彼女の特異な眼によって捉えられたものゆえ、たとえそこにアンガス・ウィルソン好みの超俗的な要素が含まれていなくとも、高く評価できると思うのである。

　ミス・レイビー像をかなり高く評価することになったが、これまでの考察を少し振り返ってみよう。先ず、『インドへの道』のフィールディング像に注目した。彼の持つ冷徹な眼と人間としての成熟度への共感が筆者の根底にあった。そしてその延長線上でアデラ・クウェステッドにも考察を加えた。だが、この二人にはムア夫人的要素が無い。そこへミス・レイビーを登場させた。

　だが、事実関係は無視できない。ミス・レイビー像は1905年の創造である。『インドへの道』よりもおよそ二十年も前である。たまたま筆者は、『イ

第16章：E. M. フォースター『インドへの道』考

ンドへの道』から逆に遡って「永遠の瞬間」へと帰って行ったが、フォースターの作家としての行動軌跡は、言うまでもなく、「永遠の瞬間」から『インドへの道』への移行である。この事実を忘れてはならない。

　結局のところ、あのミス・レイビー像は、その後どう変遷して、最後の長編小説『インドへの道』へと至ったかを解明しなければならないだろう。

3.

　かつてのミス・レイビー像が、『インドへの道』においては、二つの極——フィールディングやアデラ・クウェステッドに代表される世界とムア夫人に代表される世界——に分かれた、というのが筆者の解釈である。換言すれば、かつてはリアリズムとシンボリズム、合理的なものと非合理的なものとが一人の人物の中で渾然一体となっていたが、ここに至って分極化・対極化した、という考え方である。このように考えた時、作者は究極的には一体どちらの側に軍配を上げようとしているのかという問題に突き当たらざるをえないが、それはそう容易に結論が下せるものではない。それよりも今、我々は作品の構造をより鮮明に解き明かしたい。

　「永遠の瞬間」と『インドへの道』との間にある大きな開きの一つに寛容の問題がある。『インドへの道』においては、既にフィールディングとアデラ・クウェステッドの場合を見てきたように、寛容の原理が大きな比重を占めている。主義・主張、立場を異にする他者をも容認するという態度が支配的である。そしてそれが、人間としての成熟度の根幹を成していた。ところが「永遠の瞬間」では趣を異にする。

　ミス・レイビーは、既に考察を加えてきたように、彼女の中にもちろんムア夫人的要素はあるのだが、それでもやはり、寛容の人ではないと思わせる面がある。それは、彼女の「自己暴露」という信念のせいだろう。現に、レイランド大佐とのつき合いにおいても寛容の原理は働いていない。二人は、

「相手の限界や矛盾を知らないとかいうふりをしない。お互いを斟酌することさえしないといってもよい」（前掲書、168頁）といった間柄である。この描写の後に、語り手の、ひいては作者自身のストレートな心情の吐露のようなものが続く。

　それは「Toleration implies reserve...」なる英文であるが、ミス・レイビーとレイランド大佐の遠慮会釈のない手厳しい交際を是認する立場からの語りと取るのが自然ゆえ、「toleration」も「reserve」もマイナス・イメージの概念となる。現に、大沢実訳は「寛大はむしろ隠し立てを意味する」（南雲堂、106頁）と、訳しているほどである。だがこれは、寛容の作家フォースターにしてみれば皮肉なことである。ひょっとして、語り手は、ミス・レイビーとレイランド大佐の立場に立つことを完全に放棄して、作者自身に近い立場に戻り、ミス・レイビーと大佐との交際のあり方を批判的に眺めた、とは取れないだろうか。そうなると「toleration」も「reserve」もプラス・イメージとなる。だが、もちろんこれは、英文の流れから考えると不自然であり、おかしい。前者の解釈が正しいと考えて間違いないだろう。

　話は少し脇に逸れたが、「永遠の瞬間」においてだけでなく、『インドへの道』においても、寛容に関して一つのヒントになる説がある。それは既に本論においても触れた加藤周一の「E・M・フォースタとヒューマニズム」という論文である。加藤周一は、先ず、フォースターの世界は公的（社会的）な面と私的（個人的）な面とにはっきり分けられている、と解釈する。その際、一方に通用する原理は必ずしも他方には通用しないということをしかと強調する。そこで、寛容の問題に触れて、フォースター文学における寛容の原理は「社会的な面では重要であるが、私的・人格的な交りのなかでは必ずしも最高の原理とは考えられていない」（前掲書、220頁）と看破する。さらに、「芸術的創造は、——そして多分一般に創造なるものは、——良識と寛容の問題ではない」（同225頁）と言って、寛容な人物では決してない画

第16章：E. M. フォースター『インドへの道』考

家ゴッホの例を出す。

ミス・レイビーとレイランド大佐の交際はまさしく私的・人格的なものであり、そしてミス・レイビーは創作に携わる小説家であるという点に鑑みた場合、加藤周一の論はみごとなまでにそっくりそのまま「永遠の瞬間」の解釈にも当てはまる。それゆえ、「民主主義的寛容の原則が、個人的な人間関係ではそのまま最高原理として通用するのではない」(同226頁) という加藤周一の公式を当てはめれば、先程の「toleration」や「reserve」の問題もはっきりと結着がつく。

次に、フィールディングやアデラ・クウェステッドといった人物たちの寛容はどうなるのか。この二人は、被支配国インドと支配国イギリス、東洋の文明と西洋の文明、といった政治的・社会的な状況の中に置かれていて、その中で特に、フィールディングとアジズ、アデラ・クウェステッドとアジズとがそれぞれ関わりを持つのである。このことから言えば、政治的・社会的領域での寛容の原理の重要性を説く加藤周一の論が、この二人の場合にもそっくり当てはまるのである。又、加藤周一は政治的・社会的領域での信念の否定に触れているが、そう言えば、フィールディングは「身軽」な人物であった。

ところで、ムア夫人についてはどうであろうか。彼女は、インドの精神を「ちらっと垣間見」(5章) る役割を担った人物であり、それこそ加藤周一流に言うところの私的な面においても公的な面においても誰とも深く関わりを持たないから、寛容に関してもこれまでの人物たちのようなわけにはいかない。加藤理論も当てはまらない。象徴的意義を担わされているがゆえに、肌に感じられるような人生の実感は持たないが、作者自身のこれまでの価値観とは大いに異なる、まるでインドの精神風土の体現者たる風貌さえ帯び始めるムア夫人と寛容の問題を、一体どのように解釈したらよいであろうか。

人間関係を重視する立場のフォースターが、ムア夫人には人間関係を断念

させている。彼女は「人間は重要だが人間と人間の関係は重要でないとますます強く感じるようにな」(14章)る。「わたしたちが人生の支えにしている個人的な人間関係も束の間のものだ」(29章)と思い、「人生に対する執着を根底からゆり動か」(14章)され、「一切は空であるという幻想に身を任せ」(14章)てしまう。「キリスト教徒らしい優しさも消えて」(22章)いく。

　このようなムア夫人像創造と作家自身の思想とが微妙に絡み合っているにちがいないことは容易に想像ができる。作品上梓前の二度のインド訪問や、作品に記された献辞からもわかるように、インド人マスードとの17年にも及ぶ友情関係が、作家に思想の変容を迫り、そこから特異なムア夫人像が生み出されたことは間違いないだろう。

　ムア夫人の吐く次の言葉が、取りも直さず、ムア夫人と寛容の問題を解き明かす鍵のように筆者には思われる。

　　「わたしは善くはありません。むしろ、悪い人間です」ムア夫人は前より穏やかに言って、またペイシェンスをはじめた。そして、トランプをめくりながら言った、「悪い老人です。悪い、悪い、とても悪い。……でも、あなたがたが罪のない彼(=アジズ)を苦しめる手助けはしませんよ。悪にもいろいろあるわね。でもわたしは、あなたがたの悪よりわたしの悪のほうがいいと思っているの」(22章)

象徴的意義を担わされているイメージが濃いムア夫人にあって、彼女のこの言葉は、千鈞の重みを持って我々に迫ってくる。なぜなら、「永遠の瞬間」の中でミス・レイビーが我々に語った悪の認識と、『インドへの道』におけるこのムア夫人の認識との間には、かなり大きな差があることを感じずにはいられないからである。「悪」(evil)についての認識の差、これこそが、「永

第 16 章：E. M. フォースター『インドへの道』考

遠の瞬間」と『インドへの道』との差、とさえ言い切れる程である。とにかく、普通一般には決してほめられたものではない傍観者的態度も、ムア夫人にあっては、それも立派な寛容の態度となるのである。

　寛容の原理に関して、これでとうとう三つの様相が出そろった。ミス・レイビーに代表される芸術家タイプにとっての寛容の持つ意味、フィールディングやアデラ・クウェステッドに代表される政治的・社会的生活を営む人々にとっての寛容の持つ意味、そしてムア夫人に代表される虚無主義者にとっての寛容の持つ意味である。作品『インドへの道』では、もちろん、フィールディング・アデラ型寛容と、ムア夫人型寛容とが鎬を削っているのだが、筆者としては、ムア夫人によって提示された、悪についてのあのみごとな認識に鑑みて、ムア夫人型の寛容に軍配を上げたい。

　しかし他方では、ムア夫人によって新たに発見された寛容の原理の根底にある虚無主義の中に、理性や歴史への信頼を放棄する姿勢があまりにも強く感じられるゆえ、理性から非理性、合理から非合理へと飛翔したムア夫人、そしてそれを描いたフォースターにも、再び、非合理なるものを統御したいと望む日は来ないのであろうか、と思わざるをえない。実際のところ、ムア夫人も、そして作者フォースターも、そんなに潔く西欧の知的伝統の枠組みから脱し切れるであろうか。1920 年代から 30 年代へと時代は大きなうねりを見せる中、混沌、神秘、懐疑、非合理へと赴いた彼らの魂の行く末に思いが行く。

　だが、少なくとも作品『インドへの道』のメッセージは、やはり、ムア夫人の説く悪についての特異な認識と、彼女が身をもって示した寛容の原理と考えるのが妥当であろう。現に、第 1 部第 4 章で既に、語り手の影に寄り添う作者は、「人間がみずから思いたって自分たちの統一を企てても、おそらくは徒労に終るだろう。それどころか、その企てはかえって人間同士を隔てる溝をいっそう広げるだけなのだ」と言っている。「おそらくは」(perhaps)

という言葉からも窺われるように、この語りは、一見、断定を避けようとする優柔不断の印象を読者に与えがちではあるが、筆者には却って、作家の誠実な声として響く。フォースターを良心的知性の作家として捉えるアーノルド・ケトルも、『インドへの道』論の最後で、『彼の小説の中核にあって、たえず安易な一般論形成をちくり、ちくりと牽制し、分析しつくした人間関係にいまだ予言不可能な要素があることを暗示する、あの「おそらく」「たぶん」という言葉を、われわれは単に自由主義者の臆病を示すものとして片づけることはできない』(『イギリス小説序説』、小池・山本・伊藤・井出訳、研究社、358頁)と述べている。筆者はこれに全く同感である。

「ムーア夫人＝ゴドボール教授という材料をめぐってどことなく感じられる曖昧さ」(アーノルド・ケトル、同357頁)は確かにあるかもしれないが、それでもなおかつ、ムーア夫人が知り得た特異な悪の認識と寛容の精神が精彩を放っているのは、実はその根底にフィールディングに代表される堅固なリアリティーを有した人物がしかと控えているからである、という点を最後に改めて強調しておきたい。後のエッセー"What I Believe"(1938)の冒頭の"I do not believe in Belief."とも思想的につながっていくムーア夫人独自の認識が読者にひときわ強く迫り来るのは、人生の実感を有した人物フィールディングの巧みな描写があったればこそである。このように、『インドへの道』は、終始一貫して象徴的意義を担わされており、それゆえに本来はリアリティーに欠けるはずのムーア夫人のエピファニーが、イギリス小説の伝統とも言うべき堅固なリアリズムによってみごとに支えられている作品である。

第17章：*The American* に関する一考察

序

「動かない固定した相」と「動き発展する相」、つまり「静の相」と「動の相」との二面性からヘンリー・ジェイムズ（Henry James, 1843-1916）の *The American*（1877）論[1] を展開してみようとするのが本論の目的である。

これは、「完結した相」と「変化する相」と言って良いかもしれない。とにかくこの二面間の緊張の効果が、劇的なこの小説の真髄であると思う。「多様な性格と風俗を鮮明に示すところの人物典型の不変性」と「作中人物の内発的進行性」との緊密な様相である。

小説を面白くするためにはあらゆる物語をドラマタイズしなければならないと考えるジェイムズであるが、特にこの *The American* には劇的な場面がある。しかしジェイムズの場合のドラマはあくまで頭の中にあるドラマである。ヨーロッパの歴史的伝統世界がアメリカ人の意識にどんな衝撃を与えてそれを拡大させるかという質のものである。この点を考察していきたい。

1.

F. R. リーヴィスは、*The Great Tradition*（1948）第3章 'Henry James' に於いて、*The American* の主人公クリストファー・ニューマン（Christopher Newman）に関して、「彼の名前が示す通り、彼は作者ジェイムズの非常に積極的で意味深い意図を体しているのである。彼の名前はクリストファー・コロンバスを想起させ、ニューマンなる姓は、名は体を表わすである。ジェイムズはつまり、彼に特別の象徴的価値を持たせようとしている。彼こそ次

の質問に対する解答なのだ。ヨーロッパの流れを汲むもの——海を渡ってもたらされた遺産——を切り離し、取り除くと、アメリカが貢献したものとして一体何を我々は提示することができるか？」と説く[2]。つまり、リーヴィスは、主人公ニューマンの象徴的役割を考え、彼によって代表されている「エネルギーと、妥協しない道徳的活力と、率直な意志の力」(energy, uncompromising moral vitality and straightforward will)[3]という象徴的意義を中心にして、この作品をひとつの道徳的寓話として考えている。

リーヴィスの指摘を待つまでもなく、なるほどこの作品は、ヨーロッパの場面の中に現われたアメリカ人の性格の典型を考察したものである。寓話作者としての任を担ったジェイムズは、アメリカ的性格を読みとろうとする読者に対して、読みやすいシーンを提供する。話のはじまりの第1章での主人公ニューマンの悠々とした姿勢、体格、顔つきは、正に典型的なアメリカ人のそれである。国民の型というものを見分ける眼識のある人ならだれでも、彼がアメリカ人であるのに気づかないはずがないと、ジェイムズは言明している。ニューマンの出身地は明らかにされてはいないが、彼の西部色濃厚な身の上話から考えて、ヤンキー寓話がその基礎となっていることは確かである。[4] とにかく、このスケールの大きい典型的アメリカ人が悠々たる足どりで、ヨーロッパに踏みこんでくるのである。

ニューマンは「偉大な西部の野蛮人」(the great Western Barbarian) (Ch. 3) である。純真でたくましく、踏み出してきて、哀れな衰えはてた旧大陸をしばらくじっと眺め、それからさっと襲いかかろうとする (stepping forth in his innocence and might, gazing a while at this poor effete Old World, and then swooping down on it) (Ch. 3)。正に「翼を広げた鷲」(the spread eagle) (Ch. 6)[5] であり、鷲が翼を広げた以上、その翼を使わなくてはいけないのである (The spread eagle ought to use his wings.) (Ch. 6)。そこで彼は、クレール・ド・サントレ (Claire de Cintré) を助け出さんが

ために飛んで行き（fly to the rescue of Madame de Cintré）（Ch. 6）、襲いかかって、爪でひっつかんで、かっさらって来よう（pounce down, seize her in your talons, and carry her off）（Ch. 6）とする。「翼を広げた鷲」という表現とアメリカの紋章との関係を今更述べる必要もないであろうが、「クリストファー・ニューマン」という彼の名前と同じく、彼がアメリカ人という国民的な類型に属する人物であることを我々に教えてくれる象徴的表現である。「合衆国は世界で一番偉大な国で、ヨーロッパなんか全部そのズボンのポケットに入れてしまうことができる」ときっぱり言う（he finally broke out and swore that they were the greatest country in the world, that they could put all Europe into their breeches' pockets）（Ch. 3）程の征服欲である。そして彼は最上のものをヨーロッパに求める。「人間として得られる最大の楽しみ。人間、場所、芸術、自然、あらゆるもの。一番高い山、一番青い湖、一番すばらしい絵、一番きれいな教会、一番有名な人物、一番美しい女性」が彼の求める対象となる（I want the biggest kind of entertainment a man can get. People, places, art, nature, everything! I want to see the tallest mountatins, and the bluest lakes, and the finest pictures, and the handsomest churches, and the most celebrated men, and the most beautiful women.）（Ch. 2）。これまで事業で忙しくて結婚する相手を探せなかったから、ヨーロッパでこそ心も容姿も美しく高貴な女性と結ばれたいと言い、「市場で最良の品物」（the best article in the market）（Ch. 3）としての女性を手に入れたいとも言う。非常に卑俗で俗悪な実利主義、物質主義が感じられる表現ではあるが、ニューマンには金権主義的な横柄な態度は全くない。彼は本質的に無垢なる者である。

　「ぼくの成功を完全なものにするには、ぼくの築いた財産の上に、記念碑の上部を飾る華麗な像のように、美しい女性がのっていなくてはならない」（To make it perfect, as I see it, there must be a beautiful woman perched on the pile, like a statue on a monument.)（Ch. 3）と公言するニューマンを主人公とするこの小説は、それゆえ、構成的にはニューマンとクレールとのラブストーリーとなっている。「翼を広げた鷲」がクレールをめがけて襲いかかる話である。この鷲は、果たしてうまく獲物を捕えることができるかどうか。実は、そこに立ちはだかるのがヨーロッパの歴史と伝統の厚い壁である。

　この小説は単なるラブロマンスでは決してない。ニューマンとクレールとの恋愛事件をストーリーの中心に置き、テーマはアメリカとヨーロッパの風俗習慣の対比であるが、この小説はそれだけではないと思う。さらにもう一歩進めて考えなければならない。つまり新しいタイプの人間であるニューマンが、古いヨーロッパ貴族社会との対決を通じて、人間形成・意識の深化を成し遂げたかどうかという点である。なるほど、この作品では、ヨーロッパ体験によるアメリカ人の人間形成というテーマはまだ十分には掘り下げられてはいないが、この考察を抜きにしてこの作品の道徳的価値云々は不可能である。そして実際、この問題に入り込むことによって、今まで分りやすかった作品世界が、途端に分りにくいものに変貌するであろう。粗野と単純の中にもそれゆえの活力と誠実さのあるアメリカ的性格と、伝統と高い文化の底に潜む人間的腐敗堕落を有するヨーロッパ的性格との対立概念は、いわば、人間関係にしても例えば市民社会のような具体的な共同体の中で如実に描かれていくのではなく、描象化された人間関係がイデーみたいにあってそれが探られていく感じのものであり、こういう事物の把握の仕方は、やはりジェイムズ的だとは思う。そして特にこの作品の場合、このような、文化の根が浅くそれだけに無邪気で素朴であるアメリカ社会と、深い伝統を誇るとはいえ内面的には腐敗堕落をまぬがれぬヨーロッパ社会との相対関係の考察は適切だと思う。だがさらに重要なのは、ニューマンがヨーロッパから何かを学び得て自己認識を成し得たかどうかという事である。36才にしてすでにあ

り余る富を蓄積し、やりたい事業は何でもやり、これまでは全く顧みる余裕の無かった「教養」を求めてヨーロッパにやってきたニューマンが、精神発達ないし人間形成を成し遂げたか否かを次に考察していきたいと思う。

2.

　アメリカ独立宣言は、単にイギリスだけでなくヨーロッパの歴史からの完全な断絶を示すものであった。かつてアメリカとヨーロッパの関係は、共通の歴史的伝統に支えられていた。共通の社会的基盤があった。ところが両大陸間の革命的断絶以後、両者間の文化的関係は、政治的・地理的分離以上に離れてしまった。ヨーロッパと離別することによってアメリカは、ヨーロッパのような古い伝統ある文化的遺産のないことを強く意識しだした。このような意識を抱くアメリカ人が、ヨーロッパにこそ自分たちの文明の源流があることを認識し、ヨーロッパに渡るのである。なるほど、この認識に至る前には、アメリカにとどまってアメリカ的現在[6]の中に身を置くべきか、それともヨーロッパに渡ってヨーロッパ的過去に身をゆだねるべきか、大いに迷ったことであろう。実際、ヨーロッパ的過去とアメリカ的現在との間の距離は決定的なものであった。ヨーロッパの意義深い過去を望むアメリカ人は、ヨーロッパへ渡るのである。ヨーロッパの過去は、かつては自分たちの過去であったからである。人間の個人的過去を重視し、過去から現在への時の経過において自己を把握しようとする人間にとって、ヨーロッパ行きは必須の条件であった。過去から断絶されたアメリカ的現在を、何とかしてヨーロッパ的過去と接続させることによって、「時」の連続的展開における自己認識の過程を描いたのが、つまりビルドゥングスロマン（教養小説）[7]である。アイデンティティの認識の物語である。故国アメリカの土地を去り、文化教養を旧大陸に求めつつ人間形成を築いていくのである。このビルドゥングスロマンのパターンに沿ってニューマンの人生遍歴を考えることができる。以

下の考察において、Granville H. Jones の Henry James's Psychology of Experience (1975)[8] が筆者にとっては大いに参考になった。その著作の中でも特に、直接の The American 論としての 'The Education of Christopher Newman: Naïveté, Materialism, and Renunciation' は好論文である。

'innocent and great expectations' を胸に抱いた 'the great Western Barbarian' である主人公ニューマンが、経験の結果生じる 'alteration and deprivation' つまり不成功に終わる挫折を通じて、自己省察の眼が鋭くなっていくと、その論文は述べている。ニューマンは変ったのである[9]。(Christopher Newman has been converted: he is civilized and closed, grizzled and wrinkled and aged. The American recounts the process of Newman's coming to awareness. The result is his renunciation of naïve, ignorant, grasping, petty self-aggrandizement.)[10] 人生に大いなる期待の念を抱いて人生の旅に立った主人公ニューマンが、さまざまのつまずきに出会って、結果的に精神発達したのである。

普通、ビルドゥングスロマンと呼ばれる小説の主人公は、終始一貫して感受性の鋭い青年として設定されているものである。実際、チャールズ・ディケンズの『大いなる遺産』(1861) の主人公ピップなど神経がピリピリしていて、恐ろしい程の鋭い感受性を具えていた。ところが、ニューマンの場合は、'sensibility' の欠如から出発していると、上述の Jones は指摘するのである。典型的アメリカ人を象徴するという役割を担った人物ゆえに、そのような性格設定になったのであろう。このような典型化を志向する「静」の様相が、作品 The American が青年の人間形成を主題とする「動」の相の「教養小説」の規定にすっぽり入らない理由なのであろう。一青年の成長発展という側面と同時に、やはり彼には、ヨーロッパのベルガルド家 (the Bellegardes) の 'sophistication' に対する 'innocence' の象徴という任務があったからである。

第 17 章：*The American* に関する一考察

　ここで、ニューマンの 'innocence' が持つ積極的価値と否定的な面とについて考えてみたい。彼の来歴を物語っている目は、'innocence' と 'experience' が奇妙にまじり合っている目で、お互いに矛盾しあうさまざまなものを示唆していた。

> It was our friend's eye that chiefly told his story; an eye in which innocence and experience were singularly blended. It was full of contradictory suggestions, and though it was by no means the glowing orb of a hero of romance, you could find in it almost anything you looked for. Frigid and yet friendly, frank yet cautious, shrewd yet credulous, positive yet skeptical, confident yet shy, extremely intelligent and extremely good-humored, there was something vaguely defiant in its concessions, and something profoundly reassuring in its reserve. (Ch. 1)

　実際、彼はヨーロッパの社会や文化については 'innocent' で 'ignorant' ではあったが、生まれながらの経験主義者（experimentalist）(Ch. 2) であった。どのようなのっぴきならない立場に立たされた時であっても、つねに何かしら楽しみ（something to enjoy）(Ch. 2) を見い出した。このように、彼の 'innocence' は 'experience' と切っても切れない関係にあるのだが、その 'innocence' の場合、プラス的側面とマイナス的側面の両面について考えてみなければならない。マイナス的側面は、ニューマンの 'crudeness' や 'social ignorance' に通じるイノセンスである。ベルガルド家の厚い壁の前に倒れるのは、彼のこのようなイノセンスに拠る。荒々しいそのようなイノセンスを前にすれば、ベルガルド家の連中でなくとも思わず眉をひそめてしまうであろう。このようなイノセンスを失くしていく過程に人間の精神的発達を考え

る Jones は次のように述べている。

> Newman is at ease in Europe because he is insensitive, because he is unaware; he is confident because he is ignorant. What happens in *The American* is that Newman loses his innocence: he is forced by the Bellegardes to realize that his view of existence is simplistic; it is inadequate to cope with the forms and tastes of civilized society.[11]

洗練されていない 'crudeness' に通じるイノセンスに、実はニューマン自身は気づいてはいない。彼の 'sensibility' の欠如であるが、これがいわゆる彼のイノセンスのイノセンスたるゆえんであろう。やがては自分の粗野なイノセンスに気づき、それを認識することによって、ニューマンが 'social education' を達成したと論を進める Jones は、それゆえにニューマンのイノセンスを全く評価しない。しかし彼も、ニューマンのイノセンスは絶対的なものではなく相対的なものであると言っている (his innocence is relative, not absolute)[12]。このことは、次にニューマンのイノセンスのプラス的側面を考える場合の話の糸口となる。つまり、上述の如くベルガルド家によって代表される 'sophistication' がプラスイメージになった時にニューマンのイノセンスがマイナスイメージになったのとは全く逆で、彼らの 'sophistication' がマイナスイメージになる時にニューマンのイノセンスはプラスイメージとなる。言い換えればこれは、典型的アメリカ人、それもきわめて理想化された原始人像をさす 'noble savage'[13] に通ずるところの 'the great Western Barbarian' としてのニューマンのキャラクターを好ましいものとしてプラスのイメージで理解する場合の基礎となるイノセンスである。「動の相」から見て、ニューマンが人間形成を成し遂げるためにはイノセンスを失くすべきであると考えるのとは全く逆に、今度は「静の相」から見て、ニューマンに

第17章：*The American* に関する一考察

よって代表される典型的性格を好感のもてるものと考える際のイノセンスである。

　以上、ニューマンのイノセンスが持つ肯定的な面と否定的な面とについて考えてみたわけだが、さてどちらに軍配を上げるかとなると、やはり結局は、「人物典型の完結した相」と「人間形成という変化する相」との間の二面的関係を慎重に考察しなくてはいけなくなる。イノセンスの問題は、このように両者間の橋渡しをする程に重要なのであるが、究極的にこれは、イノセンスの問題を引き金にして「静の相」と「動の相」との関係に移行する。つまり、作品 *The American* を、典型的性格を表わす寓話小説のようなものとして読むか、あるいは主人公の人間形成をたどる教養小説として読むかという事になってくる。普通この作品は、ジェイムズの小説群中において、第一期の国際状況のテーマを扱った一連の作品の中から第一に挙げられるものである。旧大陸には無い、新大陸生まれの「新しい人間」のタイプ、特に「善良なるアメリカ人」のタイプを描いた作品として読まれることが多い。つまり、「静の相」から眺めた読み方である。筆者の場合、先にも述べたが、ヨーロッパ対アメリカという図式的読み方ではなく、ヨーロッパに渡ったニューマンの、希望から幻滅へ行きつく認識過程のパターンで読みたいし、それが必要だと思う。そのような認識過程を経てはじめて、主人公の意識のドラマが展開するからである。つまり、筆者は、「変化する相」から眺めた読み方をとる。なぜなら、「善良なアメリカ人」を表わしているにしては、ニューマンの性格はあまりに無神経すぎると思われるからである。ただし、次の二つの箇所から、ニューマンの性格の良さの不変性をはっきりと感じることは可能だ。まず一つは、トリストラム夫人がニューマンに『どうか辻褄の合わないことはしないでほしい』(Only, for Heaven's sake, let him not be incoherent.) (Ch. 23) と頼む箇所であるが、これは結局ニューマンが 'coherent' な人物であることを却って強調する表現である。もう一つは、小

説の最終頁であるが、ニューマンの 'good nature' が印象強く読者の胸に残ることになる。

"My impression would be that since, as you say, they defied you, it was because they believed that, after all, you would never really come to the point. Their confidence, after counsel taken of each other, was not in their innocence, nor in their talent for bluffing things off; it was in your remarkable good nature! You see they were right." (Ch. 26)

さて次に問題にしたいのは、彼の 'insensibility' に関してであるが、彼がこれまで一度も言語の働きというものについて考えてみたことはなかった (Newman had never reflected upon philological processes.) (Ch. 1) という点が重要な意味を持つ。彼の感受性の欠如と教養の無さであるが、これは彼の言語意識の無さに最も多く基づいているのではないかと思われる。例えば、彼が繰り返し使用する「すばらしい」(magnificent, handsome, splendid) という形容詞がある。求める女性は「すばらしい」女性であらねばならぬし、住む部屋も「すばらしい」という形容詞がふんだんに使えるような部屋であらねばならぬと言うのである。なるほど 'magnificent', 'handsome', 'splendid' などと異なった形容詞を使ってはいるが、「最良の物」(the best article) (Ch. 3) を求め、「第一級の物を手に入れたい」(I want to make a great hit) (Ch. 3) という彼の気持ちがそのままストレートに表現になったものであり、これはかなり無造作な使用である。

"My wife must be a magnificent woman." (Ch. 3)

第 17 章：*The American* に関する一考察

"We know a good many pretty girls, thank Heaven, but magnificent women are not so common."（Ch. 3）

For the rest, he was satisfied with the assurance of any respectable person that everything was "handsome." Tristram accordingly secured for him an apartment to which this epithet might be lavishly applied.（Ch. 6）

"Goodness, beauty, intelligence, a fine education, personal elegance ─ everything, in a word, that makes a splendid woman."（Ch. 8）

このような言葉使いが、彼の単純明快な人生信条から来ているのは言うまでもないが、それにしても少なくとも自分の妻にしたいと思っている理想的女性に対する epithet として、事物に対するのと同じレベルで「すばらしい」の一点張りでは読者はちょっと首をかしげたくなる。ニューマンは、巨大で複雑な様相のパリを目の前にしても、彼の想像力が刺激されるようなことは決してない、そんな男である。

The complex Parisian world about him seemed a very simple affair; it was an immense, amazing spectacle, but it neither inflamed his imagination nor irritated his curiosity.）（Ch. 3）

想像力の乏しい男が言語意識に欠けているのは当然であろう。想像力であれ、言語意識であれ、感受性に乏しい人間の目は、対象を見抜くことができない。例えば、老侯爵夫人マダム・ド・ベルガルドと向かい合って、お互いに相手の正体を見抜こうとする（Madame de Bellegarde looked at him with her cold fine eyes, and he returned her gaze, reflecting that she was a possible adversary and trying to take her measure. Their eyes remained in contact for some moments. (Ch. 10). 対象を見透す力において、どちらが優っていたかとなると、やはり老侯爵夫人の方である。既に引用したところの、小説の最終章の最後の箇所でその事は明らかにされる。ニューマンが秘密を暴露したりなど決してしない人物であることは、彼女によって既に見抜かれていたのである。彼女のこのような鋭い目は、実際のところ、侯爵を殺した目であり、ヴァランタン（Valentin）を監視する目である。

　　"You know my lady's eyes, I think, sir; it was with them she killed him; it was with the terrible strong will she put into them. It was like a frost on flowers." (Ch. 22)

　　"I live," he added with a sigh, "beneath the eyes of my admirable mother." (Ch. 7)

娘のクレールも母を恐れている（I am afraid of my mother.）(Ch. 18) が、おそらく母の目が恐いのであろうと思われる。

　鋭い目は、老侯爵夫人だけでなく、マドモアゼル・ノエミ・ニオシュ（Mademoiselle Noémie Nioche）にも与えられている。すべてを意識している鋭い目（conscious, perceptive eye）(Ch. 1) である。この二人の鋭い目は、ニューマンの目を対照的に浮かび上がらせる効果を持つのである。決して鋭くはない目を持ち、感受性も繊細ではないニューマンが、人生は安楽なものであるべきだという信条（his　prime conviction that a man's life should be easy）(Ch. 5) を持って、完全に打ちくつろいだ態度（a sort of air you have of being thoroughly at home in the world)（Ch. 7）を示しながら、ヨーロッパへやって来るのである。教養の無いニューマンが教養を求めての旅である。

> "I am not cultivated, I am not even educated; I know nothing about history, or art, or foreign tongues, or any other learned matters. But I am not a fool, either, and I shall undertake to know something about Europe by the time I have done with it."（Ch. 3）

教養なんてくそくらえだと吐き捨てるように言うトリストラムとの比較において、ニューマンの教養願望は熱烈なものである。

> "I don't care for pictures; I prefer the reality!" And Mr. Tristram tossed off this happy formula with an assurance which the numerous class of persons suffering from an overdose of 'culture' might have envied him.（Ch. 2）

言い換えれば、精神向上（improve his mind）（Ch. 5）の為の旅である。ニューマンは、結果的には、「自分は何者であるか」という自己省察を深めていくのであるが、その過程が、「紳士とは何であるか」というジェントルマン・イデアールの模索を通じてなされていく。つまり、ジェントルマンの理念型の探求という構造を取って、ニューマンの「教養の旅」は押し進められて行くのである。その諸相について次に詳しく検討したい。

3.

　ニューマンは全くの自由の身である。マドモアゼル・ノエミも羨む程であ

る。わずらわしいものは何一つない。子どもも妻も婚約者もいない。しかもその自由は、いざとなれば帰ることの保障された自由である。ニューマンによって、紳士修業のためにと作り出された自由である。それゆえ、さしあたり彼の人間形成期間中は完全に自由である。

"I have made over my hand to a friend; when I feel disposed, I can take up the cards again. I dare say that a twelvemonth hence the operation will be reversed. The pendulum will swing back again. I shall be sitting in a gondola or on a dromedary, and all of a sudden I shall want to clear out. But for the present I am perfectly free. I have even bargained that I am to receive no business letters." (Ch. 2)

紳士たる者、働くことはしないのである。つまり、勤勉を旨とし生産にはげむ中産階級的価値の否定像が紳士であり、そしてそのような紳士の完璧な姿が、ベルガルド家に代表されるフランスの貴族であるというような信念で、ニューマンの紳士修業の旅は始まるのである。しかし、ニューマンのお手本となっている紳士像は、むしろダンディー像と言い換えた方が適切であり、そのような有閑階級の人たちはダンディーでこそあれ、果たして真の紳士であるのかは疑問である。真の紳士像であってはじめて、その修業は人間形成の修業につながるのであるが、ニューマンがスタートを切った「紳士の旅」は、道徳的価値という観点から、前途が非常に多難であることが十分に予想される。ブルジョワジー活動の一切と無縁で、ひたすらオペラなどの洗練された趣味を楽しむという無為徒食の自由を大いに謳歌しようとしているニューマンは、そのダンディー志向が徹底しているだけに、読者には滑稽に見える。ヨーロッパへ来る前は、努力と活動が呼吸と同じ程に自然であった

彼（Exertion and action were as natural to him as respiration）（Ch. 2）、即ち、勤勉の権化であった彼が、今度は趣味の権化を希求するのである。アメリカ西部での真面目で、勤勉であった時の姿こそが、ひょっとして真の紳士像ではなかったかと、ニューマンにそっと呼びかけたくなる程である。いずれにしてもこのようなところからニューマンの修業は始まる。

彼は、今までの「勤勉」の裏返しで、「怠惰」の特質をまず見せる。

"... I have thrown business overboard for the present. I am 'loafing', as we say. My time is quite my own."（Ch. 10）

しかし元来が怠け者ではないだけに、なかなかうまくは行かない（I am not an idler. I try to be, but I can't manage it.）（Ch. 10）。彼は 'elegant leisure' を持ちあぐねている。非生産的怠惰な生活は、どうも彼には苦手らしい。

"I am a good worker," Newman continued, "but I rather think I am a poor loafer. I have come abroad to amuse myself, but I doubt whether I know how."（Ch. 2）

そこで退屈な生活が始まる。今までの意欲的であったであろうアメリカの生活とは逆である。実際、ヴァランタンとユルバン・ド・ベルガルド侯爵夫人は、それぞれ、退屈でたまらないという生活を長くし続けている。

"I have a great many *ennuis*; I feel vicious."（Ch. 11）

"I am bored to death. I have been to the opera twice a week for the last eight years."（Ch. 17）

ヴァランタンなど、これまで何もしてこなかったし、何もできないのである("I have done nothing — I can do nothing!")(Ch. 7)。

憧れの紳士になるためのそのような御膳立てが揃うと、いよいよ紳士修業の試練として、女性の試練にニューマンは遭遇する。得体の知れぬ美しい女性(strange, pretty woman)(Ch. 6)であるクレール・ド・サントレに魅せられてしまう。陽の世界の人間ニューマンが、陰の世界の女性クレールに恋をする。事実、彼女の表情には、明るくて華やかな光はない。

> Her clear gray eyes were strikingly expressive; they were both gentle and intelligent, and Newman liked them immensely; but they had not those depths of splendor — those many-colored rays — which illumine the brow of famous beauties. (Ch. 6)

ニューヨーク版全集につけた「序文」の中で作者自身も認めているように、クレールの描写が弱く、彼女の微妙な手がかりを読者の手に明確には提供しなかったとのことである。[14] しかし、この「ぼやけた姿」は、彼女の性格造型においてむしろ作者によって積極的価値を与えられているものと考えたい。ニューマンの人間形成途上において彼が遭遇する「試練」としての役割を担わされたクレールは、必然的に、残酷なまでに美しくて何かしら不可解な、それゆえに彼を悩ませる、そんな闇の世界の女性像になっているのである。

クレールへの思慕とその世界への参入をひたすら求めたニューマンは、「紳士修業のパターン」として、彼女の裏切りによる失恋という厳しい試練を迎える。彼は心から驚き狼狽する。しかし、この自己喪失の事件に遭遇したことがきっかけとなり、自らの求めてきた「えせ紳士」の虚像性に彼は気づく。そして深い自己省察を行なう。この時、彼は自らの持つ「不変的で完結したもの」としての「アメリカ的性格」の価値を認識する。しかし、その

第17章：*The American* に関する一考察

「アメリカ的性格」は、Jones が論文の中でくり返し攻撃した、あの 'innocence' そのものではなくて、これまでは全く縁のなかった初めての「幻滅」という試練を通じて、彼がついに発見した「変容したイノセンス」である。'one of the large and easy impulses *generally* characteristic of his style'[15] が、彼のこのような「個人的な」人間形成の旅を通じて、却ってますます「一般的な」特質のものとなったのである。

　ニューマンの復讐からの「断念」は、クレールの結婚からの「断念」と共に、この作品の核心ではある。しかし、道徳的葛藤によって「断念」に至らしめることの妥当性が、ニューマンに対して作者によって与えられたキャラクタライゼイション（静・不変の相）からの必然的帰結とは思わない。先に述べたように、本来の彼の性格は、あくまで「負」のイメージの 'magnanimity'[16] であった。これが「正」のイメージに変容したのは、彼の「人間形成の旅」の過程の中においてである。彼が復讐を「断念」するのは、既に彼は成長していたからである。公爵夫人に秘密を暴露してもどうなるものでもないということを、彼はわかっていたのである。ただし、テキストでは、公爵夫人に訴えるという自分の用向きの愚かさに突然気がつき、精神的なとんぼ返りを打ったという表現になっている。

> A singular feeling came over him ― a sudden sense of the folly of his errand.... He seemed morally to have turned a sort of somersault, and to find things looking differently in consequence. (Ch. 25)

これは、あくまで作者ジェイムズの「ひらめき（revelation）の人」としての特質が、ニューマンにも付加されている一例である。この啓示の型は、既に第2章で、ペテンにかけられた男への復讐の突然の「断念」というエピソードで現われているし、実際、この型は、ジェイムズの、この作品に対す

るモチーフでもあったのである[17]。

　この啓示の型を、筆者は積極的な価値として評価したい。不変で固定した典型的性格の基礎を成しているイノセンスを、主人公の精神発達という動く相の中に置くことによって、元来固定的であるはずのイノセンスを何とかして「変容したノイセンス」にする為には、理屈では割り切れない、非常に感覚的な要素の手を貸りないではいられないのである。その役目を果しているのが、作者と主人公に共通の「ひらめきの型」の導入である。この「ひらめき」の場面のリアリティーが主人公の性格に支えられているという解釈ではなくて、本来変わることのないとされる典型的性格の本質的変容を支えているのが、理屈では割り切れない「啓示のパターン」である、という解釈である。こうした効果に支えられて、ニューマンの性格はより一層真実味を帯びるのである。

　「紳士」と「ダンディー」との区別さえつかず、ひたすら己の信じた「紳士像」を求めて出発したニューマンの旅も、結局は幻滅に終わるのであるが、その幻滅を通じて「紳士であること」の意味を彼は了解したのだと思う。事の一切を了解してしまった後のニューマンの復讐からの「断念」は、必然の相を呈している。「人物典型の不変性」という相に「変容」の相を加えることによって、より一層堅固な不変的性格の典型（本質的アメリカ的性格）を効果的に生み出すのである。このようにしてニューマンは、人間形成の旅（動の相）を通じて、確固たる性格（静の相）を獲得したと言えるだろう。クレールの「断念」、ヴァランタンの死、トリストラム夫人の 'vicarious'[18] な経験など、これらはニューマンの「人間形成の修業」にとって、正に教師の役目を果たしたものだと思う。そういう意味では、やはり、動き変化するニューマンに対して、彼らは変化しない世界の人物だと言える。そして、動き、変化し、発展するニューマンは、最後に、自己の内部に、動くことのない確固たる性格を獲得するのである。

注

1) ここで用いたテキストは、*The American*, with Introduction by J. W. Beach, Holt, Rinehart & Winston, 1949. これは 1877 年の初刊本を底本として再刊されたものである。1907 年のジェイムズ自身の最終改訂本であるニューヨーク版ではない。

2) F. R. Leavis, *The Great Tradition* (Penguin Books, 1974; first published 1948), pp. 164-165.

3) *Loc. cit*

4) テキスト第 16 章では公爵夫人が 'légende' (legend)「伝説」という言葉で呼ぶ。

5) クレールの場合は逆に、「翼をたたんでいる」(Madame de Cintré bows her head and folds her wings.) (Ch. 6)。両人物の違いがわかる。

6) テキスト第 5 章で、過去との断絶のあるニューマンの気持ちに言及している。(They seemed far away now, for his present attitude was more than a holiday, it was almost a rupture.)

7) Cf. 川本静子『イギリス教養小説の系譜』(研究社、1973)

8) Granville H. Jones, *Henry James's Psychology of Experience* (The Hague: Mouton, 1975)

9) クレールの場合は、「変わることができない」(I can't change!) (Ch. 20) と言う。対照的である。

10) Granville H. Jones, *op. cit.*, p. 217.

11) *Ibid.*, p. 209.

12) *Ibid.*, p. 208.

13) テキスト第 8 章で、ヴァランタンとの会話の中で、'noble' という言葉に関して、ニューマンは意味を取り違える。'noble savage' の体現者た

らんとしているニューマンは、当然その意味に解する。ヴァランタンは「貴族の」という意味で使っている。'noble' を裏づけるべき証拠は何かと問うヴァンランタンは、やはりニューマンとは違う世界の人間だということがわかる。

14) R. P. Blackmur, ed., *The Art of the Novel; Critiral Prefaces of Henry James.* Scribner's, 1962, pp. 38-39.

15) *Ibid.*, p. 22.

16) *Loc. cit.*

17)「序文」によると、作者は、たまたまアメリカで鉄道馬車に乗っていた時、「異国にあって、貴族社会に出入りしているうちに、悪だくみにあってだまされ裏切られた一人の同国人」が当面する問題を一つの物語にしようと思いついたという。このように、ふと頭に浮かんだ思いつきが動機となり、小説を仕立てていく場合がジェイムズには多い。ちょっとしたうわさ話のような germ がだんだん膨らんで行って一つの小説ができ上るという作法である。*The Ambassadors* (1903) などもその典型的な作品である。この revelation 型のドラマは、それゆえ、ある決定的瞬間に急に主人公の内面に入り込んでしまう為、意識の外に見られるものとしての実際の演劇とはやはり違う。1890 年の劇作版が失敗したゆえんである。「ひらめき」で大切なのは、その「ひらめき」がプロット全体にまで及ぶか否か、つまり、全体が明らさまに見透せたかどうか、リアリティーの底まで見えたかどうか、という事だと思う。ジェイムズ・ジョイス (James Joyce, 1882-1941) の 'epiphany'（エピファニー）の場合には、例えば『ユリシーズ』(*Ulysses,* 1922) という作品が、ひとつのエピファニーの発展成長と考えるのか、それともエピファニーの寄せ集めと考えるのかという問題が生まれてくる。ジョイスに比べてジェイムズの場合は、少なくともより一層意識的に関係 (relations) を

志向した作家だと言える。ジョイスの場合はその辺のところが難しい。

18) Granville H. Jones, *op. cit.*, p. 214.

第18章：英語教育における英文学研究の意義

1.

　『英語年鑑2000』（研究社）の「イギリス小説の研究」欄担当の鈴木建三に拠れば、日本の英文学研究者を取り巻く現今の学問的風土は、「何をコミュニケートするかは念頭にない」、凄まじいまでの「コミュニケーションブーム」に席巻されており、本来のなすべき英文学研究を忘れてしまった「コミュニケーション屋さん」ばかりが横行しているとのことである。

　言われてみればなるほどその通りかも知れず、私たち英文学徒にとっての精神的支柱ともいえる、あの権威ある学術雑誌『英文学研究』（日本英文学会編集発行）さえもが今や年々掲載論文数の減少に頭を悩ませているようで、事実その雑誌の体裁たるや見た目にも貧相な姿をさらけだしている。昭和50年代初頭の英文学研究華やかなりし頃にこの世界に入った者から見れば隔世の感がある。だからであろうか、日本英文学会の *Newsletter*（No. 90, 2000年11月8日）の巻頭言において國重純二会長（当時）は、「英文学会の活性化について」と題した文章をわざわざ物し、そこで「憂慮すべき事象」に対する「打開策」を必死に模索しておられる。

　かつての「英文学研究」と「英語教育」との位置がすっかり入れ代わってしまったのであろうか。現に、鈴木建三が嘆くところの「コミュニケーションブーム」の正にそのキーワード「コミュニケーション」こそ、日本の中学・高校、そして大学をも含めた英語教育の現場の第一義的な目的となってしまっており、これに異を唱えることなど到底不可能なほどの勢いを見せている。このように、「コミュニケーション」、すなわち「言語の伝達機能」の

促進こそが英語教育の主たる業務と相成った今、英語教育の専門家ならいざ知らず、英文学研究者までもが英語教育の領域にわれもわれもと踏み込んでせっせとその種の英語教育の論文ばかりを執筆していることを正統派の英文学者・鈴木建三がしんそこ憂えて嘆いて書いたのが、あの『英語年鑑2000』(研究社)の中の文章である。

　歌を忘れたカナリアの如く、大方の日本の大学の英語教員が今ではすっかり「コミュニケーション屋さん」に成り果ててしまい、日本において明治以来連綿と続いてきた英文学研究という貴重な文化遺産の継承を彼らは忘れてしまったと鈴木建三が嘆く、英語教育界の現状の確認作業をしつつ、それでもこのような状況下においてさえ英文学が今なお果たしうるにちがいない、いや今だからこそ成しうるであろう役割について以下で論じていきたい。

2.

　英文学者・鈴木建三が皮肉まじりに言う「コミュニケーション」という片仮名文字が英語教育の分野で頻繁に使われるようになったきっかけはおそらく、1989年(平成元年)3月告示の中学校、並びに高等学校の学習指導要領の「外国語」の「目標」の中でその言葉が使用されたことに拠るであろう。

　　　外国語を理解し、外国語で表現する基礎的な能力を養い、外国語で積極的にコミュニケーションを図ろうとする態度を育てるとともに、言語や文化に対する関心を深め、国際理解の基礎を培う。(これは中学校の学習指導要領であるが、高等学校のものもほとんど同じである。)

　しかし実はこれには背景があり、なぜ上述の如く学習指導要領の「外国語」の「目標」の中で片仮名の「コミュニケーション」という文字が突如使

われるようになったかをさらに探ろうと思えば、私たちは昭和59年（1984年）にまで遡らねばならなくなる。簡潔に経緯を紹介すれば以下のようになるだろう。

　1984年（昭和59年）9月、時の内閣総理大臣中曽根康弘氏は教育問題に関して「臨時教育審議会」に諮問し、1985年（昭和60年）6月「臨時教育審議会」は第一次答申として8項目を出し、そのうちの一つが「国際化」への対応であった。そしてこの「国際化」への対応をめぐって両者間で何度も諮問と答申が繰り返され、1987年（昭和62年）8月の第四次答申、すなわち最終答申の中で、「英語教育においては、広くコミュニケーションを図るための国際通用語習得の側面に重点を置く必要がある」という考え方が片仮名文字の「コミュニケーション」を使って強調されたのである。これが1989年（平成元年）3月告示の中学校、並びに高等学校の学習指導要領の「外国語」の「目標」の中の「コミュニケーション」という片仮名文字表記に大きく影響を及ぼしたと見てほぼ間違いはなかろう。蛇足ながら、それから約10年後の1998年（平成10年）12月告示の中学校学習指導要領の、そして1999年（平成11年）3月告示の高等学校学習指導要領の「外国語」の「目標」の中においても、それがむしろもっと強調される形で片仮名文字の「コミュニケーション」がそれぞれ二回ずつ使用されている。

　　　外国語を通じて、言語や文化に対する理解を深め、積極的にコミュニケーションを図ろうとする態度の育成を図り、聞くことや話すことなどの実践的コミュニケーション能力の基礎を養う。（これは中学校の学習指導要領であるが、高等学校のものもほとんど同じである。）

　次に、大学部門における片仮名文字の「コミュニケーション」使用に関しては、この際一番身近な、わが関西大学の一連の外国語教育をめぐる動き

（当時）を概観することによってそれに代え、このことによってほぼ日本の大学の全体像をも類推できるのではないかと思われる。大学設置基準の改正、すなわち大綱化の時代を迎え、1991年（平成3年）7月、当時の大西昭男学長が関西大学の外国語教育について、二つの委員会、すなわち「教学充実検討委員会」と「一般教育等検討委員会」とに諮問し、前者は1993年（平成5年）2月に、そして後者は1994年（平成6年）9月にそれぞれ答申を出す。前者の答申においては「外国語教育センター」案が、後者の答申においては「外国語教育研究所」案がそれぞれ登場し、これらが2000年（平成12年）4月発足の「関西大学外国語教育研究機構」の礎となったことは周知の事実だが、それら二つの答申の中で片仮名文字の「コミュニケーション」が使用されたのは時代の流れから見て当然のことであった。そしてわが関西大学のみならず、この頃から急に全国津々浦々の日本の大学に「コミュニケーションブーム」が沸き起こるのである。

　そしてとうとう今では大学院レベルにおいてさえこの現象がみられるようになった。これも身近なわが関西大学の例を引けばよくわかるであろう。2000年（平成12年）4月に関西大学大学院文学研究科内に増設された「外国語教育専攻」（修士課程）の「増設趣意書」の「目的」の冒頭に、「急速に進展する国際化により、社会生活の諸領域における外国語でのコミュニケーション能力や異文化対応能力の必要性が、各界の指導層のみならず一般市民の次元でも認識されるに至っている」と記され、この「コミュニケーション」というキーワードは以後20回以上も登場する。これは、方法論もすべてしっかりと確立した歴史と伝統のある既存の「英文学専攻」や「仏文学専攻」などとは違って、時代の流れとニーズに則した学問体系をこれから新たに構築せねばならない立場の「外国語教育専攻」ゆえの宿命であろうと思われる。新しい時代の息吹のなかで成長していくことになる「外国語教育専攻」は、ゆえに今後もずっと、時代が求め続ける「コミュニケーション」と

いう言葉と概念と共生していくことになるだろう。

　これまで述べてきた学校教育のレベルをはるかに越えた、国民的立場からの英語による「コミュニケーション」能力の重要性をもっと明確に、かつ鮮明に前面に押し出したのが、「21世紀日本の構想」懇談会（小渕恵三元首相の私的諮問機関・河合隼雄座長）の「報告書」（平成12年1月18日）であり、ここで英語の「第二公用語」化という提案が盛り込まれた。これは、インターネットの普及によるグローバリゼーションに日本が遅れをとってはならぬという危機感からの産物のようだが、産経新聞の「正論」欄で評論家松本健一が指摘してくれるように、これは必ずしも懇談会メンバー全員一致の意見ではなかったようである。第4分科会座長の川勝平太・国際日本文化研究センター教授（当時）などは、少なくともこの提言には反対だったようである。常日頃、みごとな平衡感覚に支えられ、物事の本質にしんに迫る著作活動をする、今や日本のオピニオン・リーダーのひとりに目される川勝平太（現在、静岡県知事）のことだけに、松本健一の文章を以下に引用するのも決して無駄ではないだろう。今後この英語第二公用語化という問題を考察する際に、一方では早くから英語公用語化を提唱している朝日新聞編集委員の船橋洋一の動向が、そして他方ではこの川勝平太の今後の発言が私たちにとって参考になるにちがいない。

　　しかし、川勝氏はむしろ、英語公用語化に対しては大反対であり、みずからの第4分科会以外の報告については、一切あずかり知らない。『報告書』の英語第二公用語化を含む「総論」は、事務局（山本正幹事＝日本国際交流センター理事長）が勝手につくったものだ、と憤慨していた。（産経新聞、「正論」、2000年4月14日）

3.

　上で述べたいくつかの身近な例からもわかるように、現在日本の英語教育の分野では、「ことば」、すなわち「英語」は、「コミュニケーションの手段・道具である」という認識に立ち、「英語教育」は、生徒や学生に、ひたすらその種の道具や装置をきちんと身につけさせることを己が任務と考えるようになった。これは言語の持つ伝達機能を最重視した考え方である。これに異を唱えるつもりは毛頭ないが、昨今の実用的側面が濃厚な英語教育の流れの中にあって、かつて日本で一世を風靡したことのある、あの「英文学」の底力を何とかして活かす手立てはないものかと筆者は思わずにはいられない。今流の「英語教育」もさることながら、「英文学」だって、否、「英文学」こそ、「英語教育」で身につけたはずの道具や装置の、さらに一層上手な使い方の可能性を教えてくれるのではないだろうか、と筆者は秘かに「英文学」に対して期待すらしてしまうのである。言い換えれば、文学ほど、「コミュニケーション」の真の醍醐味を私たちに教えてくれるものはない、ということになる。文学こそが、人間と人間の「コミュニケーション」の複雑さ、奥の深さを真に認識させてくれはしないだろうか。

　別の表現で言えば、言葉がわかればすべて意味が通じるとは必ずしも言えないという、至極当たり前のことを文学は私たちに教えてくれるのである。「人間と人間のコミュニケーションは本当に難しい。そこには、ミステリーや謎解きの要素も入る。相手の真意・答えはあっさりとは手に入らない。しかしこちらが相手に求めているのは一つの真実である。言葉をひたすら探求することによってはじめて、より深い理解、そしてその真実に達することができるという、まさにコミュニケーションの醍醐味を文学が私たちにわからせてくれるのだ」、と言い直しても良いだろう。

　コミュニケーションの手段・道具としての「英語」を身につけること―もちろんこれが「英語教育」の基本であることは間違いないが、その応用篇と

しての文学の利用の仕方を筆者としては敢えて考えたいのである。

具体例として、アメリカ生まれで死の前年にイギリスに帰化した英文学の巨匠ヘンリー・ジェイムズ（Henry James, 1843-1916）の円熟期の作品『鳩の翼』（*The Wings of the Dove*, 1902）のクライマックスに向かっていく段階を取り上げて考えてみたい。ケイト（Kate Croy）とデンシャー（Merton Densher）の裏切りを知った後のヒロイン、ミリー（Milly Theale）の真意や行動というものは、読者に対して直接に語られることはない。ただし、ケイトとデンシャーに裏切られたにもかかわらず彼らになぜ遺産を残そうとしたのかについてのミリーの真意を知る手掛かりが一度だけ、ミリー直筆の手紙という形で読者の前に提示されかかったことはあるが、ケイトが火の中にその手紙を投げ込んでしまったことによって、ミリーについての情報は読者の前からすっかり絶たれてしまった。

ミリーは死に至るまで読者の前から完全に姿を消してしまう。だから、読者にとっては、ミリーに関する情報はすべて伝聞情報でしかありえなくなる。すなわち、他の登場人物を通じてのみミリーについて私たちは知り得るのだ。ところが皮肉なことに、ミリーについての情報を伝える役の人物たちの行動も実はとても曖昧である。たとえばその一人デンシャーは、ミリーについてのみならず、己自身についても何一つわかってはいない人物なのだ。私たち読者は、それゆえにもどかしい思いをせざるをえない。

では一体誰が、読者が感じるこのもどかしい思いを払拭してくれるのかと言えば、それはケイトである。ミリーを裏切って、自分の野望をほとんど叶えたかに見えたケイトが、一番大事な愛、すなわちデンシャーの愛を失ったことに気づいた瞬間、これまで読者の前に伏せられていた曖昧なミリーに関する情報を、わからないままでいるデンシャーにまるで突き付けるが如く、明確に解き明かす。一見悪役のあのケイトが、私たちに伏せられていた情報を、つまり物語の真の意味を教えてくれたのである。換言すれば、ミリーに

対して仇役のケイトが、ミリーを傷つけたケイトが、実は一番ミリーを理解したとも言える。悪魔が天使を一番よく理解したと言ってもよく、私たちは悪の貫禄さえケイトに感じてしまうほどである。

　繰り返しになるかもしれないが、「情報」という言葉を使ってもう一度まとめ直すと次のようになる。ミリーの真意、すなわちミリーについての情報は、本人が自分の口からは一切語らないので、読者には伏せられたままになっており、彼女に関する直接の情報は皆無である。ケイトとデンシャーとの対話を通じて間接的にしかその情報は伝わってはこない。ところでそのミリーについて間接的に読者に語るデンシャーの情報はと言えば、全く整理されてはおらず、混乱したままで、大変乱れてしまっている。だからこのような人物デンシャーが語るミリー像について、読者が混乱状態に陥ってしまい、理解できないのは至極当然のことである。ところがこの混乱状態のデンシャー情報を、みごとにきちんときれいに整理し直してくれるのが、謀略の中心人物ケイトである。ケイトは、デンシャー情報を整理し、それによって読者はひとまずデンシャーについての情報がわかってくる。そしてこのことによってさらに、一番奥にある謎めいた、おぼろげなミリー情報の手掛かりが読者に暗示的に伝えられる。

　作品『鳩の翼』は、上で述べたような段階・プロセスを経て、やがてすべての「情報」が明らかにされてゆく、つまり謎が解けてゆく、そんな「コミュニケーション」の構造を持った文学作品だと筆者は思う。作品と読者の、作者と読者の「コミュニケーション」が、このような重層的な段階を経てはじめて成立するという、そんな作品だとも言えよう。

　「英語教育」の応用篇としての文学の利用の仕方を考える立場の筆者は、フィクション上で体験する人間の心の謎解きのプロセスは、現実の人と人との「コミュニケーション」の促進にもいくらかは役立つのではないかと堅く信じている。またそれだからこそ筆者は英文学の作品世界にも耽溺してしま

うのかもしれない。

4.

　英語教育は、言葉の持つ、事実や意味を明確にわかりやすく伝える力に一層の力点を置くが、文学の場合は、言葉の持つ、むしろ逆の力、すなわち、事実や意味をますますわからなくさせていく力、理解をより難しくさせる力に向かう傾向がある。現に文学作品読解を通じて日々私たちが感じることは、情報をストレートに伝えることではなく、むしろ情報をより錯綜させ、複雑にさせ、理解させまいとする、そんな言葉の持つ魔力である。それと向き合い、やっとのことで真実を理解できた時、私たちは文学の醍醐味を感じるのだ。喩えて言えば、迷路からやっと抜け出した時に味わう、あの解放感と喜びと言ってもいいだろう。

　文学作品の作者は、言葉によってどんどん要点をぼかしてゆき、語り尽くさずに読者をじらし続ける。現にヘンリー・ジェイムズは作品『鳩の翼』で、間接的な回りくどい表現法を採った。これに対して読者は、なんとかしてそこから一つの真実を引き出すべく格闘する。作品と読者の「コミュニケーション」は、こうした苦難の末に成立するのだ。

　「語ること」ではなく、むしろ「語られないこと」に値打ちがあることを、そしてそこに深みがあることを、文学は私たちに教えてくれる。このことを、英語教育の要諦として英文学サイドから英語教育関係者にも訴えていきたい、と秘かに筆者は思っている。

　文学作品ではないが、例えばジョージ・スタイナー（George Steiner）の『言語と沈黙』（*Language and Silence*, 1967）なども一読する価値があり、それによって、本質的に言語中心の性格を持っているヨーロッパ文明の中にあって、言葉に基づかずに沈黙に根ざす精神活動があることも教えられ、私たちの「コミュニケーション」の捉え方にも厚みが増すだろう。

第Ⅱ部　研究と考察

　実践的「コミュニケーション」能力の養成がひたすら重視される現今の英語教育の風潮の中にあって、「コミュニケーション」の不毛に苦しみ、具体的な人間関係の中に入り込めないでいる若者たちの青春群像を描いた名作として日本のものでは私たちはすぐに村上春樹の『ノルウェイの森』（講談社、1987 年）を思い起こすが、人と人との「コミュニケーション」の複雑さを思い知らされる英文学畑の作品群としては、やはり今回取り上げたヘンリー・ジェイムズの一連の小説がその筆頭となるであろう。なぜなら総じてジェイムズ文学の真骨頂は、登場人物たちの内面世界のドラマにあるからだ。

　言語学者・滝浦真人は著書『お喋りなことば―コミュニケーションが伝えるもの』（小学館、2000 年 4 月 1 日）の中で、「コミュニケーションは何を伝えるか」と題して、言葉の諸相と諸機能とについて的を射た記述をしている。

　　コミュニケーションが伝えるもの。それは決して"情報"だけではありません。ときにそれは、言葉にならない"感情"を伝え、あるいはまた、情報以前の"力"を伝えます。
　　コミュニケーションの中心にあるのは情報を担う＜言葉＞ですが、しかし、＜言葉＞がコミュニケーションのすべてであるわけでは決してありません。私たちが生きているのは、＜言葉＞をその頂点に置きながらも、何よりもまず人と人とが関係を結ぶための活動であり行為であるような＜ことば＞の世界だからです。
　　そうした、＜言葉＞よりもはるかに広大な領域をもつものとしてコミュニケーションを捉え直してみると、今度は＜言葉＞そのものの中にも、単に"情報"の一言では片付かない実に多様な要素が見えてきます。問題は、言葉が何を伝えるかにではなくて、言葉の中に何を見るかにあるとも言えそうです。
　　そのときに見えてくるもの、それこそがコミュニケーションが伝え

ているものにほかなりません。[前掲書、pp. 232-233]

　「コミュニケーション」という言葉と概念を幅広く多角的に捉える滝浦真人のこのような言説に触れるにつけ、ますます筆者は、言葉の持つ魔力をいっぱい秘めた英文学作品読解の意義を再認識し、「英語教育」の応用篇としてのこうした英文学の利用の仕方を考えてみたいという思いはますます募るばかりである。

　冒頭で、日本の英文学研究の凋落ぶりを嘆く英文学者・鈴木建三の発言を紹介したが、実は、この現象はもっと凄まじいものらしく、雑誌『文学』（2000年5・6月合併号、岩波書店）はとうとう「いま英文学とはなにか」という特集を組んだほどで、論者たちの苦渋に満ちた顔つきが窺われる。さすがに俊才の富山太佳夫はそこで事の本質を看破しており、英文学研究の本場が英米にあるという至極当然の事実こそがすべての問題の元になっていると言う。まさしくその通りだと筆者も思う。だから恥ずかしながら筆者はと言えば、この世界に入った当初から括弧つきの「日本における」英文学研究のありようを一貫して模索してきたのである。その実践篇の一つが今回披露した、「英語教育」の応用篇としてのものである。

　さらにもう一つ全く別の角度から、筆者は、例えばブロンテ姉妹の作品を読みながら、「日本における」英文学研究の意義として日本の戦後教育の中で忘れられてきた人間の魂への着目の必要性を考えているが、これについては別の機会に論じたいと思っている。「英語教育」の今後の発展にとっても、「英文学」はこれまで以上に活性化してもらわねばならない。本章における実践例がその一翼を担えられたらと願わずにはいられない。

第19章：英文学研究と言語意識

1.

　イギリスの作家チャールズ・ディケンズ（Charles Dickens, 1812-1870）は、1842年1月から約半年間アメリカ旅行に出かけ、その見聞録 *American Notes* を1842年10月に2巻本にまとめて刊行した。

　30歳の若きディケンズがアメリカ体験から何を得たのか。これに関しては川澄英男の『ディケンズとアメリカ―十九世紀アメリカ事情』（彩流社、1998年）が大変詳しい。特に第5章で川澄は、ディケンズのアメリカへの旅は自分自身への旅、すなわち自己発見の旅であり、ディケンズはイギリスの古き良き伝統を再認識したのだと述べ、このアメリカ訪問がその後の作家としての成長に大きく寄与したであろうと断を下す。ディケンズ文学研究の観点からだけでなく、英語教育における異文化理解の点からも、『ディケンズとアメリカ―十九世紀アメリカ事情』は一読の価値があるだろう。

　ところで、ディケンズのこの *American Notes* には、文化的側面からの記述だけでなく、かの地でディケンズが実際に耳目に触れ、そのつど尋常ならざる関心を抱いたイギリス英語とアメリカ英語の相違が詳述されている。言葉の魔術師ディケンズがアメリカ英語に大いに食指が動いたであろうことは全く想像に難くはない。たとえば "fix" の語法に関してディケンズは、友人のジョン・フォースター（John Forster, 1812-1876）に宛てた手紙の中でも、*American Notes* に記したのと同様のものを繰り返し綴っている。よほど印象深かったに相違ない。

2.

　アメリカ英語の口語用法 "fix" についての記述は、*American Notes* の特に第 9 章から第 10 章にかけてなされている。

　第 10 章でディケンズは、この "fix" という言葉ほどアメリカで重宝される言葉はなく、これはアメリカの語彙の中の "the Caleb Quotem"（「なんでも屋」）だと言う。具体的には、外出前の「支度中」（"fixing oneself"）や、「食卓を準備中」（"fixing the tables"）や、荷物を「まとめる」（"fix"）や、医者が患者を「治療する」（"fix"）や、ワインが「飲み頃」（"fixed properly"）や、生焼けではなくてきちんと「調理された食べ物」（"fixing God A'mighty's vittles"）や、乗客同士でうまく席を「つくる」（"fix"）といった用例を出している。これらの言葉に触れた際のディケンズのはしゃぎぶりは、フォースターに宛てた手紙からも窺い知れる。筆者には何とも微笑ましく思われる。

　第 9 章では、イギリス人が "All right!" と叫ぶようなとき、アメリカ人は "Go ahead!" と叫ぶのだと言い、これは国民性の違いを表しているとディケンズは推し量る。

　第 8 章では、「ズボン」を意味する "pants" という語彙をディケンズは上述の "fixed" と共に出している（... pants are fixed to order....）。そして "fix" は、この章の別の箇所でも登場する（..."to fix" the President....）。

　第 2 章には、"right away" と "directly" が同じ意味だとわかって驚愕するディケンズの姿が克明に描かれている。ディナーをめぐってホテルの給仕とディケンズは言葉を交わす。ディケンズがディナーをできるだけ早くもってきてくれ（"as quick as possible"）と給仕に頼んだのに対して、給仕は "Right away?" と念を押す。ところがディケンズはこの意味がわからず、"No." と答えてしまう。それを聞いた給仕はわけがわからなくなり、困惑する。別の人物の手助けもあり、やがて誤解は解け、"right away" が実は "directly"（「今すぐに、ただちに」）のことだとディケンズは知る。ディケンズにとっての

"right away" はあくまで「別の場所での食事」の意味だったのである。

3.

ディケンズの言語意識の鋭さに初めて筆者が気づいたのは彼の後期の作品『大いなる遺産』（*Great Expectations*, 1861）を読んだときである。トランプの絵札を "Knave" ではなく "Jack" と呼ぶ習わしの労働者階級の主人公ピップ（Pip）に対して、上流階級のエステラ（Estella）が軽侮の念を抱く場面である。

さらにまた、作家の業と言ってしまえばそれまでだが、ディケンズの己がテキストへの拘りぶりにも深い感銘を受けた。一例が最終場面の本文改訂である。小説の文字通り最後の表現において、1861年版のテキストでは "… I saw the shadow of no parting from her." であったのだが、1868年版でディケンズは "… I saw no shadow of another parting from her." と書き直している。エステラとの別離が過去に一度あったので作者としては論理の上から "another" を挿入したいと思ったであろうことは推測されるが、熟考を重ねつつ一字一句にこだわり作品と真摯に向き合うディケンズの作家魂に、筆者は「文学」のあるべき姿を見た思いがした。私たちは一読者としてテキストを読解していく立場だが、書く段になればこちらとて、真剣に言葉を紡いでゆかねばならぬとしみじみ思った。

ディケンズにまつわる思い出話はさておき、文学テキストとの対峙からやがて文化としての言語と格闘しながら後世に残る素晴らしい仕事を成し遂げた人に江藤淳がいる。アメリカ文学研究者の巽孝之が江藤淳の原点は「英文学者」だと喝破している通り、英文学研究の心を忘れぬまま、文芸評論家として一家を成した人物である。慶應義塾の学生時代に徹底した本文校訂の意義と手法を体得した江藤淳は、その後、『閉された言語空間－占領軍の検閲と戦後日本』（文藝春秋、1989年）を世に問うことになる（初出は月刊雑誌

『諸君!』1982年2月号で、通算六回、同雑誌に連載している)。

　GHQによって日本の歴史や文化はいかにアメリカに都合のいいものに取って替えられたかを、検閲文書を解読することによって江藤淳はみごとに解明したのである。この著書は、9ヶ月間ウィルソン研究所で行った検閲研究の集大成だ。江藤淳がここで力説しているのは、GHQによる検閲の影響は決して過去のものではなく、実は今なお日本人の思考形態にとって足枷となっているという指摘である。この本はもちろん江藤淳というひとりの天才が生み出したものではあるが、慶應義塾の英文科の学統ともいうべき緻密なテキスト読解の研究手法がDNAとして彼の身中にきちんと受け継がれていたであろうことを忘れてはならないだろう。日本の英文学研究界の低迷ぶりが囁かれて久しいが、今こそ、江藤淳が成した業績に思いを馳せるべきである。

4.

　筆者は、英文学系の学会の講演で、「現在の英文学を総合人間学のような領域に思い切ってシフトさせたらどうだろうか。言葉だけでなく、言葉によって伝えられる情報や意味を前面に押し出したらいい。言葉を発している人間に興味を持ち、その人間が創出した文学世界を通して人間教育に向かうのが良いだろう」といった趣旨の話をしたことがある。それが英文学研究界の生き延びる道だと信じたからである。ただその際、何度も強調したのは、英語であれ日本語であれ、やはり研究姿勢の基本は言葉にこだわるという点だ。これを怠ってはいけない。私ども英文学徒が死守すべき最後の砦である。

　手元に1967年（昭和42年）の比較文学者・太田三郎の随筆「女子学生の卒業論文」(『群像』三月特大号)がある。太田は、日本文学専攻学生の論文は文藝時評風の読後感的なものに陥りがちだが、外国文学専攻の学生の場合は理論的分析的な批評になりがちだと言う。これは40数年も前の一例だが、

案外今も変わってはいないだろう。日本文学とは違って、言語・文化両面において初めから距離がある外国文学研究は、不即不離の立場を取り、言語分析から入って行かざるをえないのは自明の理である。そしてこれが実は私たちの武器にもなりうるのだ。緻密な言語分析は遠く離れた場所にいる者に許された強みでもある。

　本場英米の英文学研究の先細り現象を嘆くジョージ・スタイナー（George Steiner）のメッセージが現在の日本の英文学徒にとってはカンフル剤となるだろう。スタイナーはカフカ（Kafka）からの引用を使い、「本」を読むことの大切さを説いている。英文学の本場である英米の大学英文科においてさえ、活性化のためには今やひたすら本を読むことが必須だとスタイナーは説く（A book must be an ice-axe to break the sea frozen inside us.）（George Steiner, *Language and Silence*, Faber & Faber, 1967）。

　英語圏から遠く離れた日本で英文学研究に勤しむ者の務めは、先達の優れた知見に謙虚に耳を傾け、言語意識をさらにいっそう磨くことではあるまいか。

第20章：ブロンテ姉妹は
　　　　　われらが救世主たりうるか

1.
　「文学」、特に「外国文学」、そしてその中の一つ「英文学」の存在が、今、日本の大学においてはとても危うくなっているような気がしてならない。「英文学」を再生させるための処方箋はいろいろと考えられるが、本章では、「ブロンテ姉妹」の力を借りることによって「英文学」を活性化させることが可能かどうかを考証してみたいと思う。「ブロンテ姉妹とその文学」が日本の「英文学研究界」にとってのカンフル剤になりうるか否かの検証、と言っても良いだろう[1]。

2.
　「英文学」不振の原因の一つとしてまず考えられるのは、日本の大学を取り巻く状況の変化である。ますます大衆化が進み、今や大学がすっかり様変わりしてしまったのだ。1949年（昭和24年）新制大学制度発足時の4年制大学の数は178校（短期大学は0校）であったのが、1999年（平成11年）では622校となり、短期大学の585校と合わせると、1200校以上にもなる。これに対して、18歳人口はどんどん減り続け、今や150万人台にまで落ち込んでしまった。第1次ベビーブームの1966年（昭和41年）度の約250万人、そして第2次ベビーブームの1992年（平成4年）度の205万人に比べればこの差は一目瞭然である。ところが大学進学率は急激に上がってゆき、2002年（平成11年）度は49.1%となった。このように大学の大衆化が定着

第Ⅱ部　研究と考察

した今、巷間に流布している大学生の学力低下の風評もあながち間違っているとは言えなくなった[2]。

　「英文学」の存在をこれまで背後でしっかりと支えてきた「文学部」のありようも同様に変わり、かつて有していた文学部特有のカルチャーといったものが今や希薄になってしまった。時の移り変わりで、これぱかりは如何ともしがたい。なぜなら、実業界に充分な余裕が有った頃とは違い、経済的不振に陥った今、企業側は即戦力を求めざるを得ず、それに応じて大学の「文学部」も「実利教育」に重点を置かざるをえなくなった。そこで「文学部」の「英文学科」も、自ずと「英文学」から「実用英語」へと比重を移し変えることになる。これまでのように悠長に「英文学」などと言ってはおられないのだ。

　されど同じ「文学部」なのに、「英文学」のような外国文学系ではない、たとえば哲学とか美学とかいった、現実の経済界とは直結しないはずの、むしろひたすら「知」の探求を目指す学問領域が一方でますます受験生の脚光を浴びている実状を目の当りにする時、私たちはこれをどう解釈していいのか思いあぐねてしまう。先人たちによって育まれてきた文化遺産に畏敬の念を抱き、「学問をすること」自体に喜びを見い出す、そんな若人たちが「文学部」に集い、研究成果を後代に伝えるべく「知」の探求に励んでいるその姿を見る限り、「文学部」はきちんと機能していると言わざるをえない。だとすれば、低迷ぶりが著しいのはひょっとして「英文学」のような外国文学系だけなのだろうか。

　『英語年鑑2000』（研究社）の「イギリス小説の研究」欄担当の英文学者・鈴木建三は、そのエッセイの中で、日本の英文学研究者を取り巻く学問的風土は、何をコミュニケートするかは念頭にない、すさまじいまでのコミュニケーションブームに席巻されており、本来のなすべき英文学研究を忘れてしまったコミュニケーション屋さんぱかりが横行していると述べ、いかにも正

統派の英文学者らしくこの現状をしんそこ憂えて嘆く。実際、「コミュニケーションブーム」が中学・高校のみならず大学の英語教育界をも席巻したことは、大学の教育現場にいる人なら誰もが認めることであり、日本において明治以来連綿と続いてきた英文学研究の行く末を案じるのはひとり鈴木建三だけではない。

しかるに、日本の英文学不振の原因は、時代の移ろいにあるのではなく、もっと本質的なところにあるのだ、と看破している人も少なからずいる。そのひとり宮崎芳三は『太平洋戦争と英文学者』（研究社、1999）において、学問としての英文学研究の始祖・斎藤勇の仕事の中味を吟味した結果、日本の英文学研究は本来的に脆弱なものであり、そこに見られるのは「勤勉」だけで、自分自身を見失った国籍喪失の傾向が顕著だ、と言い切る。

柄谷行人は『反文学論』（冬樹社、1979）の中で、英文学畑では三人の批評家は別として、ほとんどの英文学者に接するとすぐに愛想が尽きた、と告白する。そしてその例外的な三人の批評家として柄谷は、福田恆存、江藤淳、吉田健一の名を挙げる。

上記の宮崎芳三によって「自己の尊厳を保ち得た英文学者」と高く評価された福原麟太郎は、英文学研究が本来的に包含しているこの種の脆さをおそらく熟知していたに違いなく、表現の底にある言霊の域にまで達するよう努力しさえすれば、夏目漱石がかつて英文学に対して抱いたような不満は解消されるのだと主張し（『福原麟太郎著作集10－英文学評論』、研究社、1970）、かつそれを実践した。

富山太佳夫は「闇の中の遊園地」と題する論考の中で、日本の英文学研究にとっての困難な状況は、英文学研究の本場が英米にあるという事実に結びついており、日本の英文学者は英米の国文学者と向かい合わざるをえないのだ、と喝破し、同時に、外国でPh. Dを取得する人たちは英米の価値観をあまりにも無批判に受け入れ、それに寸法を合わせるという精神構造を体に刻

みつけてしまいがちだ、と苦言を呈する［『文学』、第1巻・第3号、5・6月合併号、岩波書店、2000］。

　日本英文学会会長であった國重純二は、「英文学会の活性化について」と題する巻頭エッセイ（*Newsletter*, No. 90、日本英文学会、2000年11月8日）において、低迷する英文学研究という「憂慮すべき事象」に対する「打開策」を必死に模索する。このようなことはおそらく前代未聞で、栄華を極めた日本の英文学研究の末路を見る思いで胸が痛む。

　筆者自身はと言えば、時代状況の変化という側面からのみならず、「英文学」という学問形態自体に潜む特性の考察からもこの問題に迫らねばならないと思う。まず後者の側面であるが、「英文学」という学問領域はあくまで「英」と「文学」とが合わさったものであり、「英」、すなわち「英語」だけにいくら関心があってもそれだけでは不十分であり、もう一方の「文学」の方にも或る程度の興味や造詣がなければならない。これは言葉を換えて言えば、外の紛れもない物的現実とは違う、もう一つの、内なる心の中の現実への志向が必然的に求められるということになる。このように、「英語」と「文学」の、互いに質の違う二つが同時に求められる時、ややもすれば外の現実にのみ関心を向けがちな今の若者にとってその負担たるや並大抵のものではないだろう。現に、かの夏目漱石だってその負担に耐えかねて、「英語」の方を捨て、「文学」にのみ赴いたではないか。「英語」と「文学」の二つをバランスよくさばくことは、言うは易し、行なうは難しである。

　ところで前者の時代状況の変化に関しては、既に述べたことと幾分重複するが、ことの善悪は別にして、時代は確実に、「外面世界」に重きを置く流れが優勢である。これは老若男女を問わず、ほとんどすべての人たちについて、またほとんどすべての分野について言えることだろう。実際、大学においてもいつ頃からかは定かではないが、ほとんどの領域において「フィールドワーク」が重視されるようになり、現実に密着した研究方法が幅をきかせ

るようになった。「実証的」という言葉がキーワードになったゆえんである。この傾向はますます強まり、今では「エヴィデンス」がどうの「データ」がどうのといったことばかりが重視される。だからかどうか、福原麟太郎や中野好夫や小池滋といった英文学者がこれまで書き綴ってきた、読み手にとって目から鱗が落ちるような、鮮やかで瑞々しく面白い、そんな味のある秀逸な文章は最近めっきり減ってしまった。少なくともアカデミズムを標榜する分野では残念ながらほとんど見られない。もちろんこの事象をどう判断するかは各自の価値観次第である。

3.

　「英文学」という学問形態自体が内包する性質と、時代状況の変化がもたらす側面の両方から、低迷する「英文学研究」の実相を探ってきたが、ここで筆者はオスカー・ワイルド（1854－1900）の例を引き合いに出し、時代に迎合するとはいわないまでも、内面の心的現実を重んじる「文学」の姿勢をひとまず犠牲にしてでも、とりあえず、そして何としてでも「英文学」にかつての元気を取り戻させるための方途を見つけ出したいと思う。

　香内三郎の『ベストセラーの読まれ方』（日本放送出版協会、1991）に拠れば、オスカー・ワイルドは作家でありながら、生涯を通じて文字言語そのものに重きを置かず、人間の内面よりも外面を重んじた人だった、とのことである。誰の眼にもはっきりと見える外面の方が大事だと信じ、メディアを泳ぎ渡った人だと、香内三郎は断ずる。

　近藤耕人も、香内三郎と同じく、現代作家が変貌しつつあることを感じ取っている。

> この見えない世界のつかみどころのなさ、感覚の欠如が、より即物的な、より感覚的な手触りを信じる今日の人びとにとって文学が飽き

足りない理由になってきている。同じような意識をもつ作家たちはより感覚的な世界、より視覚的な世界をイメジで構成しようとする。神のような非人間的、超越的な眼ではなく、現実に生きている人間のなまの感覚による世界とのつながりを失わずにおきたいと思うのである。
（近藤耕人『映像言語と想像力』、三一書房、1971、136-137 頁）

　文学研究の対象には、当然「外面世界」と「内面世界」とが含まれるけれども、従来の文学研究の真骨頂は人間の内面に深く踏み込むことであるように一途に信じられてきた。しかし今、発想の転換と言うほどの大袈裟なことでは決してないが、人間の内面へのアプローチは多少犠牲にしてでも、この際、思い切ってあのオスカー・ワイルドがそうであったように、誰の眼にも一目瞭然な「外面」からのアプローチでも構わないのではないか。文字通り身体を使い、現実に密着したフィールドワークの手法を採ってみるのもいいかもしれないのだ。現にこれは、わが国の国文学者たちが日常的に用いている方法でもある。そしてこの時、私たちにとって幸いなことに、ブロンテ姉妹の文学はこのフィールドワークの手法にまさにうってつけなのだ。以下にいくつか具体例を列挙してみよう。
　ハワース牧師館に保存されているブロンテ姉妹にまつわる遺品や展示品のすべてを徹底的に精査していく作業からまずブロンテ王国へ入ってゆくのも一つの方法かもしれない。実際ハワースには彼女たちの手になる絵画や豆本や書簡や日記という原資料がふんだんに残されており、私たちはたっぷりとその恩恵に浴することができるのだ。
　また身近なところでは、宝塚の舞台で上演されたミュージカル『嵐が丘』の検証からブロンテ文学へ分け入るのも良いだろう。太田哲則の脚本・演出で 1997 年 6 月に宝塚バウホールで上演された『嵐が丘』の録画ビデオも市販されており、それを利用しない手はない。

第 20 章：ブロンテ姉妹はわれらが救世主たりうるか

　漫画にあらわれたものとして、たとえば美内すずえの『ガラスの仮面』を取り上げるのも面白いだろう。ヒロイン北島マヤが、いかにして『嵐が丘』の、子ども時代のキャサリンの役づくりをするかが見どころだ。そしてここに作者美内すずえの『嵐が丘』論がすべて凝縮されている。今の時代と違って、遊び道具も何もない荒野の一軒家に住むキャサリンとヒースクリフにとっては二人が常に一緒にいることが大事なことであり、二人が引き離されることこそが相互にとっての最大の罰である、という解釈にヒロイン北島マヤはたどり着くという設定だが、これは当然ながら作者美内すずえの『嵐が丘』に関する解釈の反映である。その際美内すずえは、原作『嵐が丘』の第5章のネリーの台詞「キャサリンはヒースクリフを好きになりすぎていました。わたしたちが彼女のために考え出した最大の罰は、彼女を彼から引きはなしておくことでした」（中岡洋訳）をきちんと踏まえていることは言うまでもない。こうして美内すずえの世界からブロンテランドに入ってゆくのも愉快ではないだろうか。

　もし戯曲好きの人であるならば、河野多恵子の『戯曲　嵐が丘』（河出書房新社、1970）がお薦めである。戯曲の後ろに載せられたエッセイ"「嵐が丘」の超自然性"も非常に読み応えがあり、これで一気にブロンテの文学世界に没入できること請け合いだ［エッセイ"「嵐が丘」の超自然性"は後に『文学の奇蹟』（河出書房新社、1974）に再録される］。

　ところで河野多恵子の場合、その著作に「ブロンテ姉妹とその文学」が登場することがかなり多く、富岡多恵子との共著『嵐ケ丘ふたり旅』（文藝春秋、1986）、『文学の奇蹟』（河出書房新社、1974）、『気分について』（福武書店、1982）、『ニューヨークめぐり会い』（中央公論社、1997）、そしてさらには小説『秘事』（新潮社、2000）、また雑誌連載の「現代文学創作心得」（『文学界』、文藝春秋、2001年3月号）などが挙げられる。これらの一連の著作の読破からさらに一歩踏み込んで、河野多恵子とブロンテ姉妹の両文学世界

の比較考察へと向かえば、それもまたよし、である。作品『不意の声』(講談社、1968)に見られる日常的リアリズムの世界と夢幻妄想の世界——ここにブロンテ姉妹の影響があるのか否か。これらを探る比較文学的作業も楽しいはずである。

　伝記に興味がある人なら、たとえば大久保喬樹の「ブロンテ家の男たち」(『新潮』、新潮社、2000年1月号)や桐生操の「エミリ・ブロンテ—実兄との近親相姦も疑われている異才」(『イギリス不思議な幽霊屋敷』、PHP文庫、1999)からブロンテ姉妹の文学世界をのぞくのも一興だろう。堅苦しい学術書からは決して堪能できない味がある。

　ヨーロッパ思想、特にフランス思想に関心がある人は、『嵐が丘』を論じたミシェル・シュリアの評論「始まりと終わり、天国と地獄」(中条省平訳、季刊『リテレール』第4号、1993)あたりからブロンテランドに入るのも楽しいかもしれない。これは1991年のソビエト連邦解体後のヨーロッパ思想界の文脈の中で耽読するにふさわしい、示唆に富むエッセイである。

4.

　今の若者たちが「外面世界」にばかり目を奪われ、「内面世界」にはなかなか関心を抱いてくれないことが「文学」離れの主要な原因のひとつになっているということは先に述べたが、ここで忘れてはならない大事なことがある。それは、外の現実が見え過ぎる若者たちが大勢いる一方で、内なる現実に引きこもり、ディスコミュニケーションの状態に陥ってしまっている若者たちも少なからずいるという事実である。この種のテーマを追求している数多くの作家のひとりに今は亡き中島梓がおり、彼女の一連の著作、たとえば『コミュニケーション不全症候群』(筑摩書房、1991)や『タナトスの子供たち—過剰適応の生態学』(筑摩書房、1998)などはそのテーマを深く掘り下げたものであるが、その著者中島梓は、「コミュニケーション」をめぐって

の西島建男との対談の中で、「引きこもりが新しい何かを生み出す力になるかもしれない」と、語っている（『論座』、朝日新聞社、2000年10月号、184頁）。

　この件を読んだ時、筆者は咄嗟にエミリ・ブロンテを連想した。外界との接触を嫌って30年の短い生涯のほとんどを故郷のヨークシャの荒野に繋がれて過ごした彼女こそ、今で言う「引きこもり」の中からみごとな芸術作品を生み出した人ではなかったか、と。実際そう考えればエミリ・ブロンテは、まさしくわれらが希望の星となる。

　この種の角度からすでにエミリ・ブロンテ像にメスが入っているかどうかは知らないが、それこそ前で述べた実証的なフィールドワークの手法を駆使して彼女の実像に深く迫っていくことは大変意味のある作業だと言えるだろう。そしておそらくこれは、社会学、心理学、精神病理学等の諸領域とも絡み、壮大な研究に発展しうる可能性を帯びてくる。これこそ明日の文学研究のありようを示すものなのかもしれない。

　テキストとじっくり向き合い、そこから作者の声にじっと耳を傾けるというのももちろん一つの文学研究法である。現に従来の文学研究の主流はこれであった。しかしこの手法で今行き詰まっているとしたなら、こればかりに固執しないで発想を変え、別の道をも考えてみたらどうか、というのが本章の主張である。そしてそれがブロンテ姉妹の文学において実践可能なことを具体的に論じたつもりである。

　このように多角的な研究アプローチを許容してくれる「ブロンテ姉妹」こそ、低迷する今日の日本の英文学研究界にとっての曙光、そして救世主と言えるのではないだろうか。

注

　1）本章は、日本ブロンテ協会主催の2001年度公開講座（2001年5月12

第Ⅱ部　研究と考察

　日近畿大学）での講演原稿を加筆・訂正したものである。
2）Cf.『エリート教育は必要か──戦後教育のタブーに迫る』(「読売ぶっくれっと」No. 23、読売新聞社、2000)

第 21 章：小説と読者

　わたしの母は長い小説を読むとき、こういうふうにやります。まず、はじめの二十ページを読み、それからおしまいを読み、それからまんなかへんをめくってみます。そこで、はじめてほんとに本を読みにかかり、はじめから終わりまで読みとおします。なぜそんなことをするんでしょう！母は、その小説がどういうふうに終わるかということを知らないうちは、安心して読むことができないのです。そうでないと、おちつかないのです。……
　それはつまり、クリスマスの二週間もまえに、どんな贈り物がもらえるかを知ろうとして、おかあさんの戸だなの中をかきまわして見るようなものです。贈り物をもらうために呼ばれるときは、みなさんにはもうすっかりわかっているわけです。それはあさましいことじゃありませんか。みなさんはさも驚いたようなふうをしなければなりません。しかも、じっさいは、何をもらうのかとっくに知っているのです。（エーリヒ・ケストナー『点子ちゃんとアントン』高橋健二訳、岩波書店）

　著名なドイツの児童文学者エーリヒ・ケストナーが、自分の母親の本の読み方について語った文章である。ケストナーに戒められるまでもなく、私たちはこのような読み方が邪道であることは当然心得ている。しかし同時に、誰しもこんな読み方をしてみたいという誘惑にかられたことはしばしばあるだろう。小説を読む時、必ず解説を読んでから次にその作品を読み始める読

者がいるが、そういう人々もケストナーのお母さんと近いタイプの読者と言える。

しかし、考えてみれば書物の読み方にこれといったきまりがあるわけではなく、どんな内容の本を読むかという好みが千差万別である如く、本の読み方についてもさまざまな流儀があってしかるべきかもしれぬ。

例えば漱石の『草枕』の主人公の画工(えかき)は、本を「御籤(おみくじ)を引くように、ぱっと開けて、開いた所を、漫然と読んでるのが面白い」、といった実に極端な読み方をする。そしてその読み方を見咎めた下宿先の娘、那美さんにしつこくからまれるのである。那美さんが、小説を「初めから讀んぢや、どうして悪い」と詰問してくるのに対し、画工は「初めから讀まなけりやならないとすると、仕舞ひ迄讀まなけりやならない譯に」なるからだ、といういささか禅問答めいた返答を返す。那美さんにとって、画工の答えは「妙な理窟」に過ぎない。

「妙な理窟だ事。仕舞迄讀んだつていゝぢやありませんか」
「無論わるくは、ありませんよ。筋を讀む気なら、わたしだつて、左様(さう)します」
「筋を讀まなけりや何を讀むんです。筋の外に何か讀むものがありますか」

那美さんという女性はなかなか才走った負けん気の女であるから、彼女の、この最後の囁きは必ずしも彼女の本音ではなく、単に相手の揚げ足を取っているだけかもしれないが、それでもこの二人の読書観を対比させてみると、前田愛の言う通り、「小説から筋だけを性急に読みとろうとする大衆的読者とそうした段階を超越したエリートの読者との対立図式」(『文学テクスト入門』、筑摩書房)が浮かび上がってくるだろう。確かに、その知性、教養、

第 21 章：小説と読者

趣味の程度によって、読者というものは峻別されるべきものなのかもしれぬ。しかし、たとえ筋だけを追っているように見えても、その書物の内容にひき込まれ、のめり込み、書物の世界の中に身を浸すことのできる読者ならば、そういう人々を一概に「大衆的読者」と決めつけるわけにはいくまい。『草枕』の画工のような読み方をしていて実際に私たちはどれほど書物を楽しめるものだろうか。再び前田愛の言葉を借りれば、「読者をかりたてるもっとも素朴な力は、『草枕』の那美さんが洩らしているように、プロットないしはストーリイへの興味と関心」だからである。

ケストナーのお母さんの奇妙な本の読み方も、考えてみれば彼女が物語の世界にのめり込みすぎるあまり物語の内容や結末如何によっては苦痛を感じざるを得ず、それが怖さにとっているやむを得ざる防衛手段だと解釈することができる。即ちそれは、彼女がそれだけやすやすと虚構(フィクション)の世界の中へ自己を没入できる読者だという証左に外ならぬのである。

感情移入とか共感とかいう言葉は、われわれにとってもはや幼稚な不充分な言葉にしかすぎなくなった。しかし物語を愛するわれわれがその愛する所以を問われたとき、われわれがまずよすがとするのは、それらの未熟な言葉なのである。昨今大はやりのミヒャエル・エンデの代表作『はてしない物語』の中に、バスチアン・バルタザール・ブックスという少年が登場する。この少年は類を見ないほどの本好きの少年である。物語は、バスチアンが古本屋から一冊の本、『はてしない物語』を盗み出したことから始まる。

バスチアン少年が得意とする唯一のことは、想像することであり、彼は「ほんとうに目に見、耳に聞こえるように、何かをはっきりと思い描くことができ」(上田真而子、佐藤真理子訳、岩波書店)る才を持っている。『はてしない物語』を読み進むうち、バスチアンは「太い幹がきしむ音や風が梢にざわめく音がほんとうに聞こえたばかりでなく、四人の奇妙な使節のそれぞれにちがう声を聞きわけさえした。それどころか、森の土や苔のにおいまで

嗅いだような気がした」。このバスチアンのような読者をこそ、われわれは最も幸福な読者と思わざるを得ない。やがてバスチアンはこの才能ゆえに実際に物語の世界、「ファンタージエン」の中に足を踏み入れることができ、現実の世界と架空の世界とを行き来できる数少ない選ばれた人間の一人となるのである。ここで留意したいのは、バスチアンがどのような方法で虚構(フィクション)の世界の中へ導かれていくかという問題である。

架空の世界「ファンタージエン」は、今危機に瀕している。「ファンタージエン」を救うためには、その世界を統べる女王「幼ごころの君」の病を直さなければならない。そしてバスチアンこそは、唯一人、その救い主となるべき運命を荷わされた人間なのである。しかしバスチアンと幼ごころの君は、現実の世界と虚構(フィクション)の世界を隔てる壁によって、厳然と隔てられている。そこで幼ごころの君はどのような手段を用いてバスチアンを自らの世界に招きよせたのか。彼女は「ファンタージエン」の少年アトレーユを探索の旅に遣わし、その物語を読むバスチアンに彼の冒険を共に味わわせることによってバスチアンを「ファンタージエン」に招きよせたのである。探索の旅を終えたアトレーユに向かって、幼ごころの君は次のように言う。

　　「……そなたを大いなる探索に出したのは、そなたが今報告するつもりだった報せのためではなく、それがわたくしたちの救い手を呼ぶ唯一の方法だったからです。かれはそなたのしてきたことを共に体験し、そなたと共に遠い道程(みちのり)をやってきました。……」

幼ごころの君の用いたのは、われわれにはおなじみの「感情移入」、「共感」、或いは作中人物との「一体化」、という方法であった。「現実」と「虚構(フィクション)」の二つの世界をつなぎ、その双方に生命と活力を与え得る人間は、エンデによれば、バスチアンの如き強烈な感情移入によって物語の中に生き

ることのできる読者のことだったのである。

　しかしながら、例えばウラジミール・ナボコフは、「読者がなしうる最悪のこと」は、「作品中のある人物と一体になったような気持になること」（『ヨーロッパ文学講義』、野島秀勝訳、TBSブリタニカ）だと言う。ナボコフにとってすぐれた文学作品は至上の芸術作品なのであり、読者たるわれわれはあくまでもそれを味わう、という姿勢をくずしてはならないのである。もっとも、ナボコフ流の味わい方というのは、「熱烈に味わい、涙し、おののきながら味わいつく」す、という実に派手なものであるけれども。

　われわれ現代の読者は、はたしてどのような読書法を信条として掲げるべきなのだろうか。昔ながらの「感情移入」方式か。それとも、「自分の想像力を抑える時と場所とを心得」た、ナボコフ式の読書法か。ともあれ、何より肝心なのは、書物に対する愛情であろうし、いかに次元の低い楽しみ方をしている読者にせよ、或いはどんな奇抜な読み方をしている人々にせよ、全く本を読まない人間に比べれば、彼らははるかにゆたかな世界をその魂に内包している、と言うことができよう。

　書物を愛するのはすばらしいことである。しかし度を越すとそこにも問題が生じ、ついには怪談にまで発展する、というのは、次に紹介するイヴリン・ウォーの「ディケンズを愛した男」という不気味な短篇である。

　裕福なイギリス人の青年ヘンティは、妻に裏切られたことから人生に絶望し、やけっぱちになってブラジル探検隊のメンバーに加わる。しかし不運続きの一行は、一人また一人と隊員を失っていき、遂にヘンティはアマゾンのジャングルに行き倒れることになる。そのヘンティを救ったのが、六十年以上もアマゾンの奥地に住みついている風変わりな老人マクマスターだった。深い森に囲まれたマクマスターの住居は、世間から全く隔離したところにあり、そこから出るためにはマクマスターの協力がぜひとも必要なのだ。しかし、体力回復したヘンティを、マクマスターはなかなか放してくれようとし

ない。老人はヘンティにディケンズの小説を朗読することを要請する。なぜなら老人は、ディケンズの熱烈な愛好家であり、同時に全く文字が読めないからである。

　最初のうちこそ老人の無邪気な聞き手ぶりに喜んでせっせと朗読を続けていたヘンティだが、やがて彼は恐ろしい事実にうすうすと気づいていく。マクマスターは、貴重な読み手であるヘンティを金輪際手放すつもりはないのである。なんとか文明社会に帰ろうとするヘンティと、逃がすまいとする老人の間で、熾烈な知恵比べが展開される。一年近い月日が流れ、ヘンティはようやく外の世界と接触するチャンスを手にする。彼は助けを求め、そして救援隊が来ることを確信しながら、最後の晩餐のつもりでマクマスターと共に原住民たちの祭りにのぞむ。しかしその祭りで飲まされたピワリ酒がヘンティの意識を奪い、そして同時に彼が文明社会に帰る機会を永遠に奪ってしまったのである。目覚めて呆然としている彼に、狡猾な老人はささやく。救援隊が来るには来たが、老人がヘンティの時計を渡したら、それを遺品として喜んで持って帰ったということ、そして二度と彼らがこの地を訪れることはあるまい、ということも。

　　「さてさて、あんたに気分のよくなる薬を作ってあげよう」、と老人は悪魔のような満悦を見せながら言う。「きょうのところはディケンズはやめておこう……どうせ明日もあさっても、その次の日もある。『リトル・ドリット』を読み返してみようじゃないか。あの物語を聞くたびに、わしは泣けてくるんじゃよ」（長井裕美子訳『真夜中の黒ミサ』ソノラマ文庫所収）

　ヘンティはディケンズ作品の朗読家として永遠に老人の奴隷にされたのである。

第 22 章：外国語教育における
　　　　　活字メディアの意義

1.
　　現代社会、私たちの世界そのものが、すでにコミュニケーション不全症候群を内包しているのだ、といってもよいだろう。というか、コミュニケーション不全症候群こそが、現代なのである。その特徴は、……「他の存在」への想像力の欠如だ。もし一抹の想像力がそこに介在していれば、それだけで、公害問題も、マスコミの暴力もいまのように問題になることはなかったであろう。（中島梓『コミュニケーション不全症候群』、筑摩書房、1991、22 頁）

　「他の存在様式にたいする想像力の欠如の氾濫」（中島梓、同 19 頁）を嘆く中島梓（別名栗本薫）が語る体験談――「ひどく人に突き当るお母さん」の話は、一度聞いたら忘れ難い。中島梓の子どもと同じ幼稚園に通う、とある園児の母親は、「まわりに人がいる」ということに全く気がつかないかの如く、「うしろの人の足をふんづけたりつきあたったりする」。ところが、「あいてをよく知っている人だと認識すると、決してその人の足を踏んだり、まるでそこに空気しかないようにふるまったりしなくなった」というのである。中島梓は、その女性について次のように総括する。

　　その人はただ、自分の認知している対象をしか、人間らしい存在として認める事の出来ないような精神構造を持っているだけであり、いや、

もともと人間というのはそういう一面はたしかに持っているのだが、そこをカヴァーして他の人間というものへの共感をつなぐのが、教養とか想像力とかいったもののはたらきであった。(中島梓、同14頁)

「早稲田大学で週に一度、文芸科の学生の演習を担当している」作家の三田誠広は、「やさしい」と言われる最近の学生像の中に、「感性を失った小エゴイスト」の姿を見て取っている。

　表面的には「やさしい」と見える現代の若者たちの内部には、傲慢なエゴイズムがひそんでいる。
　心を閉ざすだけならいいのだが、学生たちの間には、一種の暗黙の了解みたいなものがあって、集団で心を閉ざして、外国人とか異物を排除しようとするような姿勢が見える。子供の頃の「いじめ」の姿勢、つまり被害者になる前にみんなで加害者になってしまえという、冷酷で鈍感な傾向が、冷ややかでトゲトゲしい雰囲気として、教室の中に充満していくのを、しゃべている私は感じてしまうのである。
　…………………………………………………………………………
　…………………………………………………………………………
　人間というのは、本能的に、エゴイストの要素をもっている。しかし、他人とコミュニケーションをもち、社会を構成していくためには、最低限のルールとして、お互いがエゴイズムを抑えて、他人のためにサービスする姿勢を見せるということが必要だ。
　これは家族という最小のコミュニケーションの単位から、国際社会に至るまでの、共通したルールである。
　若者たちの「思いやり」の欠如は、若者たちだけで付き合っている場合には、全員が鈍感だから、問題は起こらない。しかし、社会に出

て、年上の人たちと付き合い始めると、途端に問題が生じる。そして、将来、彼らが国際社会の舞台に出た時には、さらに大きな問題にぶつかるだろう。(三田誠広『大学時代をいかに生きるか』、光文社、1995、51-53頁)

中島梓が、そして三田誠広が言うように、老いも若きも一様にコミュニケーション不全症候群に陥っている昨今、関西大学総合情報学部の「外国語科目」――「英語」の果たす役割は大きいと言わねばなるまい。例えば「英語Ｉｂ」は、シラバスの「授業概要」からでもわかる通り、Intercultural Communicationを真正面から取り上げる科目であり、単なるスキルの養成科目では決してない。それだけに学習活動の奥行きは深く、教師にとっても学生にとってもやり甲斐がある。

国際化の波の中で文化を超えた人の交流が盛んになっている。外国語教育の大きな目的のひとつは文化背景の異なる人とコミュニケーションを行う能力を養うことであるが、この科目では、英語による異文化間コミュニケーションスキルを伸ばすための知識の習得を促し、訓練を行う。テキストのリーディングを通して異文化間コミュニケーションの基本事項及びアメリカの文化の型についての認識を深める。また、タスクやグループディスカッションにより、自らの価値観や態度を振り返るとともに、コミュニケーションに対する感性を磨き、文化相対主義的な態度を養いたい。(『総合情報学部授業計画』、1996年度用、55頁)

英語で意思疎通をはかる能力の向上を文字通り目指す実践的授業としては、「英語Ⅱａ」がある。発音・ストレス・イントネーション・省略形など、音

声面の訓練を基礎にして、自分の考えをより適確に伝えるためのコミュニケーション・スキルの養成を一手に担っている。

　しかるに、「この世界にはいろいろさまざまな立場の人間がいるということへの人々の、汎時代的な想像力の欠如という特性」（中島梓、同21頁）を帯びた現代という時代にあって、「外国の出来事は、自分たちとは無縁の、どこか遠い世界の事柄であり、そこで苦しんでいる人間たちが、自分たちと同じような感覚をもっているという想像力すらもたずに、遠い宇宙の果ての現象を見るような気持ちで眺めているか、あるいは最初から関心ももたずに、無視してしまっている」（三田誠広、同18頁）学生を相手に、教室で、このようなコミュニケーションの理論と実践を念頭に置いた語学教育を円滑に施すことは、実際のところ至難の業である。又、大学設置基準大綱化の流れの中で、その存在意義自体が軽視され、ややもすれば片隅に追いやられがちな「外国語科目」の現状を憂える時、それに携わる者の自信も無くなりがちとなる。このような時、文芸評論家・谷沢永一の次のエッセイは、語学担当者にとって一つの救いとなる。

　　今後の大学においては少なくとも人文科学および社会科学系では、低学年に必須の語学教育と、高学年に必要である綿密な文献講読の演習は残して、いわゆる講義のすべてを廃すべきである。そのかわり図書館を充実して自習の便に備えればよいのだ。カセットテープにより自分の入った大学以外の碩学から、自由に選んで聴取できる現在、講義を存続すべき何らの理由も見出し難いのである。（谷沢永一『百言百話』、中公新書、1985、125頁）

　谷沢永一が今後の大学教育において必須であると語った「語学教育」と「文献講読の演習」は、実は関西大学総合情報学部の「外国語科目」―「英

語」の中でまちがいなく実践されていることを明記しておきたい。「文献講読の演習」に相当するものは「英語Ⅵa」と「実用英語A〜D」だが、「実用英語A」の「授業概要」を示せば一目瞭然だろう。

> コンピュータの英文マニュアル、科学技術・情報工学関係の基礎的資料等の読解力養成を目指す。これによって語学教育と専門教育の有機的結合を図るための一助となることをねらう。授業は主としてCAL教室で行う。(同『授業計画』、172頁)

　語学教育の存在意義については谷沢永一はそこで特に何も述べてはいないが、決して実用的・実務的な面のみを強調したのではないと思う。むしろ、教師と学生間の、又、学生同士の、生身の人間の身体から発するさまざまな情報の発信・受信の生きた教育現場の理想の姿を、語学教育の中に見い出したからではないだろうか。電話のみならずインターネットや電子メールの急成長によって、地理的移動なしに自由自在に最新の情報の受信・発信が可能となった現代社会にあってこそ、生身の人間同士の交流の場が真に重要な意味を持つのではないか。なぜなら、インターネットや電子メールといった電子メディアを通じては望むべくもない、非合理で曖昧な、得体の知れない、多様な変化に満ちた、複雑な陰影に富んだ生きたコミュニケーション活動は、人間社会が続く限り存在するものであり、これを会得しようと思えばやはり生身の人間の身体を介してしか不可能だからである。
　血の通った、生身の人間同士の生きたコミュニケーション活動を目指す語学教育も、しかし、授業運営上、教育効果を高めるためにさまざまなメディアを用いる。関西大学総合情報学部では、実際、CNN国際衛星放送メディアを用いている。

第Ⅱ部　研究と考察

　　　CNN 国際衛星放送英語ニュース等のまさに生きた英語視聴覚教材を
　　　多角的に用いて、実際の国際社会で使われている生きた「話し言葉」
　　　である英語を聞き取る能力の育成を目指す。(同『授業計画』、61 頁)

　CNN のメディア以外にも市販のビデオ教材を使用することが多いが、実際ビデオ教材は、テキスト市場においても、これまでの文字中心のものから、徐々にではあるが大きな位置を占めつつあるように思われてならない。生まれた時からどっぷりとテレビに浸って育ってきた学生たちにとっては非常に親しみの持てるメディアゆえ、何の苦痛もなく、目と耳の両方で楽しみながら接してくれるであろうはずの視聴覚教材に、教師自身の関心が一層向けられるのは至極当然のことと言えよう。

　1950 年(昭和 25 年)の創業以来、英米文学や英語学の分野を中心に、これまでの日本の「英学」の伝統を受け継ぐ形で、活字メディアの担い手であった老舗「南雲堂」においてさえ、ビデオ教材は年々増えている。このように、大学英語テキストがビデオ教材を中心とした視聴覚教材にどんどん移行しつつある今日、活字メディアの果たす役割は一体どうなっているのであろうか。すっかり消滅してしまったのか。何の魅力も長所も見い出せなくなってしまったのか。日本の大学における外国語教育の現状認識が先ず何よりも大切な今、他のメディアと比較しながら活字メディアについて考察することは決して無意味なことではないだろう。

2.
　同時通訳なるものの存在を筆者が初めて知ったのは、1969 年(昭和 44 年) 7 月 21 日午前(日本時間)の、アポロ 11 号月面着陸宇宙中継においてであった。月面を歩くアームストロング船長とオルドリン飛行士の一挙手一投足が、同時通訳者によって伝達される情報と共に、テレビ画面にくっきり

と映し出された。通訳と言えばこれまで逐次通訳のことしか頭になかった当時の筆者にとって、国弘正雄や村松増美らによってみごとになされる同時通訳は、人間の能力を超えた、神わざに近いもののように思われてならなかった。ひとつのことを聴きながら同時に別のことを話していく芸当など筆者にはできないからである。

　しかし、視聴者の我々には易々と行なわれていたかに見えたこの時の同時通訳も、その実態はどうであったのか。この辺の模様を国弘正雄は、『英語の話しかた』（サイマル出版会、1970）の中で、簡潔にではあるが、きわめて鮮明に書き綴っている。その場に居合わせた者にしかわからないであろう雰囲気がみごとにこちらに伝わってくる文章である。この世のものならぬ声が、37万キロも離れたところから、それもとぎれとぎれにしか聞こえてこないといった状況下で、同時通訳者たちがどのように奮闘したか。国弘正雄の文章の一節を引用してみよう。

> 　限界状況といえば、これ以上の限界状況もありませんでした。人為的に増幅され、海鳴りのような雑音にのって、かすかに伝わってくる声を、なんとか聞きとり、意味の通る日本語に移しかえなければならない。それも、雑音の方が主で、それにのって、ヒューストンと宇宙飛行士の声が聞こえたり、聞こえなかったりするのです。
> 　あとでNASAから発表された交信録のなかでも、聴取不能、混信などと書かれた個所が少なくなかったことからも、雑音がひどかったことがはっきりします。（国弘正雄、同26-27頁）

　この時のアポロ宇宙中継に限らず、その後もいろんな場面で同時通訳者たちの活躍ぶりを見るにつけ、彼らの並みはずれた能力に感服するばかりの筆者であるが、テレビなどで見る同時通訳のいかなる映像からよりも、上記の、

第Ⅱ部　研究と考察

　国弘のあの文章の中から感じ取れる同時通訳のイメージの方がより鮮明で現実味を帯びたもののように思われてならないのはなぜであろうか。現に今でも、同時通訳者たちの活躍ぶりを映像等で見て、その厳しさやら悪戦苦闘の様子に思いを馳せた時はいつでもと言っていいほど国弘正雄のあの文章を再読してみたい、という衝動に駆られるのが我ながら不思議でならない。

　同じようなことかもしれないが、E. M. フォースターの長篇小説『インドへの道』(1924) を原作とするデイヴィッド・リーン監督の映画『インドへの道』(1984) をビデオで見た後も、かつて映画館で購入したパンフレットをついつい読み返してしまうのはどうしてであろうか。

　イギリス人女性アデラ・クウェステッドが観光に行ったインドの洞窟の中で顔見知りのインド青年アジズに襲われるという衝撃的な事件を契機に、その事件の真相をめぐって二つの民族がすべてのエゴと感情をむき出しにして争い合うというのが粗筋だが、とりわけ、そのマハバール洞窟事件の真相をめぐっての作家・森瑤子のエッセイは、巨匠デイヴィッド・リーン監督の映像世界にもひけをとらぬほどに卓抜である。

　　　リーン監督が、私たちの眼から隠してしまった真のストーリーがあるはずなのである。
　　　それが鍵なのである、それは何か。若い娘アデラの頭の中に起ったことが、実はそうなのである。洞窟の中で、たった一人でいた時に、アデラの頭の中に浮び上ったファンタジーが問題だったのだ。
　　　　　……………………………………………………………………………
　　　　　……………………………………………………………………………
　　　自分自身の性的ファンタジーの大きさとそのめまいのようなものに動転してしまった彼女が、洞窟から転がり出て、岩場を走り下っていく時に、足をとられ、サボテンの上に転んだとしても不思議ではない。

第 22 章：外国語教育における活字メディアの意義

そして全身打ち傷で発見された。
　彼女を動転させるほどの性的ファンタジーとは何なのか。
　ふと一瞬抱いたそのような淫らなファンタジーが、一人の男を犯してもいない罪におとし入れ、やがて婚約者をも失ってしまうようなエネルギーを持つものなのだろうか。（ヘラルド・エース発行）

　この洞窟事件の真相に関しては、登場人物のひとり英国人フィールディングが原作の中でアデラの幻覚説に言及していることからもわかる通り、森瑤子の憶測は、「原作の本も読んでいない」と言うわりには、さほど的をはずれているわけでもなさそうである。しかし筆者にとってはそんな事実関係の詮索などどうでもよく、それよりはむしろ、異国で不安定な精神的状況下に置かれた若い女性の心理と生理とが、映像と負けず劣らずの説得性のある筆致で森瑤子の文章の中にきちんと綴られていることに驚きを覚えずにはいられない。このような活字で書かれた文章は、いつでもどこででも繰り返し落ち着いて読み味わうことができるということも我々には嬉しいことである。
　ジャン＝ジャック・アノー監督の映画作品『子熊物語』(1988) も、キャンペーンのため来日した折り、監督自身が、「映画はそれ自体固有の機能を持っており、言葉の助けを必要とするものではないので、何も私の口から付け加えることはありませんが」とか、「ヴィジュアル・アートである映画は、言葉を用いずに感情を表現することが可能なのです」とか語っているように、まさしく映像が生命の作品である。しかし一方、パンフレットに載っている羽仁進の文章も、映像世界に匹敵しうる、美しいイメージを醸し出していることも事実である。それは一篇の詩とさえ言える。

　　夕暮れ迫る山の中の白い流れ。鮭（だろうか）をつかまえた「おやじ」は、次々に、「ホラ、食え！」といった感じで、投げてよこす。

343

第Ⅱ部　研究と考察

　　腹はペコペコ、母を失った悲しみと不安で生きた心地もしなかった子
　熊は、嬉しくって、ありがたくって、しょうがないだろう。
　　それにしても、投げられる魚の大きいこと。子熊はあわてて、一尾
　づつつかまえるのに、大いそがし。ところが、「おやじ」は、ブスッ
　と巨大な肩を怒らせたまま、いつまでも魚を投げつづける。（東宝出
　版発行）

　実際に筆者は、映画を見終った直後にこれを読んですっかりこの詩的世界
に魅せられてしまった。きっとこの時、映画を通じて受けた感銘が、より大
きく増幅され、変容したにちがいない。活字メディアによって予想外の情報
を受けたことが契機となって、筆者の内部に新たな情報が作り出されたのだ。
言い換えれば、新しい情報との出会いや共感によって、筆者の中の見えざる
知的かつ情緒的エネルギーが大いに刺激されたとも言えるだろう。映像と活
字メディアの双方から得たイメージは、抜き差しならぬ関係で、筆者の内部
で一つの感動に昇華したのだ。
　NHK大河ドラマ『毛利元就』についても、第一回分（1997年1月5日放
映）を見終えるやいなや、TVガイドを含めた数冊の毛利元就特集の雑誌を
読むこととなった。映像を見ていて気になった点がいくつかあったからであ
る。その一つは、元就の父弘元の衣裳が極端に地味なように映像から見受け
られた点である。活字メディアからの情報によって、これは意図的なもので
あることがわかった。ドラマのチーフ・プロデューサー木田幸紀がそのこと
を雑誌の座談会の席上、述べている。

　　衣裳など見ても大内家の衣裳はキンキラキン、尼子方の衣裳は質実剛
　健、しかし毛利家の衣裳はくすんだねずみ色、色合いに欠ける。並ぶ
　と経済力の違いが直に表われてくる。（『大河ドラマ・ストーリー毛利

第 22 章：外国語教育における活字メディアの意義

元就』、日本放送出版協会、1996、124 頁）

　テレビを見ていて気になったさらに別の点、それはナレーション担当者に関することであったが、これについての情報も活字本では、担当者のプロフィールをも含めて二ページにわたって詳細に紹介している。これを担当する平野啓子は、プロの語り部でもあり、戦国の女性たちを見る眼もなかなかしっかりしていることもよくわかる。ナレーターとしての所信は、「ナレーションは、話の筋にあわせて、早くしたり、また、時にはゆっくりするつもり」（『TV ガイド大河ドラマ「毛利元就」』、東京ニュース通信社、1997、89 頁）だそうである。このような雑多な活字情報が果たしてドラマを鑑賞する上で望ましいものかどうかは断定しかねるが、ただ筆者としては、意味の曖昧さを常に伴わざるをえない宿命の映像メディアの他に、より正確な意味を求めて活字メディアにすがるのである。ましてや事実を演出することに力点を置くドラマの世界にあってはなおさらのこと、たとえ陳腐な楽屋裏的情報と紙一重であろうとも、さまざまな情報を提供してくれるこの種の活字メディアの雑誌は、本当にありがたい存在なのである。

　我々の視覚・聴覚の両面に同時に訴えかける映像主体の表現手段を前にして、視覚に訴えるのみの活字メディアによる表現手段をあえて我々が希求するのはなぜか。それは、言語に比べるとどうしても意味が曖昧になってしまいがちな映像メディアの不備を補うためなのか。それとも、活字メディアを通してゆっくりと落ち着いて思考し直す余裕を持ち、伝達された事象の分析・批評に当たるためなのか。

　評論家・西部邁は、作家・中上健次との対談の中で、ホイジンガの『ホモ・ルーデンス』を引用しながら、「活字の世界は、自由に読み飛ばしたり、どこかでとどまって考えたり、何でもできるというんですよ。ラジオは、非常にパターン化されて聴いていなきゃいけない。……ラジオ、テレビは近代

的でスピーディだと思うけど、精神作用としてはものすごくのろくなっている面がある。活字なら、中上さんの本を読むにもパッとあとがきを読んで、何か大事なことを知るとか、自由自在な移動ができるでしょう。テレビとかラジオだと、ビデオのスイッチを押したりして、面倒くさいですよ」(雑誌『週刊ポスト』、小学館、1985年8月16日号、221頁)と言い、それに応じて中上健次は、「近代の落とし穴ですよね。意外なことに、古いと思っていたものが、いちばん新しいメディアでもあるんですよね」(同頁)と答える。

中上によってこのように、「いちばん新しいメディア」と持ち上げられた活字メディアが、ビデオ教材を代表とする視聴覚教材が主流となりつつある今日の大学英語教育の現場において、本当にしっかりとした役割を果たしているのかどうかを、活字の持っている論理的統一性などに注目しつつ、その実例を具体的に眺めていきたい。

3.

ビデオ教材を中心とした視聴覚教材に占める活字メディアの役割を具体的に考察するためには、教材のスクリプトの取り扱われ方に照準を合わせるのがいいのではないだろうか。現に、教科書の本文の中のスクリプトの配列・配分をめぐって、どのテキスト編著者も一様に気を使っているようである。

「従来のものとは異なり、まず台本のない、リポーターによるインタビュー番組が先に制作され」、そのあとそれが編集されてテキストとなった *Japan Goes International*(長谷川潔・秋山高二編、成美堂、1991)は、それゆえに、「話しことばとしての英語をそのまま忠実に再現している点で、従来のテキストには見られない自然な口語表現が数多く含まれて」おり、「文法を意識しない自然な会話が文字化されてい」る。このような特色を持ったテキストであるので、スクリプトも、毎章ごとに各プログラムの前半の三分の一程のものが本文中に記載されることになった。このことについて編著者は、「本

第22章：外国語教育における活字メディアの意義

書の構成と利用法」の中で次のように説明している。

> 各章のプログラムの始めの1/3ぐらいがスクリプトとしてテキストに示されています。授業を受ける前に、この部分を読んでおけば、聞き取りがずっと楽になると思います。プログラムの後半はテキストに示してありません。しかし、最初の部分でそれぞれのレッスンのテーマが理解できれば、映像を見ながら聞き取りの練習ができるでしょう。

しかし筆者がここで気になるのは、「授業を受ける前に、この部分を読んでおけば、聞き取りがずっと楽になると思います」という表現である。さりげなく書かれてはいるが、編著者の意図や本音を知る上で、決して見逃すことはできないものだと思う。このテキストの編著者は、「聞き取りがずっと楽になる」ための予習段階のヒントぐらいにしかスクリプトの果たす役割を考えてはいないのではないか、と勘繰りたくなるほどである。

イギリスで話題となった人気テレビ映画 *The Secret Diary of Adrian Mole Aged 13 3/4* を原作として制作されたビデオ教材の *Living English in a British Family*（大八木廣人他編著、成美堂、1988）も、「もともと語学学習を意図して製作されたものではない」、「生活に密着したありのままのことばが学習できる」、そんな性質のテキストゆえ、巻末にではあるが、各章のすべてのスクリプトをそのまままとめて載せている。ところがこのテキストも、前述の *Japan Goes International* と同様、その「本教材の用い方」の中で、「授業を受ける前に、末尾のスクリプトをよく読んでおくようにしておきます」と記述している。そのあとにわざわざ、「この映画は文字の利用がかなり必要となるからです」と理由まで付記されているが、スクリプト記載の趣旨は、あくまでも「授業を受ける前」の予習用ということでまちがいなさそうである。

スクリプトの配分・配列に多少の差があるとは言え、少なくともスクリプトをテキスト内に記載していること自体、それは編著者が活字メディアの必要性を痛感していることの証である。ただ、ビデオ教材の代表的存在とも言える上記二種のテキストでさえもが、スクリプトを「授業を受ける前」の補助教材ぐらいにしか考えていないことからもわかるように、それ以外のビデオ教材はとなると、それは推して知るべしである。

スクリプトをあえて前面に押し出そうとはしない編著者側の姿勢も、もちろん筆者にとって理解不能というわけではない。リスニングの力をつけるためには文字が却って邪魔になるということぐらいは、体験的にも知っているからである。文字を知らない幼児が耳から聞き覚えた言葉を自由自在に使いこなすということもよく知っている。それに実際のところ、これまでの活字メディアを中心とした日本の英語教育のさまざまな欠陥に思いを馳せた時、誰もが先ず活字メディアに拒否反応を示してしまうのは致し方ないことだと思う。英文を読んで理解する学力は身についても、実際に聞いて話せる力がなかなかつかず、悔しい思いをしてきた人がいかに大勢いたことか――このことを考えたら活字メディアに背を向けようとする傾向もやむをえないことになる。

しかし、である。先に挙げた二つのテキストの場合もそうであるが、あくまでも予習・自習を想定した補助的教材としてのみスクリプトを取り扱おうとするテキスト編著者の姿勢の中には、語学教育に対する誤謬があるような気がしてならない。そもそも虚心坦懐にスクリプトを一読すればすぐにわかることだが、上記二種のテキストとも、どの章を採ってみても決して簡単な英文ではないのだ。内容的にも表現的にも幅も奥行きもあり、結構考えさせる、骨太の英文が続く。このことは、テキストのどの単元の題材もすべてつぶぞろいで、質が高いということを示す証拠以外の何ものでもない。このような良質のものを作ったテキスト編著者は、この点を大いに誇ってよいだろ

う。ところが、その高品質な題材を編纂する時に、本来みごとな助っ人を演じてくれるはずのスクリプトをなぜかテキスト編著者は軽視してしまったのである。かつて日本の英語教育の主流であったがために、逆に今ではすっかり嫌われて、悪者扱いされ、批判の対象となってしまったかの感のある、活字メディア中心の「文法訳読授業」に対する拒否反応が、テキストの編著者のあいだにはよほど根強く残っているのだとしか筆者には思えない。

「生の英語が理解できるようになるのを最終目標にして」(*Living English in a British Family* の「はしがき」より) などと編著者が本気で考えているとしたならなおさらのこと、スクリプトをむしろ積極的に活用しなくてはならないのだ。せっかくのすばらしい情報源を満載した、情報の宝庫とも言うべきスクリプトをうまく活用しなければもったいないということ、言い換えれば、質・量共に申し分のない立派な題材を網羅した優れたテキストであればあるほど、それらの内容を本当に深く理解するためには、むしろスクリプトの利用が必須となるということを筆者は主張したい。活字に頼る学習がリスニングの訓練にとってマイナスに働くという立場をとる人にも冷静に考えてもらいたいのだが、例えば上記二種のテキストは、よく使用される *Listen for It* (Oxford Univ. Press) のような文字通りのリスニング用教材などではなく、*Japan Goes International* の場合は、「日本の政治・経済・文化・生活を世界の人々に紹介するため」のものであり、又、*Living English in a British Family* は、「家庭の貧困、恋愛、校内暴力、慈善活動、老人問題、政治など若者の知的満足を得るにじゅうぶんの内容を持った」ものである。このことをしかと認識した時、人は自ずとスクリプトの重要性に気づくのではないだろうか。スクリプトをきちんと踏まえることによってはじめて、各単元の理解も真に達成されるからである。

スクリプトを効率良く活用することによっていかに内容の理解が深まるかということを、実例で見てみよう。先ず、*Japan Goes International* の第11

課から始める。この課は、1980年以来、毎年、経団連の招きによってカナダ人とアメリカ人の、小学校から大学までの教師たち二十数名が、日本へ教育視察にやってくるという内容の話である。彼らは日本の高等学校の授業を見学し、課外活動にも参加し、さらに広島を訪れ、平和について意見を述べる。

　アメリカ人の男性教師は原爆ドームや慰霊碑のある広島を訪れた後、次のように語る。

> "I was really touched especially when I heard the young school children in the background as well. It really moved me, to be watching such destruction, and then hear these children so excited in the background, and I couldn't help but think that, my God, what about my own daughter? Hopefully this will never happen again, something like this. And I couldn't help but also think of a song that's very popular throughout the world, um, titled "The Greatest Love of All". And I think my message, if I could ever mention it to anybody, would be, just let the children play."

この箇所は、テレビ画面に 'the young school children' が映し出されるわけでもないので、うっかりすると聞き逃がしてしまう可能性が高い。スクリプトもテキストに載せられてはいない（教師用のマニュアルには全文載っている）。しかし、このアメリカ人男性の発言内容は聞き逃がすべきではない。含蓄のある言葉は吟味に値する。

　このアメリカ人男性教師は、原爆ドームのようなもの（such destruction）とその背景にいる子どもたちの姿とを、ワンセットにして見ていることに注目したい。たとえて言えばそれは、ひとつのキャンバスの中に、子どもたち

を背景にして原爆ドームが描かれている、といった感じのものである。広島の原爆ドームを訪れた子どもたちは今、感きわまっている。次代を担う、そんな子どもたちの姿を背景にして浮かび上がる原爆ドーム。この光景を見て、アメリカ人男性教師はしんから感動するのである。この時、「もし我が娘がここに居て、この悲惨な戦争の爪痕をじかに見たとしたら、娘はどんな反応を示すであろうか。日本の子どもたちと同じように胸を熱くするだろうか」などといった思いが彼の脳裏をよぎっただろう。子どもたちは本来、天真爛漫で戦争などとは縁のない、朝から晩まで遊びほうける存在である。こんな子どもたちが、願わくば未来永劫まで、このような悲しい戦争とは一切かかわりを持つことなく、子どもらしく遊び回っていられる社会であって欲しい、とアメリカ人教師が心の中で祈っている様子がその発言内容から感じ取れる。そしてこのアメリカ人は、原爆ドームの背景にいる日本の子どもたちの中に、何かしら痛々しい感情と同時に、未来永劫の平和を託す気持ちをも合わせ持ったのではないだろうか。

　外国語だからとか、母語だからと言った次元を超えたところで、筆者はこの種のスクリプトの重要性を改めて強調しておきたい。仮にこれが母語の日本語であったとしても、喋っている本人にとっても聞き手にとっても音声は次から次へとどんどん流れ去って行き、聞き手はほとんど聞き流してしまうにちがいない。もちろん母語だからおよその意味は了解できる。しかし、こんなことで本当に内容を聞き取ったなどと言えるであろうか。そんな時にもしそこに何か活字になったものがあれば、積極的にそれを利用して、あとからじっくりとそのあやふやな箇所を検討し直すのが我々の常ではないだろうか。実際、このような作業こそが真のコミュニケーションの理解には不可欠ではないのか。前の晩に各テレビチャンネルで何度も何度も繰り返し見て聞いて知っているはずのニュースを、性懲りもなく、翌朝の新聞で再度確認しようとする、あの日常の我々の態度を思い出すとよいだろう。リスニング能

力のある母語の場合ですら、こうである。ましてやこれが外国語となれば、一筋縄ではいかないはずだ。それなのに、せっかくの情報源とも言えるスクリプトを軽視する傾向があるのは筆者には納得できない。先ほどのアメリカ人男性教師の発言の奥行きの深さも、筆者の場合、スクリプトで確認することによってはじめて知り得たからである。感慨深い内容の発言を真摯に受け止めてじっくりと吟味する姿勢を私たちは忘れたくはない。

　わざわざスクリプトに頼る必要もないほど簡単に聞き取れ、母語レベルで言えばおそらくさっと聞き流してしまうぐらいの箇所でも、スクリプトがあるおかげで思わぬ発見をする場合がある。日本に住んでいる外国人ビジネスマンの子どもたちをテーマにしたレッスン（*Japan Goes International* 第9課）の中にその例が見られる。幼稚園児から中学生までが通う、東京の或るインターナショナルスクールで、インタビューアーが外国人の子どもたちに向って、"Where are you from?" と尋ねる。たいていの子どもは国名で 'England' とか 'Italy' とか 'Finland' とか答えるのだが、アメリカ人の子どもは 'Virginia' とか 'Arizona' といった調子で答える。あまりにもたわいもないことなので音声だけではきっと聞き流してしまうにちがいなく、活字を通じてはじめてこのことに私たちは気づくのではないだろうか。そして、この学校の生徒の半分以上はアメリカ人であるという事実に照らし合わせてみれば、彼らがそのような返事の仕方になるのも至極もっともだ、と納得するのである。彼らアメリカ人生徒の意識が見えたような気がしてならない。これもスクリプトのおかげである。

　テキスト *Living English in a British Family* は、イギリスの人気テレビ映画をオリジナルとして制作されたものゆえ、言語表現においても内容においてもすべて、英国人のありのままの生活が描かれている。離婚問題も前面に押し出されている。少年 Adrian Mole が自分の日記を語るという体裁でこのドラマは進むが、第1課では、彼の両親の身勝手さや、親としての無責

第22章：外国語教育における活字メディアの意義

任ぶりが少年の眼から辛辣に描出される。親としての資質を備えていない、精神的に未熟な父親像・母親像にはリアリティーを感じずにはいられない。

　Adrian 少年の父親 George と母親 Pauline は離婚寸前の険悪な状態にある。離婚の際の子ども Adrian の養育義務をめぐって、George は実母（Adrian の祖母）と話す時、"All we're arguing over now is who doesn't get custody of Adrian." という言葉を吐く。この台詞を聞いた Adrian は、"Who doesn't get custody of me? Surely my father made a mistake. He must have meant who does get custody." と心の中でつぶやく。'not' の有無をめぐっての微妙な表現であるが、この箇所から我々は、息子のことを顧みる余裕もない、身勝手な父親の姿や、親を批判しつつもそれでもなおかつ親を信じたいと願う子どものせつない気持ちなどが感じ取れてならない。息子の Adrian にしてみれば、父親がまさか本気で 'not' を入れて表現しただなんて思いたくはない。父親はきっと言い間違えたのだ、と信じたい子どもの心情は筆者には痛いほどよくわかる。もちろんスクリプトがあってはじめて、このような思考も可能となる。

　スクリプトが無ければおそらく見落としてしまうにちがいない、英国の経済的貧困ぶりを如実に感じさせてくれる場面を、次に同テキストの第2課から眺めてみたい。放課後、帰宅せずにそのまま学校に居残って自習している Adrian に向って教師は、先日提出した英語のエッセイには蝋がたれていたから今後は注意するようにと諫めたが、それを受けて Adrian は、"Sorry. I caught my overcoat sleeve on the candle." と釈明する。するとすかさず教師は、Adrian のこの言葉を聞いただけで、"Candle? Oh, no. You've not been cut off, have you?..." と真相を言い当ててしまう。「ろうそく」と「電気料金滞納のための電気使用差し止め措置」とが直結するという、その勘のあまりの鋭さに、私たちはただただ脱帽せざるをえない。逆に言えば、イギリスにおける家庭の貧困がいかに凄まじくなっているか、ということになる。

353

第Ⅱ部 研究と考察

この場面から英国の経済事情を我々がきちんと理解するためにも、スクリプトは重要なのである。

次に、言葉遊びと言うか、語呂合わせと言うか、単なる冗談と言うか、そんな要素を持った場面を同テキスト第3課から拾ってみよう。Adrian が校則を破って赤いソックスをはいて登校し、そのために処罰を受けたのがきっかけとなり、まわりの生徒たちが Adrian に同調して立ち上がって校則廃止を求める運動を起こす。そこで校長は、父母あての文書を作成するが、その際、秘書に口述筆記をさせる。それが次の文章である。（スクリプトに拠る。）

Dear Mr and Mrs whoever. It is my sad duty to inform you that your son/daughter has flouted one of the rules of this school by wearing red socks. I am therefore suspending your son/daughter for a period of one week.

校長は 'stroke' という語を二度使うが、これはスクリプトで確認するとよくわかるが、'slash' とか 'virgule' の意味である。二度にわたる校長のこの 'stroke' という単語が、その後 Adrian の同級生 Pandora によって冗談まじりに、遊び感覚で使われる。当局に楯突く示威活動が結局は失敗に終わることがわかった Pandora は目に涙を浮かべるが、その涙について彼女自身、"These are not frightened tears. They're angry stroke frustrated ones."（スクリプトに拠る）と言う。この時、彼女の口から発せられた 'stroke' は、校長が使ったあの 'stroke' なのである。理不尽な校則撤廃に向けて正々堂々と学校当局に対して闘いを挑み続けたいという若者特有の正義感と、停学処分にでもされてしまったら将来の計画に差し障りがあるという不安感とが混在し、その結果生じた悔しい気持ちが、Pandora にあえてこの表現を使わせたのだろう。学校当局の代表で憎き存在の校長の言い方をまねることによって、

いくらかでも彼女の気は紛れたであろうか。とにかく彼女の悔しさがしみじみとこちらに伝わってくる場面である。勉学と政治活動、そして挫折と言った、ほろ苦い香りの青春群像も、もしスクリプトがなければ気づかずじまいであったかもしれない。

4.

　前節で、活字メディアの一つであるスクリプトが果たす役割について具体的に考察したが、聞き取れない音声言語に苛立ちを覚え拒否反応を示してしまう人たちがいるのと同様に、文字言語そのものに馴染まない人たちも存在するということを押さえておきたいと思う。現に、文字言語そのもので本来勝負すべき立場の作家でさえ変貌する時代である。

　　　この見えない世界のつかみどころのなさ、感覚の欠如が、より即物的な、より感覚的な手触わりを信じる今日の人びとにとって文学が飽き足りない理由になってきている。同じような意識をもつ作家たちはより感覚的な世界、より視覚的な世界をイメジで構成しようとする。神のような非人間的、超越的な眼ではなく、現実に生きている人間のなまの感覚による世界とのつながりを失わずにおきたいと思うのである。（近藤耕人『映像言語と想像力』、三一書房、1971、136-137頁）

　活字メディアの重要性を本論で強調したからと言って、筆者は、活字メディア離れの時代の趨勢を安易に批判することは避けたいと思う。なぜなら、あの十九世紀末のイギリスの偉大な作家オスカー・ワイルドでさえもが、作家でありながら、生涯を通じて「文字言語」そのものに重きを置く人ではなかったという事実を目の前にすれば、なおさらそうならざるをえなくなる。

第Ⅱ部　研究と考察

香内三郎に拠れば（『ベストセラーの読まれ方』、日本放送出版協会、1991）、ワイルドは、実際に書いた「作品」によってではなく、それ以外の、人々の目を見張らせる言動や奇抜な衣裳等によって活字メディアの有名人になってしまった人なのである。彼は、通常の作家とは違って、人間の「内面」よりも「外面」を重んじた人のようである。

　　ワイルド伝説の一つかも知れないが、眼にみえない、時としては自分でもよく判らない「内面」よりも、誰の眼にも見える「外面」のほうが大事だ、というのは、いかにもワイルドの言いそうなことではある。（香内三郎、同192頁）

作家としてはまだほとんど何の作品も書いてはいない頃から既にマスコミの寵児となってしまったワイルド。これまでの社交界の常識を破った、大いに人目を惹く出で立ちで闊歩する彼の言動や衣裳に新聞や雑誌のメディアが注目しないわけはなく、又、ワイルド自身もそれをしたたかに利用もしたのだ。耽美主義の実践者としての生き方をそこに見る思いである。「メディアを泳ぎ渡る先駆者」（香内三郎、同179頁）であるオスカー・ワイルドに思いを馳せた時、もはや誰も軽はずみに、活字離れの傾向がある今の若者たちを非難することはできなくなる。ワイルド同様、より感覚的な世界を志向するタイプの人たちにとっては、これは自然なことなのかもしれないのだ。

　しかしそれでもなお、活字メディアの大切さを説きたいのは、そこに「思考」の働きが厳然と存在するからである。いかなる時代にあっても思考のプロセスを重んじない教育者はいないだろう。

　　もちろん、音声言語も、その表現プロセスにおいて思考の時間をわずかながら介在させる。しかし、それは長くなると、事故と見なされ、

本来的にはよどみなく直線的に表現されなければならない。そういう性質を持った音声言語は、書き言葉よりも軽く、この音声言語に依拠する放送メディアが活字メディアより軽くなることは理の当然である。（植田康夫他『変貌する読書空間』、学陽書房、1982、80頁）

「刻々に伝えられては流れ去る電波情報は、その時どきの部分の印象の強さにくらべて、内容の全体像を伝える力は弱くな」（山崎正和『近代の擁護』、PHP研究所、1994、152頁）るので、それゆえにそれを文字化したスクリプトを最大限に活用して、我々は内容理解に向けて「思考」するのである。この時スクリプトは、情報処理能力にも優れていることは今さら言うまでもないだろう。ビデオで10分間も時間をかけて見た話も、スクリプトであれば、瞬時にして必要な情報が入手・確認できる。

　最後になるが、スクリプトの積極的な活用が、聞き取りにくいために常にいらだちや不満のもととなっている音声中心の英語学習からの逃避を意味するものでは決してないことを、改めて強調しておきたい。スクリプトはあくまでも内容吟味のための手段としての活用なのである。そんな意味では、今CNNでも用いられている、話し言葉がそのまま字幕となって画面に表われるOpen Captionのより一層の利用も今後は検討されねばならないかもしれない。しかしその場合でも、ただ単に字幕が映像と共に自動的に流れていくのではなく、せめてビデオに録画したものぐらいならあとで、ゆっくりと、もちろん映像の動きとは別個に、何度でも自由自在に文字が確認できる装置が望まれる。

　「生の英語」と言えば聞こえはいいが、聴解能力の低い学習者にとっては聞き流すより仕方がなく、それが又、苦痛の種にもなっている。このような教育現場の現状にあって、「文字」と「音声」の適切な調合を目指したいものである。なぜなら我々の教育の真の狙いは、テキストの題材を踏まえて行

第Ⅱ部　研究と考察

なうコミュニケーションの実践活動であるからだ。自分の考え・思いをより積極的に、より正確に相手に伝えることを、教室で、身体を介して学生に修得させてやりたいのだ。この時もし、コミュニケーション活動の大前提とも言うべき、テーマに関する内容の理解度が低かったならどうなるであろうか。そのコミュニケーション活動は、浅薄で、皮相的な、中味の全くないものに堕してしまうだろう。そんなお粗末なコミュニケーション活動にだけはしたくないので、その活動の根底となるべき内容把握に、我々は神経を尖らせるのである。

　スクリプトの積極的活用によってテキストの内容理解を一層深め、それによって堂々とコミュニケーション活動を展開する場——それを我々は、教室の中に見い出している。なぜなら学校は本来それを可能ならしめる素地を持っている所であるからだ。

　　　私のいう意味は人と人とのぶつかり合い、異質の物のぶつかり合いのあるところを劇場と呼びます。たとえば、大人と子供でもいいわけですが、そのなかから全然ちがった可能性、新しいコミュニケーションのスタイルが出てくるならば、幕があろうがなかろうが劇場になります。だから、劇場は瞬間的に成立するものです。今までにない経験が、ここでぱっとあらわれたとします。その場合は劇場になっているはずだと思うのです。
　　　学校は潜在的に劇場である要素があります。たくさんの身振りがおこなわれ、たくさんの言葉が発せられているからです。（山口昌男『学校という舞台』、講談社現代新書、1988、93-94頁）

　生身の肉体を持った人間が集まる学校、そして教室——ここで繰り広げられるさまざまなコミュニケーション活動は、本章第1節でも述べたように、

我々語学担当者が日々教室で行なっている授業形態と非常によく似通っている。音声言語によるコミュニケーション、身振りによるコミュニケーション、文字言語によるコミュニケーション、そしてコンピュータをはじめとするニューメディアによるコミュニケーション——これらはすべて、毎日、我々外国語教師の日常的な授業運営の過程で普通に見られるものばかりである。

インターネットや電子メールという電子メディアを駆使しながらも、なおかつそこに、昔と変わらぬ、身体を介するコミュニケーションに重点を置きつつ、我々の語学授業は展開されている。いかなる時代になろうとも、生身の身体を介してなされるコミュニケーションの存在を忘れた外国語教育は、想像すらできない。

> ……手をのばせば触れられるという感覚が、かけがえのない親密さをもたらすというのも、また事実なのです。
> 「限られた肉体をもつ人間どうしがいまここで一堂に会している」という共通認識が、互いのコミュニケーションの密度を一挙に高めるのかもしれません。(西垣通『インターネットの5年後を読む』、光文社、1996、108頁)

一般的に活字メディアよりも映像メディアの方がよりもてはやされがちな現代において、語学教育の現場に居る者の実感として、スクリプトに見られる活字メディアの有効性を信じ、それを論じてきた。今後も次から次へとこれまで以上に登場してくるであろうニューメディアをもどんどんこちらの教育現場に取り込みながらも、それらに溺れてつぶされてしまうことなく冷静に、ブームの奥に潜む陥穽を見抜き、各メディアの長所・短所をたえず自分の眼で検証し続けねばならないだろう。

情報伝達手段が、私たちの理解の届く範囲をこえて複雑になればなるほど、容易に情報管理されてしまうと考えるのは杞憂だろうか。このあたりで、ダニエルが周囲の人々のために活字を拾い、モリスが産業革命以降のマスプロ印刷物に異議を申し立てたように、いまいちど、活字を拾ったり、ガリ版を切ったり、といった「人間サイズ」の「情報伝達」について思いをめぐらせてみてはどうだろう。めまぐるしいばかりの情報化社会に振り回され、飲みこまれてしまわないためにも。
（指昭博編著『生活文化のイギリス史』、同文館出版、1996、36 頁）

第23章：活字メディアと映像メディア

1.

　小説もすっかり様変わりしたと言われる昨今、小説家吉本ばななの短篇小説『キッチン』を、映像文化の旗手である映画監督森田芳光は作品『キッチン』として映画化した。言語という抽象的な記号でのみ勝負する、活字メディアの担い手の吉本ばななの文学世界と、本来それとは異質の、役者の喋る生の声や肉体、音響、無数の映像等を自由自在に駆使して作る映像メディアの担い手森田芳光の映画世界。この両者の、メディアの違う作品世界を具体的に眺めることによって、活字メディアと映像メディアとの比較考察が可能となり、ひいてはそれが教材研究の基本姿勢の原理ともなり得ると信ずる。

　英語科教育法の授業で「日本の英語教育のあるべき姿」と題するレポートを課すと、「授業でもアメリカの映画やテレビなど興味の持てる作品を使ったりして、LLの授業を取り入れていったら良いと思う」とか、「教科書を使って文法を教えるだけの授業ではなく、有名な映画や歌などのフレーズを使うと、より生徒の印象に残ると思う」とか、「私のいいなあと思う英語の授業は、映画を材料にしてリスニングしながら、言葉のつかいまわしとか、そのセンテンスの中の意味を考える授業にしたいです」と書く学生たちにとって、改めて今、メディアについて考察することは決して無意味なことではないと思われる。

2.

　そもそも吉本ばななの短篇『キッチン』（福武書店）自体が、小説もすっ

かり変わった、と私たちに感じさせる作品である。これまでの小説であれば、例えば、特異な人物である「えり子さん」の人物造型の際に、いかにリアリティーを持たせるかで作者は大いに苦労したはずである。もちろんこの小説も、125頁から128頁にかけて、簡潔にではあるが、「えり子さん」自身に自分の過去について語らせてはいる。このことによって読者は、その人物像に少しは納得がいく。ただし、これまでの小説においてなら、この部分をさらに大きく膨らませることが小説家としての腕の見せどころであったに違いない。

　一読すればわかることだが、この作品には「死」についての言及が多数ある。それこそこれまでの小説ならば、夏目漱石の『こころ』がそうであったように、小説はここからスタートしたものである。しかるに、「どうも私たちのまわりは……いつも死でいっぱいね。私の両親、おじいちゃん、おばあちゃん…雄一を産んだお母さん、その上……」（同82頁）の如く、作者は主人公にストレートに死の事実を語らせるだけで、それ以上は深く死について掘り下げたりはしない。「先日、なんと祖母が死んでしまった。びっくりした。」（同8頁）といった具合である。

　吉本ばななの作品に接する場合、作品を味わい尽くすという姿勢は初めから必要ないのであろうか。これまで私たちがよく行なってきた、登場人物が生き生きと描かれているか否かの評価も、吉本ばななの文学世界の場合、もはやどうでもよくなってしまっており、それよりもむしろ、何か情報と言おうか、メッセージのようなものの伝達のみを読者は求め、作者もそれに応じようとしているように思われる。そこには、ことさらな批評も主張も感じられない。

　『キッチン』の小説世界には臨場感も、共感ももはや必要ないのかもしれない。むしろあってはいけないのかもしれない。まるでBGMのように、メッセージのようなものが心地好く流れていさえすれば、読者はそれで満足

するのではないか。案外、これこそが吉本ばななの作品世界の本質なのかもしれないのだ。吉本ばななの作品世界が「少女マンガ」と大差ないとよく言われるのもそういうことに由来するのかもしれない。「田辺雄一」の母親「えり子さん」、実は父親なのだが、彼女の人物像も、少女マンガの世界でなら実際、とても納得できるのである。

> これが母？という驚き以上に私は目が離せなかった。肩までのさらさらの髪、切れ長の瞳の深い輝き、形のよい唇、すっと高い鼻すじ――そして、その全体からかもし出される生命力のゆれみたいな鮮かな光――人間じゃないみたいだった。こんな人見たことない。（同19頁）

この、いま受けする作品『キッチン』を、森田芳光はどう映画化したのか。彼は、大幅に原作を変えざるをえなかったようである。特に、「田辺雄一」と「えり子さん」の人物造型を、すっかり作り変えてしまっている。原作では「田辺雄一」は、本当に純朴な感じのする、「長い手足を持った、きれいな顔だちの青年だった」（同13頁）のに対して、映画では、将来に向けて何かを秘めた、孤独と哀愁とが漂う、「えり子さん」と同種の、都会の夜の生活者としての若者像に仕立てられている。クラブやバーと契約し、ホステスや客の送り迎えをする運転手の仕事を夜ごとしているわけだが、原作の「雄一」は一大学生である。

「えり子さん」も、映画では漢字の「絵理子さん」に変わる。平仮名よりも漢字の方が、少しはリアリティーが増すと考えられたのであろうか。しかし、その「絵理子さん」だが、橋爪功扮する彼女は、原作とは違って、全く美しくはない。まさに男そのものである。これは観る者にとって本当に意外なことであった。原作においては「えり子さん」の「美貌」が作品世界の構成の大きな要となっている。それをあえて無視した森田芳光の意図はいずこ

にあったのであろうか。

　原作の「えり子さん」は、或る日突然、客のひとりに刺されて殺されてしまうのだが、映画ではそういう展開にはならない。これも又、原作の持つ非現実的なイメージを払拭するための森田流のアレンジなのであろうが、映画では、主人公「桜井みかげ」が「絵理子さん」のマンションを出て行ってしまったあと、急に虚脱感に襲われた「絵理子さん」が自らの意志で精神科に入院するという筋立てになる。「もともと意識で女になったり母になったりしているから、神経が時々混線しちゃうの」と、森田芳光は、「絵理子さん」にその辺のところをきちんと語らせている。

　さらに森田芳光は、原作には全くない、プラネタリウムをひたすら愛する、精神科のカウンセリングの優しい「先生」を登場させる。夜空の星を見ることだけが楽しみで、「昼のカウンセリングなどさぼりたいくらいだ」と言う、先生らしからぬ先生であり、この人はやがて科学博物館のプラネタリウムの解説者に転職し、「絵理子さん」と一緒に、「絵理子さん」のマンションで暮らし出す。森田芳光監督は、原作の「えり子さん」のイメージに、より一層のリアリティーを持たせるために、このようにあえて物語の設定を変更したのだろう。息子の「田辺雄一」とその恋人「桜井みかげ」の二人が、やがて成長して大人になってゆくのをきちんと見守っている、いわゆる世間でいうところの親としての役割りをきちんと担った人物像を、映画の中の「絵理子さん」には付与しようとしたのではないだろうか。最後まで謎めいたわけのわからない原作の「えり子さん」に対して、映画の「絵理子さん」は非常に常識的な、人間らしい台詞をいくつも吐いている。

　　「……人は相手のことや気持ちを知ろうとするけど、それは傲慢なのかもしれない……自分と同じっていうか、感性の似てる人には、一応、説明してわかってもらえてるような気がしているだけだとは思う

が、そのわかってもらえてるような気が、とても優しく暖かく感じるんだけど……」

「……正直を言うことが誠実だとは思わない。何を言うか選ぶセンスが誠実なのよ。」

　優しい人物ばかりのこの作品の中で、「雄一」の恋人と称する「奥野」という女性は、唯一、悪役として登場する。「桜井みかげ」の職場に乗り込んで来て「みかげ」に詰め寄るシーンは原作通りだが、映画での「奥野」の台詞は、簡潔でわかりやすくなっており、その結果として、「桜井みかげ」像が、より具体的なイメージとして我々に迫ってくることになる。

「あなたは、男と女のつき合いの重いところをのがれてる。楽しいところだけを軽く味わっている。いつもそうして。中途半端な形で、つかずはなれずしているんでしょ。……あなたの涼しい態度ががまんできない。雄一を離してあげなさいよ……」

　映画では原作とは違って、「雄一」と「みかげ」は二人だけの生活を開始する。「わたしが必要じゃないの」という「みかげ」の問いに対する、「雄一」の「必要だ」という一言が決め手となって、「みかげ」は、半年間ヨーロッパにアシスタントとして同行しないかという、料理の先生からの誘いを断わってしまう。
　映画のラストシーンの、もちろんそれは冒頭シーンに合わせたものではあるが、二人の新居のキッチンの冷蔵庫の中には、「のどがかわいて目が醒めたら手の届く生命の水」が入っている。森田芳光は、『キッチン』という作品名に合わせているのであろうが、このシーンは原作には一切ない。

第Ⅱ部　研究と考察

　原作の小説からいろんなものを省いていくのではなく、むしろ逆に、森田芳光は、吉本ばななの小説にいろんなものを加味して膨らませた。総合芸術である映画の場合それは当然のことかもしれないが、音響や視覚イメージといった、非文字情報もふんだんに使った。原作では「桜井みかげ」は長髪の女の子であるが、それを、川原亜矢子扮する短いヘアースタイルの女の子にした。「雄一」も、原作では「長い手足を持った、きれいな顔だちの青年」であるが、それをすっかり俳優松田ケイジのイメージに変えてしまった。橋爪功の「絵理子さん」についても、既に見てきた通りである。

3.

　吉本ばななは、活字メディアのみで若者の感性をみごとに表現しえた。一方の森田芳光は、映像メディアによって、そこにひとつの解釈と言おうか、意味を見い出そうとした。彼は、原作の台詞を変え、台詞の言葉を吟味し、映像よりもむしろ台詞を重んじるような作品世界を作り上げている。「映画の映像は、言語にくらべて意味の求心性が弱く……」と言う、山崎正和の指摘（山崎正和『近代の擁護』、PHP研究所、1994、157頁）をまるで心得ていたかの如く、森田芳光は、本来「現実再現のレアリテをすぐれた特権とする」（近藤耕人『映像言語と想像力』、三一書房、1971、117頁）はずの映像文化の中で、より一層のリアリティーを求めて映画技術を駆使した。こんな二人の作品世界を吟味した時、次の桜井哲夫の陳述には承服しかねるものがある。これは、「活字－記号」文化と「画像・映像」文化に対する皮相的な見方と言えるのではないだろうか。

　　あえて言うなら、「活字－記号」の文化が、規範的、観念的文化、「画像・映像」文化は、感性重視の文化だと言えるかもしれない。ちょうど映像メディアが文化的に影響力を持ち始めた六〇年代の文化

第23章：活字メディアと映像メディア

の特質を、「読む−考える」という構図から「感じる−動く」の構図への変化だと指摘したのは、社会学者の井上俊（「青年の文化」『遊びの社会学』、世界思想社、1977）だった。井上の言う図式のうち、「読む−考える」が、「活字−記号」文化を意味するものだとするなら、「感じる−動く」の図式は、「画像・映像」文化と、おそらく密接につながっていたのだ。（桜井哲夫『TV 魔法のメディア』、ちくま新書、1994、199-200 頁）

西垣通は、「マクルーハンの予言ではないが、マルチメディアとは、五百年前のグーテンベルクの活版印刷にも匹敵するコミュニケーション革命を引き起こす可能性をもっている。だが、マクルーハンの尻馬にのって喝采を叫ぶのはまだ早い。マルチメディアによって身体感覚が組替えられリアリティが変わっていくのは確かだとしても、かえってヒトの想像力や思考能力は衰退していくかもしれないからである」と、西垣通は著書『マルチメディア』（岩波新書、1994、162 頁）の中で述べているが、この述懐は、吉本ばななの小説『キッチン』の成功を目のあたりにした時、説得力を持つ。

本来、意味と論理に重点を置くはずの文字情報のみによってひとつの文学的感性を達成しえた吉本ばなな。他方、音響や視覚イメージといった、感性と直結した非文字情報を多用することによって、むしろ意味や思想に迫ろうとした森田芳光。この両者を、このようにして見比べてみると、ルネサンス以来の中心的なメディア、即ち活字印刷の役目はいまだ終わってはいない、と断言しても良かろう。感性優位の時代にあっても、活字文化は、映像文化と同じほど、いやそれ以上に力を発揮しているのではないか、という思いを抱かざるをえない。

文字というたったひとつの表現手段しか持たぬ活字メディアの世界は、ともすれば説明に終始する芸術世界のように思われがちである。それに比べ、

さまざまな表現方法を持つ映像メディアの世界は説明抜きで芸術世界を眼前に展開してくれるように思われる。しかし、吉本ばななの『キッチン』の持つ、あの不思議な、とらえどころのない世界は、森田芳光監督の映画の中で、たったひとつの解釈、たったひとつの表現、たったひとつの説明に限定されてしまったのではないか。

　森田芳光の作品世界においては、無数の顔を持つ登場人物たちにそれぞれひとつの顔が与えられてしまった。常識を無視した世界の設定に、常識の範囲内で辻褄が合わせられてしまった。森田芳光の『キッチン』を見ることによって私たちは、森田芳光の作品解釈を見せられたに過ぎない。しかし、原作『キッチン』を読む時、解釈を出すのは、私たち一人ひとりである。そこには無限の可能性がある。

　映像メディアの場合、多くの表現手段を持つことが逆に世界の広がりを限定してしまったのである。無数の疑問と、無数の解釈を持つ文学作品は、映画化されたとたんに、たったひとつの解答しか持ちえなくなるのである。

　本章の初めに、英語教材として映画を用いたいと思っている学生のレポートをいくつか紹介したが、たいていの場合それらは、リスニングの勉強や生きた英語の習得のためといった実用的観点からのものである。もちろんそのこと自体は間違ってはいない。しかし同時に、映画は万能の語学教材ではないということにも気づかなくてはいけない。これと同じことが他の視聴覚教材についても言える。すぐさま映像メディアに飛びつく前に、じっくりとそれ自体の特性について考察してみることも必要である。こんな思いに駆られて書かれたのが本論である。活字メディアの持つ可能性を強調する論となったが、最後に、各種メディアを有効に使うことが、情報活用能力を育てる学習活動の面から見ても非常に大切であることを力説しておきたい。

　　　　多メディア時代にあって必要なのは、自らメディアや情報を選択す

る能力の育成である。メディアの特性を理解し、自分の生活や学習の問題解決に応じたメディアや、そこから得られる情報を主体的に選んで使う能力を育てることである。メディアに囲まれて生活している今の子供たちは、もともと、メディアを選択して利用する能力をある程度は持っているものと考える。雑誌や本などの活字メディアを利用してテレビゲームの攻略法を覚えたり、忙しくて見られないテレビ番組をビデオに録画しておき、後でまとめて見たりするというのがよい例である。(多田元樹『「マルチメディア」で学校はどう変わるか』、明治図書、1995、9-10頁)

第 24 章：英語科教育法の現状と課題 —— 担当者からの問題提起

1.

　1998 年（平成 10 年）6 月 25 日の「官報」に、「教育職員免許法施行規則の一部を改正する省令」が出た。これは、1998 年（平成 10 年）7 月 1 日からの施行ではあるが、実質的には 2000 年度（平成 12 年度）の大学入学生から適用される。この省令は、1997 年（平成 9 年）7 月 28 日付けの「教育職員養成審議会」の第一次答申と、1997 年（平成 9 年）6 月の「小中学校教育職員免許法の特例等に関する法律」（平成 10 年 4 月から実施：小中学校の教員免許状を取得しようとするすべての者に対して、7 日間を越える介護、介助体験を義務づけたもの）とを踏まえて発令されたものである。

　今回のこの「教育職員免許法施行規則の一部を改正する省令」を見る限り、これまでのものとはかなり違うようである。まず「教職に関する科目」についてであるが、このたび新たに設けられたものとして、「教職の意義等に関する科目」（2 単位）があり、これはいわば、「教職ガイダンス科目」と言える。教職を真に選択するかしないかの決断を促す性質の科目ゆえ、この 2 単位の科目履修の果す役割は大きいと言えよう。

　同じく新たに開設されるものとして「総合演習」（2 単位）がある。人類に共通する地球規模の課題にアプローチする能力の育成という狙いが込められているようだ。

　「教育実習」に関しては、中学校と高等学校とで差があり、中学校 1 種免許状の場合は 5 単位で、その内訳は、4 週間の「実習」4 単位と「事前事後

指導」の1単位である。これに対して、高等学校1種免許状の場合は2週間の「実習」2単位と「事前事後指導」の1単位だけである。

「教科教育法」を含めた「教育課程及び指導法に関する科目」についても、「教育実習」同様、中学校と高等学校とで大きな差が出た。中学校1種免許状が12単位であるのに対して、高等学校1種免許状は6単位にすぎない。「教科教育法」に限って言えば、中学校の場合で8単位程度、高等学校で4単位程度という「教育職員養成審議会」第一次答申の提言があるように、中学校がこれまでに比べてかなり増えている。この点だけを単純に考えると、中学校の免許状が取りにくくなったと言えなくもない。

このように、「教育職員免許法施行規則の一部を改正する省令」を概観しただけでも「教員養成問題」の今日的課題の難しさが見て取れるが、これを核心に迫りつつ論じたものとして、『国学院雑誌』に載った座談会の記事「教員養成の行方」（平成10年1月号）の存在を挙げておきたい（省令の発令前になされた座談会であることも特記すべきであろう）。国学院大学の教職課程所属の担当教員たちが自由闊達に述べるそのすべての意見は私たちにとって傾聴に値するものばかりである。今回の教員養成制度の改革は大学設置基準の大綱化以後の大学そのものの構造的変革と直結したものであるという認識、すなわち、教員養成問題は大学教育全体のカリキュラム構成、単位のあり方、その履修・修得の仕方といった、大学教育本来の根本的な問題の見直しを必要とするという認識が、そこではしっかりと論議されている。つまり、教員養成問題を単に教職課程だけの問題として捉えるのではなくて、大学教育全体に関わる問題として幅広い視野から考察していこうとする姿勢がはっきりと見て取れるのである。「今度の教員養成改定は、ある面では大学のあり方に対する批判を含んでいる」（上掲書、p. 20）という見解にすべてが集約されていると言ってもよいだろう。また、大学院重点化の流れの中で、大学院における教員養成システムの提言もここでなされていることを付

言しておきたい。

　国学院大学の座談会メンバーの一人楠原彰教授が言う「一人一人の学生たちが本当に何を学び、どのように生きて行きたいのかを、じっくりと考え、決定して行けるような教育と学問を保証することができるような、そういうことがこれからますます必要になってくるのではないでしょうか」(上掲書、p. 35) という意見に全く同感である筆者としては、もはやこれ以上に何も言うことはないと思ってしまう。ただ、「英語科教育法」担当者（当時）の一人として常々、筆者の脳裏をよぎる「想い」をここに披露し、それが願わくば一つの提言になってくれれば、と思わないわけでもない。

2.

　教員養成の問題は、上述の『国学院雑誌』の座談会の記事「教員養成の行方」の中にも出てくるように、つまるところ、大学における学生指導が核になることに異論はあるまい。この時、たとえば「英語教育の本質をめぐって」と題する座談会の記事（『大学時報』第 46 巻 257 号、1997 年 11 月）は、私たち教師にとっても学生にとっても啓発的な意味を持つだろう。特に、北村裕教授（関西大学）がそこでさりげなく語る次のような一言「外国語の習得が簡単なものではないことをはっきりとアピールする必要があります。……世の中が求めているような世界に通用する英語力を身につけるには、もっと時間がかかることを認識するべきです」(pp. 19-20) などは、肝に銘ずるべき至言と言えよう。胸に手をあてて考えさえすれば至極当たり前だと思われる、そんな普通の感覚で常に英語教育と対峙したいと思っている筆者としては、北村教授の意見に素直に共感でき、学生たちにもそのように認識して欲しいと思わざるをえない。このように自然な皮膚感覚のようなもので英語教育を捉えてゆきたいということを「英語科教育法」の授業の基本姿勢としている筆者は、それゆえに、前述の『国学院雑誌』や『大学時報』など

の座談会の記事等を学生たちにどんどん読ませ、感想を発表させることから毎年の授業をスタートさせている。

しかるに第一節で述べたように、教職を目指す 2000 年度（平成 12 年度）からの大学入学生は、スタートラインで「教職の意義等に関する科目」を受講することによって己の教職志望が本物であるか否かを確かめることになった。実際のところこの科目が誰によってどのように運営されるかはまだ定かではないが、少なくとも言えることは、相当早い時期において学生は自己省察を否応なく求められるということである。これは若い学生にとってはまことに残酷な話であろう。彼らの特権とでもいうべきモラトリアムが許されないとは遺憾である。この時、「英語科教育法」の担当者たる筆者は、己の領分の中で、この問題にどう対処すればいいのであろうか。英語教育にまつわる座談会の記事等を学生たちにどんどん読ませ感想を求めるといった、これまでの授業方法だけで果して事足りるのであろうか。

やはり「英語科教育法」担当の筆者自身にも、学生同様、自己省察の姿勢が真摯に求められるような気がしてならない。その時筆者は一体何から語りはじめたらよいのか。自己客観とまではいかないまでも、これまで筆者自身が歩んできた日本の英語・英文学の土壌がどのようなものであるかについて虚心に振り返ることから始めるしかないような気がしてならない。実際、筆者にできることといえばこれぐらいである。そんな思いに駆られた時、筆者は文芸評論家柄谷行人の次の言葉に敢えて耳を傾けたいと思う。

　　　私的な話になるが、私が英文学をやってみようという気をおこしたのは、英文畑の三人の批評家、福田恆存、江藤淳、吉田健一の影響だったのである。私はそれまで英文学が「文学」のような気がしなかった。英文学をみなおしたのは、それ自身の魅力によってではなく、また「英文学者」の書くものによってでもなく、もっぱら当時の彼ら

の批評の新鮮な印象によったのである。実際に英文学者に接するとすぐに愛想が尽きたが、このときの選択をすこしも後悔していない。
（柄谷行人『反文学論』、冬樹社、1979、pp. 71-72）

　日本においては、少なくともこれまでは、英語教育の分野といえどもそのほとんどは英文学の分野と重なり合うところが多かったことを思えば、柄谷行人のこの述懐が英語教育界とは全く無縁であるとは言えないだろう。現に筆者自身も元は英文学畑出身である（修士課程も博士課程も専攻は19世紀イギリス小説であった）。柄谷行人ならずとも、英文学であれ英語教育学であれ、とにかく外国の文学や言語や文化を研究対象とする人なら誰もが一度は何か忸怩たる思いに襲われたことがあるだろう。それは、空しさというか悲哀というか、いわくいいがたいものである［現に、柄谷行人の別のエッセイに「外国文学者の悲哀」（『群像』1981年12月号）と題するものがある］。
　そして柄谷のこの言説を通じて私たちは、己の仕事を覚めた目で客観視することの必要性のみならず、優れた人材の重要性を痛感せざるをえない。柄谷が心酔したあの三人の批評家に相当する英語教育学者が果して私たちの回りにいるであろうか。若い大学生たちから真に尊敬の念をもって迎えられる英語教育学者が存在するのであろうか。「教職の意義等に関する科目」の底を流れる基本的精神を汲み取って「英語科教育法」の授業を展開しようと思えば、この種の問題を避けては通れなくなる。学生たちが、その際に、どんな英語教育学者の名前を挙げるかは知らないが、科目担当者の筆者としても何人かの名前を具体的に挙げ、その是非を学生に問うていきたいと思う。
　英語教育の世界が一つ間違うと非常に軽薄な世界となりうることを常に警告している人として、まず外山滋比古の名を挙げたい。彼は、語学教育と創造的思考との関連性を「語学の逆説」という論理でみごとに説明する。

英語教育がますますさかんになりつつあるのはめでたいが、思考や判断作用を伴わない反射的生理活動としての学習に陥る危険がないでもないように思われる。初級の英語教育における口頭練習を唯一、絶対視しないで、はじめから、口頭訓練と解釈作業を併用してすすむ教育方法が真剣に検討されてよい時期に来ている。(外山滋比古『外国語の読みと創造』、研究社、1980、p. 19)

外山滋比古と同様に、語学学習の本質を見抜いて批判的なのが高橋和巳である。

模倣は先にもいったように、人間の精神生活にとって前提的に不可欠のものであるけれども、模倣に終始することは精神の虐殺をもたらす。いかに多くの豊かな可能性が、あまりに過重な語学学習の負担のために、擦り切れていったか、私自身が教壇をおもな仕事の場としているゆえにこそ、よく知っている。……外国語で表現するとなにか荘重な意味をもつように思えるために、自分の精神の貧困を自分自身気付かないという悲惨におちこんでいる人が少くない。(高橋和巳『現代の青春』、旺文社文庫、1973、pp. 77-78)

司馬遼太郎は、語学学習と青年期特有の知的営為との狭間で苦しんだ人である。

(T君は)東京外大の英語科にいたが、在学中、仏教その他の宗教に関心をつよく持つようになり、東洋大学の哲学科に移った。……私もT君とよく似た学校に在籍していて急に語学の勉強がいやになり、真言密教でも勉強するために高野山大学へ移りたいという大衝動をおこ

したことがあった。(司馬遼太郎『人間の集団について』、中公文庫、1974、p. 76-77)

加藤秀俊は、現行の外国語教育の間違いを鋭く指摘する。

> どうでもいいようなつまらないことを、じょうずな英語でしゃべるのを「国際人」だと思ったらまちがいだ。外国語教育の基本になるのは、まず、ちゃんとした日本人をつくることなのである。そういう日本人が表現力をもったときこそ、日本は、正しい意味で「国際化」に成功するときであろう。これまで百年間にわたってつづいてきた「国際化」の一方通行をひっくりかえすことは、けっして容易なことではないのである。(加藤秀俊『独学のすすめ』、文春文庫、1978、p. 203)

常盤新平の次の言葉から私たちは、謙虚な態度に心打たれる。

> 英会話もできず、アメリカにはたった一度しか行ったことがないくせに、私はアメリカをメシのタネにしている。いつも内心ジクジたるものがあり、詐欺師の心境であるが、そのかわり、アメリカをわかったような顔はけっしてすまいと心がけてきた。(常盤新平『アメリカが見える窓』、徳間文庫、1984、p. 34)

柄谷行人、外山滋比古、司馬遼太郎、加藤秀俊、常盤新平といった人たちの意見をここに披露してみせたが、結局のところ彼らが私たちに伝えようとするところのものは、語学学習に関する本質的思惟である。これらの意見を基に私たちは、学生たちと共にさらにより一層深い議論を展開したいもので

ある。そして実際、このような思索活動こそがまさに今、「英語科教育法」の授業にも真に求められている気がしてならない。

3.

1998年（平成10年）11月18日に文部省は小・中学校の新学習指導要領案を公表した（平成14年度から一斉実施。高等学校については、平成11年2月に素案を公表し、3月に告示、そして平成15年度から学年進行で実施される）。これは1989年（平成元年）に発表された学習指導要領以来の、実に10年ぶりの改訂である。英語に関して言えば、平成元年の学習指導要領の特徴の一つであった「コミュニケーション重視」の傾向は今回もそのまま受け継がれており、実践的コミュニケーション能力の基礎を養うことが目標とされ、具体的には、挨拶・電話・食事・買い物などの日常表現の重視がうたわれている。このような状況のもと、「英語科教育法」担当の筆者は、「コミュニケーション」についてここ数年間以下に述べるような教材を使って「コミュニケーション」のさまざまな面について多角的に学生たちと議論を重ねてきた。その際に特によく使用したものは、中島梓の『コミュニケーション不全症候群』（筑摩書房、1991）、村上春樹の『ノルウェイの森』（講談社、1987）、W. シェイクスピアの『リア王』（1605-6）、マックス・ピカートの『沈黙の世界』（佐野利勝訳、みすず書房、1964）、富岡多恵子の『「英会話」私情』（集英社文庫、1983）、そしてデビット・ゾペティの『いちげんさん』（集英社、1997）等である。現代社会そのものがコミュニケーション不全症候群を患っているという認識を持ち、そんな社会の真っ只中で生きていかざるをえない若者たちに憐愍の情を催す筆者としては、言葉を惜しみ、言葉を選りすぐる姿勢の大切さ、己を虚しうしつつ対象に誠実に対峙する態度の必要性などを、これらの書物を通じて学生たちに訴えたいと思っている。へたをすれば「饒舌」ばかりがまかり通りそうな「コミュニケーション」中

心の英語教育界にあって、黙って存在することにその本質があった『リア王』の女主人公コーディーリアのことを、またピカートの言説を思い出してみることは意味のあることだと思う。

　　　沈黙は言葉なくしても存在し得る。しかし、沈黙なくして言葉は存在し得ない。もしも言葉に沈黙の背景がなければ、言葉は深さを失ってしまうであろう。(ピカート、上掲書、p. 23)

「コミュニケーション重視」の教育は必ずしも「英会話」教育とは直結しないが、それでも新学習指導要領案に挨拶・電話・食事・買い物などの日常表現を使った実践的コミュニケーション能力の育成が目標としてうたわれていることを思う時、デビット・ゾペティの『いちげんさん』の主人公「僕」の胸中の告白に私たちは何も感じないでいられようか。

　　　夕方からは、阪急か京阪電車で大阪に通い、英会話を教える無味乾燥なバイトをしていた。(デビット・ゾペティ、上掲書、p. 36)
　　　英会話教室での時間は、僕を相変わらず空しい気持ちにさせていた。(デビット・ゾペティ、上掲書、p. 115)

富岡多恵子の『「英会話」私情』は「英会話」に関する学習者の立場からの想い、そしてデビット・ゾペティの『いちげんさん』の場合は教師の立場からの想いであるが、これら二冊は共に「英会話」的な授業が本質的に包含している脆弱な体質を私たちに教えてくれているようである。これらを教材に使いながら、実践的コミュニケーション能力の育成のあり方について学生たちと徹底的に議論したいものである。
　今回出された小・中学校の新学習指導要領案の基本的精神は、これまでの

教え込む教育から、生徒が自ら学び、考える教育への転換を図るというものである。となれば、「英語科教育法」といえどもその精神を受け継ぎ、それを生かしていかねばならないだろう。「コミュニケーション重視」の授業はややもすれば人間の思考を伴わない条件反射的なものになりがちであることはすでに述べた通りだが、決してそうならないようにするためにも教師になる前の学生時代に「コミュニケーション」とは何ぞやと深く思索する機会を与えてやることは重要である。そしてその時もし余裕があれば、学生に「教師像」について考えさせる好材料として英文学の世界からトマス・ハーディの『日蔭者ジュード』（1895）やチャールズ・ディケンズの『われらの共通の友』（1865）などを紹介し、そこに見られる青年教師像について彼らの意見を求めてみたい。また日本における明治以降の「教師像」については、「立身出世」の立場から面白く論じた竹内洋の『日本人の出世観』（1978、学文社）や、「学歴」をキーワードとした天野郁夫の『学歴の社会史―教育と日本の近代』（新潮選書、1992）などの書籍の存在を学生に教えてやりたいと思う。

4.

　筆者は、日本の中学校・高等学校・大学の英語教育の徹底した現状把握、そしてそれに基づいた明日の日本の英語教育の展望の考究こそが「英語科教育法」の核である、と強く信じている。また、このような考察の成果を教育現場にすみやかに還元させなければいけないとも思っている。筆者としてはこれらの作業を特に、「言語」、「文化」、「メディア」の三つの観点から推し進めようとしているが、ひとまず「文化」面からのアプローチの実践報告をしてみたいと思う。

　言うまでもなく、「文化」は、「言語」と表裏一体の関係にある人間の「思考」の背後に存在するものであり、まさに英語教育の中枢である。「文化」

第 24 章：英語科教育法の現状と課題 —— 担当者からの問題提起

や「民族」というややもすれば私たちが自明の理として考えがちな概念を、根底から問い直す作業、また、誰もが信じて疑わずこれまで世界の指導理念と考えてきた西欧近代理性主義の検証、そして西欧思想史の見直しを通して行う西洋の「知」の実態把握等々を、時間の許す限りこの「英語科教育法」の授業でも取り上げることにしている。西欧近代主義の挫折・ヨーロッパ思想の凋落のありさまを押さえつつ、今まさにこの世に出現しつつある新たな価値体系を持った社会にいかに対応していくかの叡知の模索を目指したいのだ。

　具体的には、西洋文化、とりわけ西洋文化が謳歌された国イギリスの、それも光ではなく、陰の部分を中心に眺めていくことにしている。E. M. フォースターの『インドへの道』（1924）やジェイムズ・ジョイスの『ダブリンの人々』（1914）を必読の書にし、これらを通じて当時の大英帝国と植民地インドとの関係を、またアイルランドの諸問題を学生に考えさせるのである。

　「異文化理解」の問題も例えばヘンリー・ジェイムズの『アメリカ人』（1877）を用いれば、アメリカとヨーロッパの文化の比較考察が手に取るようにわかる。また日本人の立場からのものとしては、奥泉光の『ノヴァーリスの引用』（新潮社、1993）が「帰国子女」のテーマを、水村美苗の『私小説 from left to right』（新潮社、1995）はアイデンティティの問題を、それぞれ私たちに投げかけてくる。これらはたまたますべてフィクションではあるが、私たちの思索にとっては絶好の良書と言えるだろう。

　「文化」と並んで実は筆者はこの「英語科教育法」の授業で、「情報化」時代を生き抜くために必要な「情報」に関する素養・教養の大切さをも常に説いている。そこで、今や古典とも言うべき梅棹忠夫の『情報の文明学』（中公叢書、1988）、西垣通の『マルチメディア』（岩波新書、1994）、立花隆の『「知」のソフトウェア』（講談社現代新書、1984）、クリフォード・ストールの『インターネットはからっぽの洞窟』（草思社、1997）、加藤秀俊の『情報

行動』(中公新書、1972) などを学生に推奨し、彼ら自身の「情報」学の構築を目指させたいと思っている。フィクションではチャールズ・ディケンズの短編小説「信号手」(1866) は、今でいうコンピュータ技師に相当する、当時の科学技術の最先端を行く有能な青年が登場する現代性を帯びた作品で、今日の「情報化」時代を考える際のヒントになるものである。これもぜひ学生に薦めたい。

　「メディア」については、新聞・雑誌・書籍などの「活字メディア」と、テレビ・映画などの「映像メディア」との相互比較考察から、現行の視聴覚教育の再考を行うが、その際に、地球規模で日ごとに情報インフラストラクチャーとしてのインターネットが普及しつつある現状を視野に入れることを忘れてはならないだろう。諸般の事情でこの「英語科教育法」の授業では実践はできないが、マルチメディア教育の一例として筆者自身がすでに体験した教育方法を学生に伝授してやりたいと思う。それは、パソコンのサーバーに映像、音声、文字というまさにマルチメディアの教材を入れておきさえすれば、そのサーバーにパスワードを使ってアクセスすれば学生はいつでも自学自習が可能だということである。このようなインフラストラクチャーは、それこそコミュニケーション不全症候群の学生にとってはまさしく福音とも言えるのではないだろうか。また電子メールやネットワークをうまく使えば、個別教育も可能となることを教えてやりたい。この種の教育をみごとに実践している同志社女子大学では、その「教職に関する科目」の中に各教科ごとの「教育と情報」という科目を設置し、各教科主導のもと、学生はできるだけ積極的にコンピュータを使うシステムになっている。同志社女子大学のその創意工夫は私たちも見習いたいものである。

　最後は「言語」面についてであるが、「言語」の構造・機能等の知識と理解をもとに授業・教科書・教材の研究を目指すことは言うまでもないが、ただ学生に学問研究の面白さに気づかせるために、例えば Harold E. Palmer

の 'Oral Method' を引き合いに出して、その教授法の真髄を彼らに探らせることも毎年している。この作業を通じて 'Oral Method' が認知学習理論と習慣形成理論の折衷的なものであることを学生に認識させてやりたいのだ。そしてこれを機に認知学習理論の研究に進んでくれる学生が現れることを秘かに望むのである。

　本論は、「教育職員免許法施行規則の一部を改正する省令」の紹介から始め、その省令の中に盛り込まれた基本的精神にたえず思いを馳せつつ、筆者の「英語科教育法」の授業の実践報告へと移り、その過程の中で教科専門と教職専門の有機的な結合体としての「英語科教育法」のありようを模索したつもりである。この「英語科教育法」という科目は、英語の学力それ自体の向上もさることながら、良書への沈潜等によってはじめて獲得可能な人間の精神的成長をも十分に期待しうる、そんな幅と奥行きのある豊饒な科目であって欲しいと願わざるをえない。

［初出一覧］

　本書の各章の初出は以下の通りである。それぞれの初出論文には一部加筆修正を施したことを断っておく。

第Ⅰ部
　第1章「日本の英文学研究と戦争」（『英米文学と戦争の断層』、関西大学出版部、2011年）
　第2章「「日本の英文学研究」考」（『外国語学部紀要』第9号、関西大学外国語学部、2013年）

第Ⅱ部
　第1章「ドーラ頌―『デイヴィッド・コパーフィールド』論」（『イギリス文学評論Ⅳ』、創元社、1992年）
　第2章「『デイヴィッド・コパーフィールド』―増幅する自我―」（『イギリス小説入門』、創元社、1997年）
　第3章「*Great Expectations* の謎」（*Poiesis* 第6号、関西大学大学院英語英米文学研究会、1978年）
　第4章「*Great Expectations* の結末考」（『研究紀要』第11巻第2号、近畿大学教養部、1979年）
　第5章「『大いなる遺産』の人物たち」（『近代風土』第22号、近畿大学出版部、1985年）
　第6章「『大いなる遺産』のピップ像」（『研究紀要』第13巻第1号、近畿大学教養部、1981年）
　第7章「『大いなる遺産』―ヒロインの変容・虚像と実像の狭間で―」（『ヴィクトリア朝の小説―女性と結婚―』、英宝社、1999年）

第 8 章「*Oliver Twist* における Nancy 像について」(『常磐会短期大学紀要』第 7 巻、1979 年)

第 9 章「*Oliver Twist* の謎」(『研究紀要』第 12 巻第 2 号、近畿大学教養部、1980 年)

第 10 章「『オリヴァー・トゥイスト』―翻訳本に見るディケンズ像」(『楽しめるイギリス文学―その栄光と現実―』、金星堂、2002 年)

第 11 章「*Hard Times* に関する一考察」(*Poiesis* 第 4 号、関西大学大学院英語英米文学研究会、1977 年)

第 12 章「*Hard Times* の謎」(『研究紀要』第 12 巻第 3 号、近畿大学教養部、1981 年)

第 13 章「*Hard Times* における作家の人間洞察眼」(『研究紀要』第 14 巻第 1 号、近畿大学教養部、1982 年)

第 14 章「*Hard Times* 再考」(『研究紀要』第 17 巻第 2 号、近畿大学教養部、1985 年)

第 15 章「ディケンズの小説作法」(『研究紀要』第 21 巻第 2 号、近畿大学教養部、1989 年)

第 16 章「E. M. フォースター『インドへの道』考」(『近代風土』第 29 号、近畿大学出版部、1988 年)

第 17 章「*The American* に関する一考察」(『千里山文学論集』第 18 号、関西大学大学院文学研究科院生協議会、1977 年)

第 18 章「英語教育における英文学研究の意義」(『関西大学教職課程研究センター年報』第 15 号、2001 年)

第 19 章「英文学研究と言語意識」(『日本英語コミュニケーション学会紀要』第 16 巻第 1 号、2007 年)

第 20 章「ブロンテ姉妹はわれらが救世主たりうるか」(『外国語研究―言語・文化・教育の諸相』、ユニウス、2002 年)

第 21 章「小説と読者」(『香散見草』第 10 号、近畿大学中央図書館、1988 年)

第 22 章「外国語教育における活字メディアの意義」(『関西大学視聴覚教育』第 20 号、1997 年)

第 23 章「活字メディアと映像メディア」(『関西大学教職課程研究センター年報』第 10 号、1996 年)

第 24 章「英語科教育法の現状と課題―担当者からの問題提起―」(『関西大学教職課程研究センター年報』第 13 号、1999 年)

［参考文献］

アーウィン、マーガレット他『真夜中の黒ミサ』羽田詩津子・長井裕美子訳、朝日ソノラマ、1985

赤井文乗（編）『英語研究』（ディケンズ没後100年記念臨時増刊号）研究社、1970年6月

秋田茂『イギリス帝国の歴史』中央公論新社、2012

朝日新聞「新聞と戦争」取材班『新聞と戦争（上、下）』朝日新聞出版、2011

天野郁夫『学歴の社会史―教育と日本の近代』新潮社、1992

荒川龍彦『現代英國の文學思想』理想社出版部、1940

池田浩士『教養小説の崩壊』現代書館、1979

伊勢芳夫・マムヌール・ラハマン『「反抗者」の肖像―イギリス・インド・日本の近代化言説形成＝編成―』渓水社、2013

磯貝英夫（編）『林芙美子』新潮社、1986

市河三喜『英文法研究』研究社、1912

井出祥子『わきまえの語用論』大修館書店、2006

伊東祐史『戦後論―日本人に戦争をした「当事者意識」はあるのか』平凡社、2010

井上ひさし『この人から受け継ぐもの』岩波書店、2010

入子文子（編）『英米文学と戦争の断層』関西大学出版部、2011

岩井克人『会社はこれからどうなるのか』平凡社、2009

ウィルソン、アンガス『ディケンズの世界』松村昌家訳、英宝社、1979

上田和夫（編）『別冊英語青年』研究社、1984年6月

植田康夫他『変貌する読書空間』学陽書房、1982

ウェーバー、マックス『職業としての学問』1919；三浦展訳、プレジデント社、2009

宇佐見太市『ディケンズと「クリスマス・ブックス」』関西大学出版部、2000

宇佐見太市他（編）『外国語研究―言語・文化・教育の諸相』ユニウス、2002

宇佐見太市他（編）『楽しめるイギリス文学―その栄光と現実―』金星堂、2002

内多毅『イギリス小説の社会的成立』研究社、1960

内多毅『イギリス市民社会と現代文明』鷹書房、1978

内多毅（監修）『イギリス文学評論IV』創元社、1992

内田能嗣（編）『イギリス小説入門』創元社、1997

内田能嗣（編）『ヴィクトリア朝の小説―女性と結婚―』英宝社、1999

梅棹忠夫『情報の文明学』中央公論社、1988

江藤淳『作家は行動する―文体について―』講談社、1959

江藤淳『西洋の影』新潮社、1962

江藤淳『閉された言語空間―占領軍の検閲と戦後日本』文藝春秋、1989

江藤淳（監修）『昭和史―その遺産と負債』朝日出版社、1989

NHK取材班（編）『日本人はなぜ戦争へと向かったのか（上、下）』NHK出版、2011

海老池俊治『ディケンズ』研究社、1955

海老池俊治『明治文学と英文学』明治書院、1968

エンデ、ミヒャエル『はてしない物語』上田真而子・佐藤真理子訳、岩波書店、1982

大井浩二『アメリカの神話と現実』研究社、1979

参考文献

オーウェル、ジョージ『オーウェル評論集』小野寺健編訳、岩波書店、1982

大江健三郎『言葉によって』新潮社、1976

大江健三郎『小説の方法』岩波書店、1978

大岡昇平『文学における虚と実』講談社、1976

大岡昇平『戦争』岩波書店、2007；初版は大光社、1970

大久保喬樹「ブロンテ家の男たち」『新潮』新潮社、2000年1月号

大津由紀雄『危機に立つ日本の英語教育』慶応義塾大学出版会、2009

大西昭男『見ようとする意志—ヘンリー・ジェイムズ論—』関西大学出版部、1994

沖縄大学地域研究所（編）『戦争の記憶をどう継承するのか』芙蓉書房出版、2012

奥泉光『ノヴァーリスの引用』新潮社、1993

奥野健男『伊藤整』潮出版社、1980

小村公次『徹底検証・日本の軍歌—戦争の時代と音楽』学習の友社、2011

カザミアン、ルイ『イギリスの社会小説（1830-1850）』石田憲次・臼田昭訳、研究社、1958

加藤周一『現代ヨーロッパの精神』岩波書店、1959

加藤周一『加藤周一　戦後を語る』かもがわ出版、2009

加藤周一『言葉と戦車を見すえて—加藤周一が考えつづけてきたこと』筑摩書房、2009

加藤秀俊『情報行動』中央公論社、1972

加藤秀俊『独学のすすめ』文藝春秋、1978

加藤陽子『戦争の論理—日露戦争から太平洋戦争まで—』勁草書房、2005

加藤陽子『戦争を読む』勁草書房、2007

加藤陽子『それでも、日本人は「戦争」を選んだ』朝日出版社、2009

要田圭治『ヴィクトリア朝の生権力と都市』音羽書房鶴見書店、2009

亀井俊介『英文学者　夏目漱石』松柏社、2011
亀井規子『ヴィクトリア朝の小説』研究社、1991
柄谷行人『反文学論』冬樹社、1979
河合隼雄『日本文化のゆくえ』岩波書店、2000
川北稔『洒落者たちのイギリス史』平凡社、1993
川久保剛『福田恆存』ミネルヴァ書房、2012
川崎寿彦『鏡のマニエリスム』研究社、1978
河路由佳『日本語教育と戦争―「国際文化事業」の理想と変容』新曜社、2011
川澄英男『ディケンズとアメリカ―19世紀アメリカ事情』彩流社、1998
河出書房新社（編）『作家と戦争』河出書房新社、2011
河出書房新社（編）『吉田健一』河出書房新社、2012
川戸道昭・榊原貴教（編）『明治翻訳文学全集＜新聞雑誌編＞六　ディケンズ集』大空社、1996
川本静子『イギリス教養小説の系譜』研究社、1973
関西大学教職課程研究センター（編）『関西大学教職課程研究センター年報』第15号、2001
木佐芳男『＜戦争責任＞とは何か』中央公論新社、2001
木下順二「「見る」ということ」『図書』岩波書店、1977年7月号
木村一信（編）『戦時下の文学―拡大する戦争空間』インパクト出版会、2000
京都外国語大学付属図書館（編）『チャールズ・ディケンズ―作品と参考文献』京都外国語大学付属図書館、1975
桐生操「エミリ・ブロンテ―実兄との近親相姦も疑われている異才」『イギリス不思議な幽霊屋敷』PHP、1999
キーン、ドナルド『このひとすじにつながりて』金関寿夫訳、朝日新聞社、

1993

キーン、ドナルド『日本人の戦争──作家の日記を読む』角地幸男訳、文藝春秋、2009

キーン、ドナルド＆平野啓一郎「戦争と日本の作家」『文学界』文藝春秋、2009年9月号

キーン、ドナルド＆小池政行『戦場のエロイカ・シンフォニー──私が体験した日米戦』藤原書店、2011

キーン、ドナルド『ドナルド・キーン著作集』第五巻・日本人の戦争、新潮社、2012

国弘正雄『英語の話しかた』サイマル出版会、1970

ケストナー、エーリヒ『点子ちゃんとアントン』高橋健二訳、岩波書店、1955

小池滋『幸せな旅人たち』南雲堂、1962

小池滋『ロンドン』中央公論社、1978

小池滋『ディケンズ──19世紀信号手』冬樹社、1979

小池滋『英国鉄道物語』晶文社、1979

小池滋『ディケンズとともに』晶文社、1983

小池滋他（編）『青木雄造著作集』南雲堂、1986

小池滋他（編）『イギリス／小説／批評』南雲堂、1986

小池滋『島国の世紀──ヴィクトリア朝英国と日本』文藝春秋、1987

香内三郎『ベストセラーの読まれ方』日本放送出版協会、1991

河野多恵子『不意の声』講談社、1968

河野多恵子『戯曲　嵐が丘』河出書房新社、1970

河野多恵子『文学の奇蹟』河出書房新社、1974

河野多恵子『気分について』福武書店、1982

河野多恵子・富岡多恵子『嵐ケ丘ふたり旅』文藝春秋、1986

河野多恵子『ニューヨークめぐり会い』中央公論社、1997

河野多恵子『秘事』新潮社、2000

河野多恵子「現代文学創作心得」『文学界』文藝春秋、2001年3月号

国学院雑誌編集委員会（編）『国学院雑誌』国学院大学、1998年1月号

国立国会図書館（編）『明治・大正・昭和翻訳文学目録』風間書房、1972

五島忠久・織田稔『英語科教育―基礎と臨床』研究社、1977

小林章夫『大英帝国のパトロンたち』講談社、1994

小林敏明『憂鬱な国／憂鬱な暴力―精神分析的日本イデオロギー論』以文社、2008

小松原茂雄『ディケンズの世界』三笠書房、1989

小山路男『西洋社会事業史論』光生館、1978

近藤いね子『イギリス小説論』研究社、1952

近藤いね子（編）『小説と社会』研究社、1973

近藤耕人『映像言語と想像力』三一書房、1971

西條隆雄『ディケンズの文学―小説と社会―』英宝社、1998

斉藤繁『世界十大小説への招待』文藝春秋、2013

斎藤兆史『日本人と英語―もうひとつの英語百年史』研究社、2007

斎藤兆史（編）『言語と文学』朝倉書店、2009

斎藤兆史『教養の力　東大駒場で学ぶこと』集英社、2013

桜井哲夫『TV 魔法のメディア』筑摩書房、1994

櫻庭信之『イギリスの小説と絵画』大修館書店、1983

指昭博（編）『生活文化のイギリス史』同文館出版、1996

重久篤太郎『明治文化と西洋人』思文閣出版、1987

篠田一士（編）『ロマン派文学とその後』研究社、1980

司馬遼太郎『人間の集団について』中央公論社、1974

司馬遼太郎『アメリカ素描』読売新聞社、1986

司馬遼太郎『民族と国家を超えるもの―司馬遼太郎対話選集 10』文藝春秋、2006

社団法人大学英語教育学会（編）*JACET Journal* No. 49、2009

シュリア、ミシェル「始まりと終わり、天国と地獄」中条省平訳、『リテレール』第 4 号、1993

庄野誠一（編）『文學界』第 9 巻第 10 号、文藝春秋、1942 年 10 月号

白井厚『大学における戦没者追悼を考える』慶應義塾大学出版会、2012

しんせい会（編）『教養小説の展望と諸相』三修社、1977

菅原克也『英語と日本語のあいだ』講談社、2011

世界思想社（編）『世界思想』世界思想社、2009 春 36 号

関谷博『幸田露伴の非戦思想』平凡社、2011

ゼーバルト、W. G.『空襲と文学』鈴木仁子訳、白水社、2008

ゾペティ、デビット『いちげんさん』集英社、1997

大学英語教育学会文学研究会（編）『＜英語教育のための文学＞案内事典』彩流社、2000

高田里恵子『文学部をめぐる病い―教養主義・ナチス・旧制高校』松籟社、2001

高橋和巳『文学の責任』河出書房、1967

高橋和巳『現代の青春』旺文社、1973

高山京子『林芙美子とその時代』論創社、2010

滝裕子『ディケンズの人物たち―その精神構造の諸相』槐書房、1982

滝浦真人『お喋りなことば―コミュニケーションが伝えるもの』小学館、2000

武井暁子他（編）『ヴィクトリア朝の都市化と放浪者たち』音羽書房鶴見書店、2013

竹内洋『日本人の出世観』学文社、1978

竹内洋『革新幻想の戦後史』中央公論新社、2011
竹内洋『メディアと知識人―清水幾太郎の覇権と忘却』中央公論新社、2012
竹友藻風『文學遍路』梓書房、1933
多田元樹『「マルチメディア」で学校はどう変わるか』明治図書、1995
立花隆『「知」のソフトウェア』講談社、1984
巽孝之「「英文学者」という原点」産経新聞、1999年7月29日
田中孝信『ディケンズのジェンダー観の変遷』音羽書房鶴見書店、2006
チール、デボラ『大いなる遺産』永井喜久子訳、徳間書店、1998
辻邦生『小説への序章』河出書房新社、1968
辻邦生『外国文学の愉しみ』第三文明社、1998
筒井康隆『文学部唯野教授』岩波書店、1990
綱澤満昭『思想としての道徳・修養』海風社、2013
角山栄『産業革命と民衆』河出書房新社、1975
角山栄・川北稔（編）『路地裏の大英帝国―イギリス都市生活史』平凡社、1982
寺西武夫『ディケンズ』研究社、1934
東宝出版事業室（編）『ミュージカル・オリバー！』東宝出版、1990
栂正行『コヴェント・ガーデン』河出書房新社、1999
栂正行他『ヨーロッパの光と影』勁草書房、2012
常盤新平『アメリカが見える窓』徳間書店、1984
常盤新平『遠いアメリカ』講談社、1986
トドロフ、ツヴェタン『文学が脅かされている』2007；小野潮訳、法政大学出版局、2009
富岡多恵子『「英会話」私情』集英社、1983
外山滋比古『外国語の読みと創造』研究社、1980
豊田實『日本英學史の研究』岩波書店、1939

参考文献

中岡洋・内田能嗣（編）『ブロンテ文学のふるさと』大阪教育図書、1999

中島梓『コミュニケーション不全症候群』筑摩書房、1991

中島梓『タナトスの子供たち―過剰適応の生態学』筑摩書房、1998

長島伸一『世紀末までの大英帝国』法政大学出版局、1987

中西輝政『国まさに滅びんとす』集英社、1998

中西敏一『チャールズ・ディケンズの英国』開文社出版、1976

中西敏一『イギリス文学と監獄』開文社出版、1991

中野利子『父　中野好夫のこと』岩波書店、1992

中野好夫『酸っぱい葡萄』みすず書房、1979

中村真一郎『小説家ヘンリー・ジェイムズ』集英社、1991

ナボコフ、ウラジミール『ヨーロッパ文学講義』野島秀勝訳、TBSブリタニカ、1982

並木光晴他（編）『中央公論』中央公論新社、2009年2月号

新野緑『小説の迷宮―ディケンズ後期小説を読む』研究社、2002

西垣通『マルチメディア』岩波書店、1994

西垣通『インターネットの5年後を読む』光文社、1996

西山雄二（編）『人文学と制度』未来社、2013

日本放送協會（編）『戦争と文學』日本放送出版協會、1942

ノーマ・フィールド・岩崎稔・成田龍一『ノーマ・フィールドは語る―戦後・文学・希望』岩波書店、2010

橋本槇矩・栩正行（編）『現代インド英語小説の世界―グローバリズムを超えて』鳳書房、2011

長谷川潮『少女たちへのプロパガンダ』梨の木舎、2012

長谷部葉子『今、ここを真剣に生きていますか？―やりたいことを見つけたいあなたへ』講談社、2012

畑中繁雄（編）『中央公論』中央公論社、1942年4月号

397

ハマトン、フィリップ・ギルバート『知的生活』1873；渡部昇一・下谷和幸訳、講談社、1979

馬場マコト『戦争と広告』白水社、2010

馬場マコト『花森安治の青春』白水社、2011

半藤一利『あの戦争と日本人』文藝春秋、2011

東田千秋（編）『作品と読者』前田書店、1977

東田千秋（編）『ディケンズを読む』南雲堂、1980

東田千秋（編）『イギリス小説の今昔』南雲堂、1985

ピカート、マックス、『沈黙の世界』佐野利勝訳、みすず書房、1964

久守和子・吉田幸子（編）『イギリス女性作家の深層』ミネルヴァ書房、1985

平岡敏夫（編）『漱石日記』岩波書店、1990

廣野由美子『十九世紀イギリス小説の技法』英宝社、1996

深瀬基寛『現代英文學の課題』弘文堂書房、1939

福原麟太郎『福原麟太郎著作集10 ―英文学評論』研究社、1970

北條文緒『ニューゲイト・ノヴェル―ある犯罪小説群』研究社、1981

保阪正康『作家たちの戦争』毎日新聞社、2011

星野紘一郎（編）『文学』岩波書店、隔月刊第一巻第三号 2000年5・6月合併号

本多顕彰『孤獨の文學者』八雲書店、1947

前田愛『文学テクスト入門』筑摩書房、1988

桝井迪夫『アメリカ文化の特性』京極書店、1943

桝井迪夫・田辺昌美（編）『ディケンズの文学と言語』三省堂、1972

松浦和夫『文学者　知られざる真実』近代文藝社、2012

松浦寿輝（編）『文学のすすめ』筑摩書房、1996

松村昌家『明治文学とヴィクトリア時代』山口書店、1981

松村昌家・藤田実（編）『文学における悪』南雲堂、1981

松村昌家『ディケンズとロンドン』研究社、1981

松村昌家（編）『ヴィクトリア朝小説のヒロインたち―愛と自我』創元社、1988

松村昌家『ディケンズの小説とその時代』研究社、1989

松村昌家『ヴィクトリア朝の文学と絵画』世界思想社、1993

松村昌家（編）『日本とヴィクトリア朝英国―交流のかたち―』大阪教育図書、2012

松本道介『反学問のすすめ』邑書林、2002

美内すずえ『ガラスの仮面』白泉社、第4巻・第5巻、1994

水村美苗『私小説 from left to right』新潮社、1995

三田誠広『大学時代をいかに生きるか』光文社、1995

簑原俊洋（編）『「戦争」で読む日米関係100年』朝日新聞出版、2012

宮崎孝一『ディケンズ小説論』研究社、1959

宮崎孝一・川本静子『小説の世紀』開拓社、1968

宮崎孝一『イギリス小説論考』開拓社、1971

宮崎孝一『ディケンズ論考』三省堂、1974

宮崎孝一（編）『ディケンズ―後期の小説』英潮社、1977

宮崎芳三『太平洋戦争と英文学者』研究社、1999

向坊隆（他）『子ども』東京大学出版会、1979

村岡健次「19世紀イギリス・ジェントルマン」『思想』、岩波書店、1975年第6号

村上春樹『ノルウェイの森』講談社、1987

モーム、ウィリアム・サマーセット『世界の十大小説（上）』西川正身訳、岩波書店、1958

山口昌男『学校という舞台』講談社、1988

山崎正和『近代の擁護』PHP研究所、1994

山田浩・森利一（編）『戦争と平和に関する総合的考察』広島大学総合科学部、1979

山中恒『戦時児童文学論』大月書店、2010

山本史郎『東大の教室で『赤毛のアン』を読む』東京大学出版会、2008

山本史郎『名作英文学を読み直す』講談社、2011

山本忠雄『英國民と清教主義』京極書店、1943

山本忠雄『ディケンズの英語』研究社、1951

山本忠雄他『ディケンズの文体』南雲堂、1960

山脇百合子『英国女流作家論』北星堂書店、1978

横山幸三（監修）『英語圏文学―国家・文化・記憶をめぐるフォーラム』人文書院、2002

吉本ばなな『キッチン』福武書店、1988

米原万里『米原万里の「愛の法則」』集英社、2007

読売新聞社（編）『エリート教育は必要か―戦後教育のタブーに迫る』「読売ぶっくれっと」No. 23、読売新聞社、2000

読売新聞社会部『贖罪』中央公論社、2011

リフトン、ロバート・J『ヒロシマを生き抜く―精神史的考察（上、下）』桝井迪夫・湯浅信之・越智道雄・松田誠思訳、岩波書店、2009

脇明子『幻想の論理』講談社、1974

早稲田大学比較文学研究室（編）『比較文学年誌』第47号、早稲田大学比較文学研究室、2011

Ackroyd, Peter, *Dickens* (Sinclair-Stevenson, 1990)

Adrian, Arthur A., *Dickens and the Parent-Child Relationship* (Ohio Univ. Press, 1984)

Allen, Michael, *Charles Dickens' Childhood* (Macmillan, 1988)

Allen, Walter, *The English Novel* (Littlehampton Book Services Ltd, 1954)

Axton, William F., *Circle of Fire* (Kentucky Univ. Press, 1966)

Blackmur, R. P. (ed.), T*he Art of the Novel: Critical Prefaces of Henry James* (Scribner's, 1962)

Bloom, Harold (ed.), *Charles Dickens's David Copperfield* (Chelsea House, 1987)

Booth, Wayne C., *The Rhetoric of Fiction* (Chicago Univ. Press, 1961)

Bowers, Fredson (ed.), *Vladimir Nabokov: Lectures on Literature* (Harcourt Brace Jovanovich, 1980)

Bradley, J. L. (ed.), *Selections from 'London Labour and the London Poor'* (Oxford Univ. Press, 1965)

Brannan, Robert Louis (ed.), *Under the Management of Mr. Charles Dickens* (Cornell Univ. Press, 1966)

Brook, G. L., *The Language of Dickens* (Andre Deutsch, 1970)

Brown, Julia Prewitt, *A Reader's Guide to the Nineteenth-Century English Novel* (Macmillan Publishing Company, 1985)

Buckley, Jerome Hamilton, *Season of Youth* (Harvard Univ. Press, 1974)

Burgess, Anthony, *The Novel Now* (Faber & Faber, 1971; first published 1967)

Butt, John & Tillotson, Kathleen, *Dickens at Work* (Methuen, 1968; first published 1957)

Cecil, David, *Early Victorian Novelists* (Constable & Company Limited, 1964)

Chesterton, G. K., *Charles Dickens* (Methuen, 1906)

Chesterton, G. K., *Appreciations and Criticisms of the Works of Charles*

Dickens (Haskell House, 1970; first published 1911)

Clark, Cumberland, *Dickens' London* (Haskell House, 1973)

Clark, G. Kitson, *The Making of Victorian England* (Methuen, 1962)

Cockshut, A. O. J., *The Imagination of Charles Dickens* (Collins, 1961)

Collins, Philip (ed.), *Charles Dickens: The Critical Heritage* (Routledge & Kegan Paul, 1971)

Collins, Philip (ed.), *Charles Dickens: The Public Readings* (Oxford Univ. Press, 1975)

Collins, Philip (ed.), *Dickens: Interviews and Recollections* 2 vols. (Macmillan, 1981)

Cook, Guy, *Translation in Language Teaching: An Argument for Reassessment* (Oxford Univ. Press, 2010)

Coveney, Peter, *The Image of Childhood* (Penguin Books, 1967; first published 1957)

Cross, John & Pearson, Gabriel (eds.), *Dickens and the Twentieth Century* (Routledge & Kegan Paul, 1962)

Dabney, Ross H., *Love and Property in the Novels of Dickens* (California Univ. Press, 1967)

Daleski, H. M., *Dickens and the Art of Analogy* (Faber & Faber, 1970)

Darwin, Bernard, *Dickens* (Haskell House, 1973)

Davis, Earle, *The Flint and the Flame: The Artistry of Charles Dickens* (Missouri Univ. Press, 1963)

Davis, Earle (ed.), *Essays and Papers Presented to C. A. Bodelsen on His Seventieth Birthday* (Nature Method Centre, 1964)

Drew, John M. L., *Dickens the Journalist* (Palgrave Macmillan, 2003)

Eaglestone, Robert, *Doing English: A Guide for Literature Students*, second edition (London: Routledge, 2002)

Engel, Monroe, *The Maturity of Dickens* (Harvard Univ. Press, 1959)

Fielding, K. J., *Charles Dickens: A Critical Introduction* (Longmans, 1958)

Fielding, K. J. (ed.), *The Speeches of Charles Dickens* (Oxford Univ. Press, 1959)

Ford, George H., *Dickens and His Readers* (Princeton Univ. Press, 1955)

Ford, George H. & Lane, Lauriat, Jr. (eds.), *The Dickens Critics* (Cornell Univ. Press, 1961)

Forster, E. M., *Aspects of the Novel* (Edward Arnold, 1927)

Forster, John, *The Life of Charles Dickens* 3 vols. (Chapman &Hall, 1872-74)

Frank, Lawrence, *Charles Dickens and the Romantic Self* (Nebraska Univ. Press, 1984)

Garis, Robert, *The Dickens Theatre: A Reassessment of the Novels* (Oxford: Clarendon Press, 1965)

Gissing, George, *Charles Dickens: A Critical Study* (Kennikat, 1966; first published 1898)

Gissing, George, *The Immortal Dickens* (Cecil Palmer, 1925)

Glavin, John (ed.), *Dickens on Screen* (Cambridge Univ. Press, 2003)

Gomme, A. H., *Dickens* (Evans Brothers, 1971)

Granville, H. Jones, *Henry James's Psychology of Experience* (Mouton, 1975)

Hardy, Barbara, *The Moral Art of Dickens* (Athlone, 1970)

Hayward, Arthur L., *The Dickens Encyclopaedia* (Routledge, 1924)

Holbrook, David, *Charles Dickens and the Image of Woman* (New York Univ. Press, 1993)

Houghton, W. E., *The Victorian Frame of Mind* (Yale Univ. Press, 1957)

House, Humphry, *The Dickens World* (Oxford Univ. Press, 1941)

House, Madeline & Storey, Graham (eds.), *The Pilgrim Edition of the Letters of Charles Dickens* (Oxford Univ. Press, 1965–)

Hughes, James L., *Dickens as an Educator* (D. Appleton, 1914)

Humphrey, Robert, *Stream of Consciousness in the Modern Novel* (California Univ. Press, 1972)

Irwin, Michael, *Picturing: Description and Illusion in the Nineteenth-Century Novel* (George Allen & Unwin, 1979)

Johnson, Edgar, *Charles Dickens: His Tragedy and Triumph* (Victor Gollancz, 2vols., 1953; first published 1952)

Jordan, John O. (ed.), *Charles Dickens* (Cambridge Univ. Press, 2001)

Kaplan, Fred (ed.), *Charles Dickens' Book of Memoranda* (The New York Public Library, 1981)

Kaplan, Fred, *Dickens: A Biography* (Hodder & Stoughton, 1988)

Kennedy, Alan, *Meaning and Signs in Fiction* (Macmillan, 1979)

Kettle, Arnold, *An Introduction to the English Novel* (Hutchinson & Co. Ltd., 1951)

Kettle, Arnold, "Dickens: *Oliver Twist*" (1951), George H. Ford & Laurial Lane, Jr. (eds.), *The Dickens Critics* (Ithaca: Cornell Univ. Press, 1966)

Kincaid, James R., *Dickens and the Rhetoric of Laughter* (Oxford: Clarendon Press, 1971)

Kitton, F. G., *The Minor Writings of Charles Dickens* (Haskell House, 1970)

Larkin, Maurice, *Man and Society in Nineteenth-Century Realism* (Macmillan, 1977)

Leavis, F. R., *The Great Tradition* (Chatto & Windus, 1962; first published 1948)

Leavis, F. R. & Leavis, Q. D., *Dickens the Novelist* (Chatto & Windus, 1970)

Leavis, F. R., *Education and the University: A Sketch for an 'English School'* (Books for Libraries Press, 1972; first published 1943)

Leavis, F. R., *The Common Pursuit* (Chatto & Windus, 1972)

Leavis, Q. D., *Fiction and the Reading Public* (Chatto & Windus, 1978)

Lettis, Richard & Morris, William E. (eds.), *Assessing Great Expectations* (Chandler Publishing Company, 1960)

Levin, Harry, *The Essential James Joyce* (Penguin Books, 1972; first published 1948)

Lewis, C. S., *The Allegory of Love: A Study in Medieval Tradition* (Oxford Univ. Press, 1977)

Lodge, David, *Language of Fiction* (Columbia Univ. Press, 1966)

Lubbock, Percy, *The Craft of Fiction* (Jonathan Cape, 1921)

Lucas, John, *The Melancholy Man: A Study of Dickens's Novels* (Methuen, 1970)

McMaster, Juliet, *Dickens the Designer* (Macmillan, 1987)

Manning, John, *Dickens on Education* (Toronto Univ. Press, 1959)

Manning, Sylvia, *Dickens as Satirist* (Yale Univ. Press, 1971)

Marcus, Steven, *Dickens from Pickwick to Dombey* (Chatto & Windus, 1971; first published 1965)

Meckier, Jerome, *Dickens's Great Expectations* (Kentucky Univ. Press, 2002)

Miller, James E. Jr., *Theory of Fiction: Henry James* (Nebraska Univ. Press, 1972)

Miller, J. Hillis, *Charles Dickens: The World of His Novels* (Indiana Univ. Press, 1973; first published 1958)

Monod, Sylvère, *Dickens Romancier* (Hachette, 1953)

Muir, Edwin, *The Structure of the Novel* (The Hogarth Press, 1967; first published 1928)

Newlin, George (ed.), *Every Thing in Dickens* (Greenwood Press, 1996)

Nisbet, Ada, *Dickens and Ellen Ternan* (California Univ. Press, 1952)

Orwell, Sonia & Angus, Ian (eds.), T*he Collected Essays, Journalism & Letters of George Orwell*, 4vols. (Secker & Warburg, 1968)

Page, Norman, *A Dickens Chronology* (Macmillan, 1988)

Patten, Robert L., *Charles Dickens and His Publishers* (Oxford Univ. Press, 1978)

Pierce, Gilbert A., *The Dickens Dictionary* (Haskell House, 1972)

Priestley, J. B., *English Humour* (Heinemann, 1976)

Quirk, Randolph, *The Linguist and the English Language* (Edward Arnold, 1974)

Raina, Badri, *Dickens and the Dialectic of Growth* (Wisconsin Univ. Press, 1986)

Reynolds, Margaret (ed.), *The Dickensian* (No. 416: Vol. 84 Part 3, The Dickens Fellowship, 1988)

Sanders, Andrew, *The Victorian Historical Novel 1840-1880* (Macmillan, 1978)

Sanders, Andrew (ed.), *The Dickensian* (No. 393: Vol. 77 Part 1, The Dickens Fellowship, 1981)

Scholes, Robert and Kellog, Robert, *The Nature of Narrative* (Oxford Univ. Press, 1968; first published 1966)

Schwarzbach, F. S., *Dickens and the City* (The Athlone Press, 1979)

Secor, Marie Jennette, *Dicken's Rhetoric: A Study of Three Bildungsromans* (published on demand by University Microfilms, 1972)

Silverman, O. A. (ed.), *Epiphanies* (Lockwood Memorial Library, University of Buffalo, 1956)

Slater, Michael, *Dickens and Women* (J. M. Dent & Sons Ltd, 1983)

Smith, Grahame, *Dickens, Money, and Society* (California Univ. Press, 1968)

Steiner, George, *Language and Silence* (Penguin Books, 1979; first published by Faber & Faber 1967)

Stone, Harry (ed.), *Dickens' Working Notes for His Novels* (Chicago Univ. Press, 1987)

Sucksmith, Harvey Peter, *The Narrative Art of Charles Dickens: The Rhetoric of Sympathy and Irony in His Novels* (Oxford: Clarendon Press, 1970)

Thomas, R. George, *Charles Dickens: Great Expectations* (Edward Arnold, 1971; first published 1964)

Thurley, Geoffrey, *The Dickens Myth* (Routledge & Kegan Paul, 1976)

Tillotson, Geoffrey, *A View of Victorian Literature* (Oxford: Clarendon Press, 1978)

Tillotson, Kathleen (ed.), *The Letters of Charles Dickens*, Vol. IV (Oxford: Clarendon Press, 1977)

Tomalin, Claire, *The Invisible Woman: The Story of Nelly Ternan and Charles Dickens* (Alfred A. Knopf, 1991)

Tomlin, E. W. F. (ed.), *Charles Dickens* (Weidenfeld & Nicolson, 1969)

Vinson, James (ed.), *Novelists and Prose Writers* (Macmillan, 1979)

Walder, Dennis, *Dickens and Religion* (George Allen & Unwin, 1981)

Wall, Stephen (ed.), *Charles Dickens* (Penguin Books, 1970)

Watt, Ian, *The Rise of the Novel* (Chatto & Windus, 1957)

Waters, Catherine, *Dickens and the Politics of the Family* (Cambridge Univ.

Press, 1997)

Welsh, Alexander, *The City of Dickens* (Oxford: Clarendon Press, 1971)

Widdowson, H. G., *Practical Stylistics: An Approach to Poetry* (Oxford Univ. Press, 1992)

Wilson, Angus, *The World of Charles Dickens* (Martin Secker & Warburg, 1970)

Wilson, Edmund, *The Wound and the Bow* (Houghton, 1941)

Yamamoto, Tadao, *Growth and System of the Language of Dickens* (Kansai Univ. Press, 1950)

Young, G. M., *Victorian England: Portrait of an Age* (Oxford Univ. Press, 1953; first published 1936)

［あとがき］

　1974年（昭和49年）3月に奈良教育大学教育学部文科英語専攻を卒業したあと、大阪教育大学大学院教育学研究科修士課程英語教育専攻に進学し、1976年（昭和51年）3月修了後、さらに関西大学大学院文学研究科博士課程後期課程英文学専攻に進み、1979年（昭和54年）3月、今で言う満期退学、正式な言い方で言えば、所定単位取得後退学した。当時はおそらく、ドクターコースとは言え、教える側にも学ぶ側にも、博士号取得という意識は皆無だったと思う。「所定単位取得後退学」で充分、というのが当時の一般的認識だったような気がする。

　就職の心配をすることはなかったと思う。同じ外国文学でも他領域のことは知らないが、少なくとも当時の英米文学の分野においては、きっとつぶしが効くということであろうか、大学院修了生は大学の「英語」の教師に就職することができた。現に筆者自身、大学院在学中に常磐会短期大学専任講師に、そして所定単位取得後退学と同時に、近畿大学教養部専任講師に就任することができた。恥を忍んで言うが、当時の筆者は、留学どころか、日本から一歩も外に出たことはなかった。しかるに大学の英語の教師になれたのだ。あの頃の筆者は、今から思えば赤面の至りだが、英米の研究機関に留学して基礎から鍛え直すという発想は無く、あきれかえるほどに能天気な若者だった。あの頃を思い出すだけで冷汗ものだ。

　だからドクターコースの三年間は、ひたすら英米文学作品の読解に耽溺した。ほかに何も考える必要はなかった。当時の大学院担当教授たちは、時代とジャンルを超えて、英米のいろんな作品を、それも翻訳のない難解なテキストばかりを選んで授業をした。教授陣は、ひたすら文学作品の読み方の極意を院生に伝授しようとしたのではないか。まるで師匠が弟子に落語のネタ

を口写しで直伝するように。今主流のグループディスカッションもプレゼンテーションもスピーチクリニックも、あの時代にはいっさい無かった。

筆者のドクターコース時代の指導教授であった大西昭男（義父）は、2005年（平成17年）2月に逝去したが、亡くなる前、即ち、すべての役職から離れ悠々自適の生活を送っていた時、「これまでの己の英文学研究って一体何だったのか」と自問し続けていた。かつて数多くの教え子を大学の教壇に送り出してきた大西昭男名誉教授の呟きは、当時50代半ばの筆者には衝撃的だった。筆者の場合、関西大学内で学内移籍を繰り返すたびごとにその想いは徐々に強まってはいたが、筆者よりははるか世代が上の大西昭男名誉教授までもが英米文学研究への疑義を抱いていたとは知る由も無かった。

すっかり時代は変わってしまった。ただし今、文学そのものが衰退したのではない。Fan Fiction（「二次創作」）等は、非常に盛んである。活字文化は決して衰えてはいない。一日の仕事が終わった後、余暇を用いて、パソコンに向かってせっせと創作活動に勤しむ日本の老若男女の数はかなり多いだろう。彼らが集うさまざまなコミュニティのイベントは侮れない。

停滞気味なのは、日本の英文学研究である。往時の勢いは無い。大学院重点化という国の施策で、英文学専攻の院生の数は増え、それに伴って一見したところ学会活動も活発なように見受けられるが、果たしてその内実はどうであろうか。英文学専攻の卒業生や修了生に就職のチャンスが少ないのが致命的である。院生に関して言えば、博士号を取得したあとも、研究職への道は閉ざされている。学部レベルで言うと、実社会から実践的英語運用能力や、法律・政治・経済等の社会科学系の素養や知識がひたすら求められるため、英文学研究は自ずと敬遠されがちとなる。世の中は、即戦力を求めるようになったのだ。

筆者は、2013年（平成25年）10月5日・6日開催の日本英文学会中部支部第65回大会で「特別講演」を依頼されたが、そのときのプログラムに載

あとがき

せた講演要旨は以下の如くである。本書執筆の趣旨と全く同じゆえ、転載して、この［あとがき］を終えたい。

　日本は今、重篤な状況にある。特に若年層の正規雇用が困難を極めており、彼らを覆っている閉塞感は筆舌に尽くし難い。我々大学人は、活路を開くべく教育改革に邁進し、たとえば英語英文学関連で言えば、実践的言語コミュニケーション育成を前面に押し出した。この結果、明治・大正・昭和を通じて人文学系の諸領域の牽引役を果たし、圧倒的な力と輝かしい実績を誇ってきた日本の英文学研究は、いくぶん時代に取り残された感があると言えよう。迷走し生彩を失いかけている今日の日本の英文学研究は、しかし、管見の限りでは、歴史と伝統に裏打ちされた尋常ならざる「何か」を秘めている。それを明らかにするためにも私は、温故知新の精神に則り、日本の英文学研究界を主導してきた過去の知の巨人たちの言説を傾聴するに如くはないと思う。これによって今日の日本の英米文学界が抱える問題を剔抉し、社会性のある英文学の地平を拓きたいと念ずる。

　本書の刊行は、「関西大学研究成果出版補助金規程」に拠るものである。本書出版に際して、関係各位、とりわけ岡村千代美氏をはじめとして関西大学出版部出版課の方々から多大なご支援を賜り、心から謝意を表したい。
　また筆者は、平成 25 年度春学期は国内研修員であり、そのため、「本研究の一部は、平成 25 年度春学期関西大学研修員研修費によって行った」ものであることも付記しておく。
　2013 年（平成 25 年）9 月

　　　　　　　　　　　　　　　　　　　　　宇佐見　太　市　記す

[人名索引]

〔あ 行〕

アーノルド，マシュー　41
饗庭篁村　174
青木雄造　61
浅野和三郎　174
アノー，ジャン＝ジャック　343
天野郁夫　380
荒川龍彦　11, 12
アレン，ウォルター　256
イーグルストン，ロバート　39, 40, 41, 43
石田英敬　44
泉鏡花　120
伊勢芳夫　37, 39, 42
伊丹十三　253, 254
伊藤整　3, 5, 8, 9, 10, 13, 20, 21
井上俊　367
ウィップル　90
ウィドゥソン，H. G.　43
ウィルソン，アンガス　49, 52, 66, 108, 109, 136, 140, 147, 201, 272
ウェーバー，マックス　24
植田康夫　357
ウェルズ，H. G.　255
ウォー，イヴリン　333
梅棹忠夫　381
ウルフ，ヴァージニア　255, 256, 258
Adrian, Arthur A.　230
江藤淳　4, 12, 33, 34, 35, 36, 37, 315, 316, 321, 374
海老池俊治　62, 63

エリオット，T. S.　255
エンデ，ミヒャエル　331
オーウェル，ジョージ　61, 62
大江健三郎　159
大久保喬樹　326
オースティン，ジェイン　115, 272
太田三郎　316
大津由紀雄　12, 16, 17
大西昭男　304
大橋栄三　174
岡村愛蔵　174
岡村直美　257
奥泉光　381
オトゥール，ピーター　254
小渕恵三　305

〔か 行〕

カーモード，フランク　263, 264, 266
カザミアン，ルイ　199
加藤周一　7, 8, 168, 169, 259, 274, 275
加藤秀俊　377, 381
カフカ　317
カヴニー，ピーター　159
柄谷行人　321, 374, 375, 377
河合隼雄　305
川勝平太　305
川澄英男　313
川本静子　50, 84, 85, 87, 101, 114, 128, 135
キーン，ドナルド　8, 9, 10
北川梯二　180

413

木田幸紀　*344*
キップリング，ラドゥヤード　*253*
キュアロン，アルフォンソ　*131, 132, 134, 136, 143*
桐生操　*326*
草野柴二　*174*
クック，ガイ　*43*
國重純二　*16, 17, 301, 322*
国弘正雄　*341, 342*
厨川文夫　*33*
クルックシャンク　*146, 154, 180*
グレーザー，ミッチ　*131*
ケストナー，エーリヒ　*329, 330, 331*
ケトル，アーノルド　*278*
ケニー，ショーン　*173*
Kennedy II, George E.　*162, 163*
小池滋　*180, 182, 209, 224, 323*
香内三郎　*323, 356*
河野多恵子　*325*
ゴールズワージー，ジョン　*255*
小島静子　*179*
後藤明生　*131*
近藤耕人　*323, 324, 355, 366*
コンドン，デボラ　*182*

〔さ　行〕

斎藤勇　*20, 321*
齊藤美奈子　*21*
斎藤兆史　*43, 44*
堺利彦　*174, 175*
桜井哲夫　*366, 367*
指昭博　*360*
シェイクスピア，W.　*5, 378*
ジェイムズ，ヘンリー　*279, 280, 282, 295, 307, 309, 310, 381*
司馬遼太郎　*24, 376, 377*

朱牟田夏雄　*177*
シュリア，ミシェル　*326*
ジョイス，ジェイムズ　*255, 256, 381*
ショー，ジョージ・バーナード　*91, 92, 135*
白井厚　*21*
菅原克也　*43, 44*
鈴木建三　*301, 302, 311, 320, 321*
スタイナー，ジョージ　*16, 17, 309, 317*
ストール，クリフォード　*381*
スマイルズ，サミュエル　*200, 201*
スミス，アダム　*199*
スレイター，マイケル　*51*
ゾペティ，デビット　*378, 379*
ゾラ　*107*

〔た　行〕

ターナン，エレン　*140*
高田里恵子　*21, 22*
高橋和巳　*376*
高橋五郎　*174*
高橋康也　*115*
滝浦真人　*310, 311*
滝裕子　*104, 105, 107, 108, 109*
竹内洋　*380*
竹友藻風　*11*
多田元樹　*369*
立花隆　*381*
巽孝之　*34, 315*
田辺昌美　*13*
田辺洋子　*182*
谷崎潤一郎　*106*
谷沢永一　*338, 339*
ダレスキー，H. M.　*101, 120*
チール，デボラ　*131, 132, 134, 143*

人名索引

チェスタートン, G. K.　51, 176
近松門左衛門　165
辻邦生　180, 202
津島佑子　168
津田梅子　174
坪内逍遥　15, 16, 32
ツルゲーネフ　105
ディケンズ, チャールズ　5, 13, 49,
　　50, 51, 52, 61, 62, 64, 66, 67, 68, 71,
　　72, 73, 80, 83, 84, 85, 86, 87, 90, 96,
　　97, 101, 102, 109, 113, 114, 115,
　　116, 117, 118, 119, 128, 129, 131,
　　132, 134, 135, 136, 137, 140, 142,
　　143, 145, 146, 147, 152, 154, 159,
　　162, 163, 166, 167, 168, 169, 170,
　　173, 175, 176, 177, 178, 179, 180,
　　181, 182, 183, 185, 188, 189, 195,
　　197, 199, 200, 202, 204, 205, 206,
　　208, 209, 213, 214, 218, 220, 221,
　　223, 224, 227, 228, 229, 234, 238,
　　239, 241, 242, 243, 244, 245, 246,
　　247, 248, 250, 251, 284, 313, 314,
　　315, 333, 334, 380, 382
ティロットソン, キャスリーン　90,
　　135
照山直子　182
ドイル, コナン　176
ドーデ, アルフォンス　176
常盤新平　31, 377
ドストエフスキー　176
トドロフ, ツヴェタン　38, 39, 40, 43
富岡多恵子　325, 378, 379
富山太佳夫　311, 321
外山滋比古　375, 376, 377
トリリング, ライオネル　269

〔な　行〕

中上健次　345, 346
中島梓　326, 335, 336, 337, 338, 378
永嶋大典　269
中曽根康弘　303
中西輝政　30
中野利子　6, 7
中野好夫　3, 4, 5, 6, 7, 8, 13, 20, 21,
　　323
中村能三　177, 179
中山知子　181
夏目漱石　12, 15, 16, 18, 33, 37, 108,
　　321, 322, 330, 362
ナボコフ, ウラジミール　333
西垣通　359, 367, 381
西島建男　327
西部邁　345
西脇順三郎　33
ネルヴァル　105

〔は　行〕

ハーディ, トマス　380
バート, ライオネル　173
Palmer, Harold E.　382
バジョット, ウォルター　146, 170
長谷部史親　173, 174
長谷部葉子　36, 37
バット, ジョン　90, 135
バッハ　71
羽仁進　343
馬場孤蝶　176, 177
バルザック　107, 115, 178
ビードネル, マライア　140
ピカート, マックス　378, 379
平野啓一郎　9

415

平野啓子　*345*
フィールディング，ヘンリー　*256*
フェリス，ジェフ　*173*
フォースター，E. M.　*204, 241, 242, 243, 244, 246, 250, 253, 255, 256, 257, 258, 259, 261, 268, 269, 272, 273, 274, 275, 277, 278, 342, 381*
フォースター，ジョン　*51, 86, 90, 135, 313, 314*
深沢由次郎　*174*
深瀬基寛　*11*
福田恆存　*321, 374*
福原麟太郎　*179, 321, 323*
船橋洋一　*305*
プリーストリー　*241*
Brook, G. L.　*74*
ブロンテ，エミリ　*327*
白永瑞　*27, 28*
紅薔薇　*175*
ベネット，アーノルド　*255*
ベンサム　*199*
ヘンデル　*71, 72, 73, 80*
ホイジンガ　*345*
ホガース　*154*
本多顕彰　*32, 33*
本多季子　*179*

〔ま　行〕

前田愛　*330, 331*
マクルーハン　*367*
桝井迪夫　*21, 22, 23, 24, 25, 26, 27, 28, 29, 31*
松浦和夫　*34, 35*
松村昌家　*108*
松本恵子　*176*
松本健一　*305*

松本泰　*176*
松元寛　*28, 29, 30, 31*
松本道介　*21, 22*
美内すずえ　*325*
水村美苗　*381*
三田誠広　*336, 337, 338*
宮崎孝一　*52, 53, 84, 135*
宮崎芳三　*3, 4, 19, 20, 321*
ミュア，エドウィン　*204, 205, 206, 243*
ミル，ジョン・スチュアート　*199*
ミルトン　*5*
ミルハウザー　*91, 135*
村上春樹　*310, 378*
村松増美　*341*
メレディス，ジョージ　*256*
モーム，サマセット　*62*
持丸良雄　*181*
森田草平　*108*
森田芳光　*361, 363, 364, 365, 366, 367, 368*
森瑤子　*342, 343*
森六郎　*26*

〔や　行〕

八島智子　*44*
保永貞夫　*181*
柳田泉　*174*
山口昌男　*358*
山崎貞　*174*
山崎正和　*136, 357, 366*
山本史郎　*43, 44*
山本忠雄　*3, 4, 5, 12, 13, 20, 21*
吉田健一　*9, 321, 374*
吉田碧寥　*174*
吉本ばなな　*361, 362, 363, 366, 367,*

368
米原万里 *19*

〔ら 行〕

ラター，マイケル *209*
リーヴィス，F. R. *43, 115, 152, 185, 192, 196, 201, 202, 221, 229, 234, 241, 279, 280*
リーン，デイヴィッド *134, 136, 342*
リットン，エドワード・ブルワー *84, 85, 87, 134, 135*
ルイス，C. S. *110*
Lubbock, Percy *204*
ロレンス，D. H. *255, 256*

〔わ 行〕

ワーズワース *5, 112*
ワイルド，オスカー *106, 108, 323, 324, 355, 356*
脇明子 *120, 121*
鷲巣尚 *178*

［事項索引］

〔あ 行〕

悪漢小説　*63*
アメリカ英語　*24, 313, 314*
アメリカ文化論　*24*
イギリス英語　*313*
イギリスの知恵　*30*
intertextuality　*131*
インド英語文学　*42*
英語教育実践学　*16, 17, 36, 37*
英語教員養成機関　*32*
英語第二公用語化　*305*
映像メディア　*345, 359, 361, 366, 368, 382*
エピファニー　*270, 271, 278*

〔か 行〕

改心　*227, 228, 229, 230, 234, 235, 236, 237, 238, 248*
学習指導要領　*302, 303*
活字メディア　*335, 340, 344, 345, 346, 348, 349, 355, 356, 357, 359, 361, 366, 367, 368, 369 382*
家庭のドラマ　*221*
戯画的人物　*243*
教員養成制度　*372*
教員養成の問題　*373*
教養小説　*61, 62, 63, 65, 68, 101, 109, 114, 128, 129, 145, 146, 183, 283, 284, 287*
寓話小説　*287*

劇的小説　*205, 206*
検閲文書　*34*
コミュニケーション　*12, 16, 301, 302, 303, 304, 305, 306, 308, 309, 310, 311, 320, 321, 326, 335, 336, 337, 338, 339, 351, 358, 359, 367, 378, 379, 380, 382*
語用論　*43*

〔さ 行〕

GHQ　*12, 34, 316*
実践人文学　*28*
社会主義運動　*175*
社会小説　*145, 146, 147, 183*
社会人文学　*28*
習慣形成理論　*383*
宿命の女　*92, 106, 107, 110*
情報　*308, 309, 310, 316, 362, 381, 382*
贖罪　*6, 7*
新救貧法　*145*
人文学的学知　*37*
人文学的知性　*14, 19*
人文の知性　*31*
スノビズム　*66*
性格小説　*204, 205, 206*
清教主義　*5, 23*
戦争文学　*26*

〔な 行〕

認知学習理論　*383*

noble savage　*286*

〔は　行〕

ハワース牧師館　*324*
ピカレスク小説　*145, 146, 183*
風俗小説　*147*
ブロンテ姉妹　*311, 319, 324, 325, 326, 327*
文明開化　*18*
本文改訂　*83, 85, 135, 315*

〔ら　行〕

ラファエル前派　*92*

著者略歴

1950年（昭和25年）2月	愛知県一宮市生まれ
1974年（昭和49年）3月	奈良教育大学教育学部文科英語専攻卒業
1976年（昭和51年）3月	大阪教育大学大学院教育学研究科修士課程英語教育専攻修了
1979年（昭和54年）3月	関西大学大学院文学研究科博士課程後期課程英文学専攻所定単位取得後退学

　大学院博士課程後期課程在学中に勤めた常磐会短期大学専任講師から、近畿大学専任講師・助教授、さらに関西大学助教授を経て、1992年（平成4年）4月関西大学教授となり、現在に至る。関西大学外国語教育研究機構長、関西大学大学院外国語教育学研究科長、関西大学外国語学部長等を歴任。

単著書
　『ディケンズと「クリスマス・ブックス」』（関西大学出版部）
共著書
　『イギリス文学評論Ⅳ』（創元社）、『イギリス小説入門』（創元社）、『ヴィクトリア朝の小説』（英宝社）、『ブロンテ文学のふるさと』（大阪教育図書）、『外国語研究—言語・文化・教育の諸相』（ユニウス）、『楽しめるイギリス文学—その栄光と現実』（金星堂）、『英米文学と戦争の断層』（関西大学出版部）
共翻訳書
　『The BNC Handbook コーパス言語学への誘い』（松柏社）

実践知性としての英文学研究

2014年3月16日　発行

著　者	宇佐見　太市
発行所	関 西 大 学 出 版 部
	〒564-8680 大阪府吹田市山手町3丁目3番35号
	電話 06(6368)1121 / FAX 06(6389)5162
印刷所	株式会社 図書印刷 同朋舎
	〒601-8505 京都市下京区中堂寺鍵田町2

© 2014　Taichi Usami　　　printed in Japan

ISBN978-4-87354-572-1　C3098　　落丁・乱丁はお取替えいたします。